RESTE PRÈS DE LUI

EMILY KOCH

RESTE PRÈS DE LUI

*Traduit de l'anglais (Grande-Bretagne)
par Éric Moreau*

CALMANN LÉVY
ÉDITEUR DEPUIS 1836

Titre original :
KEEP HIM CLOSE

Première publication : Harvill Secker, Londres, 2020,
une imprint de Vintage, Penguin Random House, Londres

© Emily Koch, 2020

Pour la traduction française :
© Calmann-Lévy, 2022

COUVERTURE
Maquette : Stan Zygart
Illustration : © DrGrounds/Getty Images

ISBN 978-2-7021- 8090-7

Pour mes parents

*et comme tu grandissais,
la lumière en toi s'amassait*

Carol Ann Duffy
The Light Gatherer

Jamais, jamais, jamais, jamais, jamais.

William Shakespeare
Le Roi Lear, acte V, scène 3

Étrange que ça n'ait pas fait plus de bruit.
Plus tard, il songea à tous ceux qui, à quelques mètres de là seulement, avaient sans doute entendu aussi. Un chauffeur de taxi remontant Queen Charlotte Street vitres baissées dans la chaleur du mois d'août, en quête de clients à la sortie des pubs. Un plongeur du restau italien de Welsh Back, émergeant de la lueur des cuisines pour jeter les poubelles dans l'obscurité. Le contrebassiste du groupe de blues programmé au Old Duke, alors qu'il chargeait le coffre de sa Skoda cabossée.
Il se demanda si ça avait été plus bruyant pour eux, au niveau de la chaussée, ou pour lui qui se trouvait dix mètres plus haut, trop effrayé pour se pencher au-dessus du vide et risquer un coup d'œil tandis que s'élevaient cris horrifiés et hurlements, qu'approchaient les sirènes.
Ce bruit sourd, celui de la chair qui heurte le goudron... il sut tout de suite à quoi s'en tenir. Pourtant, l'espace de quelques secondes, il guetta un rire moqueur ou un cri rageur. Il attendit qu'on hurle son prénom depuis tout en bas.
Mais on ne réchappe pas à une telle chute.
Inutile de vérifier. Le bruit constituait un indice suffisant. Ce craquement étouffé, lourd et violent, mais trop bref et bien trop faible pour rendre justice à la vie dont il marquait la fin.
Il fallait vite quitter les lieux.

ALICE
17 août

Quoi de plus agaçant que les rires des marmots des autres ? Dans la chaleur accablante du grenier, Alice avait un moment hésité à ouvrir la lucarne, mais le vacarme n'en aurait été que plus assourdissant. Les gamins fonçaient sans doute sur leurs trottinettes – heureusement que ce n'était pas la mode quand les garçons étaient petits – dans l'allée reliant la rue d'Alice aux jardins ouvriers qui venaient buter contre le terrain des voisins. Elle n'avait pas encore fouillé plus de trois cartons, mais déjà la sueur lui poissait le dos, s'accumulait dans les plis de ses genoux à force de rester accroupie. La transpiration lui irritait les sourcils. Elle dénoua soigneusement ses cheveux et refit sa natte, chassant les mèches de son visage et divisant l'ensemble en trois branches égales, avant d'ôter leur poids de sa nuque. Cette pièce était une étuve, mais elle se refusait à l'aérer si c'était pour que tous les cris et les éclats de rire redoublent d'intensité. Ou supporter en plus, épreuve suprême, les rires des parents. C'était toujours le plus pénible, bien qu'elle ne sût pas ce qui l'horripilait le plus : les effusions joyeuses d'une mère ou d'un père.

Elle leva les yeux vers les rangées de boîtes bien alignées sur les étagères et parcourut les étiquettes imprimées : « Prises et appareils électriques », « Ampoules et fusibles », « Vinyles (A-H) », « Vinyles (I-Z) ». Sur la planche du haut, un carton renfermait la platine qu'Étienne et elle utilisaient autrefois tous les matins. À côté se trouvaient deux autres cartons à l'inscription estompée, mais qu'elle parvenait quand même à déchiffrer : « Jeux de société » et « Décorations de Noël » (ni les uns ni les autres n'ayant servi depuis des années). Elle en saisit un étiqueté « B & L (mars 2006-septembre 2010) », le posa par terre et l'ouvrit, avant de feuilleter les cahiers et les bulletins scolaires qu'il contenait, mais ce n'était pas ce qu'elle cherchait.

— Tu fais quoi ?

La voix grave de Lou qui retentit soudain derrière elle la fit sursauter ; elle referma brusquement le couvercle, d'où s'éleva un nuage de poussière.

— D'où tu sors, toi ?

Elle toussa et se détourna vers son cadet, qui était perché au bord de la trappe, les jambes pendantes au-dessus de l'échelle escamotable. Depuis combien de temps l'observait-il ? Elle décela dans son regard une lueur qu'elle ne parvint à identifier tout à fait.

L'étincelle fut vite remplacée par un sourire narquois et un haussement de sourcils railleur.

— Tu caches quelque chose ? la provoqua-t-il.

Elle se leva et s'appuya à la poutre oblique au-dessus de sa tête.

— Non, Lou.

Le sourire espiègle s'effaça. Elle avait correctement deviné la raison de son apparition ; il se moquait bien de savoir à quoi elle s'occupait.

— Tu ne caches rien toi, peut-être ?

Elle s'appuya plus fermement contre le bois chaud.

Lou se hissa dans le grenier et reporta son attention sur le cordon de l'interrupteur, qu'il actionna plusieurs fois pour allumer et éteindre l'ampoule nue, *clic-clac, clic-clac.* Sans le quitter des yeux, Alice écouta les enfants qui continuaient à se déchaîner dans l'allée. Ils n'auraient pas dû être au lit, à cette heure-là ? C'était les mêmes parents qui à la rentrée allaient se plaindre que leurs petits chérubins avaient du mal à reprendre le rythme. Chaque année en septembre, ils venaient geindre entre eux au rayon jeunesse de la bibliothèque. Elle s'inventait donc un prétexte pour s'éclipser à l'étage dans la section santé/bien-être, ou allait parcourir les dépliants aussi nombreux que variés disponibles à l'entrée. Qu'est-ce qu'ils croyaient, ces gens ? Les enfants ont besoin de discipline. De régularité.

Elle avait transmis ces valeurs à ses deux fils, alors qu'est-ce qui avait cloché ? Comment l'un d'eux avait-il pu devenir Benny, et l'autre le décrocheur dépenaillé et insolent qui se tenait devant elle ? Lou avait dix-huit ans depuis peu, et elle n'aimait pas le chemin qu'il prenait.

Il continuait à jouer avec le cordon. *Clic. Clac. Clic. Clac.*

Elle se passa la main sur le visage, se couvrit les yeux.

— Arrête.

Il n'en fit rien.

— Tu cherches les cartes d'anniversaire qu'on te dessinait quand on était petits ?

Il s'en était souvenu, en fin de compte. Elle n'avait pas d'attachement à ces choses ; les cadeaux et les fleurs ne l'intéressaient pas. Mais le manque de considération de ses fils l'affectait. Elle venait de voir s'écouler quarante-cinq années, dont elle avait consacré presque la moitié à les élever. Et aujourd'hui, Benny ne lui avait rien souhaité.

— Non, mentit-elle, en pressant si fort contre la poutre qu'elle en eut mal au poignet. Je n'en ai pas gardé beaucoup. L'accumulation, c'est pour ceux qui sont incapables de lâcher le passé.

Elle le pensait ; elle n'avait pas conservé grand-chose de l'enfance des garçons, et chaque fois que le moment lui semblait opportun, elle réduisait un peu plus le volume de ces souvenirs. Ce jour-là, elle était en colère – fâchée contre eux, et furieuse contre elle de se laisser atteindre. Elle allait se débarrasser de leurs vieilles cartes.

D'une pichenette, Lou expédia le cordon vers le mur et désigna une pile de cartons dans l'encoignure du fond.

— Par là-bas. Tu en as gardé certaines que Benny t'avait offertes.

Elle resta immobile. Ça la chiffonnait qu'il la connaisse si bien.

— Tu as fait un inventaire ou quoi ? plaisanta-t-elle. Attention, je risquerais d'être fière de toi !

Il eut un grognement ironique.

— Le jour où je deviens aussi maniaque que toi, je me flingue !

Il avait raison : elle avait gardé quelques cartes que Benny lui avait faites à l'école. Aucune de Lou, par contre. Mais seulement parce que les siennes l'avaient toujours extrêmement contrariée. Même à quatre ans, il savait appuyer là où ça faisait mal, signant « de la part de Louis et papa », ou incluant son père dans un portrait au pastel d'eux quatre en famille, en la représentant systématiquement sourcils froncés.

S'il avait remarqué qu'elle n'avait pas conservé beaucoup de ses dessins d'enfant, il se doutait qu'elle avait en revanche une boîte avec le bracelet de maternité de Benny, sa gigoteuse, une mèche de ses cheveux et un de ses minuscules gilets blancs. Et qu'il n'existait pas de carton avec des souvenirs similaires de Lou, né moins de deux ans plus tard dans un foyer théâtre de désaccords bruyants et de silences meurtris. Alice le regarda. Elle n'imaginait pas que cela puisse le contrarier. Si on la poussait dans ses retranchements, elle pouvait s'expliquer. L'absence de boîte lui étant consacrée avait semblé pertinente, avancerait-elle. Il n'avait jamais fait très bébé – à cause de ses yeux pénétrants. Encore à ce jour, elle voyait en lui un drôle de mélange : un vieil esprit sagace et un enfant agité.

Ce fut justement sa facette puérile qui, à cet instant, fit surface. Il se mit à bondir d'un côté à l'autre de la trappe ouverte, se réceptionnant chaque fois à quelques centimètres seulement du bord.

— Lou, arrête. Tu vas te blesser.

Consciente qu'elle parlait dans le vent, elle lui tourna le dos et se replongea dans son examen des cartons. L'imposante collection de livres, CD et DVD des garçons en occupait la majeure partie. Elle avait toujours considéré le grenier comme son propre espace, mais c'était aussi le leur, supposait-elle, si les droits d'une personne sur une pièce dépendaient de la quantité d'affaires qu'elle y possédait. Elle n'avait pas grand-chose à elle, ici.

Les pieds de Lou retombaient dans un bruit sourd – *plonk* –, suivi par le grincement du plancher – *scriiii* – sous son poids lorsqu'il reprenait ses appuis pour sauter de l'autre côté.

— Si on doit tout le temps faire gaffe, on s'emmerde, *maman*[*1].

---

1. Les mots et expressions en italique suivis d'un astérisque sont en français dans le texte. *(Toutes les notes sont du traducteur.)*

Elle ferma les yeux, et, la tête de côté, se mordit la lèvre. *Maman**. Il l'avait fait exprès.

— La prudence on s'en fout, poursuivit-il. C'est le frisson qui compte.

Alice sortit un mouchoir de sa poche et s'épongea le front. Lou voulait qu'elle le regarde, qu'elle le supplie d'arrêter, elle le savait. Elle n'en fit rien et rangea plutôt les boîtes qu'elle avait fouillées, en prenant soin d'associer chaque étiquette à la vignette correspondante sur les étagères. Quand Étienne vivait là, le grenier regorgeait d'instruments ; un vrai capharnaüm. Il éprouvait le besoin de conserver ses vieilles guitares, au cas où, disait-il, et des dizaines de cartons de disques. (Elle aurait dû les revendre dès qu'il était parti, au lieu de les garder en attendant qu'il soit prêt à les récupérer. Elle n'aurait pas craché sur la somme récoltée, qui aurait rempli le frigo quelques semaines.) Il y entreposait aussi des tambours insolites et d'autres percussions rapportées de ses voyages, censées servir un jour. Tout cela devait contribuer à l'éducation musicale de Benny, lui soutenait-il. Plus maintenant. Désormais, il restait encore moins de lui que d'elle ici, ce qui n'avait pas été une mince affaire.

En balayant les lieux du regard, elle ne vit que deux objets lui appartenant. Le premier était un carton de vieilles partitions de piano que son père lui avait rendues un jour, avançant qu'il manquait de place et qu'elle devrait sérieusement envisager de se remettre à jouer. Elle n'avait pas tenu compte de son conseil, mais avait tout stocké au grenier. Elle éprouvait un certain réconfort à feuilleter de temps en temps sa collection de Mozart, aux portées ornées d'instructions précises tracées de la main de sa professeure, laquelle avait indiqué les doigtés pour certaines phrases musicales particulièrement ardues, entouré les changements de tempo qu'Alice avait tendance à omettre, identifié les passages où la musique devait être « trépidante » ou ceux pour lesquels il fallait « expédier la note ». Elle trouvait rassurant de manipuler les pages au coin du bas plié à l'avance, prêtes à être tournées en vitesse. Elle fut soudain assaillie par des souvenirs entremêlés : elle en train de jouer la *Fantaisie en ré mineur* de Mozart, enceinte de Lou, dont elle sentait les premiers coups de pied au moment de ses levers de mains pour la magnifique et poignante section des « plaintes » de l'adagio, et aussi la voix de sa professeure alors qu'elle interprétait, fillette, le même morceau.

« Trépidant ». Pareil à du pop-corn éclatant dans son ventre.

« Lève le poignet, et baisse-le vite. » Les petits pieds de Lou qui s'agitent.

Elle porta le regard vers sa valise : toute simple, noire, à peine usée. Comme il était tentant de la faire, avec Lou qui continuait ses sauts de cabri derrière elle. Mais jamais elle ne serait cette femme. Jamais elle ne pourrait fuir ses responsabilités. Lou avait hérité d'Étienne ce trait de caractère signifiant qu'il pouvait prendre ses cliques et ses claques et disparaître à tout moment. Certains matins, après une de leurs fréquentes disputes, elle s'étonnait qu'il soit encore là, qu'il n'ait pas décampé pendant la nuit avec armes et bagages. Benny, lui, ne lui ferait jamais ce coup-là. D'ici à quelques semaines, il serait parti pour l'université, mais c'était différent. Heureux, insouciant, intelligent et apprécié. Le monde s'offrait à lui, son aîné. Malgré le dépit qu'elle éprouvait ce jour-là, elle était fière de lui, fière qu'il quitte le nid.

— Tu devrais faire gaffe, quand même, toute seule là-haut, déclara Lou. Tu n'as pas autant d'équilibre que moi.

— Je suis toujours prudente.
Il rit.
— Nan, tu déconnes !
Le poids qu'elle ressentait sur sa poitrine s'alourdit. Elle examina ce qu'elle distinguait du visage de son fils pour y chercher autre chose que la dérision, que la déception. Mais elle ne décela pas grand-chose derrière sa longue tignasse hirsute, qu'il avait teinte deux jours plus tôt d'un gris-vert pâle. Le style *seapunk*, Benny avait appelé ça, au grand agacement de son frère.
— Tu trouves que j'ai une gueule de sirène ? avait grondé Lou.
Alice les avait laissés se chicaner. Si elle se désintéressait du style capillaire de Lou, peut-être finirait-il par couper ses cheveux, se reprendre et enfin avoir l'air présentable.
En nage et le souffle court, il continuait ses bonds. Elle l'imagina qui se prenait le pied dans un obstacle alors qu'il bondissait au-dessus de l'ouverture. Elle le vit tomber. Comme s'il avait deviné ce qu'elle pensait, il s'arrêta.
— On crève de chaud, ici, commenta-t-il en s'adossant aux briques apparentes, hors d'haleine. Pourquoi t'ouvres pas la fenêtre ?
— Je vais redescendre, replie l'échelle quand tu auras terminé.
Elle chassa d'un revers de la main un papillon de nuit qui voleta devant son visage. L'insecte changea de trajectoire et se dirigea vers Lou. D'un mouvement vif, il l'attrapa, l'enferma avec précaution et l'observa par l'interstice entre ses pouces.
— Salut, toi !
— Fais pas ça, dit-elle.
— Fais pas quoi ?

Elle ne savait pas vraiment ce qu'elle lui interdisait. De ne pas le regarder ? De ne pas l'embêter ? De ne pas le tuer ? Elle rougit. Était-ce un réflexe chez elle de lui prêter de mauvaises intentions ? De le houspiller, d'imaginer le pire, de le réprimander avant même qu'il ait agi ? Il n'en ferait qu'à sa tête, de toute façon. C'était bien là le problème.

Lou relâcha la phalène, qui voltigea quelques instants avant de tomber brusquement au sol.

— Je crois qu'il a une aile abîmée. Il va se faire bouffer par les faucheux.

Alice enjamba la trappe, et tous les deux s'accroupirent au-dessus de l'insecte le temps qu'il recouvre des forces et reprenne son envol.

— En parlant de fauché...

Lou se releva et se rappuya contre le mur.

Elle ne s'était pas trompée.

— Lou...

Elle se leva à son tour et, d'un pas vers la lucarne, s'éloigna de lui. Elle fit mine de se gratter le dos, puis, en espérant être discrète, palpa la poche arrière de son jean. Son porte-monnaie y était toujours. Elle le gardait en permanence sur elle, ces temps-ci, du moins quand son cadet était à la maison.

— Juste dix balles. Allez, quoi.

— J'ai dit non.

Il souffla, narines évasées, et la considéra d'un air méprisant.

— T'as des taches de sueur sous les bras, annonça-t-il en désignant ses aisselles. C'est dégueu. T'es pas obligée de rester en chemise tout le temps, hein. Les gens normaux ont des fringues décontractées, ils se changent en rentrant du boulot.

Par réflexe, elle ajusta son col et tira sur les pans de son chemisier blanc.

— Tu sais, les gens normaux lavent aussi leurs vêtements de temps en temps, rétorqua-t-elle avant de se relever et de renifler en scrutant le tee-shirt gris de Lou, maculé d'huile de moteur et frappé du logo décoloré d'un groupe. Ce qui sent mauvais, ce n'est pas la transpiration, ce sont les bactéries qui...

— Lâche-moi, *maman**. Garde tes pauvres anecdotes pour quand tu vas faire des quiz au pub avec tes... Ah, mais non, c'est vrai...

Il rit, sans prendre la peine d'expliquer la cause de son hilarité, ayant assez souvent raillé l'absence d'amis de sa mère.

— File-moi un billet de vingt et je te laisse tranquille.

— C'est vingt, maintenant?

— Tu ne m'aimes pas, je le sais.

Il lui jetait fréquemment cette accusation à la figure, ce qui ne manquait jamais de la désarçonner. C'était lancé sans humour, sans volonté de l'amadouer, de la taquiner.

Mais elle ne lui répondait jamais.

Il fit un pas vers elle.

— Bon d'accord, dix balles. Je n'ai pas besoin de plus. Benny me paiera les autres coups. Faut bien que je puisse lui offrir une pinte.

Elle refusa de battre en retraite.

— Non. Si tu tiens tant à gâcher ta scolarité et passer ta vie couvert de cambouis, couché sous une voiture, vas-y. Tu n'as qu'à aller le gagner, ton argent.

Il s'approcha encore, et cette fois elle recula un peu – assez pour buter contre les cartons derrière elle. Elle tendit une main pour se stabiliser contre le mur, poussière de brique et petites saletés adhérant à sa paume moite.

— On remet ça sur le tapis, alors ? s'esclaffa-t-il.

Oui, parfaitement. Elle ne risquait pas d'oublier l'enveloppe dont il ne lui avait pas montré le contenu, ce jeudi. Ça n'avait pas été nécessaire, Benny l'avait mise au courant : 8/20, 8/20, 6/20. Pourquoi s'était-elle fatiguée à tant le pousser pendant toutes ces années ? Il n'irait pas bien loin avec des notes pareilles au lycée ; il ne subviendrait pas à ses besoins, et encore moins à ceux d'une famille si jamais il en fondait une. Il prenait la même voie que son père, à vivre aux crochets des autres, à toujours gratter de l'argent à droite à gauche.

Elle s'écarta du mur, saisie par un léger vertige. La chaleur lui devenait insupportable. Tandis qu'elle vacillait légèrement, Lou lui attrapa le poignet et serra fort. Elle dégagea son bras d'un mouvement brusque, tituba contre lui et s'écroula sur le plancher. Avant qu'elle ait pu se relever, Benny sortit la tête par la trappe.

— Qu'est-ce qui se passe ? demanda-t-il.

Elle glissa la main dans ses cheveux pour les discipliner.

— Lou ? insista Benny, qui se hissa dans le grenier et jeta un regard noir à son frère cadet.

Ses fils avaient toujours été très grands, mais depuis sa position au sol ils paraissaient gigantesques. Athlétiques, dotés de la carrure robuste de leur père ; elle se sentait toute chétive à côté d'eux. Benny avait sans doute terminé sa croissance ; à dix-neuf ans, il avait dû atteindre sa taille définitive. Lou, en revanche, ne montrait aucun signe de ralentissement.

— Ça va, maman ? s'enquit Benny. Putain, Lou ! T'es vraiment trop con. Qu'est-ce que t'as fait ?

— Je n'ai rien, affirma-t-elle. Je ne savais pas que tu étais rentré. C'était bien, ta journée à la mer ?

Elle parvint à s'exprimer sans que sa voix ne chevrote. Elle se leva et s'épousseta.

— Sympa, oui, répondit Benny, sans cesser de fixer son cadet, qui lui adressait un rictus narquois.

— Tu caches un truc ? déclara Lou.

Benny semblait mal à l'aise.

— Lâche-moi. Et dis pardon à maman !

Alice observa leurs pieds, trop près de la trappe à son goût.

— Venez, on va redescendre.

Lou sourit.

— Il ne veut pas nous raconter ce qu'il a fait à la plage. Pourquoi tout le monde ment dans cette famille ?

Alice déglutit et contempla Benny. Comme elle, il s'efforçait d'éviter le regard de Lou.

— On a tous nos petits secrets. Pas vrai, *maman** ?

— Qu'est-ce que tu veux que je te dise ? rétorqua Benny. C'est Weston, quoi. On a mangé une glace, on a traîné dans les galeries commerciales. Terminé.

— Ouais, tu parles ! Ah, au fait, maman réfléchissait à combien elle allait me filer pour nous aider à fêter mes résultats en cours.

Benny la considéra d'un regard prudent, guettant une réaction, mais elle resta impassible. Il fit un pas en arrière vers le sommet de l'échelle.

— Ce sera sans moi, ta soirée, asséna-t-il. T'es un peu trop agressif, là. Présente des excuses à maman.

— Ça va, je t'assure, affirma-t-elle.

Elle avait parlé si bas qu'elle se demanda si elle avait réellement prononcé ces mots.

Lou ignora l'injonction de son frère.
— Va te faire foutre, alors. Tu nous aurais pourri l'ambiance, de toute façon. J'essayais d'être sympa.
Alice vit Benny serrer le poing.
— T'es vraiment un abruti.
Puis, ainsi que ça se terminait toujours avec eux, Lou rit. Benny fit de même, puis s'accroupit et posa un pied sur le deuxième barreau de l'échelle. Ces deux-là étaient capables de se battre comme des chiffonniers, puis de se rabibocher en l'espace de quelques secondes.
Lou appela Benny avant de lui emboîter le pas.
— Oh, attends-moi. On va choper le bus ?
— Ça peut le faire, cria Benny, qui, déjà en bas, ouvrait la porte de la pièce du fond et la claquait.
Lou s'interrompit à mi-descente.
— Au fait, maman...
Elle le regarda dans les yeux.
— *Joyeux anniversaire**.
Tandis qu'il dévalait les échelons pour rejoindre son frère, Alice se demanda si l'intention de son fils avait été complètement malveillante. Quand il lui parlait en français, elle le prenait généralement comme une provocation, une pique destinée à lui rappeler Étienne. Mais y avait-il plutôt vu une plaisanterie entre eux, cette fois ? Très souvent, elle se retrouvait à analyser leurs échanges de la sorte.
Lorsqu'elle fit le tour de la trappe pour aller éteindre la lumière, quelque chose de soyeux, à la texture du papier, fut broyé sous son pied nu. Elle comprit de quoi il s'agissait avant même de s'écarter pour regarder : le papillon de nuit. Elle palpa la poche arrière de son pantalon, y cherchant son mouchoir pour essuyer les restes de l'insecte sous son talon. Le mouchoir était là, mais il manquait autre

chose. Elle parcourut les environs d'un coup d'œil. Son porte-monnaie avait dû glisser quand elle était tombée. Elle soupira ; c'était inutile de fouiller le grenier. Elle savait où elle le retrouverait. Au rez-de-chaussée, dans la cuisine, allégé de vingt livres.

Sans qualifications dignes de ce nom, Lou n'était pas près de quitter le foyer, même s'il le voulait. Malgré la chaleur, cette perspective la fit frissonner. La situation entre eux ne pouvait pas continuer comme ça. Mais comment pouvait-elle l'améliorer ? Les dégâts semblaient irréparables. La fracture était si ancienne.

Comme tant de fois auparavant, aux heures les plus noires de la nuit, ses pensées dérivèrent tandis qu'elle entendait les bruits des clés de ses fils, qui fermaient la porte en riant.

L'aurait-elle toujours sur le dos ?

INDIGO
17 août

En gravissant l'escalier, je répète dans ma tête ce que je souhaite lui dire, sans quitter des yeux la femme au visage serein sur le portrait accroché au mur face à moi. *Je voulais te parler d'un truc.* Non, je devrais entrer tout de suite dans le vif du sujet. Ma bouche tressaille pour imiter la femme du poster, immortalisée par Klimt munie de son élégant éventail rouge et vêtue d'un kimono glissant sur son épaule, un sourire calme et plein d'assurance aux lèvres. Comment s'y prendrait-elle à ma place ? Comment Klimt aborderait-il la question ? Avec enthousiasme, honnêteté et légèreté, je suppose.

Voilà ce que j'aime dans son œuvre, outre les couleurs audacieuses et les traits de pinceau dorés. Je sens que nous partageons une communauté d'esprit, lui et moi ; s'il montait mon escalier, par exemple, il ne me conseillerait pas d'en repeindre les murs d'une seule teinte à la place du bleu pour un côté et du jaune pour l'autre. Il adorerait les petits carreaux de mosaïque que j'ai collés en tourbillons au-dessus de la rambarde. Il ne considérerait pas avec mépris mes collections entassées sur le bord des degrés – les piles de journaux, les bouteilles remplies de coquillages et de verres de mer, mes échantillons de tissus magnifiques, les cartes postales que j'ai l'intention d'encadrer. Il n'appellerait pas ça des nids à poussière, contrairement à ma sœur. Il comprendrait que j'aie besoin d'entourer mon esprit de toute cette beauté. Il comprendrait ma conviction qu'une maison doit être chaleureuse et douillette.

J'essaie une nouvelle réplique, pour faire bonne mesure. *Tu invitais toujours tes copines, avant.* Non, ce n'est pas génial non plus. J'évite la marche qui grince ; je ne veux pas qu'il m'entende arriver et me retrouver contrainte d'engager cette conversation plus vite que je ne le veux.

Il ne faut surtout pas que j'aie l'air directive. *J'aimerais beaucoup le rencontrer.* Ça fonctionnerait, ça ? Et si je tentais la psychologie inversée ? *Ce n'est pas forcément nécessaire que je le rencontre. Je comprends que tu souhaites le garder pour toi.* Je serre plus fort l'assiette que je lui monte. Le mieux, ce serait peut-être que je ne dise rien. Ce n'est pas le moment de mettre les pieds dans le plat, je n'ai pas envie qu'il parte s'installer à Londres avec la moindre raison de ne pas me téléphoner. Je marque une pause en haut de l'escalier, émerveillée par les délicates touches turquoise apposées par Klimt sur la peau claire de son sujet. Sous une certaine lumière, les yeux de Kane sont de cette couleur.

Après un pas de plus, je le vois par l'entrebâillement de sa porte. À dix-neuf ans, mon fils est-il encore dans l'adolescence ? Officiellement, c'est un homme, mais pour moi il reste un petit garçon. Une chose est sûre, il n'est pas assez vieux pour s'en aller faire ses études dans cinq semaines. Je déglutis nerveusement. Il est debout à côté de son lit et me tourne son dos nu, la tête courbée, en train de consulter quelque chose entre ses mains. Je suis soudain frappée par ce que j'ai vraiment envie de lui dire. *La vie, c'est mieux*

sans secrets, Kane. Nous en avons fait l'amère expérience, lui et moi.
— Kane ?
Je pousse la porte de sa chambre avec le pied.
— Je t'ai apporté un sandwich, chéri.
Il fourre sous son oreiller ce qu'il avait entre les mains.
— Une minute, maman, lance-t-il sans se retourner.
En reculant pour qu'il ne me voie pas – ou plutôt, qu'il ne devine pas que je l'ai vu –, je manque trébucher sur un bâton d'encens qui se consume, piqué dans un tas de galets. Nous ne nous cachons rien, Kane et moi, et ce depuis très longtemps. C'est une règle que nous avons établie il y a neuf ans de cela, et ça a toujours été un plus. Il ne l'a enfreinte qu'une fois ; il m'a fallu six mois pour découvrir qu'il avait commencé à fumer, à quinze ans. Quand je lui ai dit, tout en déplorant sa décision, que c'était ses poumons qu'il allait détruire et que ce qu'il faisait de sa vie ne regardait que lui, il m'a avoué qu'il dissimulait des cigarettes dans l'ourlet de son rideau pour que je ne tombe pas dessus. Maintenant, il laisse ses paquets de Marlboro en évidence, ce que je trouve préférable. S'il cache quelque chose, c'est sûrement un cadeau pour moi. Un cadeau de départ, peut-être ? Il est adorable.
La porte pivote en grand, et il apparaît, un sourire radieux aux lèvres.
— Fromage et cornichons ?
Il saisit le sandwich sur l'assiette et marque un temps d'arrêt avant de mordre dedans.
— Tu sais que c'est le préféré d'Ash Anderson ?
Je reconnais le nom d'un de ses réalisateurs favoris.
— Bizarre. Chaque fois qu'on déjeune ensemble, il choisit le poulet-mayo.

Kane rit, me prend l'assiette des mains et repart dans sa chambre pour l'ajouter à une pile de vaisselle sale sur son bureau.

— Une pièce de plus à ma collection.

Mon regard est attiré par une paire de baskets bleu marine posée à côté des assiettes. *Des chaussures sur une table, c'est inviter la Mort sous son toit.* J'entends Lily en train de prononcer ces mots ; parfois, les dictons de ma mère m'apportent du réconfort, mais pas toujours.

J'essaie de les enlever sans qu'il s'en aperçoive. Même Kane ne comprend pas pourquoi je m'efforce tant de ne pas tenter le sort. En les emportant à la penderie, je passe devant la fenêtre ouverte et sens une odeur de barbecue qui monte du jardin voisin. Les étudiants en colocation. Ce sera Kane l'été prochain. En train de s'amuser avec ses nouveaux amis, sans aucune envie de rentrer à la maison.

— Il fait encore un temps magnifique.

J'espère que ma remarque aura semblé aussi enjouée que voulu. Je reste à la fenêtre, d'où je contemple le patchwork de clôtures et de jardins. Nos voisins d'à côté ne sont pas les seuls à dîner dehors ; plusieurs panaches de fumée s'élèvent dans la chaleur de cette soirée d'août.

— Carrément. C'est la belle vie, hein ?

Il est de bonne humeur, donc. Mon fils est soit heureux, volubile et euphorique, soit mutique et renfermé. Jamais d'entre-deux. Je me détourne lorsque le volume de sa musique augmente, et le vois qui manipule son téléphone. La piste change. Je crois qu'il appelle ça de l'*ambient*. Ce n'est pas désagréable, mais ça ne vaut quand même pas les Clash. C'est ce que moi j'écoute quand la vie est belle.

— Tu as touché de bons pourboires, aujourd'hui ?

Je lis la perplexité dans ses beaux yeux. Il les tient de moi.

— Comment ça ?

— Je me demande ce qui te met de si bonne humeur. Ça s'est bien passé au travail, j'imagine ?

Jusqu'alors, je n'avais pas regardé sa chambre en détail et n'avais fait attention qu'à son lit défait. Un de ses murs est nu. Les étagères au-dessus de sa table de chevet sont vides.

— Ouais, pas mal, répond-il, même si je l'entends à peine cependant que je contemple l'espace où se trouvait sa collection de romans. Je n'ai pas à me plaindre.

Tout va bien, tout va bien, tout va bien. Je me répète mon mantra en silence, en respirant par le nez tout en me mordillant les jointures. Un sac-poubelle est posé en équilibre contre le bout de son lit, et j'aperçois dedans des posters enroulés et des livres. Il fait déjà ses bagages ?

— Tu ne veux pas mettre tout ça dans ton sac à dos ? je le questionne.

Il a même décollé les bouts de Patafix. Après son départ, il n'y aura plus aucune trace de son passage.

— Pardon ?

Je dégage un tas de vêtements avec le pied, me baisse pour m'adosser au mur, et l'observe pendant qu'il s'habille.

— Celui que tu as pris pour ton voyage en France. J'imagine que tu prépares tes affaires pour la fac, non ?

Lucian, notre chat tigré, se faufile dans la chambre et se roule en boule contre mes jambes.

— Oh, les trucs au bout de mon lit ? fait Kane en parcourant les chemises suspendues dans son armoire.

Les cintres cliquettent contre le rail. Va-t-il les emporter, eux aussi ? Je caresse Lucian trop énergiquement ; il s'éloigne d'un bond, préférant s'installer sur le lit de Kane.

— C'est pour donner à une friperie solidaire. Je vais peut-être en vendre quelques-uns. C'est un peu tôt pour faire mes cartons, tu ne trouves pas ?

Il enfile une chemisette vert foncé.

Je pose la main sur la moquette et le regrette aussitôt, la ramène brusquement sur mes genoux pour en chasser les peluches, les miettes et les cheveux qui s'y sont collés. J'ai les paumes moites, et tout ce qui les touche y adhère. Je ne me suis jamais mêlée de mettre de l'ordre dans la chambre de Kane, ni de la nettoyer. Je ne suis pas du genre fixée sur le ménage (la vie est trop courte), mais je laisserai peut-être quand même l'aspirateur dans le couloir demain matin, des fois que ça le toquerait de le passer.

Je me reprends et secoue la tête d'agacement. Le ménage ? Si je pense à ça, pas de doute, je repousse le moment de me lancer.

— Je réfléchissais, tout à l'heure, et je trouve ça super qu'on réussisse à tout se dire.

Je fais semblant d'examiner la terre qui s'est fichée sous mes ongles quand j'ai arraché les mauvaises herbes dans la matinée, mais je risque un coup d'œil à Kane.

Il pince fort les lèvres, sans cesser de boutonner sa chemisette en silence.

Je ne peux plus reculer, maintenant.

— Les secrets, c'est terriblement néfaste, comme tu le sais.

Est-ce mon imagination, ou ses yeux se déportent-ils vivement vers son lit, son oreiller et ce qu'il a caché dessous ? Quoi qu'il en soit, son regard revient à moi.

— Maman, fait-il en touchant son anneau de narine du bout du pouce. Je ne suis pas comme papa.

Cette saillie me prend par surprise, même si j'aurais dû m'y attendre. Bien sûr, ce que j'ai à lui dire se rapporte à

Glyn, d'une certaine manière. Kane a toujours été beaucoup plus à l'aise que moi pour parler de son père.
— Je sais. Ce n'est pas ce que je voulais dire.
Je me dépêche de repousser toute réminiscence de mon mari, avant de me raviser : ça pourrait jouer en ma faveur.
— Mais puisque tu parles de lui, je t'ai déjà raconté le jour où je l'ai présenté à mes parents ?
Kane grimace. Il a deviné ce que j'ai derrière la tête.
— Allez, quoi, tu as fait le plus dur. Tu t'es confié à moi. Et ça s'est bien passé, non ?
Je me rappelle cette conversation, avant son départ pour Paris en mars. De tous les chocs que j'ai pu connaître dans ma vie, le coming out de mon fils a été le plus heureux.
— Et tu l'as même dit à tes copains. J'aimerais beaucoup rencontrer ce garçon, c'est tout.
— Je sais.
— Je ne te ferai pas honte.
Je ne le regarde pas, préférant me concentrer sur mon poignet et entortiller le bracelet de perles jaunes qu'il m'a rapporté de France.
— Il est plus âgé, c'est ça ? Ou plus âgé *et* bisexuel, et tu as peur qu'une cougar comme moi lui tape dans l'œil et te le pique ?
Je lève les yeux vers lui en m'efforçant de rester impassible.
— Maman, sérieux…
Je ris.
— D'accord, d'accord. Allez, sans rire. Je me moque de tout ça, mon chou, tant que tu es heureux.
Je n'avais pas prévu de l'amener en ces termes, mais je ne m'en suis pas trop mal sortie.
— Tu le vois ce soir ? Pourquoi tu ne lui en parlerais pas ?

Kane s'accroupit et pose une main sur mon genou.
— Je préférerais que tu t'occupes de toi.
— Il pourrait venir dîner.
— Tu as rentré tes pinceaux du cabanon ou pas ? Et le chevalet ?
— Je pourrais préparer le tajine de patate douce que tu aimes.
— Arrête de ne pas me répondre. Pourquoi tu ne rentres pas ton chevalet ?
— D'accord. Très bien. Je vais le rentrer, si c'est le seul moyen pour que tu me lâches avec ça.

Et je le ferai, bientôt. Mais avec un peu de chance, au bout de neuf ans dans l'humidité il sera vermoulu.

Il se lève, va à son bureau et se vaporise d'eau de toilette. Pas si différente de celle que mettait Glyn.

— Tu ne supportes pas qu'on te dise quoi faire, commente-t-il.

Je secoue la tête, à l'abri de son regard, tandis que je l'observe qui retrousse la jambe droite de son jean et chausse ses baskets.

— Et moi non plus, poursuit-il. Tu ne peux pas régler mes problèmes, ni moi les tiens. Je t'ai dit que je suis…

Il a encore du mal à employer le terme « homo », même si j'ai beau lui répéter que ça n'a absolument rien de honteux.

— Mais ce n'était pas pour trouver des solutions. Parfois, on n'attend pas de réponses, on veut juste être écouté.

Quand mon petit garçon brisé était-il devenu ce jeune homme perspicace ? Je m'avoue vaincue.

— Et Dawn ? Tu vas lui dire, la semaine prochaine ?
— Tatie Dawn ?

Il fronce les narines, débranche le chargeur de son téléphone, et la musique s'arrête.

— Non, Dawn French, voyons.

Je tends la main vers lui pour qu'il m'aide à me relever.

— Ben oui, tatie Dawn, gros malin ! Quoi que tu penses d'elle, il va falloir que tu la mettes au courant un jour ou l'autre. Et mamie, aussi.

Lily m'a déjà fait part de ses soupçons, même si Kane ne le sait pas. À cause de son piercing au nez, m'a-t-elle expliqué. Un signe qui ne trompe pas, selon elle. En outre, son instinct de grand-mère le lui aurait soufflé.

Il me prend par les épaules.

— Tu as vu que ta robe est un peu transparente, maman ?

— Elle est très légère, je réponds en m'essuyant les mains sur le coton à fleurs, avant de gratter un résidu de boue que j'ai ramené du jardin.

— C'est pareil. Je ne sais pas, tu pourrais au moins...

Il se pare d'un sourire ironique.

— Je n'en reviens pas d'être en train de dire ça à ma mère.

— Quoi ?

Je lui donne un petit coup de poing dans le bras, partageant son amusement.

— Sois sympa, mets un soutien-gorge si tu la gardes pour sortir.

— Tu voulais que je me trouve un compagnon, je croyais.

Alors que nous nous dirigeons vers le rez-de-chaussée, il passe la main dans ses boucles blondes.

— Ouais, mais... Il faut laisser un peu de place à l'imagination, quand même.

En attendant qu'il ramène son vélo de l'appentis derrière la maison, j'examine mon reflet dans la glace de l'entrée. Il exagère, pour ma robe. Ce serait bien que je fasse un effort pour mes cheveux, par contre. Sans grand entrain, je glisse les doigts dans les mèches désordonnées qui me pendouillent aux épaules.

— Tu vas le rencontrer, me lance-t-il en poussant son vélo à travers mon atelier. Je te le promets. Mais pas cette semaine. Si c'était possible, je le ferais, mais c'est plus compliqué que de l'inviter à passer comme ça. D'accord ?

Il cale son vélo en équilibre sous le miroir. Puis il serre mon visage entre ses mains et me dépose un baiser sur le front. Je me rappelle la première fois qu'il avait fait ça, lorsqu'il était encore tout petit et potelé, et les années n'ont pas amoindri la joie que me procure ce geste simple. Il examine son reflet une dernière fois, visse sur sa tête une casquette au bleu décoloré, prend ses clés, son portefeuille et deux antivols en U. Il ouvre la porte et manœuvre son vélo pour sortir.

— Tout va bien, déclare-t-il depuis le perron.

Je me retrouve à adresser un signe de la main, trop tardivement, au battant qui a déjà claqué.

ALICE
18 août

Elle se tenait dans le vestibule et fixait la porte d'entrée, serrée dans son peignoir. On avait encore frappé, plus fort cette fois, mais sa main refusait d'actionner la poignée.
Alice avait conscience qu'elle allait devoir ouvrir. Elle savait qu'il s'agissait de la police ; en descendant, elle avait distingué le bleu et le jaune vifs de leur voiture. Elle devinait que Theresa, du 75, observait la scène derrière ses stores vénitiens, et que Kev du 81 était sorti devant chez lui. La seule inconnue, c'était ce qu'on allait lui annoncer.
En ouvrant, elle plissa les yeux, éblouie par la lumière crue d'un réverbère. Ils étaient deux – l'un en uniforme, l'autre en civil. Ce fut le plus grand des deux, l'homme en costume, qui prit la parole :
— Êtes-vous la mère de Louis et Benoît Durand ?
Il avait prononcé le prénom de son cadet « Lewis ».
— C'est Louis, corrigea-t-elle en hochant la tête.
Elle resserra davantage son peignoir autour de sa taille, malgré la douceur de l'air nocturne.
— Je suis le lieutenant Grant Brailsford, et voici le brigadier Jim Wildish. Pouvons-nous entrer, s'il vous plaît ? demanda-t-il en ajustant sa cravate. Je regrette, nous avons une mauvaise nouvelle à vous annoncer...

Elle tenta de répondre, mais fut incapable d'émettre le moindre mot, aussi pivota-t-elle afin qu'ils lui emboîtent le pas. L'un d'eux alluma la lumière.

— Madame Hyde?

Seul le lieutenant s'adressait à elle depuis leur arrivée.

— Ce serait mieux si vous vous asseyiez.

Elle s'affala lourdement au bas de l'escalier.

— Vous ne souhaitez pas aller dans une pièce plus confortable?

Elle secoua la tête.

— Comme vous voulez, déclara-t-il avant de se racler la gorge. Il y a eu un accident, dans le centre-ville.

L'homme en uniforme sortit son calepin, et Alice le regarda l'ouvrir à une page vierge, préférant cela au visage empourpré et débordant de pitié de l'inspecteur.

— Je suis navré, madame, votre fils a été tué dans cet accident.

Sans qu'elle se souvienne de s'être déplacée, Alice était à présent dans son salon, serrant dans ses mains un mouchoir que l'inspecteur lui avait remis. Elle ne devait pas pleurer devant eux.

— Dès que vous serez prête, nous pourrons vous fournir plus d'explications, indiqua le lieutenant Brailsford.

— Que s'est-il passé?

C'était le genre de question qu'ils attendaient d'elle. Plus vite elle en aurait terminé, plus vite elle pourrait se débarrasser d'eux et de leur compassion.

— Il a fait une chute d'un parking de Queen Charlotte Street, du troisième étage.

— Comment ça, une chute?

— Je ne peux pas vous donner davantage de détails pour l'instant, répondit le lieutenant, avant de passer les doigts dans ses cheveux blond-roux.

Elle fut certaine de voir des pellicules tomber sur les épaules de son costume déjà négligé ; nul doute que certaines allaient se retrouver sur le canapé avant qu'elle ait pu lui faire quitter la maison.

— Qu'est-ce qu'il faisait dans un parking ?

Alice se redressa dans son fauteuil et lissa ses cheveux. Il fallait qu'elle soit présentable, pour Lou. Elle devait leur montrer qu'il venait d'une famille correcte.

Brailsford toussa et jeta un coup d'œil au policier qui l'accompagnait.

— Il est encore trop tôt pour que je m'étende sur la question. Notre seule certitude, c'est qu'il est tombé.

Elle ferma les yeux et pressa le mouchoir contre ses lèvres. Elle revit le visage de Lou, la dernière fois qu'ils s'étaient parlé. Ce regard qu'il lui avait décoché.

— Est-ce qu'il est mort sur le coup ?

— Son décès a été constaté sur les lieux, répondit Brailsford. Malheureusement, nous n'avons pas plus d'informations pour le moment. Mais nous vous orienterons dès que possible vers un officier de liaison avec les familles, qui pourra répondre à vos questions.

A-t-il souffert ? Voilà ce qu'elle tenait à savoir. Avait-il eu le temps, dans sa chute, de se rendre compte de ce qui se passait ? Elle prit le coussin aux broderies dorées à côté d'elle, se remémorant le Noël où, à sa grande surprise, Lou le lui avait offert (en général, ils n'échangeaient pas de cadeaux), retirant machinalement quelques fils qui en dépassaient. Elle l'avait soupçonné de se douter que ça ne lui plairait pas (« Je sais que tu adores les trucs qui brillent, *maman** »), mais par défi, se refusant à lui donner l'occasion de rire à ses dépens, elle l'avait mis en exposition dans le salon. À cet instant, pourtant, elle le cacha derrière son dos. Cet objet la faisait-il paraître superficielle aux yeux des policiers ? Observaient-ils la pièce en portant un jugement sur ses fils et elle ? Tous les trois formaient une famille sérieuse et respectable : il suffisait de voir comme tout était propre et ordonné. Pour preuve, les tons élégants qu'elle avait choisis pour refaire la déco, exercice qu'elle s'imposait tous les quatre ans sans exception : les gris et les blancs crème. Ici, on était dans un foyer convenable, sans histoires.

— Toutes mes condoléances, madame Hyde, reprit-il. (Elle aurait préféré qu'il lui épargne sa commisération.) Y a-t-il quelqu'un d'autre à prévenir ?

Alice ferma de nouveau les yeux et se revit dans la salle d'accouchement, presque dix-huit ans auparavant, pliée en deux au bord du lit, tandis que la sage-femme lui demandait s'ils devaient avertir quelqu'un qu'elle était à la maternité. « Le père du bébé, peut-être ? » Si seulement elle pouvait écarter les questions du lieutenant en feignant une nouvelle contraction.

— Son père est à l'étranger, répondit-elle. Nous ne sommes plus ensemble.

— Très bien. Souhaitez-vous que nous le contactions ?

— Je peux m'en occuper.

L'autre policier se leva et alla à la cheminée, où il examina une pile de sous-verre qu'elle avait achetée adolescente, quand elle nourrissait encore l'ambition obsessionnelle de devenir concertiste. Chacun était paré d'une reproduction de partition ancienne – un nocturne de Chopin, *Rhapsody in blue* de Gershwin, le *Concerto pour piano n° 2* de Rachmaninov. Des bribes de la partition imprimée sur le quatrième dessous de verre s'immiscèrent dans sa tête. La *Fantaisie en ré mineur* de Mozart. Du pop-corn éclatant dans son ventre. Elle se frotta les oreilles, s'efforçant de chasser la musique et de se concentrer sur le brigadier Wildish. Une main posée sur les carrés de bois, celui-ci promenait le regard dans le salon. Elle avait la certitude qu'il cherchait des photos de famille à décortiquer, et elle se félicita de ne pas en avoir encombré ses murs et ses étagères, comme tant d'autres. Elle n'avait pas besoin de photos ; ses souvenirs étaient solidement ancrés dans sa mémoire. Soudain, sans crier gare, une de ces images des garçons lui revint. Ils avaient alors environ huit et six ans. Tous les deux avaient réussi à monter sur le toit du cabanon de derrière, et lorsqu'elle était sortie leur ordonner de descendre, Benny avait chuté sur la terrasse. Cet après-midi-là, ils avaient passé des heures aux urgences ; de l'avis des médecins, Benny aurait pu se casser le bras.

Benny. Où était-il ?

— Mon autre fils... il... Savez-vous...

Pour la première fois depuis qu'elle avait fait entrer ces inconnus chez elle, elle commença à paniquer. Comment avait-elle pu ne pas penser à lui ?

— Il est indemne, la rassura Brailsford avec un bref sourire. Il est au commissariat, en train de faire une déposition à mes collègues.

— Mais quand va-t-il rentrer ?

— J'ai conscience que tout cela est terriblement difficile pour vous, madame Hyde. (Il inclina la tête de côté et porta la main sur sa poitrine.) Vous aurez la possibilité de parler à votre fils plus tard, mais nous devons d'abord recueillir son témoignage détaillé. Ça peut prendre un certain temps.

Devait-elle insister pour qu'on la conduise au poste afin qu'elle puisse le voir ? Non. S'ils avaient des règles, c'était pour une bonne raison. Mieux valait qu'elle les respecte, qu'elle laisse les policiers faire leur travail.

Brailsford remua dans le canapé pour sortir des clés de sa poche arrière. Il ne manquait plus que ça... des égratignures sur le cuir.

Voyant qu'elle tardait à répondre, il se sentit dans l'obligation de combler le silence. Il se pencha en avant, les coudes appuyés sur les genoux.

— Je dois vous prévenir que la mort de Lou est considérée comme inexpliquée. L'enquête a été confiée à la brigade criminelle. Nous devons suivre la procédure.

— Inexpliquée ?

Devait-elle exiger de parler à son supérieur ? Brailsford lui parut soudain très jeune. Avec son col déboutonné derrière son nœud de cravate, il lui faisait penser à Lou en uniforme de lycéen. Était-il habilité à lui fournir les renseignements nécessaires ? Lui avaient-ils envoyé un inspecteur moins gradé parce qu'on était en pleine nuit ?

— Mais vous m'avez dit qu'il avait fait une chute, reprit-elle, et ce fut elle, à présent, qui eut l'impression de tomber dans le vide.

— Nous pourrons vous en dire davantage très bientôt, j'en suis certain, lui certifia Brailsford.

— Et Benny... les questions que vous lui posez... Il ne va pas avoir d'ennuis, au moins ?

Ils l'assurèrent que ce n'était pas le cas, qu'il s'agissait de la routine. Elle parcourut du regard les DVD sous la télé tandis qu'ils lui demandaient, encore, si elle souhaitait qu'ils préviennent quelqu'un qui pourrait venir lui tenir compagnie. *Ils ne sont pas dans l'ordre alphabétique.* Si elle avait d'autres questions à leur soumettre avant qu'ils prennent congé. Quand allaient-ils apprendre à ranger leurs affaires, à la fin ? Si elle ne voyait pas d'inconvénient à ce qu'ils envoient des agents dans la matinée, à une heure plus raisonnable, pour fouiller la chambre de Lou. Elle n'exigeait quand même pas la lune !

Après leur départ, elle alla se faire un café. Il était trois heures, mais elle savait inutile de retourner se coucher. Elle resta longtemps dans le noir, à regarder par la fenêtre au-dessus de l'évier le mur de prison haut de huit mètres qui se dressait au bout de son jardin, les spirales de fil barbelé à son sommet et la lueur orangée qui s'élevait derrière. Ce n'était pas elle qui aurait dû être debout à cette heure-là, mais ses fils, allant d'un pas titubant se faire des toasts et finir le jus d'orange du réfrigérateur, comme toujours après une soirée festive. Lorsqu'elle se décida à allumer, elle remarqua le skateboard de Benny appuyé en équilibre contre la table de la cuisine. C'était son seul fils, désormais, songea-t-elle dans un sursaut. Un enfant unique, comme elle. Que répondrait-elle, quand on lui demanderait combien d'enfants elle avait ? En toute logique, elle dirait « Un fils ». Mais cela donnait l'impression que Lou n'avait jamais existé. Était-elle la mère d'un seul garçon, ou toujours de deux ? Benny était-il encore un frère ?

Elle épongea du sucre renversé, retira un bout d'oignon desséché au bord de la plaque de cuisson. À côté d'une assiette parsemée de miettes se trouvait un pot de fromage frais qu'on n'avait pas rangé au frigo. Elle s'en saisit, mais se rappela alors que Benny n'en mangeait pas. C'était forcément Lou qui l'avait laissé là dans la soirée.

Elle lâcha le pot sur le plan de travail en bois, sentant dans sa main le fantôme de celle de son fils.

INDIGO
18 août

J'ai été réveillée tôt par la vive clarté du matin qui filtrait à travers les rideaux de ma chambre, mais je me suis tout de suite rendormie. Nous avons eu tant de belles journées récemment que je n'éprouve plus le besoin de quitter la couette en hâte pour en profiter au maximum, comme j'en ai l'habitude. Mais après avoir somnolé dans un bain de soleil, il est vite dix heures passées et il me faut mon thé. Je m'extirpe péniblement du lit, cherche mes lunettes à tâtons sur la table de chevet et descends en chaussons.

Je récupère le journal du dimanche sur le perron et adresse un salut à Paul, le voisin du 13, occupé à tailler le rosier grimpant qui encadre sa porte d'entrée.

— Ça va encore taper, annonce-t-il.

— Les jardins partagés sont assoiffés. Kane et moi avons prévu de faire une petite danse de la pluie, ce soir, si ça vous tente de vous joindre à nous, Helen et toi!

Paul rit.

— Tu ferais quoi si je te disais oui?

— Qu'est-ce qui te fait croire que je plaisante? je rétorque avec un large sourire.

Tandis que je referme, Lucian rentre à toute vitesse en me frôlant les pieds, et je le suis jusqu'à la cuisine. Kane est déjà levé – chose inhabituelle après une nuit de fête –, assis dos à moi au comptoir. Voilà qui va me manquer. C'est toujours agréable d'entrer dans une pièce et d'y trouver quelqu'un.

— Bonjour, mon grand. (Je bâille, puis enjambe Lucian qui s'étend de tout son long sur une tache de soleil sur le carrelage en terre cuite.) Tu veux un thé ?

Je lui donne une tape affectueuse dans le dos en passant à côté de lui.

Il ne répond pas. Après avoir rempli et allumé la bouilloire, je me détourne.

— Chéri ?

Mais qu'est-ce qu'il a au... Je remonte mes lunettes sur mon nez.

— Ton visage. Kane, ton... (Je suis soudain tout à fait réveillée.) Qu'est-ce qui s'est passé ?

Il porte les mêmes vêtements qu'hier soir en partant, mais ils sont sales et froissés ; de toute évidence, il ne s'est pas couché. Sa casquette est sur le comptoir à côté de lui, maculée de ce qui pourrait être du sang. Son sourire de la veille a été remplacé par un hématome à la mâchoire, une vilaine éraflure et une lèvre fendue. Il semble n'avoir même pas remarqué ma présence. Ses yeux sont rivés sur le pollen tombé de mon vase de lis des steppes, qu'il rassemble en une ligne nette avec l'index droit.

— Kane ? j'insiste en lui posant la main sur l'épaule. Chéri, qu'est-ce qui t'est arrivé ? Tu t'es fait agresser ?

— J'aurais préféré.

Le ton qu'il emploie m'effraie bien plus que son état. Je fais un pas en arrière et retire ma main.

— Tu aurais préféré te faire agresser ?

Pas de réponse de Kane, seulement la bouilloire qui émet un cliquetis.

Je contemple la vapeur qui s'en élève et embue la fenêtre au-dessus de l'évier, puis m'efforce de reporter le regard sur lui.

— Tu es allé à l'hôpital ?

— Pas besoin. (Il relève les yeux et écarte les bras en grand.) Je suis là, non ? Je suis vivant, alors c'est bon.

— Tu me fais peur, Kane, je lui avoue d'une voix forte et chevrotante. Où tu étais, hier soir ?

À cette question, son visage s'allonge, sa lèvre inférieure se met à trembler comme quand il était petit, et il pousse un affreux geignement. Lucian fait un bond et s'échappe par la chatière de la porte du jardin.

— Je voudrais revenir en arrière, maman. Ça ne serait peut-être pas arrivé si je n'étais pas sorti.

— Oh, chéri...

Je rapproche un tabouret de lui et m'assieds, puis prends ses mains dans les miennes. Elles aussi sont couvertes d'ecchymoses et d'écorchures. Je frotte le bout de ses doigts pour en retirer le pollen.

— Lou est mort, maman. Il a fait une chute.

— Il s'est fait renverser par une voiture ?

— Non, sanglote Kane. On était dans le parking, dans les étages...

— Qu'est-ce que vous y faisiez ?

— Dans le parking ? (Il cligne des paupières.) Je... nous... un copain allait nous raccompagner en voiture, et il était garé là-haut.

Je porte une main à mon cou et pince la peau sous mon menton.

— Il avait quel âge ?
— Dix-huit ans.

Si jeune. Sa pauvre mère. Je serre plus fort au point d'en grimacer de douleur.

— Comment c'est arrivé ?

Kane retire ses mains et replie les jambes contre sa poitrine. Il a encore ses chaussures aux pieds. Combien d'heures a-t-il passées là, seul ?

— On faisait les cons, et Lou... il était... il se penchait par-dessus le parapet, à gueuler des trucs aux passants. (Il s'interrompt, enfouit sa tête entre ses genoux.) On s'amusait, quoi.

— Et ensuite ? Il est tombé comme ça ?

— Ça s'est passé tellement vite. Il a glissé, je crois... Je... je...

— Ça va aller, chéri.

Il renifle, frotte le front contre son jean.

— Et toi, qu'est-ce qui t'est arrivé ? Ton visage, tes mains, d'où ça vient ?

Il relève la tête, palpe l'hématome sur sa joue comme pour deviner son apparence, puis il tend la main droite devant lui et examine ses égratignures.

— Ça doit être quand j'ai retenu Benny, après. Il a pété un câble, et je l'ai agrippé pour le calmer, mais il m'a frappé.

— Benny, c'est le frère de Lou, c'est ça ? C'est lui qui travaille avec toi ?

Kane hoche la tête.

— Il était là, du coup ? Benny ? Il a tout vu ? Quelle horreur !

— Oui... Il est devenu fou, il s'est mis à balancer les poings dans tous les sens.

Kane touche sa lèvre fendue.

— Ça va aller, chéri, ça va aller.

Je ne devrais pas éprouver de soulagement alors qu'un jeune homme est mort. Pourtant, c'est le cas. Kane ne faisait que maîtriser son ami fou de douleur. Je me lève et le serre fort dans mes bras, attire sa tête contre ma poitrine et lui donne un baiser sur les cheveux. Ils sentent le tabac froid et la sueur douceâtre d'une soirée alcoolisée.

— Mon pauvre, je susurre dans ses boucles. Pourquoi tu ne m'as pas réveillée en rentrant ?

— Je ne savais pas quoi te dire.

Il m'agrippe le bras.

— Tu as fait une déposition ? (Nous devons penser aux détails techniques. Que dois-je faire pour l'aider à traverser cette épreuve ?) Ce sont les policiers qui t'ont raccompagné ?

Je sens soudain son corps se raidir, ses membres se crisper. Je remarque alors, en regardant dans la salle à manger par-dessus sa tête, que son vélo est là, en appui contre le radiateur. Personne ne l'a ramené en voiture, donc. Je déteste quand il rentre à vélo alors qu'il a bu.

Il se dégage doucement de mon étreinte et me regarde dans les yeux pour la première fois de la matinée.

— Les policiers...

J'ignore quel est l'élément déclencheur – sa pâleur ? Sa façon de déglutir ? Les clignements rapides de ses paupières ? Mais un profond frisson me parcourt, comme si mon corps avait compris avant mon cerveau la gravité de la situation.

— Ils ne savent pas que j'étais là, maman. Je me suis enfui.

ALICE
18 août

Si quelqu'un lui avait demandé comment s'étaient déroulées les premières vingt-quatre heures ayant suivi la mort de Lou, Alice Hyde aurait pu évoquer le retour de Benny à la maison, la conversation qu'elle avait eue avec Étienne, les enquêteurs qui avaient passé la chambre de Lou au peigne fin. Mais elle aurait été bien en peine de se rappeler dans quel ordre cette séquence avait eu lieu. Peut-être parce que sa notion du temps avait été perturbée quand elle s'était levée en pleine nuit pour ouvrir aux policiers. À moins que ce soit normal d'être désorienté quand on vient de perdre son enfant. La temporalité naturelle avait abandonné ce foyer contre nature, où l'ordre des choses avait été bouleversé.

Elle s'était retrouvée dehors, en tout cas. Dehors, à l'ombre du mur de la prison. Tournant le dos à la masse de briques, elle avait promené le regard autour d'elle, dressant une liste d'occupations qui l'empêcheraient de penser. Un bébé, chaud, moite et très blanc, qu'on lui met dans les bras. Jamais assez, rien n'avait jamais été assez. Pas beaucoup de désherbage en vue (elle était trop méticuleuse pour cela), mais elle pouvait égaliser les bords de pelouse. Rabattre la lavande. Poser les tuteurs des dahlias. Chaud, moite et très blanc. Elle secoua la tête pour en chasser cette image, et se dirigea vers la maison, ouvrit le cabanon, en sortit un sécateur et ses cisailles à gazon. Elle vérifia s'il y avait des araignées dans ses gants de jardinier bleus, puis les enfila et se mit au travail. Jamais assez.

La nouvelle policière, l'officière de liaison, l'interrompit. Lieutenante Garcia, c'était son nom.

— Vous voulez que j'aille vous chercher à boire ? lui proposa celle-ci.

Petites mains potelées qui saisissent un gobelet bleu. Soupir de satisfaction après qu'il a bu une gorgée.

Alice s'épongea le front avec la manche et poursuivit son égalisation.

— Nous ne sommes pas parties du meilleur pied, il me semble, Alice.

La lieutenante Garcia joignit fermement les mains devant la ceinture de son pantalon gris dépourvu du moindre faux pli. Alice refusait de la regarder en face. Elle aurait pu répondre : « Je ne vous ai pas autorisée à m'appeler Alice. » Ou : « Je ne vous ai jamais demandé de venir chez moi. » Ou encore : « Non, je ne veux rien à boire. » Mais elle n'en fit rien ; elle continua à tailler la pelouse.

— Je vais vous laisser, alors. Je peux être là souvent ou aussi peu que vous le souhaitez, et pour l'instant je crois déceler que vous préférez me voir le moins possible.

Alice se redressa et considéra la jeune femme. Enfin, on avançait.

— C'est mon devoir de vous tenir informée, mais je garderai mes distances autant que possible. Voici mon numéro. (Elle tendit une carte à Alice.) Appelez-moi si besoin.

Alice voulut la remercier, elle s'y apprêtait sincèrement, mais au même moment elle entendit le claquement étouffé de la porte d'entrée. Benny ?

— Excusez-moi, dit-elle en frôlant la lieutenante Garcia et son tailleur impeccable, laissant tomber dans un bruit sourd ses cisailles sur le sol jauni par le soleil. Benny ?

Non... cette conversation, ce temps passé dans le jardin, cela avait dû avoir lieu beaucoup plus tard que dans son souvenir. Pendant la majeure partie de la journée, elle s'était demandé quand Benny allait rentrer, si elle devait intervenir pour l'aider.

Si elle était sortie dans le jardin un peu plus tôt, c'était pour une raison précise : parler à Étienne en privé, lorsqu'il l'avait enfin rappelée.

— Il faut que je réponde, avait-elle déclaré, abandonnant la collègue de la lieutenante qui, dans la chambre de Lou, explorait ses placards.

Alice se souvenait d'avoir pris son appel en descendant l'escalier.

— Donne-moi deux secondes, lui avait-elle enjoint, attendant d'être dehors, la porte de derrière fermée, avant de reprendre : « C'est Lou. Je dois te prévenir pour Lou. »

Qu'avait-elle dit ensuite ? Elle avait oublié. Il était anéanti, en état de choc à l'autre bout de la ligne. Elle avait essayé de lui dire des mots apaisants, mais aucun ne lui était venu ; elle éprouvait encore trop de mal à trouver de la tendresse dans son cœur pour l'homme qui l'avait plaquée alors que Louis n'avait que quelques semaines. L'homme qui n'envoyait jamais de carte d'anniversaire à ses fils. Celui qui avait viré vingt livres sur son compte tous

les deux ou trois mois jusqu'à leurs seize ans, comme si ça pouvait suffire.
— Je suis désolée, avait-elle dit.
Elle n'avait pas été capable de plus.
— Ce n'est pas possible.
Une toux. Il tentait de se reprendre.
— Tu pourrais venir ? (L'effort à fournir pour lui poser cette question lui avait arraché une grimace.) Je sais que tu es en tournée, mais... Pour Benny, quoi.
Étienne avait soupiré.
— *Je ne sais pas**... (Il avait marqué une pause.) Je n'arrive pas à croire qu'il soit mort.
Alice se tenait sous le pommier, pas très loin de la vieille Triumph Tiger que Lou avait insisté pour retaper sur sa splendide pelouse. Peut-être s'était-il entêté d'autant plus à cause des réticences qu'elle avait exprimées. Le téléphone coincé entre l'épaule et l'oreille, elle avait soulevé la bâche de protection de la moto, avant de l'étendre sur les parties brunes où l'huile de moteur fréquemment renversée avait brûlé le gazon.
— Alice.
Autrefois, elle adorait la façon dont il prononçait son prénom. Quand ils venaient tout juste d'acheter la maison (avant qu'il la quitte et la laisse rembourser le prêt seule), lorsqu'elle était enceinte de Benny et qu'il débordait d'enthousiasme à l'idée de cette magnifique aventure consistant à fonder une famille (avant qu'il s'en lasse et se mette en quête d'une nouvelle expérience trépidante à accrocher à son tableau de chasse), quand son métier de prof de musique le comblait suffisamment (avant qu'il se pique de s'accorder « plus de liberté créative » en tant que guitariste de blues). À l'époque, il se tournait vers elle dans le lit le

matin et lui chuchotait : « C'est toi la plus belle, Alice. » À présent, ça l'horripilait.

— Il ne faut pas que tu te sentes coupable, avait-il dit.

Elle avait décollé son portable de sa joue, serrant si fort les bords de l'appareil qu'elle en eut mal aux doigts. Elle avait entendu Étienne répéter « Alice ? » tandis qu'elle pressait le bouton rouge sous son numéro.

Il ne faut pas que tu te sentes coupable.

Comment aurait-il pu être au courant des nombreuses occasions où, en pleine nuit, elle avait rêvé d'être libérée de ses obligations envers son fils ? Jamais elle n'avait voulu que ça se termine ainsi. Jamais de cette façon-là, Lou. Elle repensa au lieutenant Brailsford, lui demandant au cœur de la nuit si Lou avait laissé une lettre. Voulant savoir de quelle humeur il était avant de sortir. Impossible que Lou ait sauté. Pas son fils. Elle fit un pas vers la moto et en caressa le guidon.

— Qu'est-ce qui t'est arrivé ? murmura-t-elle.

Elle allait devoir la déplacer ; la moto ne pouvait pas rester dans le jardin tout l'hiver. Le père d'Alice l'avait offerte à Lou pour la fin de ses examens, après l'avoir vu bricoler le moteur de la vieille Polo qu'il partageait avec Benny. Lou avait passé des heures dehors à désosser la Tiger, en écoutant son affreuse musique au casque, tachant la terrasse de coulures d'huile et laissant traîner de l'essence dans des saladiers en plastique pendant des semaines. Elle qui avait grandi fourrée dans l'atelier de réparation de son père, l'odeur d'essence ne la dérangeait pas ; c'était le bazar que Lou laissait qui la hérissait. Mais savoir qu'elle ne l'y verrait plus jamais lorsqu'elle regarderait par la fenêtre... Cette pensée lui enserra la poitrine d'une émotion qu'elle peina à identifier. Elle savait seulement qu'elle voulait l'étouffer, s'en débarrasser et ne plus jamais la ressentir.

Alice avait appelé son père, aussi, avant Étienne, pour lui annoncer la nouvelle. Ça avait été plus pénible, car il était proche de Lou, plus qu'il ne l'avait jamais été d'elle. Il vivait juste au bout de la rue, mais il ne leur avait presque jamais rendu visite jusqu'à récemment, quand il s'était découvert un centre d'intérêt commun avec le cadet de ses petits-fils : l'amour de comprendre le fonctionnement des objets. Ce matin-là, elle lui avait indiqué qu'il valait mieux qu'il ne vienne pas ; elle avait trop à faire avec la police. Ayant perçu son chagrin au téléphone, elle craignait de ne pas avoir les épaules pour le supporter en plus du sien.

Tandis qu'elle caressait le cuir chaud de la selle, avant de tirer sur un morceau de gros Scotch tissé qui consolidait une couture, Alice se demanda si elle avait le droit de pleurer Lou. Elle avait toujours eu du mal à se sentir proche de lui, à ressentir avec lui la proximité qui la liait à Benny, et ce dès lors qu'on le lui avait mis dans les bras, chaud, humide et très blanc. Qu'est-ce qui nous donnait le droit de pleurer quelqu'un ? Sans doute fallait-il avoir éprouvé un certain amour pour cette personne ; il fallait l'avoir aimé *assez*. Rien de ce qu'elle avait fait pour Lou ne lui avait semblé assez.

Son père avait ignoré sa requête, et moins d'une demi-heure après leur échange, il s'était présenté chez elle. Tous les deux s'étaient épargné la gêne de se serrer dans les bras, mais quand il lui avait fait un café dont, sans qu'elle s'en soit rendu compte, elle avait un profond besoin, elle lui en avait été reconnaissante, et sans s'expliquer pourquoi, sa présence l'avait rassurée quand, peu après, la lieutenante « Appelez-moi Hannah » Garcia était arrivée avec l'autre – comment déjà ? Hobson ? Dodson ?

Il était encore tôt quand elles avaient sonné. Le soleil n'était pas passé derrière la maison et baignait les troènes du jardinet de devant. Mais dans la mémoire faussée d'Alice, leur visite avait eu lieu beaucoup plus tard.

— Je vous sers autre chose ?

Dans ses souvenirs, c'était une des premières choses que la lieutenante Garcia lui avait demandées. Qu'est-ce qu'ils avaient, ces policiers, à toujours vous proposer à boire ? Elle avait quarante-cinq ans, merde ; elle était assez grande pour s'hydrater correctement. Elle n'était plus une enfant. Pas comme Lou tout petit, à qui il fallait sans cesse rappeler de prendre une gorgée de jus de fruits. Une image la frappa, pareille à une gifle : celle de ses petits doigts boudinés s'emparant de son gobelet bleu au bec rouge. Un bruit lui revint en mémoire – lui qui buvait goulûment, avant d'imiter Benny en poussant un soupir de satisfaction exagéré à la fin de sa grande lampée.

Alice se frotta les yeux et les oreilles avec le talon de la main, entendant comme de loin son père qui répondait à sa place :

— Je viens de lui faire un café, ça ira pour l'instant.

Alice examina la lieutenante Garcia de la tête aux pieds. Officier de liaison auprès des familles, voilà comment elle s'était présentée. « *Là pour vous aider et vous soutenir.* » Elle paraissait à peine plus âgée que Benny. En quoi pourrait-elle les aider ?

— Qu'est-ce que vous êtes venue me dire ? Quand Benny va-t-il pouvoir rentrer ?

Alice passa le doigt sur le pourtour du saladier de fruits du comptoir, vide hormis des rafles de raisins fantômes. Elle éprouva soudainement la nécessité de ne jamais jeter ces tiges ; Lou avait sans doute mangé ces grappes. *Ne sois pas ridicule, Alice.*
— Malheureusement, je l'ignore, madame Hyde.
— Je ne comprends pas trop pourquoi on l'a emmené au commissariat.
— Je conçois que ce soit très difficile pour vous.
— Vraiment ?

Le père d'Alice lui posa la main sur l'avant-bras, et lorsqu'elle baissa les yeux, stupéfaite par ce geste, elle s'aperçut qu'elle serrait si fort le saladier qu'elle en tremblait.
— Mes collègues avaient besoin de s'entretenir avec Benny, et c'est beaucoup plus facile au poste. (Garcia appuya ses coudes sur le comptoir.) Mais je suis là pour répondre à toutes vos questions...

Alice ne supportait pas cette familiarité. Cette jeunette qui la prenait de haut. Elle lâcha le saladier et alla à la baie vitrée, d'où elle regarda la moto de Lou sous le pommier, enveloppée dans sa bâche tachée de cambouis.

Petites mains potelées qui saisissent un gobelet bleu. Alice plissa fort les paupières et secoua la tête.
— ... pas vous poser des tas de questions aujourd'hui, vous avez eu une nuit pénible. (Garcia continuait à monologuer. Que faisait-elle encore là ?) Mais je vais devoir revenir d'ici à quelques jours pour prendre votre déposition.

Pourquoi devait-elle faire une déposition ? Elle était à des kilomètres de Lou au moment de sa mort. Elle repensa à son souhait d'être libérée de lui. Elle n'était pas obligée de le mentionner.
— ... voyez pas d'inconvénient ?

C'était l'autre policière qui s'adressait à elle.
Alice la fixa d'un regard perplexe. Son père vint à la rescousse.

— La sergente Hobson se demandait si tu pouvais lui montrer la chambre de Lou.

Quand elle entendit Benny rentrer, Alice laissa la lieutenante Garcia dans le jardin. La jeune femme lui indiqua que la sergente Dobson et elle n'avaient pas besoin qu'elle les reconduise, mais Alice fit comme si elle ne l'avait pas entendue. Elle jeta ses gants de jardinage sur la table en bois de la terrasse, celle qu'elle sortait du cabanon tous les ans, mais à laquelle elle n'avait jamais pris un seul repas avec ses fils. De toutes parts l'entouraient des détails semblables lui rappelant ses efforts pour donner l'impression d'une famille fonctionnelle.

— Benny ?

En entrant dans la maison, elle retira ses baskets et ses socquettes mouillées de transpiration, et savoura brièvement le soulagement qu'elle ressentit en foulant le linoléum frais de la cuisine, avant de se souvenir qu'elle n'avait pas le droit d'éprouver la moindre satisfaction en cette journée. Elle passa sans s'arrêter devant la sergente Hobson et son père.

— Ben ?

Il n'était ni dans la pièce du fond ni dans le salon, aussi monta-t-elle à l'étage. Elle pensait deviner où elle allait le trouver. La perspective de devoir entrer là la força à cligner des yeux pour chasser un étourdissement. Quand la sergente avait exploré la pièce, Alice était restée dans le couloir, lui donnant la permission de fouiller la penderie, les placards, sous le lit – le tout sans mettre un pied à l'intérieur.

— Benny ?

Alice patienta devant la porte. Peut-être qu'il sortirait et qu'elle n'aurait pas à entrer, tout compte fait. Elle attendit. Soupira. Prit son courage à deux mains.

En ouvrant le battant, elle fut enveloppée par la chaleur de la chambre. Lou aurait été en train de dormir, s'il était rentré dans la nuit. En même temps que la touffeur lui parvint l'odeur de son cadet, mélange de déodorant, de sueur et d'essence, et celle de vieilles épluchures d'orange dans sa corbeille.

— J'ai encore l'impression qu'il va arriver d'un moment à l'autre.

Benny était assis sur la couette rouge de son frère, vêtu du tee-shirt et du jean propres qu'elle avait confiés à Brailsford aux premières heures. Qu'avaient-ils fait de ce qu'il portait la veille ?

Elle regarda autour d'elle. La chambre était un vrai dépotoir : revues techniques négligemment ouvertes sur le lit, tee-shirts suspendus sur la télé, reflet de lentilles de contact usagées par terre. Les murs étaient tapissés de dessins et de notes concernant sa Tiger adorée. À leur manière, ces croquis désordonnés et griffonnés présentaient une certaine beauté.

Elle reporta son attention sur Benny qui, les yeux rivés sur le sol, le dos voûté, avait l'air épuisé. Elle aurait dû aller le réconforter, le serrer contre elle, ou au moins le prendre par les épaules, mais ce n'était pas dans les habitudes familiales.

— On va traverser cette épreuve. (Elle ne trouva rien d'autre à dire, tout en ayant conscience que c'était mal avisé.) Comment c'est arrivé, Ben ?

Il ne lui répondit pas. Il ne contemplait pas le sol, en fait, mais ses mains, dans lesquelles il tenait une ceinture en cuir enroulée.

— C'est à Lou ?
Benny comprit de quoi elle parlait et fit oui de la tête.
— Ça te dérange si je la garde ? Je veux quelque chose pour...
— On trouvera mieux que ça, j'en suis sûre. (Elle marqua une pause.) Tu l'as déjà senti déprimé, toi ?
— Quoi ?
— Il faut que je sache. Est-ce qu'il a sauté ?
Il inspira profondément.
— Je ne crois pas que ça aurait été son genre. Et toi ?
— Non. Mais dans ce cas, qu'est-ce que...
— Il était de bonne humeur, tu vois. On se marrait bien. On a bu quelques coups au Old Duke, puis au Llandoger.
Alice hocha la tête. Elle se les représentait tous les deux, en train de faire les imbéciles. Unis par un lien fraternel dont elle avait toujours été exclue.
— Après la fermeture du Llandoger, avec Lou et un pote, on a escaladé le mur d'un parking à étages au coin de la rue. Pour déconner.
— Vous avez escaladé le mur ? À quelle hauteur ?
Jamais, quel qu'ait été son état d'ébriété, elle n'avait envisagé de grimper aux parois extérieures d'un parking.
— Deux, trois étages, peut-être ? (Il tendit la main, lui faisant signe de se calmer.) On y est restés un peu, puis je suis ressorti pour acheter des bières à l'épicerie et quand je suis revenu...
Il n'eut pas besoin de finir sa phrase. Elle comprit qu'en la laissant ainsi en suspens, il voulait dire qu'il avait trouvé son frère.
— Alors, tu ne l'as pas vu tomber ?
— Non.

Il leva vers elle ses grands yeux foncés. Ceux d'Étienne.

— Il s'est forcément passé quelque chose pendant ton absence.

Il détourna le regard.

— Que je comprenne bien, vous faisiez les imbéciles, puis tu es parti… (Elle se massa les tempes.) Mais il n'y avait rien eu d'inhabituel avant ?

— Non.

— Vous ne vous étiez pas engueulés, tous les deux ? Qui était avec vous, déjà ?

Il tritura les trous percés dans la ceinture. Pourquoi avait-elle l'impression qu'il évitait son regard ?

— On s'amusait bien, je te dis. Il… il était bien luné, et il avait la pêche.

Elle examina son visage et remarqua pour la première fois une fine égratignure rouge en travers d'une joue. Cette taillade lui rappela les griffures que les garçons lui faisaient, bébés, quand elle laissait trop pousser leurs ongles.

— Et sinon… ?

— Sinon quoi ?

— Vous étiez avec qui ?

Il tendit la ceinture entre ses mains, avant de l'enrouler de nouveau, encore plus serrée ; elle sentait qu'il se renfermait.

— Benny ?

— Je n'entraînerai personne d'autre là-dedans. À quoi ça servirait ?

— Il faut que je sache.

— C'est le seul truc que je ne te dirai pas.

Elle préféra ne pas le reprendre sur le choix de ses mots. *Le seul truc.* Il y en avait beaucoup d'autres qu'il ne lui révélait pas, elle en avait la certitude.

— Allez, Ben.

— Je ne balancerai pas mes potes.

Quand l'inspecteur l'avait prévenue que ses collègues enregistraient la déposition de Benny, elle avait hésité à demander si elle devait lui appeler un avocat. Elle s'était abstenue, car seuls les coupables en ont besoin, et au beau milieu de la nuit, elle n'avait pas envisagé que Benny ait pu faire quelque chose de mal.

Le croyait-elle encore ?

— Madame Hyde, au cours des deux jours qui viennent, quand nous aurons terminé l'autopsie, il faudra que quelqu'un aille reconnaître le corps.

La lieutenante Garcia le lui avait annoncé à un moment donné.

Non. Hors de question.

— Il faut forcément que ce soit Ali ? Je ne pourrais pas y aller à sa place, moi ?

Jamais elle n'avait été si reconnaissante envers son père qu'en cet instant – elle lui pardonnait même d'avoir recouru à son diminutif, sachant pourtant parfaitement qu'elle le détestait.

Petites mains potelées qui saisissent un gobelet bleu. Chaud, moite et très blanc.

Ce soir-là, quand les policières furent parties, ils restèrent tous les trois devant la télé comme des zombies – Alice, son père et Benny.

Ce dernier consultait son téléphone en permanence, ce qui agaçait Alice un peu plus chaque fois qu'il le sortait de sa poche.

— Si ce sont tes copains qui demandent des détails, dit-elle, ne leur en donne pas. N'alimente pas les ragots.
Elle avait eu un ton plus véhément que voulu.
Benny la regarda d'un air contrarié et rangea son smartphone, comme si elle risquait de lire ses échanges de textos depuis l'autre bout de la pièce.
— Je préviens juste le bar que je ne viendrai pas bosser pendant quelques jours.
Soudain, il prit la télécommande, et les voix braillardes qui s'élevaient du téléviseur se firent beaucoup plus fortes. « ... enquête après qu'un jeune homme de dix-huit ans a trouvé la mort la nuit dernière... », annonçait une femme. Alice enfouit la tête dans le canapé pour repousser un vertige.
— La lieutenante Garcia m'a averti qu'ils en parleraient à..., commença son père, mais Benny le coupa.
— Chut, papi, je veux écouter.
Des images de vidéosurveillance apparurent, montrant deux hommes : l'un coiffé d'une casquette, l'autre avec une capuche sur la tête. Ils avaient été filmés par deux caméras, le premier courant à petits pas, le second marchant, sur deux portions de route qu'Alice ne reconnut pas.
— La police cherche à identifier ces deux hommes, indiquait la journaliste, que l'on vit ensuite devant un ruban en plastique de la police au bas du parking à étages de Queen Charlotte Street. Benny éteignit la télé avant qu'elle ait pu en dire davantage.
Alice avait l'impression d'avoir déjà vu l'un d'eux, mais comment pouvait-elle en être sûre alors qu'on les distinguait si mal ? En quoi étaient-ils impliqués dans la mort de Lou ?
— Benny ?

Pas de réponse.

— Allez, c'est ridicule. Il y a des vidéos de sécurité, bon sang. C'était qui ?

Même dans la pénombre, elle constata qu'il avait blêmi. Son fils avait l'air effrayé.

INDIGO
19 août

Je n'ai pas fermé l'œil de la nuit. Quand j'ai reconduit les policiers à la porte il y a neuf ans, je pensais que je n'aurais plus jamais affaire à eux.
Mais tout vient de changer.
Mon fils qui apparaît aux infos locales, méconnaissable aux yeux de la plupart peut-être, pourtant sa démarche, sa tenue et sa casquette ne laissent aucun doute.
Il m'a dit qu'il ignorait l'identité de l'autre, le type à la capuche. Mais il a laissé la télé allumée en permanence, zappant sans cesse entre les flashs info au fil de la journée. Il n'a pas bougé du canapé, collé devant l'écran pendant des heures, à envoyer des SMS. Sans rien manger, ne buvant que très peu. Pressant contre son visage des packs de glace enveloppés dans des serviettes de table, que je lui remplaçais régulièrement. Il n'a quitté ses vêtements dégoûtants de la nuit précédente et pris une douche qu'à huit heures, avant d'aller se coucher directement.
Je n'ai donc pas dormi. Je m'attarde au lit à me demander ce que je devrais faire, à contempler la tache brune d'humidité au plafond. Pourquoi la police veut-elle l'interroger? Parce qu'il n'est pas resté sur place pour voir le cadavre de ce garçon? Est-ce un crime?

À une heure du matin, j'ai pris la décision de l'accompagner au commissariat, de leur révéler que c'est lui qu'on voit sur les images de vidéosurveillance.

À deux heures, j'ai changé d'avis. Devions-nous contacter un avocat ?

À trois heures, j'étais en bas, à la table de la cuisine avec un verre d'eau, cherchant où je pourrais obtenir les horaires d'ouverture du poste de police du centre-ville. Était-ce le plus proche ? Qu'est-ce que j'en savais, moi ? Pourquoi devrais-je connaître le commissariat le plus proche de chez moi ? *Tout va bien. Tout va bien. Tout va bien.*

À quatre heures, j'ai allumé le BBC World Service à la radio, tentative vaine de distraire mon cerveau afin qu'il me laisse trouver le sommeil.

Je me suis levée et préparée à cinq heures, me suis forcée à avaler une tartine à la confiture de framboise, et j'ai bu plusieurs tasses de thé à la menthe, en inhalant la vapeur pour m'apaiser. J'ai attendu jusqu'à sept heures, avec Lucian roulé en boule sur mes pieds en guise de chaussons, avant de réveiller Kane.

Après l'avoir attiré hors du lit avec du café et des toasts, je lui ai enjoint de s'habiller.

— On va aller au commissariat de Broadmead.

J'essayais de me montrer forte pour lui, feignant d'être certaine que tout se passerait bien et que c'était la chose à faire.

— Je ne sais pas trop…

Il a enfoui la tête dans ses mains, les coudes sur la table.

— C'est pour ça que je prends l'initiative. Il faut que tu ailles leur expliquer que tu étais présent au moment des faits, et tu dois t'y rendre de ton propre chef.

Avais-je l'air calme et maîtresse de moi ?
Je l'ai accompagné dans l'entrée et l'ai regardé monter l'escalier.
— Maman ? s'est-il interrompu en tournant la tête vers moi. Je ne sais pas si j'y arriverai.
Il s'est appuyé contre le mur, ses yeux bleus emplis de peur, tripotant son anneau de narine.
— Tu ne vas pas te livrer, tu sais. Ça, c'est quand on a commis un crime.
Il n'a pas semblé convaincu.
Un saut de deux heures en avant, et nous voilà devant le commissariat. Kane franchit les deux portes automatiques le premier, et je le suis, une main dans son dos pour le pousser vers l'accueil.
Je veux leur démontrer qu'il y a eu un malentendu, tout expliquer à la place de Kane, mais je sais que c'est impossible. Il a dix-neuf ans. Ils n'auront que faire de ce que maman a à raconter.
— Tu l'as vu tomber, je lui répète à voix basse tandis que nous approchons. Tu as paniqué, tu étais dans tous tes états. Tu vas leur dire que tu ne voulais pas voir le cadavre. Que tu es désolé, que tu te rends compte que tu aurais dû rester sur les lieux. Tu réponds à leurs questions, puis tu rentres à la maison.
Un des hommes derrière le comptoir lève les yeux vers nous.
— Je peux vous renseigner ?
Un ours en peluche à oreilles tombantes orne l'étagère derrière lui. A-t-il été oublié par un tout-petit ? Qui se présenterait au commissariat avec son enfant ? Moi, je me rappelle. J'y ai amené mon fils, pour affronter des conséquences incertaines.

— Je voudrais parler à quelqu'un de... des vidéos de surveillance qui sont passées à... euh... aux infos, bredouille Kane, avant d'enfoncer les mains dans ses poches.
— Pouvez-vous être plus précis ?
— Le garçon qui est mort dans le centre, samedi soir.
Je lui touche le dos. *Tout va bien. Tout va bien.*
— D'accord. Comment tu t'appelles, fiston ?
Je tressaille. À quand remonte la dernière fois qu'un homme l'a appelé ainsi ?
— Kane. K-A-N-E. Nom de famille, Owen.
— Très bien, merci. Installe-toi. (Le policier désigne d'un geste une zone d'attente derrière nous.) On va te recevoir.
Je m'assieds sur un banc rabattable en bois. On ne se croirait pas dans un commissariat. Les lieux ressemblent presque au hall des départs d'un aéroport ou à une salle d'attente d'un hôpital haut de gamme. Un motif pétulant noir et vert décore les murs, de la lumière se déverse par d'immenses verrières. Kane ne s'assoit pas, mais va se mettre à côté des fenêtres, d'où il observe une femme en train d'accrocher son vélo au râtelier.
Je ronge l'ongle irrégulier de mon pouce.
— Kane Owen ? demande une voix féminine puissante, derrière moi.
— Oui.
Il s'approche de la femme, une grande brune en uniforme. Au moins, elle a l'air sympathique.
— Merci d'être venu. L'inspecteur chargé de l'enquête va arriver. Voulez-vous bien patienter là-bas ?
Elle lui montre une porte derrière le bureau d'accueil.

— Bien sûr. (Kane me regarde en passant, m'adresse un clin d'œil et me presse les épaules.) T'as qu'à rentrer. Je t'appelle quand je repars.
— Ne dis pas de bêtises. (Je ris, puis le regrette aussitôt. Ça me donne l'air nerveux.) Je vais t'attendre. Combien de temps ça va durer ? je demande à la policière.
Pour toute réponse, elle pince les lèvres. C'est presque un sourire.

La première heure, je feuillette un magazine dédié à la vie locale qu'on distribue partout, lisant les textes sans rien en retenir. Je remplis un gobelet en plastique d'eau glacée à la bombonne, prends quelques instants pour contempler les agrandissements de photos qui décorent les murs, tous représentant des policiers à l'œuvre – en train d'échanger avec des citoyens lambda tels que moi, patrouillant sur des chevaux de la brigade équestre, toujours pimpants et heureux. Les photos pèlent et se décollent par endroits. Ils auraient pu engager un artiste de la région pour leur peindre une belle fresque aux couleurs vives à la place, mais c'est sans doute plus mes goûts que ceux de la personne qui prend ce genre de décision.
La deuxième heure, je commence à avoir trop chaud dans mon épaisse robe en jean, et je regrette de ne pas être venue en jean et tee-shirt. On se croirait dans une serre géante, ici.
Alors que j'entame ma troisième heure d'attente, je retourne à l'accueil.
— Bonjour. Je suis la maman de Kane Owen... (Je montre du doigt la porte par laquelle la policière l'a

emmené.) Ça fait un bout de temps qu'il est là-bas derrière. Je me demandais juste : vous savez si ça va être encore long ?

Je souris. Je ne voudrais pas paraître désagréable. L'homme fait non de la tête.

— Désolé, maman de Kane Owen. On ne nous tient pas au courant de ces choses-là, nous. Allez donc prendre un café. Je lui dirai où vous êtes, si je le vois sortir.

— C'est bon, je vais juste attendre. Ça ne devrait plus trop tarder, maintenant.

Il hoche la tête.

— Je vous ai bien observés, tous les trois, je reprends, en jetant un coup d'œil à ses deux collègues derrière le comptoir. Vous êtes très aimables avec tout le monde.

Je me retiens de leur avouer que c'est une surprise pour moi.

— C'est normal, entre êtres humains.

Il hausse les épaules, et son épaulette noire ornée de l'inscription « personnel civil » se soulève.

— C'est vrai. (Je repense à la devise favorite de Lily. *Sois toujours bienveillante.*) Merci.

Je me rassois sur mon banc.

Pour la quatrième heure, j'ai d'autres personnes à épier, au moins. Des gens se présentent très souvent à la réception, maintenant. Une jeune femme stressée pousse un landau dans lequel hurle un nouveau-né, et je suis tentée d'aller la réconforter.

— Madame Owen ?

Occupée à observer la maman nerveuse, je n'ai pas remarqué le jeune homme qui se dirige vers moi. Sa façon de porter son costume mal ajusté me fait aussitôt penser à Glyn quand il devait se mettre sur son trente et un pour un mariage ou un entretien d'embauche ; on voit à sa chemise (pas repassée) et à sa cravate (de travers) que c'est pour lui une contrainte et qu'il n'a aucune intention de faire plus d'efforts que nécessaire.

Je me lève d'un bond.

— Oui, merci. Euh, oui, c'est moi, pardon.

— Je suis le lieutenant Brailsford.

Il me sourit, mais son regard me met mal à l'aise.

— C'est bon, vous avez fini avec mon fils ? Je peux le ramener chez nous ?

— Madame Owen, ce serait préférable que vous vous rasseyiez.

ALICE
19 août

De temps en temps, Alice se posait la question : que feraient les autres à sa place ? Ce fut le cas en ce lundi.
D'autres n'auraient pas repris le travail deux jours après avoir perdu leur fils. D'autres auraient des amis, lesquels leur auraient apporté lasagnes et bouquets de lys blanc. D'autres auraient accepté ces cadeaux et fondu en larmes. D'autres seraient restés en pyjama plusieurs jours d'affilée sans mettre le nez dehors. En bref, d'autres se seraient effondrés. Mais tout cela n'était que des mots pour Alice, un concept étranger. S'effondrer. Alice ne s'était jamais effondrée. Elle avait un don pour se rattraper juste avant la chute.
Le secret, c'était de continuer à vivre. Ainsi, ce lundi, Alice se leva à six heures et demie, bien qu'elle n'eût pas dormi. Elle ne pouvait encore rien avaler, pourtant elle se servit quand même son bol de muesli et un café noir, et demeura assise devant, à la table de la cuisine, pendant quatre minutes ; tout cela participait à sa routine quotidienne. Puis elle enfila des baskets pour faire son tour du parc St Andrew's. Elle arriva à la bibliothèque à huit heures précises, entra par l'accès réservé aux employés, quoiqu'à cause de son cerveau embrumé elle se trompa deux fois en

tapant le code de l'alarme, et s'attaqua à ses tâches matinales avant l'ouverture au public, à onze heures. James étant en arrêt maladie longue durée, elle ne pouvait pas se permettre de prendre un jour de congé. On avait besoin d'elle. En tant que directrice, c'était son rôle d'assurer l'intérim en cas de pénurie de personnel, de réduire ses responsabilités dans les deux autres succursales de la bibliothèque municipale dont elle avait la charge. Cela lui convenait de passer la majorité de son service à celle de Bishopston, comme c'était le cas depuis que James s'était fracturé le col du fémur. L'annexe se trouvait à dix minutes de marche de chez elle.

La veille, on n'avait pas dévoilé l'identité de Lou aux infos, aussi n'eut-elle pas à supporter la compassion de Jenna et Carolyn. Elle se plongea dans le contrôle des chariots de retours. Elle pouvait s'occuper des adhérents en cas de besoin, mais ses équipes avaient appris à ne pas la déranger avec les renouvellements, les demandes d'impression, les inscriptions ou des questions assommantes concernant une recette de cuisine, leurs problèmes de logement ou la façon de se rendre quelque part. Seul James avait eu le cran de lui dire, un jour, « Le contact avec les autres, ce n'est pas votre truc, pas vrai ? »

Malgré sa volonté de se concentrer sur le poids des livres, sur leur douceur lisse et rassurante, malgré sa détermination à ne pas dévier de sa tâche, son esprit ne cessait de vagabonder. Elle repensait à ce moment dans le grenier, quand Lou lui avait souhaité bon anniversaire. Y avait-il eu de l'amour dans sa façon de prononcer ces mots ? Comment Benny allait tenir le coup lorsqu'il partirait pour l'université ? Tout ce stress risquait-il de nuire à ses études ? Elle songea au policier, qui lui avait demandé si Lou avait laissé une lettre d'adieu. Puis, encore une fois, ses pensées revinrent à Benny. Que lui cachait-il ? Certains parleraient d'intuition maternelle concernant l'impression qui la taraudait. Mais Alice n'avait pas besoin d'intuition ; il lui suffisait de considérer les faits. Avant la mort de Lou, elle n'avait aucun mal à échanger avec Benny, et ce n'était plus le cas. Lorsqu'elle l'avait questionné au sujet des évènements de cette nuit fatidique, il s'était refermé comme une huître.

Les garçons adoraient jouer à un jeu idiot, quand ils avaient quelques années de moins, jeu dans lequel l'un d'eux suggérait deux situations peu réjouissantes et forçait l'autre à en choisir une. Par exemple : « Tu préfères te taper Mlle Long ou te faire peloter le cul par M. Richards ? » Ce dilemme avait été la source d'un grand débat. Ils avaient cessé de rire dès que j'étais entrée dans la pièce, évidemment.

Et elle, que préférait-elle ? Que Lou se soit suicidé, ou que son frère ait joué un rôle dans sa mort ? Il existait forcément une troisième possibilité. Mais que pouvait-elle y faire ? La loi, c'était la loi. Elle avait dû laisser la police faire son travail.

— Alice ?

Elle releva brusquement la tête de son chariot et fut stupéfaite de trouver la lieutenante Garcia devant elle.

— Qu'est-ce que vous faites ici ?

Elle s'efforça de parler bas, mais rougit tandis que plusieurs regards se tournaient vers elle.

— J'ai sonné chez vous. (La policière ne s'exprimait pas à voix basse. Tout le monde allait l'entendre.) Je pensais que vous y seriez.

On décelait la désapprobation dans sa voix.

— On a besoin de moi, ici.

Alice renifla. La jeune femme se tenait de l'autre côté du chariot, si près qu'elle sentait son parfum floral suffocant.

— Je n'en doute pas. Quand seriez-vous plus disponible pour que nous puissions nous entretenir ? J'aimerais prendre votre déposition, si vous aviez un petit moment à m'accorder.

Elle l'avait déjà évoqué la veille. Ils voulaient fourrer leur nez dans leur vie, à Lou et elle. Alice jeta un coup d'œil alentour. La bibliothèque était relativement tranquille, et sa matinée avait été productive. Autant se débarrasser de cette corvée, et éloigner la lieutenante Garcia des oreilles indiscrètes de ses collègues.

— Maintenant, c'est très bien. (Alice empila nettement sur le chariot les livres qu'elle avait encore dans les mains.) On peut se retrouver chez moi dans dix minutes ?

Alice indiqua à Jenna qu'elle avait un impératif familial, ignorant ses yeux écarquillés et ses tentatives pour lui demander si tout allait bien. Elle récupéra son sac à dos dans la salle des employés, remit ses baskets et rentra pour accueillir la policière.

Elles s'installèrent dans le salon, qui était, comme l'expliqua Alice, la pièce la plus fraîche de la maison. Elle entendait les mouvements de Benny à l'étage, le grondement familier de son skateboard sur le parquet – il restait souvent assis sur son lit à le faire rouler d'avant en arrière sous ses pieds –, mais il ne descendit pas voir pourquoi elle était revenue si tôt. Alice prit place dans le fauteuil, calant le coussin doré dans son dos, et la lieutenante dans le canapé, avant de sortir un stylo et un tas de formulaires de son sac.

— C'est un faux philodendron, ça ?

Elle désignait le pot près du fauteuil.

— *Monstera deliciosa*. (Alice tendit le bras vers le côté et tapota le terreau. Elle détestait les noms communs tels que celui qu'avait employé la policière. Elle préférait toujours les sonorités du latin.) C'est toxique pour les chats et les chiens.

La lieutenante Garcia toussa, regarda Alice dans les yeux et se lança dans son laïus. Elle lui renouvela d'abord ses condoléances. Demanda comment Alice se sentait, si elle avait réussi à dormir, si elle avait prévenu ses proches et ses amis. Alice répondit poliment, mais de façon concise. La tête commençait à lui tourner ; sans doute le résultat combiné du manque de sommeil, de nourriture, et de l'affreux parfum de la jeune femme. À plusieurs reprises, elle oublia au milieu de sa phrase ce qu'elle essayait de dire. Elle s'égara avec le fantôme de Lou, surtout lorsque vinrent les questions à son sujet, afin d'obtenir des renseignements élémentaires, par exemple sur le lycée qu'il fréquentait. Quels étaient ses centres d'intérêt ? Cet été, il n'y en avait eu que pour sa moto. Il réglait son alarme tôt tous les matins pour la bricoler, et quand il ne s'en occupait pas, il ne pensait qu'à ça, planifiant les prochaines étapes dans sa tête. Les croquis punaisés aux murs de sa chambre avaient tous été réalisés à la table de la cuisine pendant la nuit. Jamais elle ne l'avait vu si obnubilé.

— Alice ?

— Excusez-moi, quelle était la question ?

— Je vous demandais ce que vous vous étiez dit, la dernière fois que vous avez vu Lou.

Alice pianota sur son accoudoir. Elle ignorait en quoi c'était pertinent, mais à l'évidence il fallait se plier aux exercices de rigueur.

— Il m'a souhaité un bon anniversaire, m'a fait savoir qu'il allait sortir avec Benny. Je lui ai donné vingt livres pour qu'il puisse se payer quelques verres.

Garcia n'avait pas besoin de connaître par le menu les tensions qui existaient entre eux. Qu'est-ce que ça changerait, maintenant ? Elle se rappelait si clairement la première fois qu'il lui avait dit qu'il la détestait, vers huit ans. Elle lui avait répondu « C'est très bien », et il en était resté coi. « Je ne suis pas là pour être ton amie », lui avait-elle expliqué ensuite. « Si tu me détestes, c'est que je fais bien mon travail de mère. » Mais ça avait commencé à l'affecter vraiment quand il avait trouvé des moyens de lui faire passer le message implicitement.

— Diriez-vous que vous aviez de bonnes relations avec lui ?

— Oui, absolument.

Elle fixa la lieutenante droit dans les yeux, la mettant au défi de réfuter cette affirmation.

— Et Benny ? S'entendait-il bien avec son frère ?

Alice eut la chair de poule. De quoi le soupçonnaient-ils ?

— Comme il a dû l'indiquer à vos collègues hier, ils étaient très proches.

C'était sa première réponse sincère.

— Et selon vous, Lou était-il heureux ?

— Oui, tout à fait.

Quelle autre réponse aurait-elle pu donner, même si elle voulait dire la vérité ? L'était-il ?

— Et les notes d'examen qu'il a reçues la semaine dernière... Diriez-vous qu'il en était satisfait ?

— Oui.

Alice se gratta le coude.

La lieutenante plissa les paupières. Avant qu'elle ait pu se fendre d'un commentaire, Alice ajouta :

— Chaque enfant a sa personnalité. (Elle recrachait ce qu'elle avait entendu dans la bouche de parents bonnes poires à la bibliothèque.) Les résultats scolaires ne sont pas le seul critère de réussite.

La policière hocha la tête et griffonna encore des notes.

— Moi aussi j'ai des questions à vous poser, déclara Alice.

— Certainement. (La policière sourit.) Mais finissons d'abord ceci, puis nous pourrons avoir une discussion moins formelle.

Alice l'ignora.

— Pourquoi traitez-vous la mort de Lou comme inexpliquée ?

— Malheureusement, les détails de ce qui s'est produit la nuit de samedi sont trop flous pour le moment. (Les traits de Garcia se durcirent légèrement.) Nous faisons le maximum pour tout tirer au clair. Revenons à votre déposition, d'accord ?

Alice voulait lui demander si selon elle quelqu'un avait poussé son fils, mais elle redoutait la réponse et préférait ne pas instiller cette idée dans la tête de la jeune femme, même si elle s'y trouvait sans doute déjà. Ce devait toutefois être le cas. C'était forcément l'objet de cet entretien. Tout ce qu'elle pouvait faire, c'était détourner l'attention qui se portait sur Benny, mais pour elle qui en savait si peu, la tâche s'avérait ardue.

— Les hommes qu'on voit sur les vidéos de surveillance, reprit Alice. Les avez-vous identifiés ?

Plus elle visionnait l'extrait sur le site de la police, plus elle était certaine de reconnaître l'un d'entre eux, sans parvenir à se rappeler où elle l'avait croisé.

— À ma connaissance, nous n'avons pas avancé sur ce point. Nous nous y employons, soyez-en assurée, mais...

Alice remarqua qu'elle avait dévié le regard, baissant vivement les yeux vers ses notes.

— Mais quoi ?

— Je ne vais pas vous mentir, nous sommes en sous-effectif en ce moment. Nous consacrons autant de ressources que possible à l'enquête, mais vous aurez parfois l'impression qu'elle traîne.

— Je vois.

— À propos des images de vidéosurveillance, pourriez-vous me dire avec qui votre fils...

Le téléphone de Garcia sonna ; elle le sortit de son sac.

— Excusez-moi, il faut que je décroche.

Alice hésita à aller à la cuisine, mais c'était chez elle et elle allait rester dans son fauteuil si elle le voulait. À la lieutenante de quitter la pièce si elle souhaitait parler en privé.

— Allô oui, fit Garcia, qui se leva et s'éloigna vers la fenêtre, contournant la table basse avant d'écarter un peu le rideau pour observer la rue.

Alice prit son propre téléphone dans sa poche tandis que Garcia répondait par monosyllabes. La façon dont cette jeune femme posait ses questions, et dont elle la regardait ensuite, lui mit la puce à l'oreille. Elle chercha « officier de liaison avec les familles » sur Google et sélectionna un des résultats. Quelques lignes lui sautèrent aux yeux. « Idée reçue répandue... pas seulement chargé de soutenir la famille... établir une relation de confiance et transmettre des informations utiles à l'équipe chargée de l'enquête. » Était-ce ce qu'elle lui avait dit la veille ? « Là pour vous aider et vous soutenir. » *Vous n'avez pas joué cartes sur table, hein ?* Alice lui lança un regard mauvais, avant de remettre le téléphone dans sa poche.

— Oui, disait la lieutenante, je suis avec elle, là. Très bien. (Après s'être tue quelques instants, elle jeta un coup d'œil à Alice.) Non, pas de souci. (Elle laissa retomber le rideau.) Oui. Je vais l'en informer.

Après quoi, elle décolla le portable de son oreille, sans rompre le contact visuel.

— Vous allez m'informer de quoi ?

— Il y a du nouveau. La mort de votre fils fait maintenant l'objet d'une enquête pour homicide.

INDIGO
19 août

— Kane serait incapable de tuer quelqu'un.

Dans une salle d'interrogatoire du commissariat, j'essaie de digérer ce que m'a annoncé le lieutenant Brailsford : mon fils a été arrêté pour soupçons d'homicide volontaire.

— Ça doit être très dur à encaisser.

Assis face à moi de l'autre côté de la table, il semble encore plus grand. Je me sens toute petite, mais pas intimidée. Sa façon maladroite de chercher une position confortable pour ses longs membres lui donne plus l'air d'un géant dégingandé que d'une menace imposante.

— Je comprends que vous soyez très inquiète pour votre fils. C'est tout à fait normal.

Je renifle et jette un coup d'œil autour de moi. Il n'y a aucune fenêtre. Aucun tableau. C'est une horrible boîte déprimante. Kane est-il dans une pièce semblable ? Se trouve-t-il juste à côté ?

— Il faut que j'appelle un avocat.

Il secoue la tête et me tend un autre mouchoir. Lorsque je m'en empare, je sens que sa main est glacée.

— Nous lui en avons proposé un, mais il a refusé. Il pourrait...

— Et vous n'avez pas insisté ? Il n'a que dix-neuf ans !

Je repousse ma chaise et me lève, les bras appuyés sur la table.

— J'exige de voir mon fils. Où est-il ?

— Je suis désolé mais c'est impossible. On l'a transféré au centre de détention de Bristol Nord.

Il glisse une large main vers moi en travers de la table.

— Madame Owen, je comprends que ce soit un choc. Souhaitez-vous appeler quelqu'un pour ne pas être seule ici ?

— Vous l'avez transféré ?

J'éprouve une certaine satisfaction à me dresser de toute ma hauteur au-dessus de lui et crier :

— Vous n'avez pas le droit !

Il baisse brièvement les yeux, remarque une tache sur sa veste et retire sa main pour gratter la saleté. J'en conclus qu'il s'efforce de fuir mon regard, mais peu après il relève la tête vers moi.

— Il y a quelque chose que vous pourriez faire pour Kane. Je ne voulais pas vous le demander tout de suite, mais...

Je m'éloigne vers le fond de la pièce.

— Évidemment que je veux l'aider.

— Parfait. Vous pourriez me faire une déposition.

Dans une étagère derrière lui, il prend un tas de formulaires au format A4.

— Mais je n'y étais pas, voyons ! Je n'étais au courant de rien avant de descendre à la cuisine, hier matin.

Brailsford fait cliqueter son stylo à mine rétractable et m'adresse un sourire d'encouragement.

— Ça me semble très bien, comme point de départ.

Je me lance donc. Un assassin serait-il aussi bouleversé que Kane ? Se présenterait-il à la police de son plein gré ?

Le lieutenant note tout, hoche la tête, me pose quelques questions. Ai-je vu du sang sur ses vêtements ? (« Un peu, mais c'était le sien. ») Ai-je décelé un comportement inhabituel chez lui, récemment ? (« Pas du tout. ») A-t-il une petite amie ? (« Non. Il est homosexuel, en fait. ») Cependant que je parle, je sens mon rythme cardiaque ralentir légèrement, et je vais me rasseoir. Cet homme fait seulement son travail. Je dois coopérer, aider Kane.

— Il s'agit clairement d'une terrible méprise, vous devez bien vous en rendre compte. Allez-vous remettre cela à la personne qui...

D'un geste, je désigne le document et la porte.

— Expliquez-lui que Kane ne peut pas être le coupable, d'accord ?

— Je vous promets que nous prendrons votre témoignage en compte.

Il rajuste sa cravate, qui, à la lumière, passe du bleu cobalt au vert Guignet. Le vert, c'est apaisant, me dis-je. *Tout va bien.*

— Vous vous en êtes sortie comme une cheffe, me congratule-t-il.

— Et maintenant ? Je vais pouvoir le voir ?

Il gonfle les joues et souffle lentement, avant de me répondre d'une voix douce :

— Madame Owen, votre fils a été arrêté pour des accusations très graves. Nous devons l'interroger et découvrir dans les détails ce qui s'est passé samedi soir. Ça va prendre du temps. Quand il aura été placé en garde à vue et qu'on lui aura lu ses droits, on lui accordera un coup de téléphone, mais ce sera à lui de choisir qui il va appeler.

Je cherche mon portable dans mon sac et me dépêche de le rallumer. Et s'il avait déjà essayé de me joindre ?

— Et qu'est-ce que je fais, du coup ? Je rentre chez moi pour attendre ?

Il tend de nouveau la main vers moi sur la table, s'arrête à quelques centimètres de la mienne.

— Ce que j'aimerais, si vous êtes d'accord, c'est vous raccompagner chez vous.

Mon pauvre fils, il doit être effrayé. Je n'ai pas menti à l'inspecteur : il n'a jamais eu de problèmes. Ni avec la police, ni à l'école, même pas vraiment avec moi. Pour plaisanter, je répète sans cesse à mes proches que c'est le fils parfait. Ma sœur est convaincue que j'ai toujours été trop permissive avec lui, mais le résultat parle de lui-même : il est beaucoup plus poli et agréable que ses sales mômes dressés à la badine. « Tu ne lui as jamais imposé un couvre-feu ? s'étonnait-elle. (Non, je préfère lui apprendre à être responsable de ses actes.) « Tu ne l'as jamais privé de sortie ? Mais comment tu le punis ? » (Le secret pour avoir des enfants bien élevés, ce n'est pas la punition. Ça ne fait qu'inciter à la rébellion.) « Tu l'as *accompagné* quand il s'est fait percer le nez ? » (Il s'affirme. Et ça lui va bien.)

Non : j'ai élevé mon fils pour qu'il devienne quelqu'un de bien, je songe, debout dans ma cuisine. C'est pour ça que je suis absolument certaine qu'il est innocent. Lucian décrit des huit autour de mes chevilles, frottant son pelage doux et réconfortant contre ma peau. À l'étage, j'entends les policiers qui mettent la chambre de Kane sens dessus dessous. De temps à autre, ils descendent avec des objets dans des sacs en papier kraft et les sortent. Je sais ce qu'ils vont trouver là-haut ; j'y étais moi-même il y a quelques heures à peine, lorsque je l'ai convaincu d'aller au commissariat. Il y a une pile de livres de bibliothèque, le sac-poubelle rempli d'affaires à donner à la friperie solidaire, un tas de tee-shirts bien pliés par terre. Je l'ai trahi, mais que pouvais-je faire d'autre ? Sur le chemin du retour, Brailsford m'a prévenue qu'ils allaient devoir fouiller la maison, et que si je les y autorisais tout serait beaucoup plus fluide.

Une autre voiture banalisée nous attendait à notre arrivée. Quand nous nous sommes dirigés vers la porte, Brailsford a adressé un signe de tête aux agents à son bord, puis posé doucement la main dans mon dos avant de le tapoter. De la sueur m'a soudain picoté le front. Je me suis sentie insignifiante, incapable de leur tenir tête ou d'affirmer mes droits, pour la simple raison que je ne les connais pas. Pouvaient-ils perquisitionner la maison comme ça ?

Tandis que ses collègues entraient dans le vestibule, il a contemplé mes portraits accrochés au mur — ma mère, Kane petit. Obligée de me tenir près de lui pour laisser passer un agent, j'ai détecté une odeur d'ail, peut-être celle d'un plat chinois à emporter, qui émanait de ses vêtements. *Kane adore me cuisiner des plats au wok*, ai-je étrangement eu envie de confier à cet homme. Comme si ça pouvait aider à lui prouver que c'est un chouette garçon. *Son préféré, c'est le bœuf au brocoli, avec des noix de cajou.*

— C'est vous qui les avez peints ? m'a-t-il demandé, en montrant un dessin crayonné de Kane. Ils sont magnifiques.

J'ai hoché la tête, en regardant les autres policiers circuler dans la maison. Je lui étais reconnaissante de sa gentillesse, de ses efforts pour détourner mon attention de cette intrusion sous mon toit.

— Vous peignez toujours ?

— Un peu. Je suis art-thérapeute, ai-je répondu, comme si ça pouvait expliquer pourquoi j'avais cessé de me consacrer à mes propres œuvres. Ça peut être un moyen très efficace d'aider les gens à surmonter leurs difficultés.

Il m'a contemplée avec une sorte de petit rictus narquois, avant de se reprendre pour paraître sincèrement intéressé, dodelinant de la tête et formant un « oh » avec la bouche.

— C'est passionnant. Vous croyez que ça pourrait m'aider à surmonter la tonne d'heures supplémentaires que je dois me farcir toutes les semaines ?

Il a ri, mais pas moi.

Un frisson m'a parcourue quand j'ai senti, pour la première fois, une énergie froide et dédaigneuse chez lui, une facette qui ne cadrait pas avec le colosse sympathique auquel je pensais avoir affaire. Comment avais-je pu imaginer qu'il était de mon côté ? Je me suis repassé notre conversation du commissariat. Que lui avais-je raconté au sujet de Kane ? Je m'étais montrée idiote et naïve. J'aurais dû faire plus attention à ce que je révélais. Son but en venant ici n'était pas de trouver des éléments pour la défense de Kane. Il voulait récolter des preuves à charge.

Une femme l'a appelé depuis l'étage :

— Lieutenant ?

— Ah, c'est vrai. (Il s'est tourné vers moi.) Où est sa chambre, déjà ? m'a-t-il demandé, en posant légèrement la main sur mon épaule.

Je ne vous l'ai pas encore dit, ai-je eu envie de rétorquer.

— En haut, puis...

Sa façon de s'adresser à moi, comme si nous étions copains, m'a hérissée.

J'ai pointé l'index vers le sommet de l'escalier.

— Première porte à gauche.

Il n'obtiendrait plus un seul mot de ma part hormis le strict nécessaire.

— Devrions-nous examiner un autre endroit ? s'est-il enquis d'un ton détaché, comme si je ne voyais pas clair dans son jeu.

Il a souri, et j'ai alors décelé, très distinctement, l'ampleur de son hypocrisie.

J'ai compris ce qu'il me demandait. Il voulait savoir si Kane avait des cachettes, des espaces sous le plancher ou des boîtes derrière les placards.

Il pouvait toujours courir pour que je lui livre le moindre élément qui l'aiderait à coller un meurtre sur le dos de mon fils.

— Non, ai-je affirmé.

ALICE
20 août

L'été se retirait. Alice en prit note tandis qu'elle regardait par-delà le rosier sarmenteux rose pâle qui poussait sur la clôture à côté des courts de tennis du parc ; bientôt, il lui faudrait tailler son propre *Rosa moschata*. Elle observait deux hommes assez peu athlétiques engagés dans un long échange, assise sur son banc favori sous le soleil vespéral, la main sur son sac de provisions plein à craquer au cas où un des types louches qui traînaient du côté des garages se toquerait de tenter sa chance. Elle les en croyait capables : plusieurs d'entre eux arboraient des piercings et tous portaient leur pantalon bas sur la taille, laissant voir l'élastique de leur caleçon.

Après avoir découvert que Lou avait été assassiné, Alice avait éprouvé le plus grand mal à penser à autre chose. Elle ne se compliquait jamais la vie pour le repas du soir et se contentait de pâtes au fromage râpé ou de haricots sur toasts, préférant se ménager du temps pour passer sa soirée à lire, écouter la radio ou regarder un documentaire. La veille, arpentant la maison dans un état second, elle avait essayé tout un tas d'activités de relaxation habituelles, et carrément remplacé son frichti tout simple par quelques verres de vodka savamment dosés. Rien n'avait empêché ses pensées de l'assaillir.

Lou avait-il eu peur en tombant? s'était-elle demandé cent fois. Avait-il eu le temps de comprendre ce qui se passait?

Même au rayon fruits et légumes du supermarché, elle avait été distraite, repensant à la lieutenante Garcia qui, en fin d'après-midi, lui avait annoncé au téléphone que quelqu'un avait été inculpé pour le meurtre de Lou. « Pardon, je voudrais juste... » Un homme à dreadlocks avait allongé un bras devant Alice pour saisir un sachet de carottes, qu'il avait déposé dans son panier. « Ça va, madame ? » s'était-il alors enquis. « Oui », avait-elle répondu, sans cesser de contempler le bac d'un regard absent. Avant qu'elle ait pu réfléchir à ce qu'elle faisait – elle se confiait à un parfait inconnu, nom de Dieu ! –, elle avait ajouté : « Je suis soulagée, d'une certaine manière. » Il avait hoché lentement la tête, puis marmonné quelques mots avant de s'éloigner. C'était vrai, en tout cas : elle était soulagée. Maintenant qu'ils détenaient un suspect, elle n'avait plus à craindre qu'il s'agisse d'un suicide. Et Benny n'était pas impliqué. Alors pourquoi éprouvait-elle encore un serrement à la poitrine quand elle pensait à lui ? *Que caches-tu ?*

Alice avait pris un brocoli, un poivron rouge, deux oignons, un sachet de piments, du gingembre et une tête d'ail. Des crevettes au stand de poissonnerie. Elle avait ressenti une satisfaction sans joie en traversant le parc pour gagner son banc. Il allait falloir décortiquer les crevettes, le brocoli allait devoir être émincé. Pour la pâte de curry, elle allait devoir travailler au pilon, moudre des épices, et tout passer au mixeur. Elle aurait ensuite pas mal de vaisselle. Le curry lui resterait sur les bras, elle le savait ; elle n'avait réussi à avaler qu'un toast sec depuis dimanche matin, et Benny ne mangeait apparemment rien non plus.

Mais, espérait-elle, elle avait de quoi s'occuper les mains et la tête, et détourner ses pensées de Lou au moins deux bonnes heures.

— Le nom Kane Owen vous évoque-t-il quelque chose ? l'avait interrogée la lieutenante Garcia au téléphone.

Ça ne lui disait rien.

— Il est un peu plus âgé que Lou. Il a dix-neuf ans. Ils se connaissaient.

Alice rentrait du travail, à ce moment-là, mais quand la lieutenante avait prononcé ces mots, elle s'était figée au milieu du trottoir. C'était un ami de Lou qui lui avait fait ça ? Traversée par un étourdissement, elle avait vacillé, allongé un bras sans rien trouver à quoi s'accrocher. Benny devait le connaître aussi. Pourquoi cherchait-il à protéger l'identité de l'assassin de son frère ?

— Nous pensons que Lou est tombé à la suite d'une rixe, avait indiqué la lieutenante.

Une rixe. On en était donc là. Sa mort n'était plus « inexpliquée ». Sa main tremblant légèrement, elle serra fort les bords de son téléphone tandis qu'elle lançait son appli Facebook. Elle s'était inscrite, mais, par principe, n'acceptait aucune demande d'ami, qui demeuraient très rares de toute façon. Lou avait un jour découvert son profil et jugé hilarant qu'elle ait eu cette idée. « Pitié, ne m'ajoute pas, maman ! s'était-il esclaffé. Les frontières doivent rester bien claires entre nous, d'accord ? » Elle revoyait son air incrédule alors qu'il lui donnait cette consigne, mais son expression laissait ensuite place à un effroi mêlé de stupéfaction lorsqu'elle imaginait une main le poussant fermement à la poitrine et se le représentait en train de basculer en arrière – tomber, tomber, toujours plus bas, s'éloigner d'elle.

Elle tapa le nom de Kane Owen. Elle obtint plusieurs résultats. Un médecin (ça ne pouvait pas être lui), un type vivant à Stourbridge, un autre dont la brève description stipulait qu'il appartenait au Jaguar Enthusiasts' Club. Elle les filtra par ville : Bristol, Royaume-Uni. Un écran vierge apparut, accompagné de la mention « Nous n'avons trouvé aucun résultat ». Peut-être n'avait-il pas renseigné son lieu de résidence. Sans ce critère, rien ne permettait à Alice de déterminer lequel il pouvait être parmi la liste de départ. Elle tenta sa chance sur Instagram, sans plus de succès. Elle allait devoir interroger Benny pour en savoir plus. Ce Kane Owen étant déjà inculpé, répondre à quelques questions ne constituerait pas le « caftage » que son fils tenait tant à éviter. Elle voulait avoir cette discussion face à face pour voir sa réaction quand il apprendrait la nouvelle, mais à son retour il n'était pas à la maison, et il n'avait répondu ni à ses appels ni à ses SMS l'implorant de rentrer dès que possible. Elle lâcha négligemment son téléphone sur ses cuisses et repensa une fois de plus à son échange avec la lieutenante Garcia. Celle-ci lui avait-elle fourni davantage d'informations sur ce jeune homme ? Des détails sur son identité ? Non, peu après avoir révélé son nom, elle avait brusquement orienté leur conversation dans une autre direction :

— Comment va Benny ?

Alice avait repris sa marche, mais plus lentement. Pourquoi Garcia la questionnait-elle encore sur son aîné ? Ils tenaient leur coupable, non ? Elle se remémora ce qu'elle avait découvert sur le rôle de Garcia, l'imagina qui rapportait leurs entretiens à l'inspecteur débraillé qui s'était présenté chez elle pour lui annoncer la mort de Lou. Prudemment, elle avait déclaré :

— Il est très ébranlé. Nous pensions que c'était un accident. Alors apprendre que son frère a été victime d'un meurtre... c'est lourd à encaisser.

— A-t-il évoqué les vidéos de surveillance ?

Ils l'avaient forcément interrogé sur ce point au commissariat. Alice percevait que la lieutenante Garcia ne faisait pas qu'attendre sa réponse, mais écoutait aussi très attentivement sa réaction. Au moins, Alice n'avait pas à mentir à ce sujet.

— Pas du tout.

— Et vous ne reconnaissez aucun des deux individus ? L'un d'eux, nous l'avons établi, est Kane Owen. Mais nous voulons quand même interroger l'autre, l'homme à la capuche.

Celui qui semblait si familier à Alice. Elle avait hésité.

— Il se peut qu'Owen ait eu un complice.

Alice s'était engagée dans sa rue.

— Son visage ne me dit rien du tout.

— Nous savons que Lou était très populaire, avait rebondi la policière. Pourrait-il s'agir d'un ami à lui ?

Alice colla son téléphone contre son oreille, se demandant si elle n'avait pas mal entendu.

— Lou ?

C'était Benny qui était populaire. Lou était un solitaire, comme elle.

— Nous nous sommes entretenus avec la direction du lycée, avait poursuivi Garcia. Des camarades de classe se sont rendus dans Queen Charlotte Street pour déposer des fleurs... Il était très apprécié. Certains venaient-ils chez vous plus que d'autres ?

— Non. Il n'a jamais invité personne.

Parlaient-elles bien de la même personne ? Une idée absurde lui traversa l'esprit : était-ce vraiment Lou qui était mort ? Pouvait-il s'agir d'une funeste erreur ?

— Vous avez mon numéro, si vous pensez à quelqu'un en particulier, avait repris Garcia. Owen va comparaître demain matin en première instance.

Elle avait heureusement indiqué ensuite qu'Alice n'était pas obligée d'assister à l'audience, et l'en avait d'ailleurs dissuadée.

Tout en regardant les joueurs de tennis aller vers le filet et prendre leurs bouteilles d'eau, Alice se demanda à quoi allait ressembler le tribunal. Étant de ceux qui respectent scrupuleusement la loi, elle n'avait jamais eu aucune raison d'entrer dans l'un d'eux. Elle s'imagina un jeune homme debout à la barre des accusés dans une vaste salle lambrissée, les mains appuyées sur la balustrade devant lui, comme celles du tennisman le plus mince qui se tenait à la bande du filet. Mais ne sachant pas quelle allure avait ce Kane Owen, le seul visage qu'elle put se représenter pour lui fut celui de Benny.

Elle secoua la tête pour chasser cette image inopportune, se détourna des courts pour contempler plutôt le sentier qui menait chez elle. Deux hommes venaient dans sa direction, et l'un d'eux lui faisait signe.

Était-ce Benny ? Elle plissa les yeux. Oui. Mais qui l'accompagnait ?

L'autre portait un costume, ainsi qu'un cartable à l'épaule. Comme ils s'approchaient, Alice constata qu'il ne semblait pas beaucoup plus vieux que Benny, mais il était plus élégant, les cheveux plaqués en arrière.

Était-ce un policier ? Alice se leva. Avaient-ils averti Benny pour Kane Owen ?

— Qu'est-ce qui se passe ? demanda-t-elle, penchée de trois quarts par-dessus le dossier du banc, lorsqu'ils ne furent plus qu'à quelques mètres.

— Je me doutais que tu serais là, annonça Benny, en tirant sur le col de son tee-shirt, comme toujours quand il était nerveux. Tu m'as dit dans ton SMS que tu allais au supermarché, et je ne savais pas si tu en aurais pour longtemps. Il dit que c'est important. Voici... comment vous vous appelez, déjà ?

L'homme avait de grands yeux tristes.

— Jacob Prince, madame Durand. (Elle ne corrigea pas.) Je suis journaliste au *Bristol Post*. Toutes mes condoléances pour votre fils.

Après une pause, il ajouta :

— Ça ne m'aurait pas dérangé d'attendre chez vous, mais Benny m'a dit que si...

Alice prit son sac de provisions et se leva.

— Qu'avez-vous raconté à mon fils ?

— Rien, j'ai juste dit que...

— Qu'est-ce qu'il aurait eu à me dire ? s'enquit Benny en la fixant du regard, avant de lâcher son col. Il y a du nouveau ?

Alice considéra son aîné, ouvrit brièvement la bouche. Elle ne voulait pas avoir cette conversation devant un journaliste.

Elle se tourna vers Jacob Prince.

— Fichez-nous la paix.

Comment avaient-ils appris que Lou était le jeune homme décédé ? Comment avaient-ils découvert son adresse ? Elle ne voulait pas que le visage de son fils soit placardé dans tous les journaux.

Elle tendit ses courses à Benny et prit le chemin de chez elle.
— Allez, viens.
— Maman ? Qu'est-ce qui se passe ?
Au même moment, le journaliste l'interpella :
— Attendez, s'il vous plaît.
Elle allongea le pas.
— C'est du harcèlement ! protesta-t-elle d'une voix forte. Allez, Benny, on y va, je te dis.
Prince la rattrapa et lui remit une carte de visite imprimée en caractères bleus et rouges. Elle la lui arracha des doigts et la froissa en boule.
— Ça ne m'intéresse pas. Benny ?
— D'accord, d'accord, capitula le journaliste, qui ralentit. Je vous laisse rentrer chez vous. Mais appelez-moi, madame Durand. On ne vous a pas tout dit.
Il n'y avait bien qu'un crevard de la presse pour essayer de la hameçonner ainsi. Que pouvait-il savoir de plus qu'elle ?
Les pas de Benny résonnèrent derrière elle.
— Maman, souffla-t-il d'une voix agacée. C'est quoi ton délire, putain ?
Au prix d'un grand effort, elle se retint de le réprimander pour sa grossièreté, et pivota vers lui tandis qu'ils atteignaient leur rue. Au loin, elle voyait Jacob Prince qui les suivait du regard, mais à cette distance il ne pouvait plus les entendre.
— Ne t'arrête pas, ordonna-t-elle, je veux m'éloigner de lui. Ils ont inculpé un suspect pour meurtre. D'après eux, c'est un copain de Lou... Kane Owen. C'est un des superpotes que tu voulais protéger, c'est ça ? Pourquoi s'en serait-il pris à ton frère ?

Benny lâcha le sac ; les oignons roulèrent sur le goudron.
— Non... je ne... Qui t'a dit ça ?
Il s'accroupit pour remettre les provisions dans le sac.
— La lieutenante Garcia.
— Il y a une erreur.
— Je ne crois pas, Ben.
Ils avaient atteint leur porte. Alice le quitta des yeux un instant pour insérer sa clé dans la serrure. Quand elle se tourna de nouveau vers lui, il avait les traits froissés par l'incrédulité.
Elle demeura sur le côté le temps qu'il passe devant elle dans le vestibule et aille poser les courses sur le comptoir.
— Qu'est-ce qui leur fait soupçonner que c'est un meurtre ?
Alice examina le visage de son fils. Il paraissait sincèrement abasourdi. Mais pourquoi, encore une fois, avait-elle le sentiment que quelque chose lui échappait ? Qu'il subsistait un non-dit ?
— Pourquoi tu n'as pas expliqué qu'il y avait eu une bagarre ? Qu'on l'avait poussé ? Garcia m'a appris qu'il avait une fracture de l'arcade sourcilière.
Alice chassa de ses pensées les images malvenues de Lou sur une table d'autopsie, de l'état de son visage avant qu'on le projette dans le vide.
— Pourquoi, Ben ?
— Je t'ai déjà dit, je n'ai rien vu...
Il s'exprimait d'un air songeur, regardant fixement vers le jardin, donnant presque l'impression de ne pas avoir conscience qu'elle était là. Alice aurait tout donné pour le croire.
— Ce Kane Owen, c'est aussi un copain à toi ?

Il hocha la tête.
— Il travaille au bar avec moi. (Il se frotta les yeux avec les poings.) Ils croient vraiment que Kane a tué Lou?
— Je suis désolée, Ben. Ils affirment qu'ils détiennent des preuves accablantes. Autres que la bagarre, apparemment.

Elle lui prit brièvement la main. L'espace d'un instant, elle oublia de scruter sa réaction en quête d'indices concernant ce qu'il pouvait lui cacher. Elle ne vit qu'un jeune homme effondré, qui venait de découvrir que son ami avait assassiné son frère.

— Kane... a tué Lou, dit-il d'un ton volontaire. Kane a tué Lou.

Chaque fois qu'il le répétait, il semblait un peu plus convaincu qu'il s'agissait de la vérité.

INDIGO
21 août

Les lieux empestent la transpiration et la fumée de cigarette.

Je fais de mon mieux pour rester immobile, mais mes jambes refusent d'obtempérer et mes talons sautillent sur place.

On m'a appelée hier soir depuis le commissariat pour m'annoncer qu'on avait inculpé Kane, et qu'il serait ce matin à la cour des Magistrats, pour sa comparution préalable. Accusé de meurtre. Mon fils. C'est de la science-fiction. C'est ce que j'ai hurlé dans le téléphone, mais l'agent avait déjà raccroché, et j'ai traversé les heures silencieuses et enténébrées de la nuit avec Lucian pour seule compagnie. Je n'ai pas dormi. J'ai été incapable de pleurer.

Je lisse ma jupe et rajuste mon pull. Mes doigts passent sur mon bracelet jaune. Combien de fois l'ai-je entortillé autour de mon poignet depuis deux jours? Plusieurs centaines lundi pendant que les policiers fouillaient la maison, et quelques centaines de plus après leur départ, dans la chambre de Kane, où je suis restée plantée à contempler l'ourlet de ses rideaux où, plus jeune, il cachait ses cigarettes. J'avais le pressentiment que j'allais y trouver quelque chose. Enfreignais-je sa confiance en regardant ? La situation était assez extrême pour justifier que je fouine un peu. J'ai glissé un doigt par l'interstice. J'avais vu juste : il y avait une fiche cartonnée pliée. Kane a dû oublier qu'il m'avait parlé de cette cachette. Le recto du bristol était orné d'un motif aux formes géométriques noires et bleues. Au verso, griffonnée d'une main que je n'ai pas reconnue, figurait la phrase « Il veut des sushis, de la sueur et du sel », suivie par un petit cœur. L'inscription était entre guillemets, alors peut-être était-ce une réplique d'un de ses films fétiches ? Était-ce un mot doux de son petit copain ? Si je parvenais à découvrir qui c'était, peut-être me fournirait-il des éléments qui me permettraient d'aider Kane.

Me revoilà donc en train de tortiller mes perles. Je ne me sens pas si différente du jour où il m'a offert ce bracelet, à son retour de France : pleine d'appréhension, nerveuse. Me demandant ce que je lui dirais quand je le verrais. Je lisse de nouveau ma jupe et consulte l'horloge. Onze heures moins le quart.

Tandis que j'attends sur un des sièges métalliques devant la salle d'audience trois, où Kane doit comparaître, un homme en survêtement rouge en sort comme une furie et fonce vers l'escalier. En chemin, il expédie un coup de pied dans un mur et crie :

— C'est un coup monté ! C'est Gaz Philips qu'est coupable et il m'a dans le collimateur.

Les autres personnes présentes dans la salle d'attente détournent momentanément leur attention de l'écran plat fixé au mur. Tout le monde ici donne l'impression d'en baver dans la vie ; quelle peut-être leur histoire, à tous ? Ils ne veulent sûrement pas de ma pitié, mais je ne peux m'empêcher d'en éprouver.

Tandis que le type en jogging fait du grabuge, quelqu'un d'autre s'approche de moi. Cet homme est très différent. D'abord, il est en costume, et ses cheveux gris sont coupés dans un style élégant et soigné. Il serre un tas de dossiers et de documents sous le bras, il est essoufflé et tout rouge.

— Madame Owen ? Je vous prie de m'excuser.

Il tousse.

— Oui ?

— Clive Parsons. Je suis l'avocat commis d'office, annonce-t-il en prenant place à côté de moi. Désolé de faire ça ici, mais j'ai été retenu dans la salle deux, et nous n'avons pas beaucoup de temps. Normalement, j'irais demander s'il y a une salle d'entretien de libre, mais...

Il consulte sa montre.

— Commis d'office ?

— Oui. C'est moi qui vais défendre votre fils. Il m'a prévenu que vous seriez sans doute ici, et il m'a dit qu'il les avait chargés de vous appeler du commissariat hier soir, c'est bien ça ?

Je l'aurais serré dans mes bras.

— Je croyais qu'il n'avait pas d'avocat. Merci. Comme je suis soulagée de savoir que...

— Je ne fais que mon travail. Il n'était pas emballé de me voir, en fait, mais je lui ai expliqué que c'était dans son intérêt.

— Comment ont-ils pu inculper mon fils de meurtre ?

— L'autopsie a révélé des traces de bagarre ou de lutte. L'arcade sourcilière de la victime a subi des dégâts.

Il s'interrompt un instant et détourne le regard pour compulser les papiers posés sur ses genoux.

— Et Kane a avoué.

— Quoi ?

J'ai dû mal comprendre.

— Kane a dit à la police qu'il avait poussé la victime par-dessus le parapet du parking.

Il n'est pas coupable. Il n'a pas pu commettre ce crime.

— Pour aujourd'hui... tout ce qui va se passer, c'est que le dossier va être transmis à la cour de la Couronne. La cour des Magistrats ne traite pas les affaires criminelles graves.

Je hoche la tête, m'efforçant de suivre ce qu'il m'explique.

— Il veut négocier un accord avec le ministère public. Ce n'est pas ce que je lui aurais conseillé, mais il ne démord pas qu'il a commis ce crime.

— Comment ça, négocier un accord ?

— Il va plaider coupable pour homicide involontaire. Le parquet préférera s'en contenter et classer le dossier plutôt que de s'engager dans un procès coûteux pour homicide volontaire.

— Mais il est innocent !

Ce n'était pas du tout ce à quoi je m'attendais. Au pire, j'imaginais un procès, au cours duquel les jurés verraient mon fils pour ce qu'il est et le relaxeraient.

Clive me dévisage sans fausse compassion, ce dont je lui suis reconnaissante.

— Il est passé aux aveux, madame Owen.

— Pourquoi a-t-il fait ça ?

— Il a avoué très tôt, avant d'avoir été placé en garde à vue. Sans avocat à ses côtés. C'est fâcheux, sous bien des aspects... Je ne l'aurais jamais laissé faire ça. Mais ça n'a pas que des inconvénients.

— Comment ça ?

— Le dossier de l'accusation est bancal. Officiellement, ils n'ont pas commis d'erreur : ils lui ont proposé un avocat et il a refusé. Mais ils n'ont pas suivi les règles à la lettre, et ils le savent. Ses aveux précoces, sans conseil juridique, pourraient leur retomber dessus, alors ils voudront boucler l'affaire au plus vite. Nous pourrions arracher un accord avantageux.

— Mais il finirait quand même en prison ?

Clive ajuste sa cravate en esquivant mon regard.

— Nous devons nous battre pour éviter ça. Avez-vous des pistes pour organiser la défense de Kane ?

— Il m'a chargé de négocier un plaider-coupable, madame Owen. Je suis désolé, mais j'agis selon ses instructions, pas les vôtres.

— Je vois.

Ce type est un dégonflé, donc.

Depuis le début de la matinée, une femme en longue robe noire sort régulièrement de la salle trois pour annoncer des noms et inviter des gens à entrer. La voilà qui ouvre la porte, consulte son bloc-notes et beugle :

— Quelqu'un pour Kane Owen ?

Clive se signale d'un geste de la main, m'adresse un hochement de tête, et nous nous levons.

Tandis que nous franchissons un sas fermé par deux portes à double battant, Clive me saisit par le coude et me chuchote :

— Kane voudrait des baskets, au fait. Vous pourrez lui en apporter quand vous lui rendrez visite à la maison d'arrêt.

Lui rendre visite en prison ? Ça ne m'avait pas traversé l'esprit avant qu'il en parle. Alors que je m'assois au dernier rang, tout au fond de la chambre, j'essaie de me rappeler ce que je pensais avant de venir ici. Croyais-je que Kane allait rentrer aujourd'hui ? J'observe les autres personnes présentes dans la galerie. Quelqu'un est-il là pour l'affaire de Kane ?

Une porte s'ouvre au bout de la salle ; tout le monde se tait et se lève. Les magistrats entrent – deux femmes et un homme – et prennent place derrière une longue table installée sur une estrade. Nous nous rasseyons. Ce lieu n'est pas comme je l'imaginais : c'est triste et gris, sans la moindre trace de couleur, tout l'opposé des tribunaux qu'on voit à la télé, qui sont toujours majestueux, pleins de bois verni et d'hommes en perruque. Clive n'a pas de perruque, aucun des magistrats non plus. Tous les trois ont l'air de personnes lambda en tenue de tous les jours.

La femme à la robe noire qui multiplie les allers-retours entre la chambre et la zone d'attente se lève.

— Affaire suivante, Kane Owen, représenté par maître Parsons.

J'entortille mes perles jaunes. Quelques secondes plus tard, un cliquetis de clés retentit, et une porte s'ouvre à ma droite. Kane la franchit et pénètre dans le box des accusés, un compartiment en verre renfermant une rangée de sièges. Deux vigiles portant des gants chirurgicaux bleus l'accompagnent. Ils déverrouillent les menottes qui entravent leurs poignets à ceux de mon fils, puis se postent de part et d'autre de lui. Mon ventre se noue, et je ne comprends pas comment j'ai pu être pressée de le voir encore quelques minutes auparavant. Nos regards se croisent.

Je t'aime, j'articule en silence à travers la salle, et il lève la main à ses lèvres, avant d'observer le reste de l'assemblée. Ses yeux s'arrêtent sur quelqu'un derrière moi, et je suis sûre de déceler une peur fugace sur son visage. Je me détourne et vois deux policiers qui occupent la rangée dans mon dos – je ne reconnais aucun d'entre eux. Qu'ont-ils fait subir à mon fils ?

Un homme installé à un ordinateur devant l'estrade des magistrats est le premier à s'adresser à Kane.

— Pouvez-vous confirmer que vous vous appelez Kane Owen ?

— Oui.

Il a la voix rauque, et il tousse.

— Votre date de naissance est le vingt novembre 1999 ?

— Oui.

— J'ai pour vous une adresse à Sunnyside, Fairlawn Road, quartier de Montpelier à Bristol ? Est-ce exact ?

— Oui.

— L'affaire pour laquelle vous comparaissez aujourd'hui concerne la mort de Louis Durand, survenue dans Queen Charlotte Street, à Bristol, le 17 août de cette année. Vous êtes inculpé pour meurtre.

Kane hoche la tête. *Pourquoi leur as-tu dit que tu étais le coupable ?*

La juge du milieu, une femme blonde aux cheveux coupés court, lui sourit. Ça me réchauffe le cœur. Se rend-elle compte qu'il est innocent ?

— Asseyez-vous, monsieur Owen.

Pour moi, le reste de l'audience se déroule dans un grand flou.

Je ne peux que fixer Kane. Je m'attendais à le voir vêtu de sa chemise orange, avec laquelle il s'était présenté au commissariat, mais à la place il porte des vêtements qui ont dû lui être fournis par l'administration pénitentiaire : un immense sweat-shirt gris et sale, et un bas de survêtement assorti. Il a de gros cernes sous les yeux. Il semble déjà amaigri.

Je repense à l'homme qui est sorti comme une furie de la chambre, tout à l'heure, en criant qu'il était victime d'une machination. Est-ce ce qui est arrivé à Kane ? Qui pourrait avoir une dent contre mon fils ? Il s'entend bien avec tout le monde. Le seul avec qui il a été en conflit, c'était un garçon au collège, mais l'affaire s'était résolue d'elle-même il y a de cela des années.

Clive parle encore aux magistrats, mais à cause du sang qui cogne à mes tempes, j'ai un mal fou à me concentrer. Mon pauvre fiston se masse sans arrêt la nuque d'une main et triture son piercing au nez avec l'autre. Ses cheveux ont l'air sales. Croyant que je vais vomir, je me prépare à sortir, saisissant mon sac à dos et cherchant la meilleure façon de m'extirper de ma rangée. Mais au même moment la magistrate s'adresse de nouveau à Kane, d'une voix forte :

— Levez-vous, je vous prie, monsieur Owen.

Kane obtempère en grimaçant de douleur. Est-il blessé ?

— Nous transmettons votre affaire à la cour de la Couronne, annonce la juge. Nous vous plaçons en détention provisoire, car nous avons de sérieuses craintes que vous renonciez à vous présenter à l'audience et que vous tentiez d'intervenir auprès des témoins, en vertu de la nature et de la gravité des faits qui vous sont reprochés.

Les gardiens de Kane ouvrent sa porte, lui remettent les menottes et le font sortir. Il ne me lance pas de dernier regard avant qu'on l'emmène. J'ai envie de crier son nom, mais ça ne lui sera d'aucune aide, n'est-ce pas ?

Des membres de l'assemblée quittent la salle, et d'autres les remplacent. Clive vient jusqu'à moi, ses dossiers serrés contre lui.

— Ils ont fixé la date pour la cour de la Couronne. Ça peut encore changer, cela dit. Je vais charger ma secrétaire de vous téléphoner pour vous tenir au courant.

— Je peux le voir, maintenant ? je chuchote.

Clive me considère d'un air perplexe.

— Vous pensiez que ce serait possible ?

Je me rassois lourdement. Mon fils, je veux seulement voir mon fils.

— Vous n'avez pas entendu ? Il va être placé en détention provisoire à la prison de Hornfield, au bout de la rue. Je vais vous fournir les infos nécessaires, le numéro à appeler pour déposer une demande de visite.

Je me mets debout et, d'un pas vacillant, passe devant d'autres personnes de ma rangée. Alors que je lève la tête pour vérifier où je vais, je vois un jeune homme au fond de la galerie, juste derrière la place que j'occupais. Je le reconnais. Il braque sur moi un regard haineux, et j'ai envie de détourner les yeux, mais j'en suis incapable.

N'est-ce pas le frère du garçon qui est mort ?

BENNY
17 août

Il fallait reconnaître que leur mère avait concédé beaucoup de sacrifices pour eux. Benny se souvenait certainement plus que Lou des premières années, celles qui avaient suivi le départ de leur père. Tout son temps avait été consacré à les déposer à l'école maternelle, aller au travail, revenir les chercher, les faire manger, les mettre au lit, puis recommencer. Leur grand-père les gardait le week-end afin qu'elle puisse travailler plus. Benny se rappelait distinctement une journée à la crèche – il devait avoir dans les quatre ans –, quand il avait entendu une fillette raconter que son père l'avait couchée la veille, parce que maman était allée « voir vers un banc » avec ses copines. Leur institutrice avait ri, suggérant qu'elle était plutôt sortie boire un verre de vin blanc, mais Benny n'avait retenu qu'une chose : la mère de leur camarade avait quitté la maison le soir. Sa maman avait des *copines*, comme Ben et Lou avaient des copains ? Et son *père* l'avait mise au lit ? Tout petit qu'il était, il en était resté abasourdi.

Lou ne s'était pas rendu compte de tout cela. Quand Benny était entré en primaire, la vie était devenue plus facile. Leur mère faisait moins d'heures supplémentaires, elle était toujours disponible pour l'aider à faire ses devoirs, et elle les emmenait en balade le week-end. Ils allaient courir dans la forêt près du château Blaise, traversaient le pont pour voir les cerfs au domaine d'Ashton Court, ou prenaient le train à vapeur dans le parc de la vallée de l'Avon.

D'accord, elle avait été plus sévère avec Lou qu'avec lui, mais il fallait reconnaître que bien souvent Lou le méritait.

— Arrête de la traiter comme ta bonniche, c'est tout ce que je te dis.

À l'étage du bus, il regarda dehors par la vitre cependant qu'ils longeaient l'alignement de restaurants de Pigsty Hill. La soirée était très douce et toutes les terrasses étaient bondées. Par l'entrebâillement, il entendit des verres s'entrechoquer, les cliquetis des couverts sur les assiettes. Benny n'avait jamais dîné dans aucun de ces établissements, tous un peu trop chers pour son budget. Le poulet frit de Miss Millie, dont le type assis derrière lui mangeait une boîte, était ce qu'il avait tenté de plus haut de gamme. Il renifla, l'odeur de la chapelure frite lui mettant l'eau à la bouche.

— Quand je serai à Exeter, il faudra que tu t'occupes d'elle. Que tu l'aides plus dans la maison.

Lou avait eu un grognement moqueur, avant de se laisser glisser dans son siège et de remonter les pieds contre le dossier face à lui.

— Tu fous que dalle dans la baraque, toi...
— Ce n'est pas vrai. J'en fais plus que...

Lou fit semblant de bâiller.

— C'est bon, lâche l'affaire. Ne me fais pas la leçon.

Il avait étiré son chewing-gum pour former une longue bande, avant de le relâcher comme un élastique.

— T'inquiète pas pour maman et moi. Je ferai mon lit de temps en temps. T'es content ?

— Ravi. (Benny marqua une pause.) Et tu ne lui diras rien ? Tu ne lui parleras pas de... de papa, quoi ?

Le visage de Lou se durcit.

— Le plus important pour l'instant c'est de décider par quoi on commence ce soir. Il faut vraiment qu'on retrouve Kane ?

Il remettait ça.

— Oui. Ça te pose un problème ou quoi ?

Benny fit glisser deux doigts le long du petit rebord au bas de la vitre, comme sur un skateboard miniature, auquel il fit exécuter une pirouette avant de se réceptionner parfaitement.

— Ce ne sera pas le même délire, quoi. Ça devait être une soirée entre mecs. Tu te rappelles quand on allait à des concerts ? (Il donna une tape sur le genou de son frère.) Juste toi et moi ? On s'éclatait bien.

— Tu veux aller à un concert ? demanda Benny en sortant son téléphone de sa poche. On n'a qu'à voir ce qui passe ce soir, on pourrait y aller tous ensemble.

— J'ai déjà vérifié. Y a rien de bien. On ne pourrait pas au moins se boire une mousse tous les deux ? Juste une, avant que tu m'abandonnes pour rejoindre mon plus grand fan ?

— Si après tu me fous la paix.

Lou avait toujours été un peu comme ça. À constamment réclamer l'attention de Benny, son approbation. Il n'oublierait jamais la première fois qu'il avait emmené son cadet en sortie, juste pour quelques bières au pub. Lou avait essayé de garder un air détaché quand Benny le lui avait proposé, mais on voyait dans son regard qu'il était surexcité. Benny avait remarqué qu'il n'arrêtait pas de jeter des coups d'œil vers lui, vérifiant s'il riait à ses anecdotes.

Il lui avait même acheté un paquet de chips, de sa propre initiative, c'était dire à quel point il était aux anges d'être de la partie.
— Il n'amène même pas de meufs. Je croyais que c'était ça l'intérêt d'avoir un pote pédé.
Lou sortit son chewing-gum de sa bouche et le colla sous son siège.
— Ne fais pas...
Benny ferma les yeux et souffla. Avec Lou, il avait toujours l'impression d'être un râleur.
— Pourquoi tu dis des trucs comme ça ? Un pédé ? Tu sais que c'est une insulte, pas vrai ? Je sais que tu ne le penses pas.
— C'est juste une façon de parler. Reste tranquille.
— T'es dans la provoc, c'est tout.
Benny se leva et fit signe à Lou de l'imiter.
Ce dernier ne bougea pas.
— Ah ouais, sérieux ?
— Allez viens, Lou, on descend là.
— Seulement si on rejoint ton ami homosexuel de service, déclara-t-il en s'extirpant lentement de son siège. Ça te convient mieux ? Je n'ai pas raison, franchement ?
Benny se mordit la lèvre. S'il rentrait dans son jeu, Lou allait continuer à le charrier. Mais s'il ne réagissait pas assez, il le laissait s'en tirer à bon compte. Ils s'engagèrent dans l'escalier, Lou s'amusant à balancer le poids de son corps en s'accrochant à la barre métallique.
Benny posa la main sur l'épaule de son frère tandis que le bus freinait.
— Ne fais pas le connard, lui intima-t-il en exerçant une vive pression. Tu n'as pas intérêt.
Lou rit.

— Démarre, champion, lança-t-il au chauffeur tandis qu'ils foulaient le trottoir.

Alors que Lou s'allumait une cigarette, Benny le poussa d'une bourrade taquine vers l'arrêt de bus et s'efforça de prendre un ton plus léger.

— C'est mon rôle, en tant que figure paternelle de la famille, de veiller à ce que tu te tiennes à carreau.

Il brandit un index menaçant vers lui et ajouta :

— Je vais te filer une bonne correction, fiston.

ALICE
23 août

Quand Alice rentra chez elle le vendredi après-midi, l'ordinateur portable de Benny était ouvert sur la table de la cuisine. C'était ce qu'elle prétendrait s'il la prenait la main dans le sac.
Car *techniquement* parlant, la machine n'était *pas* fermée, puisque l'écran était juste baissé. C'était trop tentant. Elle devait à tout prix comprendre sa réaction ; son attitude évasive, qui lui ressemblait si peu, ne pouvait être due qu'au chagrin. Après avoir appris l'inculpation de Kane Owen, il s'était complètement renfermé. Elle l'avait croisé tôt le matin avant d'aller à la bibliothèque pour s'avancer dans son travail. D'ordinaire, il se fendait d'un commentaire lorsqu'elle s'y rendait en dehors des horaires d'ouverture – il savait que l'établissement fermait le vendredi –, mais il s'était contenté de lui grommeler quelques mots sans la regarder. Il se comportait ainsi depuis le début de la semaine, non pas qu'elle l'ait beaucoup vu – il était soit cloîtré dans sa chambre, soit sorti. Si elle parvenait à le croiser quand il rentrait et lui demandait d'où il revenait, il lui rétorquait sèchement de lui lâcher la grappe et l'expédiait : « Je suis allé faire un peu de skate » (tout seul ?), « Je suis passé rapidos à la salle de sport » (pourtant il n'avait

pas pris son sac), « J'ai maté un film chez un pote » (il ne précisait pas lequel). Elle avait l'habitude de cette attitude de la part de Lou, mais pas de Benny. Auparavant, il ne rechignait jamais à lui dire à quoi il s'était occupé. Alice déglutit en touchant le rabat lisse du portable.

Elle posa en vitesse son sac à dos par terre, puis contrôla le vestibule. Benny devait être à l'étage ; elle l'entendrait arriver s'il descendait. Juste le temps de jeter un coup d'œil. Elle releva l'écran et s'assit, rapprochant une chaise derrière elle. Le contact de son abdomen contre la tranche de la table lui fit une vive émotion. Une mélodie ondulante s'immisça dans sa tête.

La *Fantaisie* de Mozart et une brise marine qui s'engouffre par la porte. Son ventre pressé contre le bord du piano. Les petits pieds de Lou qui s'agitent.

Elle cligna énergiquement les paupières, faisant taire la musique, et contempla l'écran. Benny avait laissé Facebook ouvert, et elle eut le regard aussitôt attiré vers le nom qui s'affichait en gros. C'était la page de profil de Kane Owen. En haut s'étendait un cliché en noir et blanc d'une rue tranquille, où l'enseigne au néon d'un hôtel se reflétait sur des pavés mouillés. Dessous apparaissait la photo d'un jeune homme aux cheveux châtain clair, aux boucles qui pendaient devant son front, aux yeux d'un bleu éclatant qui ne regardaient pas l'objectif. On ne le voyait qu'en buste, mais on le devinait maigrelet à son visage émacié et au tombé lâche de son pull kaki bas de gamme, d'où dépassait à peine le col de sa chemise couleur mandarine. C'était donc lui l'assassin de son fils. Pourtant, à ses yeux, il avait l'air d'un enfant. Il paraissait plus jeune que Benny, et même que Lou. Un tueur au visage poupin. Alice secoua la tête. Elle ne pouvait pas le plaindre.

Les petits pieds de Lou, qui s'agitent. Son ventre pressé contre le bord du piano.

Il avait dix-neuf ans, lui avait indiqué la lieutenante Garcia. Un homme, donc – assez âgé pour distinguer le bien du mal.

Elle se rendit compte qu'elle l'avait déjà vu seulement lorsqu'elle cliqua sur la photo pour l'agrandir. Quand Benny lui avait dit qu'il travaillait au bar, elle était partie du principe qu'elle ne le connaissait pas. Mais il lui semblait pourtant qu'elle l'avait croisé une fois à la maison. Il avait les cheveux plus courts, ce jour-là... Quand était-ce ? Quelques mois plus tôt ? Elle reconnaissait l'anneau à son nez, songea-t-elle, en froissant le sien avec répugnance. Il s'en allait quand elle était arrivée, et en approchant elle l'avait entendu parler avec Lou et Benny sur le pas de la porte. De quoi discutaient-ils ? Elle aurait voulu s'en souvenir, mais elle ne se rappelait que son léger accent du West Country, et l'incapacité de ce garçon à la regarder dans les yeux quand elle s'était faufilée à côté de lui pour rentrer.

Avait-elle demandé comment il s'appelait ? Sans doute pas ; il n'avait pas l'air d'un garçon auquel elle souhaitait s'intéresser, et sûrement pas le genre de fréquentation qu'elle désirait pour ses fils.

— Qui est-ce ? s'était-elle enquise, après que Benny avait refermé la porte.

— Un copain du boulot.

— À quelle université il étudie ?

Lou, qui montait à sa chambre en gravissant les marches deux par deux, avait ri et laissé Benny sans soutien.

Elle aurait mis sa main au feu que ce garçon ne faisait pas d'études, et la réponse de Benny n'avait en rien édulcoré son opinion. Alice croyait dur comme fer en la justesse de ses premières impressions, et elle avait le sentiment d'avoir assez bien cerné ce jeune homme.

— Une de Londres, je ne sais plus laquelle. Il va aller en fac de cinéma.

— Ce n'est pas une vraie filière, ça.

— Qu'est-ce qui te défrise ?

— Le piercing, Benny. Tu sais bien que je déteste les piercings. Au visage, en plus !

Ce n'était pas hygiénique, déjà, et qui plus est, comment voulait-il qu'on le prenne au sérieux dans le monde du travail ?

— Je suis au courant, oui. (Benny avait relevé sa manche pour découvrir deux fines lignes noires sur son avant-bras.) Autant que tu détestes les tatouages.

Alice détourna le regard.

— Tu le regretteras, un jour, je n'en démords pas.

— Il y a une autre raison pour que tu l'aies pris en grippe en trente secondes ?

— Je ne l'ai pas trouvé très poli. Et ça s'entend qu'il est de Bristol.

Benny avait ri et secoué la tête.

— C'est parce qu'il y a grandi, tiens ! Ce n'est pas une tare d'avoir l'accent de Bristol, maman. Ce n'est pas parce que tu t'es battue pour te débarrasser du tien que…

Alice se renfrogna à l'idée qu'elle ait pu un jour s'exprimer comme Kane.

— Et tu l'as quasiment poussé pour entrer. C'est poli, ça, peut-être ?

Il s'agissait donc bien de lui. Sa nuque se hérissa à ce souvenir. Elle avait rencontré l'assassin de son fils.

Elle sortit son téléphone et photographia l'écran en vitesse, avant de faire défiler la page pour voir d'autres clichés de lui. Il y en avait plusieurs. Kane Owen derrière une caméra. Kane Owen avec des amis dans le parc. Kane Owen tenant affectueusement une femme beaucoup plus âgée que lui, aux cheveux blancs lui tombant aux épaules. Sa mère ? Alice frémit. Être la mère d'un meurtrier. Elle cliqua sur l'image pour examiner cette femme en plus gros plan. C'était difficile d'estimer son âge, mais sa peau lisse et bronzée indiquait qu'elle était vraisemblablement plus jeune que ses cheveux pouvaient le laisser croire. Peut-être avaient-ils blanchi prématurément. Ses lunettes rondes cerclées de noir étaient de celles qu'Alice voyait plutôt sur le nez des étudiants, pas un modèle à monture quasi inexistante qu'elle jugeait plus approprié aux femmes de leur âge. Qui plus est, elle portait un débardeur rose vif à fines bretelles. Alice n'était pas spécialiste de la question, mais elle savait quand même que ce type de vêtements était destiné aux adolescentes. Elle blottissait la tête contre l'épaule de son fils, comme s'ils se considéraient plus amis que mère et fils. Elle avait l'air d'une femme qui en éprouverait de la fierté.

Quoi qu'il en soit, analyser la photo de la mère de Kane dans les moindres détails ne lui permettrait pas de déchiffrer le comportement de son propre fils. Le fait que Benny ait parcouru les publications de ce jeune homme ne lui apprenait rien qui puisse l'aider à le protéger. Elle fit glisser son doigt sur le pavé tactile et laissa flotter le curseur au-dessus de l'icône représentant la boîte de réception Facebook Messenger de Benny. Elle ferma les paupières, prit une profonde inspiration, et cliqua.

Au même instant, un grand fracas provenant de la terrasse la fit sursauter. Elle rabattit précipitamment l'écran et se pencha pour jeter un coup d'œil par la baie vitrée, juste à l'instant où Benny renversait une chaise d'un coup de pied. Il devait être dehors depuis le début. L'avait-il vue ? Il ne regardait pas dans sa direction.

— Benny ?

Elle tapota sur le verre, mais apparemment il ne l'entendait pas.

Il se tourna vers l'extrémité du jardin, leva brusquement les bras en l'air et cria :

— T'es content, maintenant ?

— Purée. (Alice traversa au pas de course la buanderie, puis ouvrit la porte de derrière à la volée.) Benny, qu'est-ce qui se passe ?

— Qu'est-ce... t'as fait ?

Benny n'avait pas remarqué sa présence et continuait à brailler.

— À qui tu parles ? Benny ?

Il fixait le mur de la prison en titubant, une bouteille de bière Peroni à la main. D'un regard circulaire, Alice en vit de nombreuses autres éparpillées parmi le mobilier de jardin qu'il avait maltraité.

— Je t'ai dit... laisser tomber ! hurlait encore Benny, d'une voix pâteuse, en direction du mur.

Alice s'approcha doucement de lui.

— Allez, ça suffit. Viens, maintenant. On va rentrer, d'accord ?

Il tourna la tête vers elle. Son visage était marbré de rouge.

— Maman ? dit-il, comme enroué.

Il but une goulée de bière tandis qu'elle l'emmenait à la cuisine en le tenant par l'épaule.

Alice fit couler le robinet et lui servit un verre d'eau.
— Tiens. Bois.
Elle lui retira sa bouteille.
Il continuait à braquer le regard par la fenêtre au-dessus de l'évier, vers le fond du jardin.
— C'est par rapport à Kane Owen, j'imagine ?
Benny ferma les yeux.
— Tu penses qu'il est là-dedans ? l'interrogea-t-elle en montrant du doigt le mur de brique et l'édifice qui se dressait derrière.
— Je le sais.
— Comment ça ?
— Je suis allé au tribunal, aujourd'hui, tiens. Je l'ai vu. Ils ont dit qu'il irait là.
Il balança vivement le bras vers la prison.
Alice retourna à la porte et s'appuya contre le chambranle pour regarder dehors. Toutes ces années, depuis leur emménagement peu avant la naissance de Benny, la proximité de la maison d'arrêt ne l'avait jamais dérangée. La plupart du temps, aucun bruit ne venait lui rappeler sa présence, et l'on n'en voyait vraiment les bâtiments que depuis les chambres du fond. Mais elle n'avait jamais connu personne qui y ait été incarcéré. Elle frissonna en dépit de la douceur de l'air, et songea au visage qu'elle avait vu sur l'ordinateur de Benny.
— Tu peux lui faire confiance ? s'enquit-elle, en se tournant vers son fils.
Il but une gorgée d'eau et l'observa par-dessus son verre.
— Comment ça ?
— Qu'est-ce qu'il va raconter à ton sujet ?
Benny se frotta l'œil avec la base du poignet.
— Pourquoi il parlerait de moi ?

— Arrête ton cinéma, Benny. J'essaie de t'aider.
— Comment veux-tu que je sache ce qu'il va dire ?

Il posa brusquement son verre sur le buffet, faisant gicler de l'eau sur le bois. Alice faillit se précipiter pour passer un coup d'éponge, mais se retint. Elle espéra qu'il ne s'était pas montré autant sur la défensive en répondant à la police.

Il se courba au-dessus de l'évier et appuya un côté de sa tête sur son bras.

— Nous allons nous sortir de cette épreuve, affirma-t-elle.

Elle s'avança vers lui et, alors qu'il levait les yeux vers elle, lui toucha le visage.

Son ventre pressé contre le bord du piano. La *Fantaisie* de Mozart. Les premiers coups de pied de Lou, pendant les plaintes de l'adagio.

— Lou me manque à moi aussi. Je sais que nous ne nous entendions pas toujours bien.

Son poignet s'abaissant sur le *la* avant de passer d'un petit bond au *sol* dièse. « Trépidant, Alice. Trépidant. »

— Tu n'es pas obligée de te justifier, déclara Benny.
— J'aimerais juste que tu me racontes comment ça s'est passé, exactement.
— Je ne peux pas te révéler qui d'autre était là, rétorqua-t-il en lui saisissant la main. Ne me le demande pas, s'il te plaît.
— Autre chose, alors, ce que tu veux. Allez, Ben, quoi ! Ils se sont battus, c'est ça ?
— D'accord, d'accord, céda-t-il en lui pressant les doigts. Ils se sont battus, ouais. Je te jure que je ne l'ai pas vu tomber, par contre.
— Pour quel motif ils se bagarraient ?

— Il prenait les gens à rebrousse-poil. Tu sais bien comment il était.

Benny semblait soudain beaucoup moins ivre. Ses yeux s'agitaient dans tous les sens.

— Il balançait des vacheries sans réfléchir.

Il temporisait, elle s'en rendait compte.

— Quel genre de trucs ?

— C'était une histoire de fille, je crois. Y avait pas que ça, mais…

Il n'acheva pas sa phrase.

— Quelle fille ?

— On a dit pas de noms, maman.

Elle se mordit la lèvre. Jamais elle n'avait consenti à cette règle.

— Que disait-il au sujet de cette fille, donc ?

— Kane soutenait à Lou qu'il n'était pas capable d'avoir une relation sérieuse. Qu'il était trop immature. Lou… Lou a répondu que ça ne l'intéressait pas, qu'il fallait être un gros naze pour chercher à se caser avant vingt ans. Il tapait sur le système de Kane…

— C'est pour ça qu'il l'a poussé ? Juste pour ça ?

— Je n'en sais rien, maman. Je n'étais pas là, je te rappelle.

— Tu me jures que tu me dis la vérité ?

— Je te le jure.

Il la fixa dans les yeux, et à son grand soulagement, elle se rendit compte qu'elle le croyait.

— Tu veux me dire autre chose ? C'est le moment.

— C'est tout, je n'en sais pas plus.

Elle scruta son visage, mais il soutint son regard sans se détourner.

— Bon, très bien. Viens.

Elle s'accroupit pour ouvrir un placard rempli d'ustensiles de cuisine superflus – un mixeur plongeant, des cocottes, un toaster à sandwich –, alla chercher dans le fond et en sortit une bouteille de Żubrówka encore à moitié pleine, avant de se servir une double ration dans un vieux verre à eau ébréché.

Elle se tourna face à Benny, qui la fixait d'un air stupéfait.

— Réserve secrète, déclara-t-elle.

— Je crois que je ne t'ai jamais vue un verre à la main.

Alice hésitait entre la satisfaction d'avoir réussi à le duper et la déception qu'il n'ait jamais rien remarqué.

— Lou l'a découverte le mois dernier. Un jour, je l'ai surprise en train de verser la moitié de la bouteille sur son carbu pour le nettoyer.

Benny rit.

— Ce n'est pas de la vodka de pauvre, en tout cas.

— Je ne bois pas de la piquette.

Elle revit soudain le visage de Lou avec une grande clarté. Quand elle l'avait vu en train d'utiliser la vodka pour sa mécanique, elle lui avait demandé ce qu'il fabriquait. « Ça marche aussi bien qu'un autre truc, avait-il répondu. C'est une idée de papi. Il est adepte de la débrouille et de la bidouille. J'ai trouvé ça dans le placard du bas, ça a l'air vieux. » (Ça ne l'était pas.) Ayant éprouvé le besoin de justifier l'existence de la bouteille, elle avait prétendu s'en être servie pour cuisiner quelque temps auparavant.

Benny voulut sortir un deuxième verre du placard du haut, mais Alice l'en empêcha.

— Pas toi, asséna-t-elle, avant de prendre une gorgée. Tu as ton compte.

— Pourquoi tu bois, alors ?
Alice retourna vers la porte de derrière.
— Tu es en colère contre ce type ? Moi aussi.
Tandis qu'il la suivait dans le jardin, elle se détourna et lança par-dessus son épaule :
— Apporte une de tes bières vides.
Elle pointa l'index vers l'amas de bouteilles accumulées sur la terrasse, et Benny en ramassa une avant de descendre les marches et de la rejoindre sur la pelouse. Ils passèrent devant la Tiger de Lou et le pommier, jusqu'à ce qu'ils soient à moins de quatre mètres du gigantesque mur, dont ils n'étaient séparés que par leur clôture et l'allée qui la longeait. Alors qu'elle observait la maçonnerie, les herbes et les fougères qui poussaient dans les lézardes, son corps se tendit.
Elle avala d'un trait sa vodka, qui lui chauffa la gorge.
— Voilà ce qu'on va faire, déclara-t-elle.
Levant son verre au-dessus de sa tête, elle se représenta le visage fin, maléfique du garçon, ses boucles châtain clair.
— Tu m'as pris mon fils !
Ces mots rugis accrurent la brûlure dans sa gorge. Puis, plus doucement, elle ajouta :
— À cause de toi, je ne pourrai jamais arranger les choses.
Elle replia le bras en arrière et jeta son verre par-dessus la clôture. Il se fracassa contre le mur, ses éclats retombèrent dans l'allée.
Elle se tourna vers Benny, qui la regardait d'un air abasourdi.
— À toi.
Elle désigna sa cannette d'un signe du menton.
— Maman, je ne suis pas sûr que ça...

— Qu'ils râlent, les voisins. Et la police n'a qu'à venir. Tu sais que la direction de la prison s'en moque, je parie que ça ne filme même pas !

Elle pointa l'index vers la caméra de surveillance en contre-haut.

Benny eut un rire nerveux.

— Nous traversons une semaine horrible, Ben. Nous avons perdu Lou, pour toujours. Alors je t'assure, on a bien le droit.

Elle avait la voix rauque.

Benny haussa les épaules et contempla le mur quelques instants.

— C'était mon frère ! cria-t-il finalement, avant d'expédier sa bouteille contre les briques.

Il tendit la main vers le côté, et Alice la lui tint cependant qu'ils fixaient du regard le fil barbelé traçant ses lignes sur le ciel bleu et dégagé.

Poussée par une étrange impulsion, Alice n'avait agi ainsi que pour lui. Mais elle fut surprise de se sentir si bien. Son cœur battait à se rompre, la tension qui l'accablait depuis des jours avait quitté son corps, si bien qu'elle avait l'impression de ne pas peser plus lourd qu'une plume.

Elle serra plus fort la main de Benny.

Le lendemain matin, Alice appela le numéro que la lieutenante Garcia lui avait laissé.

— J'ai appris que l'homme inculpé du meurtre de mon fils est incarcéré dans la prison juste en face de chez moi, déclara-t-elle quand la policière répondit, en observant la photo de Benny qu'elle tenait à la main.

Elle l'avait trouvée quand les enquêteurs lui en avaient demandé une de Lou le week-end précédent. Âgé de onze ou douze ans seulement sur ce cliché, Benny se tenait dans le jardin, un sourire jusqu'aux oreilles. Elle voulait retrouver ce garçon. Kane Owen ne le lui prendrait pas lui aussi.

— J'aimerais qu'on m'explique comment on a pu estimer que c'était un endroit adéquat pour l'emprisonner.

— Bonjour, madame Hyde. Je n'ai pas eu mon mot à dire dans cette décision, mais je ne manquerai pas de me renseigner. Je comprends que ça puisse...

— J'en doute, figurez-vous. (Alice roula les épaules pour les détendre, s'étant réveillée courbaturée.) Je veux des explications, par écrit, mais surtout, j'exige qu'il soit transféré dans un autre établissement.

— Je ne manquerai pas de déposer une demande.

— Je n'ai pas formulé une demande, moi. J'ai exprimé une exigence.

Elle savourait la sensation de reprendre le contrôle. Alice recouvrait une poigne qui lui faisait défaut depuis la mort de Lou.

— Je ne sais pas si ce sera possible, c'est tout. Je ne veux pas vous faire de promesses que je ne pourrai pas tenir.

Alice serra les dents pour s'empêcher de tenir des propos qu'elle pourrait regretter.

D'un doigt sur la vitre, elle suivit le tracé que formaient les briques du mur de la prison.

— Lieutenante Garcia. *Hannah.* Je vous suggère de faire en sorte que ce soit possible.

Elle raccrocha.

INDIGO
24 août

Je n'ai pas remis les pieds dans la chambre de Kane depuis que j'ai découvert le petit mot dans son rideau il y a quelques jours. Après sa comparution au tribunal, je me suis rendue à vélo à Nailsea pour me vider la tête, puis je me suis couchée tôt, résolue à me lever requinquée, prête à me lancer dans quelque démarche pour l'aider, mais je me suis réveillée avec une migraine qui m'a mise à plat pendant deux jours. Depuis ce matin, j'essaie d'en trouver le courage, de monter dans sa chambre pour ranger le désordre que la police y a laissé, vérifier s'il y a quoi que ce soit là-haut que je pourrais lui apporter ou dont je pourrais m'occuper à sa place en son absence.

Je fais les cent pas devant sa porte fermée, en laissant glisser mes doigts sur la rambarde lustrée. *Tout va bien.*

Je m'interromps au milieu d'un de mes allers-retours dans le couloir, tourne la poignée, et ça y est, j'y suis enfin. C'est pire que dans mon souvenir. Ils ont tout mis sens dessus dessous, jeté ses livres et ses DVD sans aucune précaution sur le parquet gris. Je m'appuie dans l'embrasure. Sur le mur dont il n'a pas encore tout décroché, ses posters ont tous les bords cornés, et je distingue une déchirure dans le coin de *Sueurs froides*, en bas à gauche, qui s'arrête juste sous le U du titre. Ce n'est pas seulement la déchirure qui m'attire l'œil – c'est la violence du fond rouge, et les spirales blanches qui l'ornent, la façon dont les personnages donnent l'impression d'être en train de tomber, comme aspirés par un tourbillon, engloutis par le néant.

Un carillon retentit dans la maison. Tandis que je descends ouvrir, seul Kane occupe mon esprit, comme depuis le début de la semaine. Ces deux derniers jours, je n'ai pensé qu'à lui en prison. Qu'est-il en train de faire en ce moment? Le traite-t-on bien? On sonne de nouveau. Frappe-t-on avant d'entrer dans sa cellule? A-t-il son intimité? Est-il en sécurité?

Ça va aller, Kane. On va te sortir de là.

Je marque une pause devant le miroir de l'entrée pour relever mes lunettes et resserrer mon cardigan autour de moi. Je me passe la main dans les cheveux, mais je n'en tirerai rien; ils sont trop gras. Après un haussement d'épaules, je tourne la poignée.

Je sens son parfum avant de la voir – l'odeur de lys écœurante qui lui correspond si bien. Ma sœur : belle, distinguée et populaire, mais toxique. Son odeur m'arrive charriée par l'humidité du crachin matinal, dont Dawn s'abrite sous son parapluie.

Elle penche de côté sa tête et sa coupe courte impeccable, et les perles de ses boucles d'oreilles pendent contre son épaule.

— Tu vas me laisser plantée là sous la pluie?

Les griffes de Lucian cliquettent sur le plancher derrière moi. Il jette un coup d'œil à notre visiteuse et file par la porte, tout droit sans s'arrêter. Moi non plus je ne veux pas d'elle chez moi. Ce n'est pas le moment.

— Il faisait soleil la dernière fois que j'ai regardé par la fenêtre.

Dawn secoue la tête et affiche le sourire moralisateur dont elle a le secret.

— Ce n'est plus cas, ça c'est sûr. Allez, Indy. Fais-moi entrer.

Elle replie son parapluie et l'égoutte sur mon paillasson tout en me poussant pour passer, avant de s'en servir pour désigner la cour d'école déserte de l'autre côté de la rue.

— Elles sont trop grandes, ces bannières publicitaires. Tu devrais te plaindre à ton conseiller municipal.

— Ça ne me dérange pas.

Je referme la porte et, marchant dans une flaque d'eau froide qui a dégouliné du parapluie, je lui emboîte le pas dans le vestibule.

— Tu as tort. C'est affreux. Le genre de verrues qui font bondir les électeurs de ma circonscription.

Il m'a fallu dix ans après mon départ des Midlands pour remarquer l'accent de Birmingham chez ma sœur et ma mère, mais depuis, ça me frappe autant que si je n'y avais jamais vécu. Ça m'agace dans la bouche de Dawn, mais pas dans celle de Lily.

Je comprends tout à coup ce qu'elle fait là.

— On est samedi.

Je frotte la plante de mon pied mouillé contre l'autre jambe de mon pyjama. Si je mettais la main sur mon agenda, que j'ai laissé je ne sais où avec mon sac pour le vélo, je sais que j'y lirais « Visite Dawn » à la date d'aujourd'hui.

— Tu as fait la route depuis Stafford, je commente en m'adressant à son dos cependant qu'elle disparaît dans ma cuisine.

— Évidemment que j'ai fait la route depuis Stafford, bécasse. C'est là que j'habite.

Elle n'est pas au courant pour Kane. Je ne l'ai pas prévenue.

— Je suis vraiment désolée, j'ai complètement oublié. J'ai eu une migraine de dingue.

— Je te chauffe un truc, une soupe ? propose Dawn en jetant un regard circulaire autour d'elle. Ne me dis pas que tu n'as toujours pas de micro-ondes ? Je ne sais pas pourquoi tu as peur des rayonnements, ils ne peuvent pas sortir.

Elle agite un journal plié humide sous mon nez avant de le poser brusquement sur le plan de travail en même temps que son sac à main en cuir verni sans doute hors de prix, puis rouvre son parapluie, m'aspergeant encore de petites gouttes d'eau. Je tressaille, mais me tais.

— Je le laisse un peu à sécher là, annonce-t-elle en le calant contre un radiateur éteint, avant de me fixer droit dans les yeux, me mettant au défi de protester, afin de se moquer de mes superstitions et me répéter que je suis « aussi bête que maman ».

Je l'ignore et remplis la bouilloire.

— Tu veux un thé ?

— Où est Kane ?

Je ferme les yeux et revois les spirales étourdissantes sur son affiche de *Sueurs froides*.

— Kane ? crie-t-elle dans la direction approximative de l'escalier. Descends dire bonjour à ta tatie préférée.

Lorsque je rouvre les paupières pour observer la vapeur qui commence à s'échapper de la bouilloire, elle s'avance vers le comptoir. Une boîte en carton est posée près de l'évier, consolidée par du gros Scotch, et elle pousse un cri horrifié en regardant ce qu'il contient.

— Qu'est-ce que c'est que ce truc ?

Je suppose qu'elle a trouvé le pigeon empaillé de Kane.

— Un accessoire de Kane. Pour ses films.

Dawn repousse la boîte.

— Où est-il ?

Je triture les perles de mon bracelet – son comportement me semble inhabituel. D'ordinaire, elle n'est pas aussi pressée de le voir. Que faire pour me débarrasser d'elle ?

En fait, il vaudrait mieux que tu reviennes un autre jour.

Je fais l'effort de me tourner face à elle. Maintenant qu'elle a retiré son ciré et l'a suspendu à une chaise de la salle à manger, je vois qu'elle a mis son foulard de soie imprimé à l'effigie de la *Nuit étoilée* de Van Gogh. Kane le lui avait offert à Noël pour rire, une année, quand elle lui avait demandé un cadeau « qui fasse un peu artiste, comme ta chère mère et toi », mais l'ironie lui avait échappé. Elle l'avait adoré, ainsi que toutes les horreurs du même acabit qu'il lui avait offertes depuis. « De l'art qui se porte », avait-elle commenté avec une étincelle dans le regard en découvrant les tourbillons bleu et jaune. « Exactement ce qu'il me fallait. » Ce qu'il lui fallait pour quoi, nous ne l'avions jamais compris.

— Il n'est pas là.

Je tends le bras à côté d'elle pour prendre une boîte de thé dans un placard, avant de chercher le Earl Grey qu'elle choisit toujours.

— Il est allé voir des copains, c'est ça ?

Elle me fixe de ses petits yeux sournois.

Je lui tourne le dos pour verser de l'eau chaude dans deux tasses, plonge son sachet dans l'une d'elles, puis un mélange fruits rouges et hibiscus dans la mienne.

— Il doit se balader avec sa caméra je ne sais où. Tu le connais.

Tout ce que je veux, c'est qu'on me laisse tranquille pour que je puisse reprendre mon examen de la chambre de Kane.

Je suis patraque. Ce n'est peut-être pas une simple migraine. Je ne voudrais pas te refiler ce que j'ai.

Je ressors les sachets de thé à l'aide d'une cuillère, lui donne sa tasse et bois une gorgée à la mienne, cependant qu'elle reprend son journal mouillé et le déplie, avant de le brandir sous mon nez.

— Tu comptais me prévenir quand ?

C'est le *Bristol Post*. En première page, on voit une photo d'identité judiciaire de Kane, le visage jaunâtre et apeuré. L'article traite de sa comparution au tribunal. Je pose ma tasse sur le comptoir et lui prends le journal des mains. C'est le numéro daté d'hier.

— Où est-ce que tu as trouvé ça ?

Ma voix ne forme qu'un murmure.

— Chez le marchand au coin de la rue, quelle question. J'y suis allée pour acheter le chocolat préféré de mon neveu, et je suis tombée là-dessus.

Dawn presse le bout du doigt sur le portrait de Kane.

Je constate avec effroi que c'est l'édition du week-end, celle qui sort le vendredi et reste en vente pendant trois jours. Combien vont la voir ? Je lis le court compte rendu en vitesse.

— Ils ont le droit d'imprimer ça ?

Nos voisins l'auront vu, ainsi que mes clients et mes amis. Le feu me monte aux joues. Je ne supporte pas la perspective qu'ils puissent le croire coupable.

— Tu avais l'intention de m'en parler quand ?

— Bientôt.

Je feuillette le quotidien, cherchant d'autres articles traitant de Kane.

— Tu ne dois surtout rien dire à notre mère.

Je lève les yeux vers ma sœur. Elle a le visage sévère. Même si notre mère fêtera prochainement son quatre-vingtième anniversaire, Dawn refuse de se plier à sa volonté et de l'appeler Lily. Elle avait toutefois insisté sur ce point lorsque nous étions jeunes filles : « Je nous considère comme des sœurs, pas comme une mère et ses filles, pas vous ? »

Mais dès son entrée dans la puberté, Dawn s'était dissociée au maximum de cette idée, préférant désigner notre mère par le nom le plus froid, le plus austère et le moins approprié qui existât.

— Elle n'a pas besoin de ça.

Je regarde vers la fenêtre et me concentre sur les lianes du pothos qui pendent de l'étagère au-dessus de moi. Le vert est apaisant. C'est la couleur de l'équilibre. Pourtant, je ne vois que du rouge.

— Je n'en avais pas l'intention.

— Elle a déjà assez de soucis comme ça. Tu sais qu'ils l'ont encore déplacée ? La femme de la chambre d'à côté ronfle si fort qu'elle a l'impression d'être dans le même lit qu'elle.

Oh, Lily. Lily, ses cheveux longs, qu'elle adorait que je lui natte quand j'étais triste, et ses ongles, qui traçaient des mandalas élaborés sur mon bras. *Sois toujours bienveillante.* Je sais que Dawn a raison ; je ne peux pas l'accabler de cette nouvelle. Mais si c'était possible, je suis sûre qu'elle saurait trouver les mots pour me rasséréner.

Dawn va quand même finir par me demander si je tiens le coup, au bout d'un moment. Elle est sous le choc, voilà tout. Je contemple le pothos de feuille en feuille, jusqu'à la plus basse, que la vapeur de la bouilloire a perlée de gouttelettes.

— Tu ne m'as pas demandé ce qui s'est passé, dis-je à voix basse, mais ma remarque est couverte par ses mots.

— Il ne faut surtout pas, reprend-elle. Personne ne doit être au courant. Je suis élue au conseil municipal, moi.

À Stafford, ai-je envie de lui hurler. C'est tout ce qui l'inquiète. Sa réputation. Pas son neveu. Pas moi. Et certainement pas Lily, qu'elle a placée dans une maison de retraite hors de prix, étouffant par l'argent quelque culpabilité qu'elle éprouve. Au lieu de cela, je me surprends à affirmer :

— Il est innocent.

Elle poursuit comme si elle ne m'avait pas entendue :

— Tu dois prendre tes distances avec lui. Tu crains pour ton travail ? Ce n'est pas moi qui te le reprocherai.

Dawn me fait pivoter sur moi-même et me saisit par le haut des bras.

— Il faut que tu te prémunisses contre les retombées.

— J'ai annulé tous mes rendez-vous pour cette semaine. J'ai prétexté une urgence familiale.

— Retire les photos de vous deux sur Facebook et Twitter. Demande à la police de publier une déclaration de ta part où tu fais état de ta tristesse, en expliquant que ce n'est pas le fils que tu connais.

— Ce n'est *pas* le fils que je connais.

Je lève la tête vers elle.

— Exactement, c'est ce que tu dois dire.

Je m'écarte d'elle, puis examine les rides qui sont apparues sur son visage, son front et autour de ses yeux depuis notre dernière rencontre.

— Arrête, proteste-t-elle. Je déteste quand tu fais ça.

— Quand je fais quoi ?
— Quand tu m'observes comme si tu allais peindre mon portrait, précise-t-elle, avant de poser la main sur mon épaule. Je sais bien que ça doit être très difficile pour toi, mais tu n'as rien à te reprocher. Ça ne serait pas surprenant qu'il ait eu une prédisposition à un trouble psychique, non ?
Si elle fait référence à Glyn, je ne lui donnerai pas la satisfaction de rebondir. Je me dégage de sa main ; j'ai soudain assez chaud pour retirer mon cardigan. Elle ne manque pas de culot, celle-là. Et puis qu'est-ce que c'était que ce cinéma, tout à l'heure, à brailler vers l'étage en appelant Kane ? Elle était déjà au courant quand elle a franchi la porte. Si quelqu'un présente des risques de développer des problèmes psychiatriques, ce sont ses pauvres enfants, pas le mien.
— Comme je le dis toujours, ce qui compte, ce sont les mesures que tu prends.
Elle soulève son sac à main, en sort un tube de rouge à lèvres vermillon et un miroir de poche, et prend le temps de rafraîchir son sourire suffisant.
Je vide ma tasse dans l'évier avec tant de force que le thé gicle sur les bords de céramique, pareil à des éclaboussures d'aquarelle quand je rince ma palette. Des tourbillons rouge cerise s'écoulent vers le siphon.
— Tu ferais mieux de rentrer à Stafford.
Elle lève les yeux de son miroir.
— J'allais te préparer de la soupe.
— Ça te nuira si on te voit ici. Il faut éviter qu'on t'associe à moi. Va faire les boutiques à Cribbs sur le chemin du retour. Arrête-toi pour déjeuner sur la belle aire d'autoroute de Gloucester. Tous ces trucs que tu aimes faire.

Tous ces plaisirs insipides, superficiels.

— Tu as sans doute raison.

Elle se lève, me serre dans ses bras et fait claquer un baiser dans le vide à côté de ma joue.

— C'est préférable que je file. Prends soin de toi, chérie.

Je lui presse une main dans le dos, récupère son parapluie par terre et actionne le fermoir pour qu'il se replie.

— Bonne route, dis-je en la guidant doucement vers la porte.

Je ne prends pas la peine de l'accompagner à sa voiture ; je remonte aussitôt à la chambre de Kane, plus déterminée que jamais à l'aider.

Comment ose-t-elle me suggérer de désavouer mon fils ?

J'espère qu'elle s'étouffera dans ses vacheries quand je l'aurai innocenté.

ALICE
27 août

Depuis qu'Alice avait découvert que Kane Owen se trouvait à deux pas, le temps passé chez elle avait été maussade et pesant. Elle ne pouvait s'empêcher de fixer longuement le mur de la prison. Il lui fallait chaque soir une plus forte dose de vodka pour s'endormir, au point qu'elle avait déjà entamé la bouteille de Black Cow qu'elle s'était offerte pour son anniversaire, et elle tenait ces quantités d'alcool pour responsables des maux de tête qui l'assaillaient à présent dès le réveil. À peine ouvrait-elle les yeux, elle sentait la présence du mur au-delà de la fenêtre derrière elle. Elle avait baissé le store au-dessus de l'évier afin de ne pas voir dehors pendant qu'elle préparait son café. Sur la toile se trouvait une tache qu'elle n'avait jamais remarquée auparavant – une éclaboussure de sauce bolognaise, de soupe ou Dieu savait quoi –, vraisemblablement le fait d'un des garçons, qui s'était empressé de l'enrouler pour cacher les dégâts. Sûrement Lou. Elle prenait tous ses repas dans le canapé du salon (ce qu'elle reprochait toujours aux garçons), histoire de se tenir à l'écart de la baie vitrée, qui encadrait trop impeccablement la brique rouge par-delà la clôture et exerçait une puissante attraction sur son regard. Elle se sentait incapable de mettre les pieds dans le jardin, où elle n'était pas retournée depuis l'autre après-midi avec Benny, quatre jours plus tôt, même si la pelouse avait grand besoin d'un coup de tondeuse. Quel était l'adage ? Sois proche de tes amis, et encore plus proche de tes ennemis. Quiconque l'avait formulé n'avait visiblement jamais été confronté à cette situation.

Elle ne voulait pas d'une autre présence menaçante au-dessus de la tête. Ce n'était pas le moment.

Au cours des dix jours qui avaient suivi la mort de Lou, elle avait été stupéfaite par les tours que son esprit pouvait lui jouer. D'un point de vue rationnel (elle s'était toujours enorgueillie de ne jamais déroger à la logique), elle savait que rien ne le lui ramènerait. Alors pourquoi, quand Benny se déplaçait à l'étage, pensait-elle que c'était lui ? Pourquoi, lorsqu'elle entrait dans la cuisine pour vider les restes de son assiette et la mettre au lave-vaisselle, croyait-elle voir l'éclat de sa lampe frontale dans l'obscurité, dehors, et sa silhouette penchée au-dessus de la Tiger ? Pourquoi, quand elle se levait la nuit pour aller aux toilettes, passait-elle devant sa chambre sur la pointe des pieds ? Le soir précédent, elle avait allumé la radio de la cuisine, la main filant machinalement vers le bouton du volume pour le baisser. Mais quand la musique avait retenti, le niveau sonore était déjà acceptable. Évidemment. C'était Lou qui le montait toujours et changeait de fréquence, quittant la BBC Radio 3 pour une de ses stations favorites diffusant du rock « indé », comme il nommait cette musique, sans qu'elle n'ait jamais été sûre de comprendre de quoi il s'agissait. C'était navrant. Parmi tout ce qui pouvait lui manquer chez lui, c'était là que l'emmenait son esprit ?

À force, c'était devenu un soulagement d'arriver à la bibliothèque.

Ce jour-là, elle travaillait de nouveau à la succursale de Bishopston, une courte distance à ajouter à sa marche matinale. En chemin, elle constata des détails auxquels, dans son souvenir, elle n'avait encore jamais prêté attention. En tournant au bout de la rue, elle entendit l'horloge de la prison carillonner et vit deux policiers qui garaient leurs voitures au bas des nouveaux immeubles. Un fourgon pénitentiaire qui amenait des détenus par Cambridge Road la força à s'arrêter et patienter pour traverser. Lorsqu'elle mit de l'ordre dans les dépliants près des portes, elle remarqua que les premiers promouvaient la justice restaurative. Jamais elle n'avait pris le temps de les lire en détail. Pour quel motif ? Elle préférait sa vie telle qu'elle était avant, quand la prison et les criminels de la ville restaient silencieux, discrets et très loin de ses pensées.

Pourtant, même au travail, il lui semblait qu'elle n'allait pas pouvoir s'en défaire. Dans sa boîte e-mail l'attendait un courriel de sa responsable à la bibliothèque centrale, qui lui demandait comment elle allait et si elle avait besoin de se mettre en congé pour raisons personnelles. Julie « compatissait » à sa « grande douleur ». Comment l'avait-elle appris ? Alice l'entendait prononçant ces mots de sa voix monocorde, et l'imaginait qui venait la voir, l'invitait dans le bureau qu'elles partageaient parfois, joignant les mains sur la table qui les séparait, faisant s'entrechoquer ses nombreuses bagues. Alice devait faire en sorte que ça ne se produise pas. Puis, deux heures après l'ouverture, Carolyn lui posa la main sur l'épaule, geste qui l'aurait déjà suffisamment agacée en soi. Elle estimait que rien ne justifiait jamais le contact physique entre collègues. Mais la bibliothécaire assistante avait alors demandé : « Tu tiens le coup ? » en prenant un air de circonstance, d'un ton doucereux qui fit redoubler la colère d'Alice.

Elle fit volte-face.

— De quoi tu parles ?

Carolyn rougit.

— Nous avons tous été, euh, bouleversés de... d'apprendre pour ton fils.

— Et comment l'avez-vous appris, au juste ? Ça ne regarde que mes proches et moi, ce n'est pas un sujet de cancans pour le personnel de la bibliothèque.

— C'était dans le journal. Jenna a vu l'article. Dans le *Post* de vendredi.

Alice pensa au journaliste. Comment pouvaient-ils publier quoi que ce soit sans son autorisation ? Était-ce légal ?

— Je suis nommée, dedans ?

— Non, mais... Tes fils portent un nom de famille différent du tien, c'est bien ça ? Durand ?

— Comment sait-elle ça, Jenna ? Et toi, comment tu le sais ?

Carolyn écarquilla les yeux.

— Par leurs cartes de bibliothèque. Ils ont, je veux dire, ils avaient, oh, je...

— Lou en avait une, confirma Alice en soupirant.

— Et puis... (Carolyn se mordit la lèvre.) C'est dans le journal d'aujourd'hui, aussi. Je croyais que tu serais au courant.

Carolyn continua à parler, mais Alice la laissa en plan. Elle posa soigneusement la pile de livres qu'elle tenait dans ses bras et alla au coin lecture près de la baie vitrée. Là, en exposition sur une des tables basses rondes, s'étalait en grand une photo de Lou. Son portrait occupait presque toute la une du quotidien, sous le gros titre : « Il respirait la joie de vivre : l'hommage de ses proches après la mort tragique du jeune Lou Durand ».

Elle s'humecta le bout de l'index et tourna la première page, découvrant d'autres photos de Lou. Elle s'efforça d'en détacher le regard et lut l'article qu'elles illustraient. Il s'avéra que « les proches » en question n'étaient en fait qu'Étienne, qui s'exprimait comme s'il les représentait tous. Apparemment, elle avait eu un fils « charmant et débordant d'énergie », « promis à une belle carrière d'ingénieur », qui « n'aimait rien tant que de mettre les mains dans le cambouis pour démonter des machines et les remonter un peu améliorées ». Elle songea à la Tiger, laissée à l'abandon sous sa bâche dans le jardin, condamnée à rester inachevée, à ne jamais être « un peu améliorée » par les mains de Lou. Tandis qu'elle lisait, le journal se mit à trembler entre ses doigts. Elle le plia et le coinça sous son bras.

Elle regagna la rangée d'ordinateurs de l'accueil, où se tenait toujours Carolyn, qui l'observait.

— Je ne voulais pas te contrarier.

— Ce n'est pas toi qui me contraries, Carolyn, rétorqua Alice en reprenant ses livres. Même si j'aurais apprécié d'être au courant de cet article avant... (Elle consulta sa montre.) ...deux heures moins le quart.

— Toutes mes condoléances pour ton fils.

C'était précisément pour cela qu'Alice avait préféré n'en parler à personne.

— Remettons-nous tous au travail, d'accord ? Tu as fini de cataloguer les nouvelles références ?

— Pas complètement, nous... nous sommes à court d'autocollants.

Carolyn semblait troublée. C'était pourtant une question simple, songea Alice en poussant un soupir silencieux.

— Je comptais sortir les réservations en documents enfants, à la place, reprit l'assistante en brandissant une liste de titres.

— Parfait, fit Alice en frappant dans ses mains. Au boulot, alors. Je vais m'occuper de l'accueil et...

L'arrivée d'une femme aux cheveux blancs et aux lunettes rondes à monture noire lui fit perdre le fil de sa pensée. Cette femme se tenait seule à une borne de retours en libre-service, où elle rapportait une pile de livres, et Alice la reconnut sur-le-champ.

C'était la femme de la photo sur la page Facebook de Kane Owen.

Alice se détourna et se prit le visage dans la main, comme elle le faisait parfois lorsqu'elle avait mal à la tête. Elle saisit la souris de l'ordinateur le plus proche d'elle et afficha la fenêtre montrant en direct l'activité des bornes. On venait de restituer des emprunts sur la carte de Kane Owen. Une nouvelle ligne apparut – on avait rendu un autre livre, au nom d'Indigo Owen. Qu'est-ce que c'était que ce prénom ? Kane sortait déjà des sentiers battus, mais *Indigo* ?

— Alice ?

Elle sursauta, puis se rendit compte que c'était seulement Carolyn.

— Je... oui, merci.

Alice lui prit la liste d'ouvrages réservés et posa l'exemplaire du *Post* dessus.

— Changement de programme, annonça-t-elle. Tu vas rester à l'accueil, et moi je vais m'occuper de ça. Il y a un... je viens de me rappeler que j'ai quelque chose à vérifier.

La tête de côté, Carolyn contempla Alice d'un drôle d'air.

— D'accord...

Alice contrôla vite où se trouvait Indigo Owen – toujours devant la borne. Parfait. Dans le rayon des documents jeunesse, Alice pouvait observer toute la salle, tapie derrière un rayonnage que cette femme risquait peu de consulter. En entrant dans l'espace petite enfance, elle prit deux grandes inspirations, rangea quelques petites voitures mâchonnées dispersées sur le tapis à l'effigie du Chat chapeauté, tâcha de ne pas prêter attention à l'odeur qui émanait assurément de la couche d'un des bébés marchant encore à quatre pattes et qui bavait sur les jeux de construction en bois, puis posa ses papiers sur une étagère basse. Elle envisagea même, un court moment, de se retirer dans la salle du personnel en attendant qu'elle soit repartie. Mais pourquoi se donner ce mal ? Alice n'avait rien à se reprocher ; on n'allait pas la forcer à se cacher. De plus, elle voulait garder un œil sur elle.

La mère de Kane Owen rôdait à présent près des postes informatiques, tous hors-service ce jour-là, ce pourquoi Alice subissait un afflux constant de plaintes, malgré les avis très clairs apposés sur chacun des PC. Si elle devait expliquer une fois de plus que le réseau était en panne (et que ce n'était absolument pas de sa faute), elle allait se fracasser la tête contre un moniteur. Indigo Owen observait les écrans d'un air hébété.

Puis elle se retourna et balaya la salle d'un coup d'œil circulaire. Elle regarda Carolyn, à l'accueil, mais celle-ci s'occupait d'un adhérent. Avant qu'Alice ait pu tourner la tête, les yeux d'Indigo Owen se posèrent sur elle.

Alice eut soudain une bouffée de chaleur. Pourquoi n'avait-elle pas retiré le badge suspendu à son cou ? Mais malgré la répugnance que lui inspirait la proximité de Kane Owen dans sa cellule, elle éprouva un tout autre sentiment en voyant sa mère approcher. Elle aurait pu s'éloigner, se réfugier dans les toilettes, faire mine de répondre au téléphone, pourtant elle n'en fit rien. Cette femme attisait sa curiosité. Dans quel genre de famille un assassin grandissait-il ?

— Désolée de vous déranger, mais j'ai vraiment besoin d'accéder à un ordinateur. Y en a-t-il d'autres de disponibles ? Ou sont-ils tous inutilisables ?

Indigo Owen se tenait juste de l'autre côté des étagères mi-hauteur remplies d'encyclopédies pour enfants et de livres d'initiation à la programmation. Elle regardait droit vers Alice ; de toute évidence, elle ignorait à qui elle avait affaire. Faisant semblant de se concentrer sur le dos d'un atlas mondial, Alice jeta un coup d'œil par les interstices entre les livres pour observer les jambes nues d'Indigo Owen et la jupe en jean loqueteuse qui lui tombait aux genoux, ainsi qu'une sorte de chaussures de randonnée et les bandeaux fluorescents qui lui entouraient chaque cheville. Quand elle releva la tête vers le visage de la femme, son regard passa sur un gilet de cycliste jaune vif moucheté de boue grisâtre.

— Non.

Alice fit un blocage, incapable de se rappeler ce qu'elle aurait répondu d'ordinaire, avec une adhérente lambda. Elle avait la bouche sèche.

— Il n'y a plus d'ordinateurs.

Elle-même s'exprimait comme un robot.

— Ah... d'accord. Merci.

Indigo paraissait sur le point de fondre en larmes. C'était juste un PC, bon sang ! Avant qu'Alice ait pu reprendre ses esprits, elle s'éloigna dans le bruit sourd de ses grosses semelles.

C'était là un de ces fameux moments, conclut Alice, dont elle avait parfois entendu parler. Maintenant ou jamais. Elle récupéra sa liasse de documents et s'élança derrière la femme.

— Attendez.

Indigo se retourna.

— Le réseau devrait refonctionner demain matin.

Alice s'essaya même à un sourire. Jamais elle ne souriait aux adhérents si elle pouvait s'en passer.

— Je ne pourrai pas revenir demain matin, répondit Indigo, dont le visage s'allongea de nouveau. Vous serez ouverts l'après-midi ?

Alice secoua la tête.

— Tant pis, je tenterai ma chance ailleurs.

Alice comprit alors qu'Indigo ne remettrait plus les pieds à la bibliothèque. Et sans qu'elle puisse s'expliquer pourquoi, elle souhaitait qu'elle revienne. Que disait-on aux gens pour les inciter à parler ? Cela faisait très longtemps qu'elle n'avait pas eu envie de discuter avec quelqu'un d'autre que ses fils.

Alice était désemparée. Mais alors qu'elle la pensait sur le point de partir, Indigo porta le regard sur les feuilles qu'elle tenait dans ses mains – ou plus précisément, le journal posé dessus. Elle blêmit.

— Vous en avez entendu parler ? demanda-t-elle.

Le cœur battant, Alice leva le *Post* et le déplia pour montrer l'intégralité de la photo et le titre.

— Je peux... ? fit Indigo en tendant la main vers le quotidien.

Elle avait les ongles peints en violet, mais rongés et irréguliers, le vernis écaillé sur les bords. Cela stupéfiait toujours Alice que des adultes puissent sortir de chez eux si négligés.

— Je vous en prie.

Indigo ouvrit le journal au premier article en double page, l'interview d'Étienne. Là encore, médita Alice, que disait-on dans ce genre de situation ? Comment engager la conversation sur un tel sujet ? Comment une femme telle qu'Alice pouvait-elle échanger avec quelqu'un comme *elle* ?

— C'est affreux, n'est-ce pas ? ânonna-t-elle.

Voilà, songea-t-elle. *Prends un ton amical, pose beaucoup de questions.* Puis, le feu lui montant aux joues, elle prit un risque :

— Pour être honnête, j'ai presque autant de peine pour celui qui est accusé. Il est tout jeune, apparemment.

Elle eut un goût amer dans la bouche en prononçant ces mots. *Pardon, Lou.*

— C'est charitable de votre part. Il n'y a pas grand monde qui réfléchirait comme ça.

Indigo se mit à pleurer, des larmes gouttant au bout de son nez, assombrissant le journal de ronds fripés qui gagnaient en diamètre.

— Quel malheur ! Deux vies gâchées.

Maintenant qu'elle était lancée, Alice ne pouvait plus s'arrêter. Était-ce mesquin de prendre plaisir à faire pleurer cette femme ?

— C'est mon fils, déclara Indigo, sans quitter l'article des yeux. Celui qu'ils ont inculpé.

Alice ne sut quoi répondre à cela. Elle ne s'attendait pas à ce qu'Indigo avoue être la mère d'un meurtrier.

— Il n'y est pour rien, par contre.

Indigo laissa pendre le journal au bout de son bras et regarda Alice.

Celle-ci ouvrit et ferma la bouche sans prononcer un mot. Une image de Benny lui apparut soudain, assis sur le lit de son frère, le côté du visage barré par une éraflure. De la sueur lui picota les aisselles.

— Je lui ai parlé, poursuivit Indigo, avant de prendre Alice par le bras et de se mettre à chuchoter. Il m'a dit que c'est quelqu'un d'autre qui a poussé ce garçon. Son avocat a découvert des éléments pour l'innocenter.

— De nouvelles preuves ?

Alice dut mobiliser toute sa volonté pour ne pas arracher son bras à la poigne de cette garce. Comment osait-elle se montrer ici et lui raconter ces mensonges ? Ça ne pouvait être que des mensonges.

— Il y a un témoin.

Indigo retira sa main et jeta un coup d'œil par-dessus son épaule.

— Je suis vraiment… (Alice déglutit.) Désolée.

Encore ce goût amer.

— Ce doit être un cauchemar, pour vous.

— C'est le mot, oui. Mais je vous en prie, c'est moi qui devrais être désolée… Qu'est-ce qui me prend de vous embêter avec mes histoires ?

Elle s'épongea le visage avec la manche.

— Je ne vous connais même pas.

Elle était au fond du trou. Oser penser que son fils n'était pas coupable, alors que les enquêteurs accumulaient les preuves à charge contre lui. S'en ouvrir à une parfaite inconnue. Pleurer en public avec si peu de retenue.

— C'est pour ça que je voulais utiliser les ordinateurs. En plus, je ne sais même pas m'en servir. Kane devait toujours m'aider…

Les larmes continuaient à se déverser.

Cette femme écœurait Alice, mais son esprit revenait sans cesse à Benny, assis dans la chambre de Lou avec la ceinture de son frère dans les mains. Benny, qui avait blêmi en voyant les extraits de vidéosurveillance aux infos. Benny, au comportement si inhabituel. Benny, qui lui cachait indiscutablement quelque chose. Puis elle songea à cette femme qui prétendait détenir de nouveaux éléments. Lesquels ? Pas question qu'elle laisse Kane Owen s'en tirer après avoir tué son fils de sang-froid.

— Et si vous rentriez chez vous, boire un bon thé ? Repassez jeudi matin, à onze heures. Je m'assurerai personnellement qu'un poste soit réservé pour vous. Et je vous donnerai un coup de main pour vous lancer.

Ce n'était pas un service fourni par la bibliothèque, mais Alice voulait découvrir ce que cette femme savait, ou pensait savoir.

— Ce serait possible ?
— Sans problème.
— Merci. (Alice se pencha en avant pour lire sur le badge suspendu à son cou.) Alice. C'est très gentil.

Alice regretta de nouveau de ne pas avoir retiré son tour de cou. Heureusement que son nom de famille n'évoquerait rien à Indigo.

— Prenez soin de vous, lui dit-elle.

Alice avait entendu Carolyn adresser ces mots à quelqu'un, récemment. Cela lui paraissait adéquat dans ce contexte.

— Attendez, vous n'avez pas besoin de mon nom ou d'autres infos ? Pour réserver l'ordinateur ?
— Oh... si, bien sûr.

Alice espéra qu'elle ne la verrait pas rougir.

— Allez-y, je vais le noter.

Elle sortit un stylo à bille de sa poche.

— Indigo Owen.

— Parfait, à jeudi alors.

Indigo partit, et Alice s'avachit dans un fauteuil de l'espace enfants, à côté d'un gros lapin en peluche pelé. À quoi jouait-elle ? Mentir ne lui venait pas naturellement, d'habitude. Elle s'étonnait de la facilité avec laquelle elle y parvenait depuis quelque temps – avec la police, avec cette femme. Cela étant, à proprement parler, elle n'avait pas menti, si ? Elle avait juste omis de dire la vérité. Si c'était nécessaire pour aider Benny et empêcher cette femme de s'en tirer à bon compte avec les mensonges qu'elle débitait, soit.

Elle plongea la main dans sa poche pour y prendre son portable, ainsi que le petit rectangle de carton froissé qu'elle y gardait depuis plusieurs jours. Elle examina le nom imprimé sur la carte de visite : Jacob Prince. C'était son nom qui figurait en tête de l'entretien avec Étienne. Elle tapota le bristol contre son téléphone, s'extirpa du fauteuil et sortit sur le parking de la bibliothèque par la porte latérale, ignorant la voix de Carolyn qui l'appelait.

— Ici la mère de Lou Durand, annonça-t-elle quand le journaliste décrocha. Que savez-vous au sujet de mon fils ?

INDIGO
28 août

Jamais il ne s'est écoulé autant de temps sans que nous nous parlions, même quand il a passé le printemps à l'étranger.

Tandis que je remontais Gloucester Road à vélo ce matin, la nausée de nervosité avec laquelle je m'étais réveillée s'est accrue. Mais elle est encore pire maintenant que j'ai attaché mon vélo devant le Golden Lion et retiré mon casque. L'odeur du pain sortant du four qui émane de la boulangerie voisine me donne envie de vomir. On me regarde différemment tandis que je me dirige vers l'entrée de la prison. On fuit mon regard. Tout le monde sait où je vais. « Je ne suis pas cette femme-là, pas vraiment, voudrais-je expliquer. C'est un malentendu. » Je serre mon sac à dos contre ma poitrine, sentant la forme des baskets de Kane à l'intérieur.

Tout a changé depuis le week-end, depuis la publication de ce premier article. Je n'aurais pas cru qu'autant de gens dans le quartier étaient lecteurs du *Post*, mais Sally du numéro 4 m'a indéniablement ignorée l'autre jour, quand je l'ai croisée en revenant de la boutique. Et Paul du 13 m'a fixée du regard quand je suis passée à vélo ce matin, même s'il faisait semblant d'être absorbé par son tri sélectif. Il ne m'a pas saluée.

La nouvelle s'est répandue comme une traînée de poudre. J'ai reçu des messages ; Petra m'a envoyé un SMS, Kim a essayé de m'appeler. J'ai répondu que j'allais bien, qu'il était innocent, et que je ne me sentais pas en état de discuter, désolée, alors qu'en vérité, je n'ai envie que de ça : parler, parler, parler. En temps normal, je suis toujours la première à me livrer à mes amies, et la première à encourager les autres à s'exprimer, à se confier, à partager leurs problèmes. Mais elles doivent déjà affronter les leurs. Petra n'est pas encore remise sur pied, et le mari de Kim n'a pas retrouvé de travail. Inutile que je les accable avec mes histoires. La seule avec qui j'ai eu un échange, hormis Dawn et Clive l'avocat, c'est la bibliothécaire d'hier. Je vais devoir ne compter que sur moi-même.

D'autres passants me croisent sans un regard, des femmes pour la plupart, certaines accompagnées d'enfants. Pour me calmer, je presse la chair tendre entre le pouce et l'index de chaque main pendant quelques secondes, faisant mine d'admirer l'hortensia à côté de la porte. Je me penche pour humer les fleurs roses, puis me redresse et me joins à la file d'attente des visiteurs.

Tout ce qui se déroule lors de la demi-heure suivante me semble arriver à quelqu'un d'autre, pas à moi. Un groupe de bénévoles accueillants vient à la rencontre de cette autre version de moi, celle qui est la mère d'un garçon en prison. Dans le quartier des visites, ils lui montrent les casiers et elle y dépose son casque de vélo, ses clés, son téléphone. En hiver, il faut aussi y fourrer son manteau, alors tâchez de ne pas apporter d'affaires trop encombrantes, la préviennent-ils. Elle voudrait croire qu'elle n'aura plus besoin de venir pour des visites d'ici à l'hiver. Elle doit également laisser son sac à main, mais elle peut entrer avec vingt livres, si elle le souhaite. En pièces, pas en billets. Pour payer un encas ou un thé à son fils. Ils lui indiquent où mettre les baskets de Kane. Elle écoute toutes les autres femmes parler, affirmer que leur fils ou leur mari ne devrait pas être en prison : c'est une erreur, ce n'est pas un méchant garçon, mais il avait de mauvaises fréquentations. Pour accéder à la salle des visites, elle doit déposer ses empreintes digitales, montrer son permis de conduire. Elle doit placer ses chaussures et sa monnaie dans un plateau et franchir un portique de sécurité, comme si elle prenait l'avion pour des vacances au soleil. Il faut qu'une gardienne la palpe, tandis que des chiens la reniflent.

Mais lorsqu'elle entre dans le parloir, où l'accueille une marée de visages pleins d'espoir cherchant à repérer leurs proches parmi le flux de visiteurs, « elle » disparaît. Le brouillard qui m'anesthésiait se dissipe et, dans la douleur, je redeviens moi-même. Des dizaines de tables rondes blanches, auxquelles sont attachées quatre chaises, sont fixées au sol recouvert de linoléum sale. C'est plus lumineux ici que dans l'espace d'attente ; de grandes vitres de verre dépoli courent sur tout un côté. Des jouets de toutes les couleurs sont éparpillés dans une encoignure, où une fillette se dirige déjà pour s'amuser avec des gobelets à empiler. J'ai été la mère d'un enfant comme elle, autrefois, un enfant que j'accompagnais chez des camarades ; pas un fils à qui je rends visite en prison. J'ai soudain l'impression que mes jambes ne vont plus me soutenir, comme si mes os s'étaient affaissés sur eux-mêmes. Je prends appui sur le mur.

Avant d'avoir pu identifier le visage de Kane au-dessus d'une des chasubles vert vif qu'ils portent tous, je fais demi-tour et ressors, toujours en me tenant à la cloison. C'est trop dur. Je presse les paumes contre mes yeux. Et si je ne parvenais pas à le sortir de là ? Clive ne m'a été d'aucune aide quand je lui ai téléphoné, et il ne me rappelle plus. Mon fils va-t-il vieillir dans un lieu tel que celui-ci ?

La porte du parloir pivote tandis que quelqu'un d'autre y pénètre, et le brouhaha des conversations s'en échappe. Kane doit y être, se demandant où je suis – ou pire, il m'a vue entrer et ressortir. Je relève le menton et y retourne.

Maintenant que les autres visiteurs se sont assis, je le repère plus facilement, à côté d'un distributeur automatique au bout de la salle. Il ne me cherche pas. Il a les épaules voûtées, les yeux rivés sur la table. Il porte en effet une chasuble verte, semblable à celles qu'il mettait pour jouer au foot quand il était petit. Mais il ne fait pas partie de cette équipe-là, pas mon fils. Il ne devrait pas être jeté dans le même sac que ces gens.

— Kane ?

Il se lève, mais ne s'approche pas de moi et garde la tête baissée. Je le prends vivement dans mes bras et l'embrasse sur la joue. Il se dégage. Depuis quand mon fils est-il gêné que sa mère le serre contre elle ?

Nous prenons place de part et d'autre de la table.

— Tu es venue, commente-t-il en contemplant ses pieds.

Il porte des tongs en plastique à bandes.

— J'ai réussi à te caser dans mon emploi du temps de ministre.

Une femme me frôle le dos pour aller au distributeur, et je détecte sur elle une odeur de sueur rance. Je me bouche le nez et me penche en avant.

— Je leur ai confié tes baskets. Ils m'ont dit que tu pourras les récupérer plus tard. Tu veux que je t'apporte autre chose ? Clive a suggéré un pantalon, peut-être ?

Il cligne des paupières et secoue la tête, toujours sans lever les yeux vers moi. Les hématomes sur son visage ont jauni et se sont étendus depuis la dernière fois. J'ai envie de les toucher. Y suis-je autorisée ? Je jette un coup d'œil aux deux gardiens assis sur des estrades à chaque extrémité de la salle. Je ne connais pas le règlement. Comme je reporte le regard sur Kane, je constate que les murs sont peints du même bleu foncé que notre salon. J'en suis horrifiée. Cet endroit est tout le contraire d'un foyer accueillant. Je sens que les perforations de la chaise marquent mes cuisses, et son bord dur mord l'arrière de mes genoux. Tout le monde ici s'observe, sur le qui-vive. Rien dans ce lieu n'est rassurant.

— Chouette tenue, je le complimente en désignant son tee-shirt bleu léger.

Il hausse les épaules.

— La nourriture n'est pas terrible, je parie, je poursuis, incapable de retenir ce flot de remarques ridicules.

— Je n'ai pas super faim.

Je le revois soudain tout petit dans sa chaise haute, refusant de toucher à son assiette. Je le laissais y revenir de lui-même lorsqu'il était prêt, ou je mangeais quelque chose devant lui pour voir si ça allait lui faire envie.

— Je me prendrais bien un sandwich, moi, j'annonce en montrant la table à ma gauche, où les bénévoles vendent casse-croûtes et boissons. Ils ont des jambon-fromage, j'ai l'impression.

— Te prive pas.

Il s'efforce de sourire, mais ne me regarde toujours pas.

— On t'a mis avec quelqu'un d'autre ?

Hochement de tête.

— Ils sont… sympas ?

— Il prie beaucoup.
Il plonge le visage dans ses mains, les coudes appuyés sur la table.
J'essaie d'alimenter la conversation.
— Tu as besoin que je m'occupe de quelque chose pour toi, à la maison ?
Il marmonne une réponse que je n'entends pas, sa voix calme noyée par des rires à la table d'à côté. Je pensais bien que ce serait bruyant, mais je ne m'attendais pas à des rires.
— Tu peux répéter ?
— Sur mon ordinateur, ouvre un PDF sur le bureau intitulé « Document de bienvenue ».
— Même si je comprenais un mot de ce que tu viens de dire, je ne saurais pas le faire.
D'habitude, il aime se moquer de moi et de ma nullité en informatique, mais cette fois il ne mord pas à l'hameçon.
— Ils ont emporté ton portable.
Il me regarde pour la première fois aujourd'hui. Il a les yeux cerclés de rouge, si tristes que je dois fournir un effort surhumain pour ne pas détourner les miens.
— La police ? Et ma caméra ?
— Ils l'ont prise aussi.
Il grommelle en plaquant de nouveau le menton contre sa poitrine.
— Alors tu vas devoir trouver un numéro d'une autre façon, et passer un coup de téléphone pour moi.
— Excuse-moi, chéri, je n'ai pas bien suivi. Tu veux que j'appelle la police ?
— Non. Tu dois annuler mon inscription.
— Quelle inscription ?
— À Brunel.

Je repense à sa joie immense lorsqu'on lui a proposé d'intégrer l'école de cinéma. À ma panique quand je l'ai vu remplir son sac-poubelle avec tout un tas d'affaires de sa chambre. Je repense à mon inquiétude ridicule de me retrouver seule après son départ.

— J'ai envie d'un chocolat chaud, dis-je, avant de me lever et d'ajouter : J'ai besoin de me réchauffer.

Kane ne bouge pas, ne prononce pas un mot. Je vais à la table de la buvette et tends trois pièces de une livre, tout en observant Kane cependant que la femme me sert deux gobelets de thé. Elles n'ont plus de chocolat, m'explique-t-elle. Kane va encore plus mal que je le craignais. Devrais-je avertir quelqu'un ici pour son père ? Leur dire qu'il faut prendre soin de lui ? Ou est-ce que ça aggravera la situation ?

Quand je pose un gobelet devant lui, il le prend entre ses mains, mais ne boit pas.

— Tatie Dawn est passée prendre de tes nouvelles. (Je sirote une gorgée de thé et recrache presque ; il a un goût affreux, presque un mélange de thé et de café. Je m'essuie la bouche.) Je pense qu'il vaut mieux ne pas prévenir mamie, par contre. Pas tant qu'on ne sera pas fixés.

— On est fixés, maman. Je vais rester enfermé ici.

— Je suis désolée de t'avoir encouragé à te présenter au commissariat. Je n'aurais jamais cru qu'ils allaient faire ça.

— Ce n'est pas de ta faute.

Je ne parviens plus à garder mes questions pour moi.

— Pourquoi leur as-tu dit que tu avais poussé ce garçon ?

Je me penche en avant pour tenter d'accrocher son regard.

— Kane, qu'est-ce qui s'est passé ?

Il jette un coup d'œil aux gardiens, puis scrute de nouveau la table.
— Pour moi c'est de la science-fiction, chéri.
Il se triture les ongles. J'essaie de l'imaginer poussant quelqu'un assez fort pour le faire basculer par-dessus un parapet. Même pendant les années les plus difficiles de son adolescence, il n'a presque jamais haussé le ton. Il n'a jamais eu le moindre geste violent, pas mon Kane.
— Nous allons te faire sortir d'ici, j'affirme plus bas. Clive se démène sur ton dossier. Il va prouver...
Je tente de trouver un argument qui paraîtra convaincant.
— Il va prouver que c'est une arrestation illégale.
Kane ne bouge pas.
— Je sais que ce n'est pas toi le coupable.
Il relève alors vivement la tête et me décoche un regard si noir que j'en ai un mouvement de recul et renverse du thé sur mes cuisses. De ma main libre, j'agrippe le métal froid du pied de ma chaise. Il s'avance vers moi.
— Tu veux savoir ce que j'ai fait? siffle-t-il. Il me cherchait depuis le début de la soirée. Mais à un moment il m'a lancé sur papa.
— Quoi?
— « Ton père s'en foutait tellement de toi qu'il s'est pas accroché longtemps. » Voilà ce qu'il a dit...
Ça me contrarie, c'est certain – comment peut-on être si méchant avec mon fils ? –, mais pas autant que la réplique de Kane.
— Moi j'ai répondu qu'au moins ma famille ne me prenait pas pour un raté. Je l'ai traité de déchet... Je lui ai balancé que...

Il ne s'arrête plus. Je ferme les yeux, cherchant à me couper de son monologue. Je me penche autant que possible en arrière, abasourdie, et je laisse cette autre femme reprendre ma place, tout comme j'essaie de croire que c'est quelqu'un d'autre devant moi. Pas mon fils. Cette femme ne peut pas accepter qu'il ait eu ces paroles, ces gestes...
« ... on avait tous trop picolé, et on était bourrés. Ça a dégénéré... », poursuit-il. « Je l'ai frappé. Je lui ai collé une grosse claque... » Ce n'est pas le garçon qu'elle connaît. Elle ignore ce qu'ils lui ont fait, mais ce n'est pas son fils. Ce garçon en face d'elle cherche à la blesser, à le pousser à le haïr. Elle le lit dans ses yeux, où brille cette lueur de défi. Il la provoque. Il demande *Pourras-tu encore m'aimer, malgré ça ?*
La réponse sera toujours oui.

ALICE
28 août

    Quand la bibliothèque fermait ses portes à la mi-journée le mercredi, Alice restait en général à son bureau jusqu'à cinq heures au moins. Ce jour-là, cependant, ébranlée par sa rencontre de la veille avec Indigo Owen, elle ne parvenait pas à se concentrer.
    Elle se connecta à Facebook et chercha le nom d'Indigo. Deux profils apparurent, mais c'était deux hommes. Songeant qu'il était risqué de procéder à ces recherches sur un ordinateur de travail, elle quitta son navigateur. Elle prit plutôt son téléphone et ouvrit son appli Instagram. Comme d'habitude, l'écran d'accueil afficha une notification lui demandant si elle souhaitait suivre quelqu'un, lui suggérant des comptes d'inconnus qui postaient de jolies photos de leur maison, de leurs enfants et de leurs vacances. Non. Alice préférait rester anonyme, n'utilisant ces plateformes que le minimum requis pour les maîtriser.
    Elle réitéra sa tentative. Cette fois, elle obtint plus de résultats : Indigo Owens, Owen Francis Windigo, et quelques autres. Aucun qui soit associé à Indigo Owen. Alice tapota la tranche de son mobile contre ses lèvres. De toute évidence, cette femme était très peu active sur Internet. Avait-elle quelque chose à cacher ? Alice essaya

une approche différente et tapa « Kane Owen » dans la barre de recherche.

Enfin, elle avançait. Quand elle avait consulté Instagram la fois précédente, plusieurs Kane Owen étaient apparus dans la liste. Comment aurait-elle pu savoir lequel était le bon ? Mais c'était avant de s'être rendu compte qu'elle l'avait rencontré chez eux, ce fameux jour, et avant de se souvenir qu'il devait partir en fac de cinéma à Londres. Un certain Film_Kid_Kane se trouvait en dixième position dans la liste. C'était forcément lui. Elle cliqua. Une photo de caméra comme image de profil s'afficha, sous laquelle figurait la présentation : « Kane Owen. Réalisateur en herbe. Si vous aimez vraiment le cinéma de tout votre cœur, avec une passion sans bornes, vous ne pouvez pas rater votre film. » Alice leva les yeux au ciel.

Les quelques photos sur sa grille étaient visiblement des images tirées de films, Kane expliquant en sous-texte pourquoi il les partageait. Après en avoir examiné quelques-unes, Alice s'apprêtait à passer à autre chose lorsqu'un cliché en noir et blanc de Gregory Peck dans le rôle d'Atticus Finch lui attira l'œil. Elle avait été postée le 16 juin. La légende indiquait : « *Du silence et des ombres*. Un classique. Atticus est le genre de père que tout homme devrait essayer d'être. Scout et Jem savent qu'il sera toujours présent quand ils auront besoin de lui. Ce post s'adresse à tous ceux pour qui, comme moi, cette journée est difficile. #fêtedespères. »

Son père était absent, donc. Alice parcourut les autres publications, mais aucune ne comportait de commentaires personnels. Que pouvait-elle en déduire au sujet de Kane Owen ? Au sujet d'Indigo ? Elle n'éprouvait pas beaucoup de compassion pour lui. Ses fils non plus n'avaient pas grandi auprès de leur père, mais ils n'avaient pas tué quelqu'un pour autant.

Elle éteignit son ordinateur, prit son sac et ferma son bureau à clé. Il lui fallait trouver d'autres façons d'en apprendre davantage sur Indigo Owen. Son appétit pour le travail d'enquête s'étant aiguisé, Alice décida qu'il était temps de s'attaquer à la chambre de Lou. Cela faisait dix jours qu'elle l'évitait, gardant la porte close, craignant ce qu'elle risquait d'y découvrir. Et si elle y récoltait des indices qui pouvaient l'aider à comprendre ce qui s'était passé exactement la nuit de sa mort ?

Quand elle arriva chez elle, son père était planté devant la porte d'entrée et regardait par la fenêtre du salon.

— Papa ?

— Pardon, s'excusa-t-il en reculant pour lui laisser le passage. J'espérais que Benny serait là.

— Il ne répond pas ?

Elle inséra sa clé dans la serrure.

— Non.

— C'est qu'il est sorti, alors.

Elle tint la porte ouverte en grand et lui fit signe d'entrer.

— Oh non, je ne vais pas rester, je ne veux pas te déranger.

— Allez, entre, papa, insista-t-elle en retirant ses baskets du bout des pieds. Pourquoi tu n'es pas au travail ?

— J'ai pris ma journée.

Elle ne le voyait pas souvent, mais elle savait quand même que c'était un évènement exceptionnel. David Hyde et sa fille étaient taillés dans la même étoffe de stakhanoviste, et tous deux détestaient les congés.

— Comment il va, au fait ? s'enquit-il en s'agenouillant pour délacer ses grosses chaussures.

— Benny ?

Elle songea à son fils quittant la maison tous les soirs et revenant très tôt le matin. Il lui indiquait à contrecœur qu'il se rendait chez un copain, mais à part quand il lui fournissait un prénom, elle était sûre qu'il lui mentait.

— Pas trop mal. Il accuse le coup.

— Je pensais venir voir si ça lui disait de, tu sais... (Ses genoux craquèrent lorsqu'il se releva.) Discuter un peu.

— Merci, papa.

Ils restèrent dans le vestibule, mal à l'aise. Alice avait envie de monter dans la chambre de Lou, mais au départ son père n'était pas inclus dans ses projets. Elle fit courir nerveusement un doigt sur le col impeccablement repassé de sa chemise. Une chose était certaine : elle n'allait pas s'asseoir pour prendre le café avec lui. Il n'allait pas pouvoir « discuter un peu » avec Benny tout de suite, mais elle ne comptait pas lui donner l'occasion de se rabattre sur elle.

— Je m'apprêtais à faire du tri dans la chambre de Lou, annonça-t-elle. Tu pourrais m'aider en te chargeant de ses outils. Je n'y connais rien, à tout ça.

Sans attendre sa réponse, elle s'engagea dans l'escalier.

— Arrête de te rabaisser, rétorqua-t-il. Je n'ai jamais eu de meilleure assistante que toi à l'atelier.

Alice marqua une pause le temps de le regarder par-dessus la rambarde, puis reprit son ascension.

— Tu es allée voir son bébé, récemment ? demanda-t-il en la suivant sans se presser. C'est une vraie beauté. Il a fait du super boulot.

Alice détestait cette habitude qu'il avait de parler de ses motos en réparation. C'était des machines, pas des êtres humains.
— Non.
Et elle ne s'en approcherait pas de sitôt.
Ils entrèrent ensemble dans la chambre. Son père alla droit au sac de grosse toile posé par terre. Il s'accroupit et en sortit clés plates, cliquets, pinces et tournevis, avant de les disposer en ordre au sol. Alice ouvrit la penderie, sans trop savoir ce qu'elle cherchait ni si elle allait le trouver. Elle aurait dû se douter que l'odeur allait lui sauter aux narines : un mélange d'huile de moteur, d'essence et de cigarette. Il n'y avait là aucun vêtement suspendu, seulement des cintres et un tas de tee-shirts sales et de jeans roulés en boule tout au fond, par-dessus une paire de chaussures neuves.
— Je n'ai jamais compris, lui confia-t-elle, pourquoi il ne portait pas de bleu de travail. Pourquoi fallait-il qu'il fiche en l'air tous les beaux habits que je lui achetais ?
Elle saisit un tee-shirt et le laissa tomber à ses pieds. Son père rit.
— Parce que sinon on n'est jamais prêt. On n'a pas envie de se changer chaque fois qu'on a cinq minutes pour s'occuper d'elle.
Alice pinça les lèvres.
— À mon tour de te poser une question, déclara-t-il, tandis qu'elle entassait d'autres affaires sales par terre. Tu n'appréhendes pas trop de revoir Étienne ?
Elle ne se rappelait pas quand son père avait prononcé le nom de son ex-mari la dernière fois. Très probablement quand il s'était proposé de l'aider à payer son prêt après le départ d'Étienne. Elle se pencha plus avant dans le dressing, malgré la mauvaise odeur, afin qu'il ne la voie pas rougir.

— Pourquoi je le reverrais ?
— À l'enterrement ? Au tribunal ? Tu ne crois pas que...
— Je ne pense pas à lui, non.
— Je ne veux pas que ça te fasse du mal. Je pourrais m'en occuper, si tu préfères.
— Comment ça ?

Alice sentit quelque chose de dur sous les dernières épaisseurs de vêtements, tout au fond du placard. Elle glissa la main dessous pour en sortir l'objet, qui cliqueta.

— Je pourrais m'arranger pour qu'il n'ait pas à te parler. Qu'il n'ait affaire qu'à moi.
— Ce n'est pas la peine, papa. Je t'assure. Nous sommes tous les deux...

Elle considéra ce qu'elle tenait dans ses mains. Une bouteille de Żubrówka, presque pleine. *Sa* Żubrówka.

— Nous sommes deux adultes.

Elle jeta un coup d'œil en arrière vers son père. Il haussa les épaules tout en sortant deux marteaux du sac.

— Tu étais différente, avant qu'il parte, tu sais.

Elle plongea le bras dans la penderie et en extirpa une autre bouteille, là encore à peine entamée.

— Naïve, tu veux dire ?
— Ce n'est pas le terme que j'emploierais. (Il marqua une pause.) Tu n'étais pas si dure avec toi-même, si fermée aux autres. Avant, tu te confiais à moi quand tu étais contrariée. Tu te rappelles toutes nos petites discussions à l'atelier ? Je ne lui pardonnerai jamais de t'avoir fait autant de mal.

Évidemment qu'Alice se souvenait de ces conversations avec son père, mais elle ne pouvait pas reprendre cette habitude. Elle ne pouvait même pas lui répondre, en cet instant. Jamais elle ne s'était livrée à quelqu'un comme à Étienne ; avec lui, elle avait été elle-même pour la première fois. Quand il les avait abandonnés, elle avait eu le sentiment d'avoir été bernée.

Incapable de trouver les mots, elle se concentra sur les bouteilles dans ses mains. Qu'en faisait Lou ? Elle avait remarqué, au cours des six derniers mois, la disparition de quelques-unes. Elle l'avait soupçonné, sans pouvoir lui demander de comptes, car pour cela elle aurait dû admettre que c'était sa vodka. Mais s'il ne la buvait pas, pourquoi la lui volait-il ?

Elle posa les bouteilles par terre et poursuivit son exploration du meuble. Elle trouva une boîte de préservatifs à moitié pleine, qu'elle s'empressa de renvoyer dedans. Elle ne voulait pas que ses pensées aillent sur ce terrain. Mais qu'avait dit Benny à propos de la bagarre ? *C'était une histoire de fille.* Qui était cette fille ? Alice continua à chercher. Dans une basket, il avait caché un petit sachet plastique de ce qui ressemblait fort à du cannabis. La drogue avait-elle joué un rôle dans sa mort ? Kane était-il le dealer de Lou ? Où l'inverse ?

Son père rit encore.

— Qu'est-ce que tu as trouvé ? s'enquit-elle en reculant.

— Une carte postale de Bob Dylan.

Il gloussait toujours en secouant la tête. Mais lorsqu'elle s'approcha et s'agenouilla à côté de lui, elle vit une larme rouler sur sa joue.

Elle lui prit la carte. Dessus, un Dylan jeune homme était accroupi devant un mur blanc, vêtu de noir, l'air accablé d'ennui et de déception. Cette expression, ainsi que sa tignasse en bataille, lui fit penser à Lou.

— Tu sais pourquoi il avait ça ? demanda-t-il en s'essuyant les yeux, lorsqu'elle la lui rendit.

Elle fit non de la tête.

— Quand je lui ai offert la Tiger, je lui ai dit que Dylan en avait une. (Il retourna la carte.) Ce n'est pas tombé dans l'oreille d'un sourd.

— Il savait que tu en avais eu une, toi aussi ?

— Ah, donc tu t'en souviens, commenta-t-il en lui lançant un regard en biais. Bien sûr qu'il était au courant. C'est ma revue technique qu'il a récupérée.

Il pointa le doigt vers la pile de livres à côté du sac de Lou.

— Pourquoi il n'allait pas la bricoler chez toi ? demanda Alice. Il y a l'atelier, tous les outils. Il n'aurait pas eu besoin de massacrer ma pelouse.

Elle prit un morceau de métal long comme un stylo dans le tas que son père avait constitué et le retourna dans sa main. L'objet lui sembla étonnamment lourd et froid.

— Je croyais que tu voulais ne jamais quitter tes « beautés » des yeux. Être sûr qu'elles soient à l'abri des intempéries et en sécurité.

— À ton avis ?

Elle passa le pouce sur la surface rugueuse du métal. C'était une lime, mais d'un tout petit gabarit. Plus petit qu'elle n'en avait jamais vu dans l'atelier de son père, enfant. Elle se leva et s'appuya contre le lit.

— Je n'en sais rien. Éclaire ma lanterne, je t'en prie.

— Tu n'as pas tort. Je lui ai suggéré de travailler dessus chez moi, bien au sec, avec tout le nécessaire sous la main. Mais Lou... (Il soupira.) Il n'en a pas démordu. « Si on fait ça chez toi », il m'a dit, « elle ne verra pas les progrès ».

— Je ne comprends pas, déclara Alice, les sourcils froncés, en triturant toujours la lime. Qui ça, elle ? La moto ?
— Pas la Tiger, non. Quelle autre femme y avait-il dans sa vie ?
— Il avait une copine ?
Alice porta vivement le regard vers la penderie.
— Non, Alice. Toi. Il voulait que tu le voies la retaper.
Alice inclina la tête.
— Mais non, pas du tout. Pourquoi aurait-il voulu que je le voie faire ?
Cette fois, ce fut elle qui rit.
Son père haussa les épaules et lui jeta un coup d'œil comme s'il s'apprêtait à rebondir, mais il reprit son examen du sac. Alice contempla la lime. *Est-ce que c'est vrai ?* Elle glissa l'outil dans sa poche.
Soudain, elle repensa à Indigo Owen. Que faisait-elle, de son côté ? Était-elle en train de fouiller la chambre de son fils, comme elle ? Quels autres mensonges s'attelait-elle à concocter ? Les soupçons d'Alice concernant Indigo et sa volonté de clamer l'innocence de son fils avaient été confirmés quand elle s'était entretenue avec Jacob Prince, le journaliste du *Post*. Il voulait en fait seulement la prévenir qu'Étienne avait accepté d'accorder une interview au journal, et lui demander d'apporter sa contribution. C'était un peu trop tard, maintenant. Il avait toutefois eu des informations à lui fournir : la stratégie du parquet s'articulait sur les aveux de Kane et la découverte à l'autopsie que Lou avait reçu un coup de poing au visage avant de tomber. La seule déposition de témoin était celle de Benny, et Jacob l'avait informée que la police avait renoncé à chercher quelqu'un d'autre.

— Et l'autre homme qu'on voit sur la vidéo de surveillance ? s'était-elle enquise.

— Soit ils l'ont identifié et écarté de la liste des témoins potentiels, soit ils estiment qu'ils n'ont pas besoin de le retrouver. J'ai tenté d'obtenir plus d'infos, mais ils ne veulent pas s'étendre.

Ces éléments s'avéraient intéressants, mais elle n'était pas plus près pour autant de répondre à la question qui la taraudait, qui l'empêchait de dormir.

Pourquoi Kane Owen avait-il poussé Lou ?

Elle s'agenouilla et sortit une boîte de dessous le lit qui renfermait deux vieux iPod. Elle allait devoir déterminer quel genre de musique aimait Lou, mais peut-être pouvait-elle laisser Benny s'en charger. Quels morceaux allaient-ils passer à l'enterrement ? Quels textes allait-on lire ? Elle espérait qu'ils allaient au moins pouvoir s'occuper de l'organisation, mais la lieutenante Garcia l'avait prévenue qu'on ne leur rendrait pas la dépouille de Lou avant plusieurs semaines. Où était-il, en ce moment ? Non, non, non – elle ne pouvait pas y penser. Son père était-il allé reconnaître le corps ? Sans doute, mais personne ne l'avait tenue au courant. Alice regarda le dos de son père, frémit, et s'efforça de ne pas songer à ce qu'il avait été contraint de voir.

— Maman ?

Elle sursauta.

— Bon sang, Benny. Tu m'as fait peur. Quand es-tu rentré ?

Benny considéra le tas de vêtements.

— Tu ne vas pas jeter tout ça, quand même ? Ça ne fait que dix jours.

— Il faudra bien le faire à un moment.

— Qu'est-ce qui ne va pas, chez toi?
Elle aurait voulu répondre : je viens de perdre un fils, et l'autre refuse de me dire ce qui s'est passé. Au lieu de cela, elle revint à la penderie.
— Benny...
Elle entendit craquer les genoux de son père lorsqu'il se leva.
— On fait juste un peu de tri. Il n'y a encore rien de décidé.
Mais Benny l'ignora.
— Tu es retournée au travail, tu balances ses affaires, poursuivit-il en prenant les vêtements, avant de les jeter sur le lit. Tu continues normalement, comme si de rien n'était.
— Tu es injuste avec ta mère, Benny, la défendit son père.
Alice lui décocha un regard surpris. Elle n'avait pas l'habitude qu'on l'aide à éduquer ses fils.
Il y avait une autre boîte au dernier étage de la penderie, pleine de papiers découpés. Elle la descendit sur le lit, consciente de Benny qui se dressait de toute sa hauteur derrière elle, la mine renfrognée. Elle pensa à ses courtes nuits, elle qui s'endormait peu avant le lever du jour et se réveillait deux ou trois heures après. Elle posa la main sur son ventre vide, et glissa le pouce entre sa ceinture et sa peau – un écart qui n'existait pas avant s'y était creusé.
— Peut-être que je « continue normalement », dit-elle en s'intéressant aux papiers. C'est ma façon de réagir. Chacun affronte... (Elle chercha les mots justes.) Chacun affronte les situations difficiles de manière différente.
— Les situations difficiles?! s'exclama Benny en jetant les bras en l'air. Qu'est-ce que tu racontes, maman? Une

situation difficile, c'est quand on se retrouve au chômage, quand on rate son bac ou qu'on se fait larguer!

— Benny!

Le père d'Alice appuya la main sur l'épaule de son petit-fils.

— Non, papi. Je veux qu'elle montre un peu d'émotion. Comme l'autre jour, quand on a crié contre le mur. Ça faisait du bien, pas vrai, maman?

Elle aurait voulu lui confier ce qu'elle ressentait, mais elle ignorait comment s'y prendre. Ce n'était pas sa personnalité, et ça ne le serait jamais. Préférerait-il avoir une mère comme Indigo, qui s'épanchait en pleurant face à une étrangère?

— Tout le monde veut quelque chose, Benny. Moi je veux savoir qui d'autre était dans ce parking, mais apparemment tu ne souhaites pas m'éclairer sur la question.

Il pivota et sortit en claquant la porte. Le père d'Alice lui donna une pression sur la main, puis suivit le jeune homme.

Elle l'entendit appeler vers le rez-de-chaussée :

— Benny, attends!

La porte de derrière se ferma avec fracas.

Alice prit les deux premières coupures de la boîte : un article traitant de la rénovation des vieilles Triumph et la critique d'un film qu'elle ne connaissait pas. Elle feuilleta le reste. Rien qui puisse expliquer le drame du week-end précédent. Qu'espérait-elle? Elle jeta rageusement le carton, qui tomba à l'envers sur les outils après avoir déversé son contenu sur le lit.

Elle rabattit la porte sur ce désordre et alla dans sa chambre. Par sa fenêtre ouverte, elle entendit deux détenus qui échangeaient des cris. Elle eut envie de hurler de nouveau vers le mur, de demander « Pourquoi Lou ? », mais son audace de l'autre soir s'était envolée. Peut-être ne saurait-elle jamais pourquoi Kane Owen avait poussé son fils. Elle entendit aussi la voix de Benny, et regarda dans le jardin, où il était assis sur le gazon avec son grand-père, à côté de la Tiger.

Alice sortit de sa poche un dépliant qu'elle y avait fourré la veille au travail, après le départ d'Indigo. Au recto, on pouvait lire : « Vous avez été victime d'un crime ? » Elle parcourut les pages intérieures, et un énoncé en particulier lui sauta aux yeux : « Obtenez des réponses. »

Quelques mois auparavant, une jeune femme s'était présentée à la bibliothèque pour déposer ces dépliants et expliquer son action à un petit groupe d'adhérents. Priya, s'appelait-elle.

Alice prit son téléphone dans son autre poche, d'où tomba la lime de Lou. Elle la ramassa d'une main et fit défiler ses contacts de l'autre. Priya y figurait en tant que « Priya justice restaurative ». Elle se tapota la poitrine avec son smartphone et appuya le document contre ses lèvres.

Elle fit glisser l'index sur l'écran et porta l'appareil à son oreille.

Elle s'attendait à ce que ça sonne dans le vide, mais Priya décrocha.

— Bonjour, Alice.

Elle avait dû enregistrer son numéro. Alice s'était préparée à expliquer qui elle était, et cette réponse la désarçonna.

— Oh, bonjour. Voilà. Je…

Elle détestait téléphoner. Elle serra fort le papier.

— Désolée de vous déranger.

Elle chercha les mots pour exposer la situation.

— Vous ne me dérangez pas du tout. Je pensais justement à vous.

— Ah bon ?
— Toutes mes condoléances pour votre fils.
Existait-il quelqu'un qui ne soit pas au courant ?
— Il est entré dans la bibliothèque ce soir-là, vous vous rappelez ? poursuivit Priya. Pendant ma présentation ?
Alice s'en souvenait, en effet, maintenant qu'elle l'évoquait. Lou était venu réclamer de l'argent.
— J'avais été frappée par votre grande ressemblance. Puis j'ai vu sa photo dans le journal, cette semaine.
— Avez-vous vu qu'ils ont arrêté celui qui l'a tué ?
— Oui, répondit Priya, avant de marquer une pause. Quelle terrible épreuve vous traversez.
Alice pressa de nouveau le dépliant contre ses lèvres et regarda par la fenêtre, en direction du mur.
— J'espérais que vous pourriez m'obtenir une rencontre avec lui.

INDIGO
29 août

Cette nuit, j'ai rêvé que j'avais peint mon existence sur une toile. Dans les moindres détails, de mon enfance à mon mariage, les premiers gazouillis de Kane et toute sa vie jusqu'à présent. Puis un homme, qui ne m'a jamais montré son visage, a pénétré dans mon atelier armé d'un couteau et lacéré le tableau avant de partir. La partie du rêve que je suis incapable de chasser de ma tête, c'est celle où je contemplais ma peinture, quelques instants avant l'irruption de l'intrus. J'étais insatisfaite de certains éléments – la façon dont j'avais réalisé le visage de Kane enfant, les reflets de la lumière sur ma robe de mariée. C'était très beau, mais je n'en étais pas contente.

Ce samedi-là, le soir avant que Kane sorte avec Lou Durand, j'avais passé la matinée dans le potager familial à cueillir des haricots plats. Je n'étais pas satisfaite de la récolte de courgettes, moins bonne que l'année dernière. Ce samedi-là, je m'étais installée dans le jardin pour manger mes œufs à la coque au soleil, mais je m'étais mise à penser au mode de vie glamour de Dawn, qui était sans doute en train de déjeuner dans un restaurant chic. Ça faisait une éternité que je n'avais pas mangé au restaurant. Ce samedi-là, j'avais consacré l'après-midi à m'occuper de mes

factures urgentes, alors que je ne rêvais que de m'étendre sur une couverture dans l'herbe pour lire.
Que ne donnerais-je pas pour revenir à ce samedi, maintenant.
Aujourd'hui, j'ai passé la matinée à parcourir le carnet d'adresses de mon téléphone, à chercher les mères des copains de Kane, à les appeler, à laisser des messages et envoyer des textos, à me faire raccrocher au nez plusieurs fois. Je suis à présent devant les portes de la bibliothèque, dont j'attends l'ouverture. L'audience de Kane à la cour de la Couronne aura lieu dans seulement cinq jours, et il plaidera coupable si je ne trouve rien pour l'aider. Je dois découvrir qui était avec lui ce soir-là. L'idée m'est venue en voyant les ordinateurs, ici même il y a deux jours. La voix de Dawn a résonné dans ma tête : *Retire les photos de vous deux sur Facebook et Twitter.*
Quelqu'un vient enfin ouvrir, mais ce n'est pas Alice, la femme à qui j'ai parlé. Je n'ai pas très envie d'avoir encore affaire à elle, mais je n'ai pas vraiment le choix ; je ne suis pas certaine de pouvoir me débrouiller. Elle s'est montrée serviable, jamais désobligeante. Pourtant, elle m'a mise mal à l'aise. Elle avait l'air si sévère. Elle est très belle, avec ses longs cheveux bruns et ses yeux immenses, toutefois elle n'a pas esquissé le moindre sourire. Elle m'a dit des mots gentils, mais d'un air crispé, comme si ça lui était très douloureux. Ça m'a donné la chair de poule.
Je m'approche des PC, où un petit papier est collé sur l'un d'eux. Comme je vais voir ce qui est inscrit dessus – c'est sûrement le mien –, quelqu'un m'appelle par mon prénom.
C'est elle.

— Merci infiniment pour votre aide... celui-ci est pour moi?
— Rien que pour vous. Accordez-moi juste un instant.
Je ne l'ai pas remarqué mardi, et c'est peut-être à cause de la luminosité d'aujourd'hui, de la grisaille du ciel, mais elle semble épuisée. Encore plus que moi, ce qui est un exploit en ce moment. J'hésite à lui demander si tout va bien. En temps normal, c'est ce que je ferais.
Sois toujours bienveillante.
Je m'installe devant l'écran et décolle le papier. Je pose les doigts sur le clavier. Je déteste ces trucs. Je suis sûre de ressentir les ondes électromagnétiques qui pénètrent ma chair. Mais Kane a besoin de mon aide.
— Très bien. (Elle s'assoit à côté de moi.) Où en est-on?
— Je prends juste mes repères.
Quelle est cette odeur que je sens sur elle? Elle est si près que je ne peux que la remarquer. On dirait un produit chimique, comme du diluant, mais pas tout à fait. Est-ce de l'essence?
— Si je comprends bien, vous ne vous servez pas souvent d'un ordinateur.
Je ris nerveusement.
— Je veux aller sur Facebook. Ça ne doit pas être sorcier, si?
— Qu'est-ce que vous faites comme métier? Vous n'avez pas besoin de l'informatique?
— Je suis art-thérapeute.
J'attends la réaction méprisante qui suit systématiquement.
— Ah, d'accord.

Pourquoi personne ne prend mon travail au sérieux ? Elle ne sait pas en quoi consiste mon activité, voilà tout. Elle n'a pas voulu être grossière.

— Je travaille sur recommandation, j'ajoute, tout en me demandant pourquoi je me sens obligée de me justifier. Bref, je souhaite seulement consulter Facebook et Google, ce genre de sites. Vous voyez.

— Vous voulez utiliser Google ? Pour faire une recherche, c'est ça ?

Mes doigts sont toujours posés sur le clavier. J'ai déjà recouru à ces machines, par le passé, mais chaque fois avec Kane à mes côtés ou au bout du téléphone pour me guider. Comment lance-t-on la fenêtre d'Internet ?

— En gros, oui.

Alice tend le bras et fait glisser la souris sur le bureau.

— Ne vous en faites pas. J'ai l'habitude, vous n'êtes pas la première.

Elle clique sur quelque chose et une nouvelle fenêtre apparaît.

— Maintenant, cliquez sur cette icône. Et voilà.

Elle lâche la souris.

— Ah, oui. Je m'en souviens...

Je tape « facebook.com » dans la barre au haut de l'écran, comme Kane me l'a montré quand il m'a convaincue de créer le compte que je n'ai jamais utilisé. « Ça te permettra de garder le contact avec tes amis, m'avait-il expliqué. Peut-être même, euh, rencontrer quelqu'un ? »

C'est déroutant quand votre fils adolescent essaie de se mêler de votre vie amoureuse. Je m'interromps un instant, en massant le point d'acupression à la base de mon pouce.

Alice observe l'écran.

— Oui ! je marmonne quand Facebook s'affiche, avant de déchanter.

Ce n'est pas comme dans mon souvenir. Il devrait y avoir des photos, des messages et d'autres éléments, mais je ne vois qu'un écran vierge où l'on me demande de créer un compte. Je le contemple d'un regard hébété. Que m'a dit de faire Kane, ensuite ?

— Vous devez vous connecter, m'aiguille Alice. Vous avez un compte ?

— Oui.

— Tapez votre adresse e-mail et votre mot de passe ici, et vous serez lancée.

— Je n'ai pas mes identifiants sur moi.

Ils sont notés sur un bout de papier à la maison, je ne sais où.

— Ah.

— Mon fils s'est occupé de mon inscription, mais moi je n'utilise jamais Facebook.

Je me donne une claque sur le front. Kane retourne au tribunal mardi. Il faut que j'arrête de perdre mon temps bêtement.

— Je veux juste consulter sa page de profil. Il faut que je découvre avec qui il était la nuit où l'autre garçon est mort.

Je regrette immédiatement d'avoir révélé cette information. Voilà que je recommence à trop parler. Pourquoi lui dis-je des choses que je ne suis même pas capable de confier à mes amies ? Et je lui ai menti, en plus. L'autre jour, j'ai exagéré la vérité, pas énormément, mais plus que nécessaire. Je n'ai pas pu m'en empêcher.

Quand vais-je apprendre à tenir ma langue ?

— Il ne veut pas vous le dire ?

Je tapote la table du bout des ongles.
Alice se renverse dans sa chaise.
— Mais il vous a affirmé qu'il n'y était pour rien ?
— Oui, je réponds en tortillant les perles jaunes à mon poignet. Il va falloir que je revienne plus tard. Pour aller sur Facebook. Je vais faire des recherches sur Google, à la place. Honnêtement, je pense que je vais pouvoir me débrouiller, maintenant. Je vous retiens depuis trop longtemps, j'imagine que vous n'avez sans doute pas que ça à faire.
— Très bien, si vous êtes sûre de vous.
Elle se lève et glisse sa chaise sous la table.
— Je serai juste là-bas.
Je la suis du regard tandis qu'elle regagne la rangée centrale de bureaux, où sont les autres bibliothécaires. Je suis peut-être dure avec elle. Si elle est si directe, froide et étrange, c'est peut-être plus fort qu'elle. C'est vrai qu'elle paraissait très fatiguée, et elle se massait les tempes comme si elle avait mal à la tête.

Maintenant que je suis seule, je peux me consacrer à la deuxième tâche qui m'amène ici. Je réussis à ouvrir Google et tape la phrase qui m'intéresse dans l'encadré au milieu de la page – la citation inscrite sur la carte qui était cachée dans le rideau de Kane.

Il veut des sushis, de la sueur, du sel.

Ça n'est pas tiré d'un film, si j'en crois la liste de résultats. C'est un vers extrait d'un poème. En retirerai-je des informations sur son petit ami ? Je clique sur un des liens, mais je ne trouve pas le vers exact. Ce poème parle de deux femmes, deux amantes aux désirs différents. Dedans, le « Il » de la carte de Kane est remplacé par « elle ».

> *Elle veut des sushis, de la sueur, du sel ;*
> *elle veut du cacao. Je veux un bol raku,*
> *bombé de riz fumant.*

Je fais défiler la page. Une courte analyse au bas du poème indique qu'il s'agit d'une relation amoureuse à distance. Je me cale contre le dossier de ma chaise. Qui est ce garçon, ou cet homme, qui écrit des mots d'amour à mon fils en citant de la poésie ? Kane a pu le rencontrer pendant son séjour à Paris, où il vit peut-être toujours, se languissant de l'autre côté de la Manche. Ça expliquerait pourquoi il était compliqué pour Kane de l'inviter à dîner.

Est-ce à lui que Kane téléphone de prison, plutôt qu'à moi ?

Je relis les derniers vers :

> *Tout le week-end nous nous sommes embrassées ; nous voulons refaire tous ces kilomètres et nous y réessayer.*

J'ai l'impression d'être une voyeuse, à fourrer mon nez dans la vie amoureuse de mon fils. Mais ai-je le choix ? Et si grâce à son petit ami je pouvais trouver un moyen de le faire libérer ?

ALICE
31 août

Cela faisait déjà deux semaines. Comment était-ce possible ? Dans sa poche, Alice fit rouler la lime de Lou entre son pouce et son index, l'acier devenu chaud après des heures passées contre son corps. Elle remontait la côte après avoir fermé la bibliothèque à midi ; elle n'avait pas besoin de faire un arrêt pour acheter des provisions, et de toute façon pas le temps. Elle devait ranger la maison et la préparer pour l'arrivée de ses invitées – elle consulta sa montre en franchissant la porte – dans vingt-trois minutes.

Elle garda ses chaussures, jugeant cela plus correct pour recevoir des visiteurs, et alla directement au salon. Comme elle s'y attendait, les rideaux étaient tirés, signe que Benny avait dormi sur le canapé. Elle les écarta d'un geste vif et la lumière inonda la pièce, faisant apparaître de la poussière sur la table basse. Elle l'essuya d'un coup de manche de chemise, empila les sous-verres et remit la télécommande à sa place sur le lecteur DVD. Tandis qu'elle débarrassait un verre d'orangeade à moitié vide afin de l'emmener à la cuisine, elle entendit grincer une porte de penderie à l'étage.

Elle se figea.

Des bruits de pas, à présent. Dans la chambre de Lou, juste au-dessus de sa tête.

Se rendant à pas comptés dans le vestibule, elle posa le verre sur la console au bas de l'escalier, cherchant du regard de quoi se défendre. Un parapluie ou un chausse-pied ne lui serviraient à rien. Elle prit la lime en acier dans sa poche.

À part elle, Benny et Lou étaient les seuls à posséder une clé de la maison. Peu avant qu'elle parte du travail, son père l'avait prévenue par SMS, pour lui éviter de s'inquiéter, que Benny était chez elle. Même son père n'avait pas de double. L'idée qu'on puisse entrer chez elle sans qu'elle le sache lui déplaisait.

Lentement, en restant du côté le plus silencieux des marches, elle gravit l'escalier. En montant, une odeur de tabac froid s'accrut et les bruits dans la chambre de Lou gagnèrent en netteté : du métal contre le parquet, les outils que son père avait sortis du sac de sport en début de semaine. Ils n'étaient pas revenus terminer leur tri après l'explosion de colère de Benny. « N'y touche pas pendant quelque temps », avait suggéré son père.

Ils auraient dû au moins tout ranger. À présent, quelqu'un était en train de fouiller dans les affaires de Lou. Cette personne ne l'avait-elle pas entendue claquer la porte du vestibule ? Devait-elle y aller seule ou appeler la police ?

Elle marqua un temps d'arrêt sur le dernier degré, le sang lui martelant les oreilles. La porte de la chambre de Lou, entrebâillée, lui cachait l'intrus. En s'engageant sur le palier, elle remit la lime dans sa poche, préférant prendre la perche pour la trappe du grenier. Poussant la porte d'une main, elle leva la perche de l'autre, prête à l'abattre sur la tête de l'intrus en cas de besoin.

Mais en entrant, elle vit deux bagages par terre : un sac de voyage en cuir râpé et un étui à guitare. Elle laissa retomber son bras armé et observa le dos d'un homme de grande taille aux épaules larges. Jean noir et blazer – jamais elle ne l'avait vu si bien habillé. Cheveux foncés coupés proprement sur la nuque, plus courts que d'ordinaire. Grisonnant çà et là. Elle eut un goût amer dans la bouche en se rappelant la dernière fois qu'elle avait eu cette vue sur lui, il y a très longtemps.

Le regard rivé sur son dos, avant de se détourner et de s'éloigner. Roulant au hasard, sans savoir où elle allait. La *Fantaisie* de Mozart et une brise marine qui s'engouffre par la porte.

Étienne avait des écouteurs dans les oreilles ; elle en arracha un en tirant sur le fil qui lui pendait le long de l'épaule.

— Comment tu es entré ? demanda-t-elle.

Il leva vivement la main à son oreille tout en pivotant vers elle.

— C'était obligé, ça ?

— C'est Benny qui t'a ouvert ?

— Alice…

Il sourit comme il le faisait toujours quand il voulait se tirer d'un mauvais pas. Comme lorsqu'il avait essayé de la persuader d'annuler sa pénalité de retard pour une biographie de Miles Davis, la première fois qu'il s'était présenté devant elle à la bibliothèque d'Eastville. Comme chaque fois qu'il lui avait proposé un rendez-vous, à chacune de ses venues suivantes. Cils noirs surmontant ses yeux foncés étincelants. La tête de côté, les mains tendues vers elle, paumes vers le haut. L'espace d'un court instant – une seconde, pas plus –, Alice eut envie de se blottir dans ses bras et de se décharger de tout ce poids sur quelqu'un.

Elle détourna le regard.

— Je veux savoir comment tu es entré.

Il sortit un trousseau de clés de sa poche arrière et le secoua devant elle.
Elle tenta de l'attraper, mais il fut plus rapide.
— Tu as déjà fait ça ? Tu t'es déjà introduit par effraction ?
— Ce n'est pas une effraction si j'ai les clés.
Comment en possédait-il encore un jeu, alors qu'il n'habitait plus cette maison depuis dix-huit ans ? D'autant plus qu'il était la personne la plus désordonnée qu'elle ait jamais connue, et que lorsqu'ils vivaient ensemble il les perdait régulièrement.
Étienne s'assit sur le lit de Lou, examinant quelques-uns des articles de magazine qu'elle avait laissés éparpillés l'autre jour. Elle le regarda fixement.
Le regard rivé sur son dos, avant de se détourner. Roulant au hasard. Vers la mer, le bébé la poussant à continuer jusqu'à la côte. La *Fantaisie* de Mozart et une brise marine qui s'engouffre par la porte ouverte.
— N'y touche pas.
Elle aurait dû lui demander de partir. Il n'aurait pas dû être chez eux sans y avoir été invité.
— Je n'arrive pas à y croire. (La voix d'Étienne se cassa.) Louis qui est mort.
Alice ferma les yeux. Elle n'avait pas la force de faire ça. Elle ne pouvait pas le réconforter tout en portant Benny et elle à bout de bras.
— Le jour de ton anniversaire, en plus.
Quand ils vivaient ensemble, Étienne l'avait toujours gâtée le dix-sept août. Petit déjeuner au lit, cadeaux magnifiques, excursions surprises. Alice fut saisie d'un désir soudain et violent de ne plus jamais entendre parler de son anniversaire.

— Je croyais que tu étais en tournée.
— J'ai annulé. Je suis arrivé ce matin à l'aéroport de Bristol.
Il s'adossa contre la tête de lit.
— Je voulais t'aider.
— Je n'aurais pas dû te demander de venir. Nous n'avons besoin de rien, en fait.
Elle songea à Benny qui sortait très tard tous les soirs. À la façon dont la vie de son fils orbitait sur des trajectoires différentes des siennes sans que celles-ci ne se croisent jamais ou presque. Aux rares mots qu'ils échangeaient.
— J'ai vu Louis il y a quelques semaines à peine, déclara Étienne. Il m'a raconté que tu avais pris du galon et gagné des tas de prix au travail.
Alice se massa les tempes. Quels prix ? De quoi parlait-il ? Ils s'étaient retrouvés ?
— Tu l'as vu ?
— Benoît, aussi.
Alice hocha la tête, s'efforçant de dissimuler son étonnement.
— Ah oui, je m'en souviens. Au...
Elle fit claquer ses doigts, en espérant qu'il allait compléter sa phrase.
— À mon concert de Bristol. Au Louisiana.
Pourquoi ses fils ne l'avaient-ils pas prévenue qu'ils allaient voir leur père ?
Étienne se leva subitement.
— Je veux vraiment donner un coup de main. Benoît... il doit être anéanti. *Laisse-moi rester, juste quelques jours**.
Il posa une main sur son bras.
— Je serai superdiscret.

En sentant la chaleur d'Étienne à travers l'étoffe fine de sa chemise, et la douce pression de son pouce contre son poignet, Alice aurait voulu pouvoir accepter. Mais elle ne supportait pas l'idée de l'accueillir sous son toit. Pas depuis ce matin où, réveillée par les cris de Lou qui, âgé de deux mois, réclamait la tétée, elle avait découvert qu'Étienne était parti en laissant un message sur la table de la cuisine : « J'ai rencontré quelqu'un. Je suis désolé. Je dois suivre mon cœur. »

Elle dégagea son bras.

— Nous n'avons pas de lit d'ami. Il n'y a pas assez de place.

— *S'il te plaît**.

— Ce n'est pas ce que je proposais, quand je t'ai demandé de venir…

Des coups secs et réguliers retentirent à la porte de l'entrée. Elle consulta sa montre.

— J'ai un rendez-vous. Il faut que tu partes.

— Héberge-moi cette nuit, au moins.

— Tu ne peux pas aller chez un ami ? À l'hôtel ?

— Tu ne m'auras pas dans les pattes. Ça va durer longtemps, ton rendez-vous ? Qui c'est ?

— Je ne sais pas pour combien de temps j'en ai. C'est juste des gens comme ça, je…

On frappa encore.

— Va leur ouvrir. Je vais rester. *On parlera plus tard**.

Elle y comptait bien. La mâchoire crispée, elle sortit de la chambre et ferma la porte.

En descendant l'escalier en hâte, elle aperçut les imperfections du salon : les coussins qu'elle n'avait pas regonflés sur le canapé, le tapis qu'elle n'avait pas aspiré. C'était trop tard, maintenant.

Elle ouvrit aux femmes qui patientaient sur son perron – elle n'en connaissait qu'une des deux. L'autre fit un pas en avant.
— Alice ? Margaret Simms, je viens vous parler de justice restaurative.

Toutes les trois s'installèrent dans le salon, un verre d'eau dans les mains. Priya était comme dans les souvenirs d'Alice : jeune et posée, avec de longs cheveux bruns noués en natte dans le dos. Alice songea à Étienne qui attendait à l'étage, et qui la trouverait très belle. Il n'en dirait sans doute pas autant de la responsable de Priya, Margaret.
Arrête, Alice. Pourquoi s'égarait-elle à deviner ce qu'Étienne pourrait penser ? Elle éprouvait le plus grand mal à ne pas se laisser parasiter par lui, à écouter ce que Priya et Margaret lui expliquaient.
— C'est très inhabituel d'organiser un entretien avec l'auteur du crime avant le verdict, déclara Margaret, surtout dans une affaire aussi grave et complexe telle que celle-ci. Êtes-vous absolument sûre de souhaiter le rencontrer ?
— Certaine.
— Vous en aurez encore l'occasion dans quelques mois, et même dans des années.
— Il faut que je lui parle. Je ne veux pas attendre des mois. Posez-moi toutes les questions que vous voulez, prenez votre décision, mais je sais dans quoi je m'engage.
Elle s'efforçait d'être la plus carrée, la plus prosaïque possible. De se montrer en pleine possession de ses moyens afin qu'elles lui accordent sa requête. Mais en son for

intérieur, le parfum iodé d'une brise marine fantôme lui emplissait les narines.

Roulant au hasard. Vers la mer, le bébé la poussant à continuer jusqu'à la côte. La *Fantaisie* de Mozart.

Alice s'arracha à cette réminiscence tandis que Margaret se tournait vers Priya, qui hocha la tête et sortit un carnet de son sac à main.

— Très bien, dit Margaret. Quand avez-vous appris que Lou était mort ?

Alice répéta les mots de la femme dans sa tête, mais seule lui vint une réponse à une question qu'on ne lui avait pas posée : « Quand avez-vous su que Lou allait vivre ? »

Les petits pieds de Lou qui s'agitent. Roulant au hasard.

Un fracas retentit à l'étage, et Margaret leva les yeux vers le plafond. Que fabriquait Étienne ? Alice voyait d'un mauvais œil qu'il fouille dans les affaires de Lou. Et peut-être dans les siennes, aussi ?

— Excusez-moi, vous pourriez répéter ?
— Bien sûr. Vous avez tout votre temps. Quand avez-vous appris que Lou était mort ?

Alice relata méthodiquement sa version des faits, en ménageant des pauses pour que Priya puisse prendre des notes. Margaret l'interrompit souvent, mais doucement, pour lui demander ce qu'elle avait ressenti lors de tel ou tel évènement. Alice ne pouvait s'empêcher de penser à Indigo Owen. Celle-ci aurait su répondre à ces questions, elle qui n'avait aucun mal à exprimer ses sentiments. Alice devait déployer d'énormes efforts pour donner à Margaret ce qu'elle souhaitait sans doute entendre. Les mots « triste », « en colère » et « à vif » furent tous prononcés plusieurs fois.

Au bout d'un moment, on aborda le sujet de Kane Owen.

— Normalement, quand elles rencontrent le coupable, les victimes d'un crime veulent poser des questions.

Margaret but une gorgée d'eau et Alice s'aperçut qu'elle avait la bouche sèche elle aussi. Elle n'avait pas autant parlé depuis longtemps. Pas seulement au cours des deux semaines qui avaient suivi la mort de Lou, mais probablement depuis des années. Elle se livrait plus qu'aux policiers qui l'avaient interrogée. Margaret pouvait accorder à Alice ce qu'elle désirait, aussi était-elle déterminée à faire le nécessaire pour l'obtenir. Elle vida la moitié de son verre.

— Elles veulent savoir si elles ont fait quelque chose pour...

Margaret s'interrompit lorsque la porte d'entrée claqua.

— Désolée, déclara Alice. C'est mon autre fils, Benny.

On entendit ses pas étouffés dans l'escalier. Elle ferait bien de l'intercepter et de le prévenir pour Étienne.

— Je disais, les victimes veulent savoir si elles ont fait quelque chose pour mériter ce qui leur est arrivé.

Margaret tendit la main devant elle, en direction d'Alice.

— Elles veulent dire leur façon de penser à l'auteur du crime.

Alice s'essuya discrètement la bouche. À l'étage, elle distinguait les sons de leurs voix. Benny avait trouvé son père, donc.

Margaret la regardait.

— Excusez-moi. Vous m'avez posé une question ?

Margaret lança un coup d'œil à Priya, puis reporta son attention sur Alice.

— Si vous aviez la possibilité de parler à Kane, que souhaiteriez-vous lui dire ?

Sur le moment, Alice ne songeait qu'à une seule réponse : elle aurait voulu le saisir à la gorge et serrer jusqu'à

ce qu'il lui explique les raisons de son geste. Qu'est-ce que Lou lui avait fait, au juste ?
Elle se leva.
— Excusez-moi, je dois aller voir mon fils une minute.
En montant les marches, Alice les entendit qui discutaient. Elle ouvrit la porte de la chambre de Lou ; tous les deux étaient assis côte à côte sur le lit. Benny lui sourit, ce qui ne s'était pas produit depuis des lustres.
— Tu ne m'avais pas dit que papa venait.
— Je ne le savais pas.
— Et qu'il allait rester.
— Apparemment, oui.
Elle croisa le regard d'Étienne. Qu'importait ce qu'elle pensait de lui, qu'importait ce qu'il lui avait infligé, il avait fait sourire Benny. Il l'avait poussé à parler.
— J'ai juste une petite réunion, Ben. Vous pouvez attendre un peu ici, tous les deux ?
— Pas de souci. Je disais à papa qu'il pouvait dormir par terre dans ma chambre.
Étienne se leva sans quitter Alice des yeux.
— Et moi je lui répondais que c'est à toi de décider.
Alice soutint son regard.
— Une semaine. Sur le canapé.
De retour au rez-de-chaussée, elle laissa la porte du salon entrouverte et s'excusa de nouveau auprès de Margaret et Priya.
— J'ai tellement de choses à penser, en ce moment. La mort de son frère est un choc terrible pour lui.
— Ne vous inquiétez pas.
— Donc, où en étions-nous ?
— Que diriez-vous à Kane, si vous pouviez le rencontrer ?

Alice prit une profonde inspiration tout en soulevant les épaules.
— J'aimerais comprendre. C'est essentiellement ça.
Margaret eut un hochement de tête et adressa encore un coup d'œil à Priya. Elles en attendaient davantage.
— Je ferai en sorte qu'il sache que je suis effondrée. (Que voulaient-elles, au juste ?) Que Benny est effondré.
— Autre chose ?
— Rien ne me vient. C'est gênant ?
— Ça ne presse pas. Vous pourrez toujours nous en dire plus quand vous aurez affiné votre réflexion.
Margaret ramena vivement ses mains l'une contre l'autre.
— Ce sera tout pour aujourd'hui. Souhaitez-vous que nous essayions d'organiser un entretien ?
— Oui, s'il vous plaît.
— Vous avez conscience qu'il peut refuser ? Et même s'il accepte, je ne peux pas vous garantir une rencontre en face à face.
— Oui, répondit Alice en regardant Priya, qui rangeait son carnet dans son sac et se levait. Merci d'être venues.
Margaret se leva à son tour et Alice les reconduisit au vestibule après les avoir débarrassées de leurs verres d'eau.
— Je vous en prie, dit Margaret. Nous allons voir ce que nous pouvons faire... Oh, bonjour.
Elle regardait derrière Alice, vers l'escalier.
Alice se détourna. Benny était assis sur une marche, à mi-hauteur.
— Tu dois être Benny, reprit Margaret. Toutes mes condoléances pour ton frère.
— Merci.
Il fixait Alice d'un air insistant.

— Nous vous tenons au courant, indiqua Priya avant de partir.

Alice ferma derrière elles et se tourna vers Benny.

— T'es pas possible, lâcha-t-il, renfrogné. Ça ne sert à rien, ça.

— J'en conclus que tu as entendu notre conversation.

— Pourquoi tu veux le rencontrer ?

— Il faut que je découvre la vérité.

— Qu'est-ce qui cloche chez toi ? Tu ne pourrais pas être une mère normale ? Prendre des jours de congé, regarder des photos de quand il était petit. Putain, pleure, au moins ! Même papa il a chialé !

Alice avait conscience que la situation lui échappait. Et lui aussi. Mais elle était incapable de lui dire ou de faire ce qu'il attendait d'elle. Benny avait toujours tenu davantage d'Étienne – à fleur de peau et capable d'exprimer ses émotions. C'était peut-être pour cette raison qu'elle avait toujours éprouvé plus d'affection pour lui que pour Lou. Ses petits pieds qui s'agitent. Une brise marine qui s'engouffre par la porte.

— Où est ton père ?

— Sous la douche.

Il appuya la tête contre le mur.

— Je ne comprends pas pourquoi tu veux rencontrer Kane.

— Tu n'as pas besoin de comprendre. C'est nécessaire pour moi. Comme toi qui vas retrouver ton père sans m'en parler.

— Ah, il te l'a dit ?

— Pourquoi pas toi ?

Il se leva en s'agrippant à la rambarde et gravit les marches quatre à quatre.

— Il n'y avait rien à raconter. On est juste allés boire un verre.

Alors pourquoi sa voix avait-elle tremblé quand il avait prononcé ces mots ?

Benny claqua la porte de sa chambre, et les basses de son affreuse musique techno se mirent à gronder dans toute la maison, se répercutant dans les murs.

INDIGO
3 septembre

Je la trouve à l'étage, en train de ranger des livres en rayon. Elle ne m'a pas encore vue, aussi pourrais-je très bien redescendre et tenter de m'en sortir toute seule. Ça m'éviterait d'avoir à lui parler.
Mais j'ai besoin de son aide.
— Alice ?
Elle se retourne.
— J'ai retrouvé mon mot de passe Facebook, j'annonce en agitant un bout de papier devant elle. J'ai dû mettre la maison sens dessus dessous.
— Formidable.
— Si vous me dites qu'il me faut autre chose ou que les ordinateurs ne fonctionnent pas, je hurle.
— Nous privilégions une atmosphère de calme, ici.
Je la fixe droit dans les yeux. Je détecte une lueur dans son regard. Est-ce sa façon de plaisanter ?
— J'aurais besoin d'un coup de main. Vous auriez deux minutes ? Je préfère passer le moins de temps possible près de ces machines, et si j'essaie de m'en sortir seule sur Facebook, j'en aurai pour des heures.
Alice repose quelques ouvrages sur son chariot.
— Avec plaisir.

En bas, elle m'explique comment utiliser l'ordinateur plutôt que de tout faire à ma place.

Lorsque je lance Internet, elle me demande :
— Êtes-vous allée au tribunal, ce matin ?

Comment est-elle au courant ?
— Je ne me rappelais pas l'avoir évoqué. Je vous jure, je n'ai pas les yeux en face des trous, en ce moment.

Les lèvres d'Alice tressaillent.
— Non, vous... je ne crois pas que vous en ayez parlé. C'était dans un article.
— Ce que c'est pesant de voir la vie de mon fils étalée dans les journaux. Vous ne pouvez pas imaginer.
— C'est vrai, pardon. Ça doit être... très déconcertant.

Le visage d'Alice semble s'être adouci.
— C'est déjà assez dur comme ça sans que le monde entier soit au courant de tout par le menu, ajoute-t-elle.
— Exactement.

Alice est peut-être humaine, tout compte fait.
— Et ça s'est bien passé ?
— Il a plaidé coupable pour homicide involontaire. À cause de son incapable d'avocat.
— Je croyais qu'il se démenait pour votre fils ? Et le témoin ?

Si seulement j'avais fermé ma grande bouche.
— Je le croyais compétent. (Elle s'aperçoit forcément que je rougis.) Mais en fin de compte, il est nul. Je ne vois pas en quoi c'est une bonne idée de pousser Kane à avouer le crime pour lui obtenir une peine réduite.

Un homme installé à un ordinateur quelques postes plus loin lève les yeux vers moi, et je baisse encore le ton d'un cran.
— Le verdict sera prononcé dans quatre semaines.

— Et ils n'ont pas d'autre suspect ?
— Apparemment non. À mon avis, la police veut juste coller ce crime sur le dos de quelqu'un. Peu importe qui c'est. Ils tiennent Kane, et ils n'ont pas envie de se fatiguer à coincer le vrai coupable.

Alice hoche la tête.

Je me tourne vers l'écran.

— Je mets « Facebook » là-haut ?

Je commence à taper.

— Oui, voilà. (Elle me guide au cours de la procédure de connexion, et, merci le karma, le mot de passe que j'ai trouvé est valide.) Qu'est-ce que vous voulez chercher ?

— Est-ce que ça va m'indiquer qui est... s'il sort avec quelqu'un ?

— C'est possible. Vous pensez qu'il a une petite copine ?

— Je n'en suis pas sûre.

Pourquoi ne lui dis-je pas qu'il est homo ? Ça ne me gêne absolument pas.

— Entrez son nom ici, dit Alice en désignant un champ vierge. Voilà. Vous aurez peut-être de la chance. Je ne comprends pas l'intérêt, mais de nos jours les gens étalent leur vie privée sur ces réseaux sociaux, et ils annoncent même leurs ruptures. En tout cas, je n'aurais pas voulu faire ça quand...

Elle s'interrompt brusquement.

— Bref.

Le visage de Kane est apparu à l'écran.

— Et maintenant, je clique sur sa photo ?

— Oui.

— Moi, il faudrait déjà que je fréquente quelqu'un, je commente, avant de pouvoir le dire à tout le monde.

Je ris.

— J'étais trop occupée à jouer mon rôle de maman pour ça. Ce n'est pas du gâteau, toute seule.

— Oui, être toujours celle qui doit prendre des jours quand les enfants sont malades, celle qui se libère pour les rencontres parent-professeur.

Je la fixe.

— Cordon-bleu, femme de ménage, gentil flic *et* méchant flic, tout ça en même temps. (Je pourrais continuer la liste pendant des heures.) Vous êtes mère célibataire, vous aussi ?

Alice hoche la tête, mais s'empresse de pointer l'écran du doigt.

— Voilà son profil.

En haut de la page s'affiche une des photos splendides que Kane a prises à Paris, celle que je voulais faire encadrer. Ma vue se brouille, et je dois essuyer mes larmes. Il y a également une photo de son visage. Mon magnifique garçon. J'ai tant envie de le serrer contre moi que j'en ai mal aux bras.

— Indigo ?

Alice me parlait pendant que je contemplais Kane.

— Pardon. Qu'est-ce que je fais, après ?

— Cliquez sur « À propos ». Puis descendez. (Je suis ses instructions.) Ah, zut. Il n'y a pas d'infos sur sa situation amoureuse.

Elle semble sincèrement déçue.

Je me mordille l'ongle du pouce.

— Vous ne pouvez pas lui demander ? s'enquiert-elle.

— J'ai l'impression qu'il faisait exprès de ne pas me tenir au courant.

Je songe au poème que j'ai trouvé sur Internet lors de ma dernière visite. Moi qui croyais qu'il ne me cachait rien.

— À un copain à lui, sinon?

— Je suis allée au bar où il travaille, l'autre jour, mais personne n'a voulu me parler. La présomption d'innocence, c'est pour les chiens? Je ne sais pas comment contacter ses autres amis. J'ai tenté de joindre les parents, mais ils ne me rappellent pas.

— Et vous voulez passer par Facebook?

— Oui, je me demandais si je... C'est possible?

— Ça dépend de ses réglages de confidentialité. On peut essayer.

— Comment vous faites pour être aussi calée? Moi, les ordinateurs, ça me dépasse.

— Ça n'a rien de compliqué, en fait.

Alice jette un coup d'œil par-dessus son épaule à un usager qui parle fort à une autre employée de l'accueil.

— Je m'efforce de me tenir au courant des outils comme Facebook, mais je ne l'utilise pas.

— C'est plus un truc de jeunes, hein?

— Pas forcément. C'est plutôt pour des gens qui, comment dire... Qui ne sont pas comme moi.

C'est une drôle de réflexion, même venant d'elle.

— C'est-à-dire?

— Des gens s'en servent pour déballer toute leur vie à leurs amis. Étaler tout ce qu'ils ressentent. En ce qui me concerne, les choses arrivent, puis on tourne la page. À quoi ça sert de se donner en spectacle?

C'est la première fois qu'Alice se montre aussi loquace depuis notre première rencontre.

— La vie m'a appris que les autres ne veulent pas être au courant de nos problèmes, et que si on s'épanche sans arrêt on a l'air faible.

— Alors c'est mieux de tout garder rentré ?

Je ne peux pas m'empêcher de me sentir visée.

— Je ne vois pas l'utilité de ruminer, personnellement.

— Mais il n'y a pas un risque de ne plus *rien* ressentir, après ? (C'est une remarque cruelle, mais elle m'a agacée.) Si on s'interdit le chagrin, on n'éprouve pas la joie non plus.

Ma pique glisse sur elle. Elle se moque de ce que je lui raconte.

— On cherche les amis de votre fils ?

Je serre les dents.

— Oui, je veux bien.

J'aurais d'autres remarques à lui adresser, mais mieux vaut que je m'abstienne.

— Vous pouvez remonter dans son fil d'actualités, pour voir si vous repérez quelqu'un, suggère-t-elle en saisissant la souris. Vous permettez ?

Elle prend la main, et nous parcourons photos, liens vers des articles et courts messages d'autres personnes. Par où commencer ? Je ne sais même pas quoi chercher.

Puis un détail accroche mon regard.

— Arrêtez. Là. C'est quoi ?

— Ça ? Une publication de son ami Dan Kent. Ce nom vous dit quelque chose ?

— Non, non. C'est ce qu'il a écrit, je réponds avant de lire le *post* en marmonnant. « Grosse soirée hier avec les potos. »

Puis il y a une liste de contacts. Kane y figure, mais c'en est un autre qui attire mon attention.

— Wilko, je connais ce nom.
— Ah bon?
— J'ai entendu Kane parler de lui au téléphone le soir juste avant les évènements. J'avais complètement oublié. Ce Wilko était peut-être avec eux...
— Voyons voir si on peut cliquer sur... (Alice survole les noms avec la souris.) Non... Il ne les a pas tagués...

Je ne comprends rien à ce qu'elle raconte.

— Mais nous pourrions explorer la liste d'amis de Kane. Pour voir ce qui en ressort.

Après quelques clics, une nouvelle page s'affiche. Elle fait un petit bruit désapprobateur avec la langue.

— Non. C'est bloqué. Kane a dû verrouiller ses paramètres de confidentialité.

— Qu'est-ce que ça veut dire?

— Nous ne pouvons pas accéder à sa liste de contacts.

— Retour à la case départ, du coup.

Je me renverse dans ma chaise et me frotte le visage dans les mains, avant d'ajouter:

— J'espérais vraiment que ça me permettrait d'avancer.

— Nous avons obtenu ce nom.

Encore quelques clics, et la page où figure la photo de Kane reparaît.

— Wilko, ça ne ressemble pas à un vrai prénom, par contre. Je ne me vois pas aller à la police avec ça.

Alice me regarde, visiblement mal à l'aise. Alors qu'elle semble sur le point de me parler, une de ses collègues apparaît près de nous.

— Désolée de vous interrompre, déclare-t-elle.

Alice sursaute, prend la femme par le coude et l'éloigne, sautant apparemment sur cette aubaine pour s'échapper.

— Ce n'est pas grave, l'entends-je répondre à voix basse. Il y a un problème ?

Sa collègue fait une drôle de tête, comme décontenancée par la réaction d'Alice.

— Pas tout à fait, mais tu voudrais bien...

Elle désigne un client qui se tient devant le bureau d'accueil. C'est l'homme qui haussait le ton tout à l'heure.

Alice revient vers moi.

— Indigo, je suis navrée, il faut que je m'occupe de ça. Je fais vite.

Je récupère mon sac.

— Non, ne vous inquiétez pas. J'ai fini.

ALICE
6 septembre

Alice savait qui était Wilko et où il vivait.
Elle se gara devant son immeuble, au son des essuie-glaces qui couinaient sur son pare-brise.
— Tu es sûre que c'est ici ?
Étienne avait insisté pour être du voyage. Il dormait sur leur canapé depuis son arrivée, et elle ne pouvait se résoudre à le mettre à la porte. Benny était content qu'il soit là, comme l'indiquait clairement le temps qu'ils passaient tous les deux à écouter de la musique dans sa chambre. Leur fils continuait à découcher toutes les nuits. Mais Étienne, qui persistait chaque soir à vouloir qu'ils regardent un film ensemble, lui répétait de ne pas s'inquiéter :
— Il s'amuse juste avec ses potes, c'est tout, avait-il dit. Ce n'est pas très grave s'il ne veut pas te le dire. C'est un adulte, maintenant.
Mais Étienne n'était pas là, cette nuit-là, quand les garçons étaient « juste » sortis s'amuser et qu'un seul était rentré.
Elle coupa le moteur.
— Certaine, oui.
Elle se rappelait avoir pensé que le quartier craignait lorsqu'elle était venue y chercher Benny un jour, et ça ne

s'était pas arrangé. Elle s'y était rendue à pied deux soirées plus tôt, avant de rebrousser chemin aussitôt après s'être engagée dans la rue ; elle ne s'y sentait pas en sécurité. Un groupe de jeunes à l'allure louche traînaient devant une des maisons, et plusieurs portes d'autres habitations semblaient avoir été enfoncées. Les poubelles débordaient, et une odeur de cannabis flottait dans l'air. Comment un copain de fac de Benny s'était-il retrouvé dans un taudis pareil ? Elle avait pris la décision d'y revenir sur son jour de repos, songeant que ce serait plus sûr en journée, même si à présent elle n'en était plus si certaine.

Étienne déboucla sa ceinture.

— Je t'accompagne.

— Ce n'est pas ce qui était prévu.

Alice avait voulu garder ses projets pour elle, mais quand elle avait ouvert la porte du jardin plus tôt dans la matinée pour demander à Étienne de ne pas fumer sur la terrasse, il avait repéré qu'elle tenait ses clés de voiture à la main.

— Tu vas où ? l'avait-il questionnée.

— Je sors.

Puis, sans qu'elle sache pourquoi – il avait toujours eu le don pour lui soutirer des informations –, elle lui avait tout dit. « *Je viens avec toi** », avait-il annoncé, en écrasant sa cigarette sous sa semelle. Ce geste l'avait rendue à la fois furieuse et… quoi ? Qu'est-ce qui l'avait poussée à détourner le regard et à écarter une mèche de cheveux de son visage avant de la coincer derrière son oreille ? En tout cas, elle avait cédé : « D'accord. Mais tu resteras dans la voiture. Je veux lui parler seule. »

— C'est au 83, je crois.

Elle tendit le bras vers la banquette arrière et sortit son portable de son sac. Elle fit défiler l'historique de ses SMS avec Benny. Bingo. Un message de lui daté de mai : *Appartement 2, numéro 83*. Elle considéra l'alignement de maisons victoriennes. Le 83 était peint en blanc cassé, la maçonnerie entourant la fenêtre du rez-de-chaussée d'un affreux orange pastel. Des voilages sales étaient tirés derrière les vitres.

Elle fourra son téléphone dans son sac à dos et battit un rythme à trois temps tout simple sur le volant. Étienne se pencha vers elle et lui immobilisa la main gauche sur le cercle. Elle tenta de se dégager, mais il avait de la poigne – à moins qu'elle se soit laissée faire parce qu'elle aimait sentir sa chaleur contre sa peau ?

— Tu es stressée.

Il serra plus fort, et elle discerna sous ses doigts le relief des coutures du cuir.

— Non.

— Si : tu tapes toujours tes petits rythmes quand tu es nerveuse.

Cette fois, elle retira sa main. Elle aurait préféré qu'il ait oublié tous ces détails à son sujet. À d'autres occasions, au cours de la semaine passée, il s'était rappelé ces manies que personne à part lui ne connaissait ou n'avait pris le temps de remarquer. Le lundi, il avait évoqué d'un ton nonchalant la peur qu'elle avait de traverser les ponts en voiture (une phobie qu'elle savait irrationnelle, à sa grande gêne). Le mercredi, il lui avait acheté une barre de son chocolat blanc favori, le Valrhona Ivoire qu'il lui rapportait de France au début de leur relation.

— Tu restes ici.

Elle prit son sac à dos, sortit et rabattit son rétroviseur latéral.

— Ne bouge pas, articula-t-elle en silence à travers la vitre.

On sentait encore les vestiges de l'été caniculaire, et dans cette chaleur, la pluie fine sur sa peau lui fut agréable. Elle redressa le menton et alla d'un pas décidé à la porte du 83. En montant les marches, elle vit qu'elle était entrouverte, mais elle pressa quand même la sonnette de l'appartement 2. Tandis qu'elle attendait une réponse, elle jeta un coup d'œil en arrière vers la voiture. Étienne lui souffla un baiser, puis leva le pouce à son intention. Il fallait vraiment qu'elle le chasse de chez elle. Après avoir sonné une seconde fois sans plus de succès, elle poussa le battant et entra. Lorsqu'elle essaya de refermer derrière elle, elle comprit pourquoi c'était resté ouvert : la serrure ne fonctionnait pas.

Le tapis aurait eu besoin d'un sérieux shampouinage, pourtant le bon état général des parties communes la surprit. Quelques déchets traînaient çà et là, mais rien de nauséabond. Au premier, l'appartement d'Harry Wilkinson était facilement identifiable – aucun chiffre chromé n'ornait la porte comme c'était le cas du numéro 1, mais à la place on avait tracé un « 2 » au marqueur indélébile.

À l'intérieur, la télé était réglée à fort volume ; le bruit pouvait venir d'un film ou d'un jeu vidéo, elle ne savait pas trop. En tout cas, ça semblait violent. Cris et grognements alternaient avec bruits sourds et fracas tonitruant.

— Vas-y, explose-le, brailla un homme. Voilà, nique sa mère. C'est comme ça que j'ai marave l'autre petit con, Sim. Il n'a pas compris ce qui lui arrivait.

— Il aurait mieux fait de me payer à temps, pas vrai ? fit une voix plus suave.

— Mon cul. Crochet du droit, ouais. Regarde ses dents... Nan, mais mate l'état de sa bouche !

Des rires. Combien étaient-ils, là-dedans ?

— La prochaine fois que t'as besoin que j'aille parler à un mec, je lui pète les dents direct... ça le calmera.
Une troisième voix se mêla à l'échange :
— C'est pour ça qu'on t'embauche, Chris. T'es super créatif.
Était-ce vraiment une bonne idée ? Et si Harry Wilkinson avait été impliqué dans la mort de Lou, lui aussi ? C'était lui sur la vidéo de surveillance, elle en était certaine, maintenant. Pourquoi ne s'était-il pas présenté à la police ? Elle pouvait encore faire demi-tour et rentrer. Mentir à Étienne, prétendre qu'elle s'était cassé le nez. Mais elle n'aurait rien appris de plus sur ce qui était arrivé à son fils. Elle ignorerait toujours quel rôle Benny avait joué ou pas. Elle ne saurait pas comment protéger le fils qui lui restait.
Elle frappa.
— T'attends du monde ? demanda un des inconnus.
La télé se tut.
— C'est qui ?
Elle appuya la main à plat contre la peinture laquée de la porte et se pencha vers l'appartement.
— Je voudrais parler à Harry Wilkinson.
— À quel sujet ?
— Lou Durand.
La porte s'entrebâilla, et Alice distingua un visage dans la pénombre.
— Vous êtes qui ?
— Sa mère. Je souhaite seulement discuter, Harry. Je sais que vous y étiez.
Le battant s'ouvrit plus grand et un jeune homme sortit, avant de refermer derrière lui. Elle l'observa de la tête aux pieds, remarqua son tee-shirt et son short, ses cheveux en bataille et sa barbe de plusieurs jours.

— J'ai rien à vous dire, moi, déclara-t-il. Benny sait que vous êtes là ?
— Non. Je ne veux pas l'impliquer. Juste cinq minutes, s'il vous plaît.
— Wilko ? (Encore la voix suave, en provenance de l'appartement.) Qu'est-ce que tu fous ?
Harry jeta un bref coup d'œil vers la porte.
— Partez, lui enjoignit-il, un éclat impérieux dans le regard.
— Combien vous voulez ? Vingt livres ? Trente ?
Harry s'apprêtait à répondre quand on brailla de nouveau :
— Ramène ton cul, Wilko. Et fais entrer ta copine.
Avec réticence, Harry poussa la porte, par où s'échappa un mélange nauséabond de vapeurs d'alcool, de transpiration, de tabac et de friture. Alice s'efforça de ne pas respirer par le nez.
À l'intérieur, un homme trapu se tenait près de la télé et les observait, et un troisième, assis dans le canapé dos à elle, comptait de l'argent dans une boîte à chaussures.
— J'ignore ce que Benny vous a raconté, déclara Harry.
— Je sais que vous n'avez rien fait, mentit-elle. Mais j'ai quand même des questions. Je vous paierai.
— Je suis au courant de rien.
Harry porta brièvement son regard vers l'homme du canapé, qui n'avait pas quitté des yeux sa boîte à chaussures.
— Vous perdez votre temps.
— Prends son blé, mec, lança son ami. Si t'as pas les réponses à ses questions, ça sera du fric facile, pas vrai ?
Harry décocha un regard noir à Alice.
— D'accord.
— Alors, combien ? Vingt livres ?

— Vous aussi vous aimez claquer votre fric, pas vrai ? commenta-t-il avec un sourire narquois. Je comprends de qui il tenait. Il payait tout le temps sa tournée, Lou.

Avec mon argent, songea Alice, éprouvant le mélange particulier d'agacement et d'attendrissement qui l'assaillait souvent depuis deux semaines quand elle pensait à son fils.

— Lui, il prenait toujours qu'un demi, par contre. C'était un drôle de gars.

— Combien vous voulez ?

Il alluma une cigarette et tira une bouffée.

— Cinquante livres pour cinq minutes.

Il s'exprimait étonnamment bien. Pas du tout ce à quoi elle s'était attendue en mettant les pieds dans un bâtiment pareil, dans ce quartier.

Alice sortit son portefeuille de son sac à dos et, comptant devant lui, déposa cinq billets de dix dans la main qu'il tendait.

— La mère de Lou. Vous êtes une star, ici, vous savez ?

— Pardon ?

— Fallait toujours qu'il la ramène avec sa super maman.

Était-il bien question de la même personne ? Alice n'imaginait pas dans quelles circonstances Lou aurait pu parler d'elle à ses copains.

— … Benny, pas trop, poursuivit Harry. Mais Lou, c'était tout le temps genre « ma mère aurait pu être une pianiste célèbre, c'est comme ça qu'elle a connu mon père ».

Alice secoua la tête. Elle avait joué petite, sur le piano droit de sa mère dans le salon de ses parents (où il se trouvait encore à ce jour, même si sa mère était morte et qu'Alice avait depuis très longtemps quitté le nid), mais elle avait cessé de pratiquer bien avant de rencontrer Étienne, quand elle avait compris qu'elle ne serait jamais aussi douée que les instrumentistes des disques que sa mère écoutait le soir. Depuis, elle n'avait rejoué qu'à une seule occasion. Comme du pop-corn éclatant dans son ventre. Une brise marine qui s'engouffre par la porte ouverte.

— Il parlait plutôt de son père, rétorqua-t-elle, tâchant de reporter son attention sur Harry, loin des souvenirs doux-amers de sa grossesse. C'est lui le musicien professionnel.

— Non, je vous assure que c'est de vous.

Si le but d'Harry était de la décontenancer, il avait réussi son coup. Tandis qu'elle essayait encore une fois de se reconcentrer, elle jeta un regard circulaire dans la pièce et croisa brièvement celui de l'homme debout à côté de la télé. Malgré sa petite taille, il était de carrure robuste. Les mains dans les poches et le menton légèrement relevé, il l'observait d'un air peu amène, mais c'était le blond du canapé qui la mettait le plus mal à l'aise, sa façon d'écouter attentivement ce qui se disait sans jamais la regarder. Les lieux faisaient aussi office de cuisine et de salon, et elle avait l'impression d'être dans une tasse de thé au lait insipide ; les placards de la cuisine étaient marron clair, le mur derrière l'évier était paré de carrelage crème à motifs de pâquerettes, et la moquette était beige. La seule touche de couleur venait des rideaux bleu marine ornés de grosses fleurs blanches. Ses fils auraient préféré se pendre plutôt que de la laisser décorer leurs chambres de cette façon. Voir Harry, ce jeune homme débraillé qui fumait cigarette sur cigarette, occuper un appartement où l'on aurait plutôt imaginé sa grand-mère, était si incongru qu'elle en fut encore plus désarmée. Puis elle vit le skateboard posé à côté du téléviseur et se ressaisit. C'était donc par ce biais qu'il fréquentait Benny.

Benny et Lou. C'était la raison de sa visite.

Harry ouvrit les rideaux et la lumière se déversa sur des piles de cartons de pizza, des cadavres de bouteilles de bière et de spiritueux, du linge sale dispersé un peu partout, de petits sachets en plastique, du papier à cigarette et... Dieu savait ce qu'elle avait sous les yeux. Comment pouvait-on vivre dans un dépotoir pareil ?

Même l'idée de retrouver Étienne à la voiture la dérangeait moins que de s'attarder là plus longtemps que nécessaire.

— Pourquoi vous êtes-vous enfui, Harry ?

Il leva une main devant lui.

— Je vous arrête tout de suite. Mon nom c'est Wilko. Si vous m'appelez Harry, j'ai l'impression de parler à ma mère.

L'homme du canapé rit.

— Je ne recours pas aux surnoms.

Alice ne plaisantait pas. Lou et Benny étaient des exceptions, grâce auxquelles elle pouvait espérer de temps en temps oublier Étienne, qui avait insisté pour leur donner des prénoms français, « pour être sûr qu'ils connaissent leurs *origines** ». Appeler ce garçon Wilko ? Jamais de la vie.

— Pourquoi vous n'êtes pas resté pour aider Benny ? Je croyais que vous étiez copains.

Harry la fixa et cracha lentement un long filet de fumée.

— Quand je suis parti, ils étaient encore en train de se taper sur la gueule. Je ne me suis pas enfui, d'accord ? Je me suis barré. J'en avais ras le bol de leurs conneries.

— Vous n'avez pas vu Lou tomber ?

— Non. Je vous l'ai déjà dit, ça faisait un bail que je m'étais tiré.

— Alors pourquoi ne vous êtes-vous pas signalé quand la police a diffusé la vidéo de surveillance ?

Il regarda par la fenêtre.

— Hein ? Quelle vidéo de surveillance ?

— Ne me prenez pas pour une imbécile.

L'homme près de la télé s'approcha, et Harry se tourna vers elle, cigarette pendue aux lèvres.

— Ça les avancerait pas à grand-chose. J'ai rien vu.

Alice observa de nouveau la pièce, s'étant soudain souvenue que Benny lui avait parlé d'Harry. Celui-ci était parti de chez ses parents, ou il s'était retrouvé sans foyer après qu'ils avaient déménagé, une histoire de ce genre-là. Il n'avait jamais eu de bonnes relations avec eux, lui avait expliqué Benny, et ils ne voulaient plus avoir affaire à lui. Comment payait-il son loyer ? Même un appartement aussi minable aurait coûté trop cher pour le salaire que Benny touchait en travaillant au bar.

— Ce n'est pas parce que vous avez déjà des problèmes avec la police ?

— Il vous a dit quoi Benny, exactement ?

C'était le jeune homme du canapé qui avait posé la question, toujours sans la regarder.

Elle progressait, elle le sentait.

— Bien assez, répondit-elle en fixant Harry dans les yeux. Pourquoi se battaient-ils ?

— J'en sais rien, moi. À cause d'une embrouille entre eux trois. Vos fils et l'autre, là, Kane.

— Arrêtez de me baratiner. Vous vous rappelez forcément. C'était quoi, cette embrouille ? Benny m'a dit que c'était une histoire de fille.

Elle enfonça les mains dans ses poches et, dans la droite, palpa la lime.

C'est pour toi que je fais ça, Lou.
Elle serra fort l'outil.
— Ouais, ça me revient... Lou avait dragué une meuf au pub, je crois. Mais j'ai pas retenu son prénom. Sur la vie de ma mère.
Le garçon du canapé rit encore, écarta sa boîte de billets et se pencha par-dessus le dossier pour la regarder. Alice put enfin apercevoir son visage : cheveux blonds, peau hâlée, barbe discrète, et une petite cicatrice ronde sur la joue. Elle l'avait déjà vu – cette cicatrice lui disait quelque chose –, sans toutefois savoir d'où elle le connaissait. Était-ce lui aussi un copain de fac de Benny ?
— Les cinq minutes sont presque écoulées, Wilko.
Le costaud croisa les bras sur sa poitrine.
— On a bientôt fini, répondit Harry. En fait, j'écoutais pas quand ils ont commencé. J'étais au téléphone avec mon frère.
— Fais-lui voir la vidéo, dit le blond, doucement, mais avec autorité.
À sa façon de s'exprimer, Alice comprit de qui il s'agissait.
— Tu es le fils d'Yvonne, c'est ça ?
Il avait le ton assertif de sa mère. C'était Yvonne qui l'avait engagée comme assistante bibliothécaire, avant qu'elle rencontre Étienne, et qui l'avait aidée à monter en grade quand, mère célibataire de deux enfants, elle avait du mal à joindre les deux bouts avec ses maigres revenus. Elle ne l'avait pas vue depuis des années.
Il plissa les yeux, mais ne dit rien. Elle était sûre que c'était lui ; depuis toujours, c'était le portrait craché de sa mère. Il venait très souvent la voir quand Alice travaillait à la bibliothèque associative d'Eastville, The Old Library.

Comment s'appelait-il, déjà ? Quels prénoms avait-elle entendus par la porte ? Il y avait Chris. Et l'autre...
— Vous vous connaissez ? s'enquit Wilko.
Simon, voilà.
— J'étais une collègue de ta mère, avant. Je ne pense pas que tu te rappelles.
Il eut un hochement de tête, sans toutefois donner l'impression de la reconnaître.
— Montre-lui la vidéo, Wilko. Comme ça, elle dégagera.
Simon se détourna, lui laissant encore entrapercevoir la cicatrice sur sa joue. Elle se souvenait de lui âgé d'une dizaine d'années : il était venu à la bibliothèque quelques jours après s'être blessé en tombant sur un tuteur alors qu'il jouait au foot dans leur jardin.
À côté d'elle, Wilko parcourait le contenu de son téléphone, le visage empourpré. Visiblement, il n'aimait pas recevoir des ordres. C'était donc Simon le chef ? Il semblait trop propre sur lui pour être un dealer. Yvonne n'était sûrement pas du genre à accepter que son fils file un si mauvais coton. Elle répétait sans cesse qu'il était brillant, promis à un grand avenir.
— Vous savez quoi ? reprit-il. On est vraiment désolés pour Lou, c'est terrible... hein, Chris ?
Il considéra le jeune homme râblé et peu bavard, qui hocha la tête sans la quitter du regard.
— C'était un mec cool, et les amis de Wilko sont mes amis. Mais Wilko dit qu'il sait pas ce qu'il lui est arrivé, alors c'est réglé, d'accord ? Terminé. Il a un joli petit film sur son téléphone qui vous permettra d'avoir un peu de... c'est quoi le mot, déjà ?
Il se pinça l'arête du nez.

— De contexte. C'est le maximum qu'on puisse faire pour vous.

— Tu étais là, toi ? l'interrogea Alice.

— Moi ? Non. J'étais à Marbella avec des potes de la fac.

Simon était donc étudiant ; cela collait davantage au portrait qu'Yvonne avait toujours dressé de lui.

— C'est bon, je l'ai, annonça Wilko en agitant son portable. Je vous la montre, mais vous en parlez pas aux flics, ajouta-t-il en regardant Simon. J'ai pas envie qu'ils rappliquent ici.

— Ça vaut mieux pas pour Benny, déclara Simon.

La menaçait-il ? Alice contempla l'arrière de son crâne, puis revint à Harry.

— Qu'est-ce qu'on voit ?

— Vous promettez ou pas ?

Elle avait besoin de savoir.

— Oui.

— D'accord. Alors tenez.

Il lui tendit l'appareil, et les yeux d'Alice mirent quelques secondes à s'adapter à la définition médiocre.

C'était filmé dans un endroit sombre. Elle entendait des grommellements, et distinguait des gens qui bougeaient.

— C'est quoi, ça ? Qu'est-ce que vous me montrez ? s'enquit-elle, le regard rivé à l'écran.

— La baston.

Comme Alice inclinait la tête de côté pour tenter de mieux voir, un visage apparut.

Sa main fusa à sa bouche.

— Lou.

On le voyait s'avancer dans la lumière, puis l'objectif s'écartait vivement de lui quelques instants. Le son n'était pas d'assez bonne qualité pour qu'elle comprenne leur échange, mais Lou criait. Quand la caméra se recentra sur lui, elle discerna au moins deux autres personnes.

Lou s'élança, le bras replié vers l'arrière, puis asséna plusieurs coups de poing à un garçon, qui tomba par terre.

— Qui frappe-t-il ? s'enquit-elle.

Elle détacha le regard des images tremblantes et leva les yeux vers Harry.

— Kane.

Indigo était-elle au courant ? Alice allait-elle la revoir et le découvrir ? Deux jours plus tôt, la mère de Kane avait quitté la bibliothèque après avoir utilisé l'ordinateur, sans dire au revoir. Ce qu'Alice voyait là, ces quelques secondes de film enténébré sur le smartphone d'Harry, ne correspondait pas à sa perception des évènements. Mais qu'avait-elle imaginé, au juste ? Elle n'avait plus les idées claires. Elle se concentra sur l'écran alors que quelqu'un, indéniablement Benny, empoignait Lou, le tirait vers l'arrière en lui criant dessus. Pourtant, on entendait surtout les hululements et les hourras de celui qui filmait.

Puis les images se figèrent.

Alice tituba en arrière contre le canapé, le téléphone toujours à la main.

— Hé oh, protesta Harry en tendant le bras. Doucement avec mon portable.

Il le lui reprit.

Elle était abasourdie. Si Harry disait vrai, c'était une vidéo de son fils faite quelques minutes seulement avant sa mort. Son fils, en train de rouer de coups celui qui l'avait tué. Lou avait-il provoqué l'affrontement ? Et Benny avait été impliqué, apparemment, même s'il retenait son frère.

— Pas question que je la montre aux flics, par contre, d'accord ? insista Harry en rangeant le smartphone dans sa poche.
— Je… je n'ai pas envie qu'ils la voient, de toute façon, rétorqua-t-elle, d'une voix qui lui parut lointaine.
— Non, je m'en doute. C'est pas glorieux pour vos fils, hein ?
— Je peux la revoir ?
Il lui repassa le mobile après avoir relancé la vidéo. Elle enfonça deux boutons cependant qu'elle visionnait les premières images.
— Vous faites quoi, là ? tonna-t-il, en essayant de récupérer le téléphone.
Elle le cacha dans son dos.
— J'ai pris une capture d'écran. Vous pouvez me l'envoyer ?
— C'était pas ce qu'on avait convenu.
Elle le contempla. Il n'allait pas le lui accorder, elle le lisait dans ses yeux.
— Bon, d'accord. Laissez-moi juste la regarder encore une fois.
Il hocha la tête.
Elle la voyait plus nettement, à présent. Lou et Kane s'empoignaient, vraisemblablement dans le parking obscur, puis Lou s'écartait et…
Qu'est-ce que c'était ? Alors que Lou reculait pour frapper Kane, elle remarqua un détail qu'elle n'avait pas repéré au premier visionnage.
Elle tapota l'écran pour mettre la vidéo sur pause et l'inspecta de plus près.
Une lumière était allumée dans un immeuble situé face au parking. Et une silhouette se tenait à la fenêtre.

INDIGO
7 septembre

J'ai des questions précises à poser à Kane. À propos de Wilko. De son petit copain. Il ne m'a pas téléphoné depuis que je suis allée le voir, aussi les interrogations s'accumulent-elles. Grâce à cet objectif, cette visite me semble différente. Je n'ai pas craqué pendant la première, je peux recommencer. Cette fois, je ne flâne pas, convaincue qu'on m'observe et me juge. Je marche à bonne allure vers les portes de la prison. Le crachin d'hier a laissé place à un ciel dégagé, et je lève le visage pour sentir le soleil sur ma peau. Pourquoi devrais-je avoir honte ?

Juste avant que j'atteigne l'entrée, un homme sur le trottoir d'en face éternue bruyamment. Je regarde dans sa direction tandis qu'il poursuit son chemin en hâte, la tête basse, un paquet serré entre ses mains. C'est seulement quand il contrôle à droite et à gauche avant de traverser que je le reconnais.

Les cheveux bruns coupés court. Grande silhouette et épaules larges. Le skateboard sanglé derrière son sac à dos. C'est Benny Durand.

Il longe le mur de la prison. J'observe les portes, devant lesquelles il vient de passer, et la file d'attente constituée de proches des détenus. Je consulte l'heure : je dispose d'une demi-heure avant le début de ma visite, à onze heures. Je le suis.

Où va-t-il ? Dois-je l'aborder ?

De temps à autre, il jette un coup d'œil à l'enceinte de la prison, toujours à sa droite. Je lève les yeux moi aussi ; de la végétation pousse dans les lézardes de la brique rouge, et même de gros buddleias à fleurs violettes émergent près du sommet. Je pense à Kane, qui est pareil à ces taches de verdure : quelque part où il n'aurait pas dû être, là où on ne s'attendrait pas à le trouver. Une touche de beauté sur un lavis de laideur.

Devant nous, la rue semble s'achever sur une impasse. Mon cœur s'emballe. Ai-je envie de me retrouver dans un cul-de-sac avec ce garçon ? Je ralentis le pas. Si Kane n'a pas tué Lou Durand, c'est quelqu'un d'autre. Et le seul dont je sois sûre qu'il était avec eux, c'est Benny. Je jette un coup d'œil derrière moi. Personne. Il n'y a que nous deux. Je ferais mieux de rebrousser chemin.

Lorsque je reporte mon attention sur Benny, il est en train de tourner à l'angle, empruntant un passage que je n'avais pas vu et qui amorce un coude vers la droite. En restant quelques mètres en arrière, je m'engage à mon tour en trottinant dans le chemin qui s'étrécit et mène à une rue résidentielle.

C'est la première fois que je mets les pieds ici. Les jardins qui s'alignent devant moi donnent apparemment sur la prison, dont je peux encore toucher le mur en tendant la main. Je ne m'étais jamais rendu compte à quel point le centre carcéral était intégré dans le quartier. Depuis la grande rue, on le remarque à peine, et je n'y avais jamais prêté attention avant qu'il s'impose dans ma vie il y a une dizaine de jours.

Benny tourne au bout du passage, et je fais de même après avoir ralenti pour me caler sur son pas, contente de pouvoir reprendre mon souffle. Un peu plus loin, il s'engage sur l'allée pavée menant à une maison et sort des clés de sa poche.
S'il a des clés... c'est qu'il vit là ? Si près de mon fils ?
— Benny ? je l'appelle depuis le trottoir.
Un pas de plus, et j'entrerai dans son jardinet de devant. C'est une erreur, je le sais.
Il se retourne vivement, m'examine en fronçant les sourcils, d'abord sans me reconnaître. Puis il écarquille les yeux et s'empourpre.
— Qu'est-ce que vous faites ici ?
Il agrippe le paquet qu'il tient entre les mains, qui est en fait un sac contenant de la nourriture grasse : des taches d'huile forment des motifs sur le papier brun.
— C'est lui qui vous a envoyée ?
— Kane ne sait pas que je suis là.
J'ai envie d'avancer vers lui, mais mes pieds restent rivés au trottoir.
— Je suis sincèrement désolée pour ton frère.
Il déverrouille la porte et l'ouvre, mais au lieu d'entrer, il s'attarde sur le seuil. Ma respiration me semble assourdissante. C'est une très mauvaise idée. Et si ses parents étaient là ?
— Je vais te laisser.
Je baisse les yeux vers le sol, contemple les pavés, ses baskets sur le pas de la porte. Les deux bouts de ses chaussures sont luisants, couverts d'une sorte de colle translucide.
— Qu'est-ce qu'il vous a dit ? demande-t-il doucement.
— Il...

Je ne sais pas quoi lui répondre. Je me force à regarder vers lui.

— Il me dit qu'il a poussé ton frère, mais je ne le crois pas. Il n'est pas lui-même.

La porte de la maison voisine s'ouvre et un homme en sort, les bras chargés de cartons aplatis.

— La forme, Steve ? lui lance Benny en saluant d'un signe tête.

— Ça va. Tu tiens le coup ?

— On fait aller. Merci.

Steve me dévisage, puis reporte son attention sur Benny.

— En tout cas, tu sais où nous trouver.

Benny le regarde fourrer les cartons dans son bac de recyclage, puis s'adresse à moi à mi-voix :

— Allons à l'intérieur.

Il me tient la porte. J'hésite.

— Est-ce que tes parents...

Il crie dans la maison :

— Papa ? T'es là ?

Pas de réponse.

— Ma mère est au travail, annonce-t-il. Mon père doit être sorti.

Voyant que je ne bouge toujours pas, il s'engage dans l'entrée et je lui emboîte le pas.

Une fois dedans, mon corps tout entier se crispe. Benny est allé dans le salon. Je repousse le battant sans le fermer tout à fait, puis jette un coup d'œil autour de moi. Devrais-je chercher des indices ? Quelque chose ici pourrait-il aider mon fils ?

Ce qui me frappe aussitôt, c'est l'aspect dépouillé des lieux. De très beaux vitraux rouge et vert décorent la porte d'entrée, et le sol du vestibule est en losanges de carrelage noir et blanc. Des clés sont suspendues à une patère, proprement étiquetées. *Porte entrée. Porte derrière. Voiture maman. Voiture Benny.* Chaque clé de voiture est attachée à un porte-clés gadget : une petite feuille de fougère pour la première, un skateboard miniature pour l'autre. Une gravure botanique représentant différentes sortes de feuilles décore le mur. À part cette fantaisie, la maison est sans fioritures. Froide et triste. Je ne peux m'empêcher de penser que c'était ainsi déjà bien longtemps avant la mort de Lou.

Benny se tient à côté de la table de la cuisine couverte de papiers et de boîtes. Par terre, on a laissé un sac-poubelle à moitié rempli. Il dégage un espace pour son sac de fast-food.

— C'est à Lou, tout ça ?

J'ai l'impression qu'il fait du tri dans les affaires de son frère. C'est un spectacle déchirant.

— Ouais...

— Je suis vraiment désolée.

J'ai bien conscience que ces paroles sont insuffisantes, mais que puis-je dire d'autre ?

— Est-ce que Kane vous a parlé de la bagarre ? me demande-t-il, le regard fixé sur la table.

— Oui.

Je ferme les yeux et déglutis, espérant que Benny ne va pas me répéter les propos qui, d'après ce que m'a raconté Kane, ont été échangés.

— Alors vous savez ce qu'il a fait.

Je ne suis pas dupe du calme qui imprègne sa voix. Je me rappelle la profonde colère que j'ai lue sur son visage au tribunal. Elle est encore là, en embuscade.

— Oui, mais...

— Et il vous a dit lui-même qu'il l'a poussé ?

Il hausse la voix pour m'interrompre, sa rancœur rompant les digues. En cet instant, alors que je ne suis qu'à quelques pas de lui, je prête attention à son apparence. Il semble en aussi piteux état que Kane la semaine dernière. Il a la peau grisâtre et marbrée, le menton mangé par un début de barbe. Je ne devrais pas être ici, à m'imposer.

Un léger craquement retentit à l'étage, et je porte vivement la main à ma poitrine.

— Tu es sûr que tes parents ne sont pas là ?

Benny soupire.

— Je suis tout seul, je vous l'ai déjà dit.

Ses mots fusent avec une impatience non dissimulée.

— Qu'est-ce que vous voulez, exactement ?

— Je pensais...

— Je n'ai pas plus envie d'y croire que vous, m'interrompt-il encore en prenant des coupures de journaux, avant de les feuilleter. Mais c'est Kane qui a tué Lou.

Non, non, non. Ce n'est pas ce je suis venue entendre.

— Qui est Wilko ? je demande.

J'espérais le désarçonner, mais c'est un échec. Benny jette les coupures sur la table avec tant de force que j'en sursaute. Il s'empare alors d'une boîte de petites fiches cartonnées.

— Je ne connais personne qui s'appelle comme ça.

Il ne me regarde toujours pas.

— Il était avec vous ce soir-là, pas vrai ?

— C'est Kane qui a tué mon frère, répète-t-il lentement, en tournant la boîte entre ses mains.

Je passe outre la violente colère qui fait trembler sa voix. Je dois persévérer pour Kane.

— Qui a vraiment poussé Lou ? Tu le sais, n'est-ce pas ?

Je prends énormément de risques en lui parlant. Tout ça pour rentrer bredouille, je m'en rends compte. Il ne m'aidera pas.

— Il vaut mieux que vous partiez, maintenant.

Benny lève les yeux, et je m'écarte malgré moi. De nouveau ce regard, le même qu'au tribunal.

— Vous perdez votre temps.

Le temps. L'heure. Je consulte ma montre. Onze heures et quart. Je grogne.

— Oh non... il faut que je file.

Je me cogne la hanche contre le cadre de la porte en me précipitant vers le vestibule.

Benny me suit et tend la main devant moi pour m'ouvrir. En m'engageant sur le chemin dallé, je dis :

— Si quelque chose te revient...

Je ne vais pas au bout de ma phrase. Il affiche une expression implacable. Il ne va pas nous aider.

— Merci, je conclus, sans savoir de quoi je le remercie.

Il referme la porte, la boîte de fiches cartonnées toujours serrée contre sa taille, dans son autre main. Ces bristols me rappellent quelque chose. J'ai l'impression de les avoir déjà vus.

Je reste immobile, à contempler la peinture bleu foncé du battant, en cherchant à tirer au clair ce que je viens de voir.

Je repasse les images dans ma tête : les grandes mains de Benny qui font tourner la fragile boîte en plastique. Un autocollant sur son couvercle. Benny qui s'en empare, dissimulant en partie les fiches qu'elle contient. Le motif sur ces fiches.

Je m'accroche à la clôture qui sépare le jardinet de celui du voisin pour me stabiliser.

Ces fiches sont décorées de formes géométriques noires et bleues, comme celle que j'ai trouvée cachée dans le rideau de Kane.

ALICE
7 septembre

Au cours des quelques heures de sommeil agité qu'Alice avait réussi à grappiller la nuit passée, ses rêves avaient été peuplés de silhouettes se découpant derrière une fenêtre. C'était tantôt un homme, tantôt une femme ; parfois, elles essayaient de la mettre en garde contre un danger, mais elle n'entendait pas ce qu'elles lui disaient à travers la vitre. Elle s'était levée à deux heures du matin pour qu'elles lui accordent un peu de répit. L'occasion idéale pour sortir les poubelles, avait-elle pensé en déposant une bouteille de Żubrówka vide dans la benne de tri sélectif d'un voisin, en s'assurant que personne alentour n'était à sa fenêtre. Elle n'avait pas le temps de se rendre dans le centre, avait-elle médité en rentrant discrètement. Pas le temps de déterminer quel immeuble on apercevait dans la vidéo d'Harry Wilkinson, ni de retrouver la trace de la personne qu'on y discernait. Entre son travail et la nécessité de s'occuper de la maison et de Benny, elle n'avait pas une seconde à elle. Elle ignora le sifflement qui retentit dans ses oreilles quand elle songea à ce bâtiment, se représentant la rue en contrebas où avait chuté son fils. Elle ignora de même le serrement dans sa poitrine à l'idée d'aborder de parfaits inconnus pour tenter d'obtenir des renseignements. Non.

Tout ça, ce n'était que des sentiments. Le nœud du problème, c'était le manque de temps.

Elle disposait toutefois de quelques minutes pour effectuer des recherches depuis son bureau. Elle y emporta une tasse de café et inclina les lattes des stores afin de voir derrière les grandes vitres qui donnaient sur l'étage de la bibliothèque. Une fois installée devant son ordinateur, elle prit un biscuit au chocolat dans son tiroir et le grignota machinalement cependant qu'elle se connectait à son compte. Pour commencer, elle s'intéressa à la rue sur une carte. Elle examina des photos dans Google Street View, avant de revenir au mode plan classique et de cliquer sur les bâtiments situés en face du parking. Un nom s'afficha : Frasier House. Une rapide recherche lui recracha quelques résultats sans intérêt, jusqu'à ce qu'elle tombe sur le site d'une agence immobilière se vantant de fournir les nouveaux locaux, au deuxième étage de l'immeuble, d'un cabinet spécialisé en placement d'enseignants suppléants. Alice nota le nom de la société. L'article indiquait ensuite que les locaux récemment rénovés avaient attiré de nombreux locataires dans ces espaces répartis sur six étages. Six étages. Comment allait-elle déterminer quelle entreprise louait le bureau qu'elle avait vu sur la vidéo ?

Elle joignit les mains, poings serrés.

Elle afficha en vitesse l'image Street View qui montrait le parking et Frasier House. Elle mordit dans son biscuit pour atténuer le tournis qui l'assaillit alors. *Ce ne sont que des immeubles*, se répéta-t-elle, en contemplant les lignes nettes de briques brunes qui constituaient chaque niveau du parking. Avalant nerveusement sa salive, elle compta jusqu'au troisième, posa doucement l'index sur l'écran et le fit glisser jusqu'à Frasier House. Son doigt termina sa course entre les fenêtres des quatrième et cinquième étages du bâtiment.

Alice se déconnecta et se renversa dans son siège, avant de lâcher une longue expiration. Elle avait réduit le champ de ses recherches à deux étages, mais ça ne l'avançait guère.

Un visage apparut à la vitre de son bureau et jeta un coup d'œil entre les stores. Carolyn. Celle-ci lui fit un petit signe.

— Un instant ! cria Alice.

Carolyn s'écarta. Alice se passa les mains sur la figure et chassa une miette sur sa joue, puis lissa sa chemise, se redressa et releva le menton.

— Entre.

— Désolée de te déranger.

— Ça ne t'a pas empêchée de le faire.

— C'est parce qu'il y a une dame qui te réclame spécifiquement. J'ai essayé de m'occuper d'elle, mais elle dit que c'est à toi qu'elle veut parler.

— Dans cette situation, Carolyn, je lui aurais suggéré d'attendre dix minutes que la personne qu'elle demande ait terminé sa seule pause de la journée.

— C'est ce que j'ai fait, répondit l'assistante en rougissant. Mais elle est superremontée. Je l'ai installée en bas dans l'espace d'étude près de la fenêtre, en l'informant que tu serais de retour à moins le quart, mais j'ai préféré te prévenir. Elle a l'air dans tous ses états.

Carolyn pointa l'index vers les grandes vitres extérieures. La femme leur tournait le dos, mais Alice reconnut aussitôt ses cheveux blancs tombant aux épaules et le gilet jaune. Elle était donc revenue.

— Qu'est-ce que tu lui as dit d'autre sur moi ? s'enquit Alice en se levant.
— Comment ça ?
— Tu n'as pas parlé de mon fils, j'espère.
— Non. Pourquoi ?
— Merci, Carolyn. Dans ce cas précis, tu as bien fait d'écourter ma pause.

Carolyn ouvrit la bouche pour répondre, avant de se raviser. Dommage qu'elle ne le fasse pas plus souvent, songea Alice. L'assistante fila vers la salle du personnel et Alice prit le chemin de la baie vitrée.

En se dirigeant vers Indigo, elle constata que celle-ci remuait les jambes nerveusement, et que ses mains un temps serrées sur ses genoux s'agitaient l'instant d'après, comme si elle s'adressait à quelqu'un. En s'approchant davantage, elle l'entendit maugréer. On frisait le comportement de déséquilibrée.

Elle envisagea de regagner son bureau, mais avant qu'elle ait pu se décider, Indigo pivota.

— Alice, fit-elle en se dressant d'un bond. Je ne savais pas où aller d'autre. Je me sens trop mal, il fallait que je parle à…

— Moins vite, déjà, la coupa Alice en désignant les sièges. Installons-nous, d'accord ?

Elles s'assirent, mais quelques secondes plus tard, Indigo se releva. Elle semblait possédée, jetant des regards nerveux dans tous les sens, le souffle court et rapide.

— Je me sens horriblement mal, reprit-elle. Ce que je m'en veux !

Elle avait terminé sa tirade en criant, et quelques étudiants travaillant à proximité levèrent les yeux de leurs ordinateurs portables.

Alice tenta de recourir à sa voix « aimable », mais n'obtint qu'une sorte d'aboiement.
— Du calme. Expliquez-moi ce qui se passe.
— C'est affreux ce que je me sens coupable.
Voilà un sentiment qui pouvait trouver de l'écho en Alice. Elle était capable de le comprendre, même.
— Ne vous laissez pas entraîner sur cette pente.
Elle s'interrompit. Dans sa bouche, ce jargon de développement personnel lui paraissait ridicule. Elle avait dû lire ça quelque part, mais jamais elle ne l'aurait employé délibérément.
— Ça n'aurait rien d'étonnant de vous reprocher ce qui est arrivé. Nous nous voyons toutes comme de mauvaises mères.
— Quoi? fit Indigo en considérant Alice comme si c'était elle la folle. Non, non. Ce n'est pas ça que je dis.
Elle se rassit, mais resta juste au bord du siège.
— C'est tout le contraire. C'est pour ça que je me sens si mal, vous comprenez? Très brièvement, je lui en ai voulu... à mon fils.
Elle leva les yeux et regarda derrière Alice.
Celle-ci se détourna et vit Carolyn qui approchait, un mug dans les mains.
Elle le posa sur la table entre les deux femmes.
— Tenez, dit-elle en souriant à Indigo. Je ne savais pas si vous désiriez du sucre, mais je vous en ai mis un. Ça fait toujours du bien quand on est un peu chamboulé, je trouve.
— Merci.
Indigo prit la tasse et l'appuya sur ses cuisses.
Alice adressa un signe de tête à Carolyn. Elle avait vu certaines bibliothécaires – Carolyn était récidiviste – offrir

du thé aux usagers. Elle soupçonnait fortement que cela se produisait plus souvent à la succursale de Redbranch en son absence, pour les hommes et les femmes sans-abri qui y venaient après un passage au centre d'assistance sociale situé juste en face. Alice avait à maintes reprises rappelé, en réunion de travail, qu'ils étaient bibliothécaires et pas cafetiers, mais ses récriminations n'avaient pas été entendues.
— Vous lui en voulez, vous disiez ?
Indigo porta le mug à ses lèvres et souffla sur le thé.
— Une seule fois, je me suis autorisée à penser qu'il l'avait peut-être tué. Je me sens tellement coupable d'avoir laissé cette idée me traverser l'esprit.
Enfin, on y venait. Alice éprouva un frémissement de pitié pour cette femme, pareil à une crampe à l'estomac. C'était mieux ainsi, en tout cas. Il fallait qu'elle se rende à l'évidence.
— Il est gay, vous comprenez.
Indigo but une gorgée.
— Je ne suis pas votre raisonnement.
— Un crime passionnel serait plus compréhensible, c'est ce qui m'a fait envisager ça.
— Vous pourriez répéter depuis le début ? Je n'y suis pas du tout, là, indiqua lentement Alice, en articulant bien. Qu'est-ce que vous suggérez ?
— Je pense... (Indigo s'interrompit.) Je pense que Kane entretenait une relation amoureuse avec le jeune homme qui est mort.
— Je vois.
Mais c'était faux. Elle ne comprenait pas trop.
— J'ai trouvé un petit mot, envoyé par ce garçon, Lou. Un mot d'amour.
Prise d'un vertige, Alice se massa les tempes.

— Je croyais qu'il l'avait reçu d'un amoureux à Paris, mais ça se rapportait sûrement au départ de Kane pour l'université...

Alice s'efforça d'écouter cependant qu'Indigo poursuivait ses explications, mais il lui fallait aussi digérer ce qu'elle entendait. Lou et Kane ? Son fils était homosexuel ?

— ... peux même pas le questionner à ce sujet parce que j'ai raté...

Mais Benny avait dit qu'ils s'étaient battus à cause d'une fille... Avait-il mal compris ? Alice se leva doucement, en s'appuyant au dossier de sa chaise. D'après Benny, ils se disputaient à propos des relations amoureuses ; pouvait-il s'agir de la leur ?

— ... ils ne m'ont pas laissée entrer, mais je n'étais pas si en retard que...

— Excusez-moi, la coupa Alice. C'est mon téléphone. Je l'entends qui sonne. Je vais voir qui m'appelle.

Elle désigna son bureau du doigt, avant de s'éloigner à reculons d'Indigo, qui monologuait toujours.

À l'intérieur, elle baissa les stores et donna un tour de clé. Elle s'assit lourdement dans son fauteuil et fixa du regard le deuxième tiroir.

Les mains tremblantes, elle le déverrouilla et en sortit deux petits tas de photos. Chacun était classé par date et soigneusement enveloppé dans du papier, noué avec de la ficelle. Le premier était constitué des photos d'école de Benny – les portraits individuels pris depuis la petite section jusqu'à la terminale. Le second contenait celles de Lou. D'autres mères qu'elle en auraient encadrées quelques-unes pour décorer leur bureau. Alice ne voulait pas les laisser en exposition, mais elle était en revanche contente de les savoir là, au cas où elle aurait besoin, par une journée particulièrement pénible, de se remémorer pourquoi elle travaillait si dur. Elle avait inscrit ses fils à la séance photo tous les ans, bien que ce fût facultatif. Elle leur avait expliqué qu'il était important de garder une trace de leur avancée dans leur scolarité, mais ce n'était pas sa motivation première.

Elle dénoua les photos de Lou et les disposa devant elle, une par une, en touchant délicatement chaque version de son visage. Son grand sourire édenté en CP. Ses cheveux coupés trop court en CM2. Sa première année de collège – la dernière photo sur laquelle il souriait. La quatrième, avec un œil au beurre noir. Et la toute dernière, en troisième, avec l'air renfrogné qu'elle avait fini par si bien connaître, celui qu'elle voyait parfois sur son propre visage en passant devant un miroir.

Lou. Son fiston.

On frappa discrètement à sa porte.

— Alice ?

C'était Indigo. Alice ne dit rien. À quoi jouait-elle, à essayer de soutirer des informations à cette femme brisée ? Qu'est-ce qui lui prenait ? C'était perfide, et surtout, ça ne lui ressemblait pas. Ce n'était pas le genre d'Alice Hyde. Les coups tordus, c'était pour les autres, pour les gens comme Étienne.

— Je m'excuse de vous déranger. Je vais y aller, annonça doucement Indigo.

Alice n'essaya pas de la retenir, mais si elle avait eu le cran de la rattraper, elle n'aurait eu qu'un seul mot à lui dire : « Merci. »

La théorie d'Indigo pouvait tout expliquer, et cette simple possibilité submergea Alice de soulagement et de légèreté. Ça pouvait être la source du tempérament difficile de Lou, de sa colère. Pas étonnant qu'il ait eu ce comportement, s'il était aux prises avec sa sexualité, s'il la cachait, à elle et, supposait-elle, à toutes ses connaissances. Peut-être son attitude envers elle ne découlait-elle pas de l'animosité qu'Alice lui aurait inspirée, tout compte fait.

Mais à cette légèreté succéda vite son pendant plus sombre. Des ténèbres qu'elle avait eu trop peur d'explorer, qu'elle avait résolument évitées, jusqu'à nier leur existence. Il n'était plus là, et elle n'avait pas eu l'occasion de le serrer dans ses bras une dernière fois et de lui dire – quoi ? Qu'elle l'aimait ? Ils ne fonctionnaient pas comme ça. Pas Lou et Alice. Elle ignorait ce qu'elle aurait voulu lui confier, mais elle regrettait de tout son cœur de ne pas en avoir eu la possibilité.

Une larme ruissela et s'écrasa sur le visage de Lou à onze ans, qu'elle s'empressa d'essuyer avec la manchette de sa chemise. Elle renversa la tête en arrière pour empêcher que d'autres ne tombent, puis se sécha les joues d'un revers de la main. Elle s'éclaircit la voix, composa le numéro de Julie sur son téléphone de bureau et décrocha le combiné.

— Julie ? (Elle toussa encore.) Salut, c'est Alice. Non, tout va bien. Mais je crois que je vais me ranger à ton avis. Je voudrais me mettre en congé.

INDIGO
8 septembre

Il n'y a qu'une personne ici à qui je veux parler, mais c'est aussi le cas de tous les autres. Tandis que j'attends pour souhaiter un bon anniversaire à Lily pour ses quatre-vingts ans, je me retrouve obligée de discuter avec de la famille éloignée et les amies de ma mère, alors que la réponse à toutes leurs questions aurait dû être « mon fils est en prison et je passe mes journées à me démener pour le sortir de là », mais évidemment je ne peux pas leur sortir ça. Surtout pas à proximité de Dawn, qui se promène affublée d'un autre foulard que Kane lui a offert : les *Nymphéas* de Monet, cette fois-ci. « Ça marche, le boulot ? » Impeccable. (J'ai annulé tous mes rendez-vous.) « Comment va ton charmant fils ? » Très bien, merci. Désolée qu'il ne puisse pas être de la fête, il a dû aller travailler. (Ça fait une semaine que je ne lui ai pas parlé et pas une seconde ne s'écoule sans que j'aie peur qu'il se fasse rouer de coups.) « Il doit avoir hâte de commencer sa fac de cinéma, j'imagine ? » Oui, il ne tient plus en place. Ce sera un défi formidable, pour lui. (Combien de temps vais-je encore réussir à faire semblant ?)

Je regarde Lily, assise dans un fauteuil entouré de fleurs et de ballons de baudruche, qui rayonne de satisfaction cependant que ses invités lui confient chacun leur tour qu'on lui donnerait à peine soixante ans. Elle ne se doute toujours pas de ce que traverse Kane. Quand je suis arrivée, Dawn m'a gentiment chuchoté à l'oreille : « On a du bol que ça ne sorte pas de la presse régionale. » Je meurs d'envie d'en parler à Lily. Je dois absolument le faire avant qu'elle l'apprenne par quelqu'un d'autre, mais ce n'est pas le bon jour.

Dawn a carrément tenté de me dissuader de venir.

— Ce n'est pas grave si tu ne t'en sens pas le courage, m'a-t-elle soufflé lors de notre dernière conversation téléphonique. On n'aura qu'à dire que Kane et toi vous avez attrapé une gastro. Ils ont une peur bleue des virus digestifs, dans les maisons de retraite, alors ils ne voudront pas de toi.

Quand j'ai répondu que je ne manquerais ça pour rien au monde, je l'ai sentie dépitée.

— Mais comment tu vas faire sans Kane pour t'emmener ? a-t-elle enchaîné.

— Je prendrai le train. Ou le bus.

— Il n'est jamais trop tard pour passer le permis, tu sais.

Va te faire foutre, Dawn. J'aurais dû lui balancer ça à voix haute.

— D'ici à cinq jours, ça me semble un peu juste.

Elle a ri.

— Voilà, c'est bien de plaisanter. Ça va t'aider à tenir, l'humour.

Je consulte de nouveau mon téléphone, comme je le fais toutes les cinq minutes depuis que j'ai pris le train pour Cannock ce matin. J'ai du réseau, de la batterie, et je n'ai raté aucun appel. Je ne le gardais jamais sur moi, avant. À la maison, je le laissais dans un coin, aussi loin de moi que possible, et si je devais sortir, il restait au fond de mon sac. Mais aujourd'hui il est dans ma poche – tant pis pour les ondes. Je dois pouvoir y accéder en vitesse s'il sonne. Il va appeler, c'est obligé. Je pensais qu'il aurait téléphoné hier après-midi, mais je n'ai pas eu de nouvelles. Ça m'étonnerait que le personnel de la prison l'ait prévenu que je suis venue pour la visite le matin même, mais qu'on m'a refusé l'entrée parce que j'avais cinq minutes de retard. Cinq minutes, franchement !

Depuis, je me creuse la tête pour mettre au point ce que je vais lui dire. Je ne veux pas le brusquer avec mes questions sur Lou, mais d'un autre côté, j'ai besoin de savoir si j'ai vu juste.

Je remarque que ma cousine Ava a bientôt fini de discuter avec Lily ; c'est décidé, ce sera mon tour. J'attends un peu derrière elle tandis qu'elle lui souhaite « encore une belle année en pleine forme ». Comment ça, encore ? L'année qui vient de s'écouler n'a pas épargné Lily, et je constate, maintenant que je suis plus près d'elle, qu'elle a pris un coup de vieux depuis la dernière fois que Kane et moi lui avons rendu visite. Elle ne devrait pas être dans cet établissement. Quand elle est tombée il y a un an, j'ai suggéré qu'elle s'installe dans notre chambre d'amis, mais elle a rétorqué qu'elle ne voulait pas être un fardeau, et que de toute façon Dawn s'était proposée de lui payer sa maison de retraite.

— Tu es ravissante, je la complimente, en m'asseyant sur l'accoudoir de son fauteuil et en lui étreignant l'épaule.

Celle-ci me semble beaucoup plus fragile que je ne m'y attendais, comme si elle n'avait que la peau sur les os sous son gilet.

— Comme toujours, j'ajoute. Tu es rayonnante.

— Je le serais encore plus si tu pouvais me dégoter un peu d'herbe, déclare-t-elle d'une voix forte, sans se soucier qu'on puisse l'entendre.

Elle fait coucou à quelqu'un dans la salle.
— Dawn a refusé net, tu la connais.
— Tu y as droit, ici ?
— À ton avis ?
— J'aimerais beaucoup te dépanner, Lily...
— C'est réglé, alors.
Elle ouvre de grands yeux implorants et pousse sa lèvre inférieure pour enfoncer le clou.
— Je verrai ce que je peux faire la prochaine fois que je viendrai.
— Demande à Kane d'en acheter. On pourra peut-être se fumer un petit pétard tous les trois, comme avant.
Je ris malgré moi. Quand Kane lui a confié que nous fumions parfois ensemble, elle a exigé d'être de la partie, et nous avons passé une soirée très agréable dans son jardin, convaincus que les étoiles pleuvaient sur nous, à nous goinfrer de cinq sachets de chips mexicaines. Mais ça remonte à l'époque où elle vivait encore chez elle.
Si seulement je n'étais pas contrainte de te mentir.
— Quel dommage qu'il n'ait pas pu être là. Dawn m'a dit qu'il travaillait ?
Je hoche la tête en jetant de nouveau un coup d'œil à mon téléphone. Pas d'appel manqué.
— Fais-lui un gros câlin de la part de sa Lil adorée, d'accord ?
— Je viendrai bientôt te voir avec lui, dis-je, incapable de la regarder.
— Ça va, Indy ? Tu n'as pas l'air dans ton assiette.
— Je...
— Tout va bien, ici ? demande Dawn, qui surgit de l'autre côté du fauteuil. Tu passes un bon moment, maman ?

— Formidable, ma chérie. C'est un vrai bonheur d'avoir mes deux filles avec moi.

Elle nous prend chacune une main.

— Indigo, ma splendeur bleue, Dawn, mon aube ensoleillée.

Dawn me lance un regard mauvais. Ça pourrait être parce qu'elle ne supporte pas le caractère hippie de nos prénoms, mais à mon avis, c'est plutôt parce qu'elle n'a pas assez confiance en moi pour me laisser seule avec Lily, ne serait-ce que deux minutes.

— Je peux te parler une seconde, Indy ?

J'embrasse ma mère sur la tête et hume le parfum familier de son shampooing.

— On va apporter le gâteau, chuchote Dawn en m'éloignant. Toi tu t'occupes de la lumière, si c'est dans tes cordes.

— Ça m'a l'air drôlement compliqué, quand même.

— C'est bon, épargne-moi tes sarcasmes. (Elle s'évente avec les mains.) Tu te rends compte à quel point c'était stressant d'organiser tout ça ?

C'est la première fois en deux semaines que j'ai envie de rire. Tandis qu'elle quitte la salle à grands pas énergiques, je la suis du regard par la vitre de la porte, puis j'éteins la lumière lorsqu'elle revient chargée du gâteau.

Tout le monde entonne « Joyeux anniversaire », et Dawn avance jusqu'à Lily. Tandis que nous concluons la chanson par son prénom, mon téléphone sonne. La mention « Numéro masqué » s'affiche à l'écran. C'est forcément lui. Je m'éclipse en jetant un coup d'œil à Lily, mais elle ne m'a pas remarquée. Dawn si, en revanche, et elle secoue la tête en posant le *sponge cake* sur la table, remuant les lèvres silencieusement d'un air insistant. *La lumière*, semble-t-elle articuler, tandis que le battant se ferme et que je décroche dans la clarté du couloir.

Quelqu'un d'autre n'a qu'à rallumer, Dawn. La priorité, c'est mon fils.

— Salut, maman.

Comme sa voix est fluette et triste.

— Bonjour, mon loup. Je suis vraiment désolée pour hier.

— T'étais où ? Je t'ai attendue des plombes.

— Je sais. Je m'excuse. J'ai été retenue, et ils n'ont pas voulu me laisser entrer. Ils ne t'ont pas expliqué ?

— J'ai dû poireauter jusqu'à ce qu'un gardien vienne me dire que personne ne s'était présenté à la visite.

Je l'imagine, tout seul à l'une de ces tables. À regarder les autres proches arriver. J'appuie le front contre le mur jaune citron.

— Il faut que je te parle de quelque chose, je m'empresse d'enchaîner.

Clive m'a prévenue que les appels que je recevrais de Kane seraient très courts, et conseillé d'aborder les sujets importants au début de la conversation.

— On aurait pu en parler hier.

— J'aurais préféré, mon grand. Tu peux me croire. Mais je ne peux pas revenir avant la semaine prochaine, et il faut que je te pose une question. Ça m'embête vraiment d'être indiscrète.

— Vas-y.

— Le garçon qui est mort. Lou. C'était ton petit copain, c'est ça ?

Un cliquetis retentit sur la ligne, et j'ai peur qu'il ait raccroché, mais alors que j'éloigne le téléphone de mon oreille pour examiner l'écran, sa voix me parvient de nouveau.

— Qui t'a dit ça ?
— Ça n'a pas d'importance, non ?
— Pour moi, si.
— Alors, c'est vrai ?
— Avec qui je sors..., répond-il très bas. Avec qui je sortais...
Il s'interrompt ; je comprends que j'ai vu juste. Je me rappelle m'être reprise de la même façon, après la mort de Glyn, quand je parlais de lui et de nous deux au présent.
— Ça ne te regarde pas, d'accord ?
Je n'ai pas l'habitude qu'il s'adresse à moi sur ce ton. De nombreux amis m'ont raconté que leurs enfants les envoyaient bouler. Je secouais alors la tête en songeant que j'avais de la chance d'avoir un fils comme le mien. Il ne m'avait encore jamais dit de me mêler de mes oignons.
Je n'ai pas le temps d'être contrariée. Je n'ai pas le droit de céder au doute à son sujet, et je ne dois pas me vexer. Qui sait comment je me comporterais si j'étais en prison ? Je m'enfonce plus loin dans le couloir, à l'écart de la fête d'anniversaire, et reprends le fil :
— Et l'autre type qui était avec vous, Wilko. Pourquoi tu m'as caché ça ?
— À qui tu as parlé ?
— Je ne pourrai pas t'aider tant que tu ne me donneras rien.
— Ne fais pas de bêtises, maman. Tu me le promets ? N'essaie pas de le trouver.
Il emploie soudain un ton plus doux ; il me supplie.
— Qui ça, Wilko ?
— S'il te plaît. Il...
Kane se met à chuchoter.

— Il connaît du monde. Ici, en prison. C'était un pote de Lou et Benny, pas le mien.
— Mais...
— Je n'ai jamais été copain avec lui. Pas depuis qu'il m'a emmerdé à l'école.

Enfin, les pièces du puzzle s'imbriquent. C'est à Wilko que je pensais, la semaine passée. Celui qui harcelait Kane.
— Il deale, d'accord ? Il a un pote à la fac de Bristol, et ils fourguent aux étudiants.

Ça y est, ça me revient. Un garçon très grand, à l'air mauvais. Pourquoi suis-je incapable de me remémorer son vrai nom ? Kane ne l'appelait pas Wilko, à l'époque. C'était quoi, son prénom – Jamie ? Freddy ? C'était déjà une enflure quand il prenait mon fils comme souffre-douleur : il versait du Coca dans son sac de sport et du ketchup dans sa trousse, lui volait ses affaires après la piscine, lui laissait des bleus en lui faisant des prises d'étranglement et des clés de bras. J'avais vu passer assez de harceleurs tels que lui dans mon atelier pour savoir qu'ils méritent autant de compassion que les enfants qu'ils tyrannisent, mais quand c'est arrivé à mon fils, j'ai eu du mal à le voir sous cet angle.
— T'es toujours là ?
— Oui, chéri, désolée.
— Promets-moi que tu n'essaieras pas de le trouver. S'il flippe, je suis dans la merde.

Tout devient soudain beaucoup plus clair. La peur de Kane, son comportement paranoïaque. Pourquoi il affirme qu'il a poussé Lou.
— C'était lui, c'est ça ? C'est Wilko le coupable ?
Kane soupire.
— Non.
Il ne développe pas. J'ai raison, je le sais.

Mais de toute évidence, Kane ne veut pas le dénoncer. Je vais devoir employer une autre stratégie.

Un bip intermittent retentit au bout de la ligne. Clive m'en avait également avertie.

— Maman, désolé, il faut que je te laisse.
— Si tu ne veux rien me dire, parles-en au moins à...
— Le temps est écoulé, maman. Je t'aime.
— Je ne baisse pas les bras !

Je me suis mise à crier, et une infirmière me dévisage en sortant d'une autre pièce.

— Je vais faire du meilleur boulot que ces branquignols de flics. Je vais trouver des témoins. Coûte que coûte. Kane ? Kane ?

La communication a été coupée, il n'est plus là.

KANE
17 août

À quoi il jouait, là ?

Maintenant qu'il s'approchait du bar avec Benny, Kane comprenait mieux pourquoi Lou n'avait pas donné signe de vie depuis une demi-heure. Monsieur était appuyé au comptoir d'un air conquérant, en train de bavarder avec une jolie blonde. Et pas n'importe laquelle : c'était Jess.

— Tiens tiens..., commenta Benny en adressant un clin d'œil amusé à Kane, avant de jouer des coudes pour aller droit jusqu'à son frère.

Kane tenta de le retenir.

— Tu ne veux pas qu'on le laisse tranquille, plutôt ?

Sa question se perdit dans le brouhaha.

— Je vais commander une autre tournée ! lui cria Benny lorsqu'il l'eut rejoint.

Il demanda à Jess si elle désirait un verre elle aussi, mais elle fit une moue et dit quelque chose à l'oreille de Lou, avant de faire un bref sourire à Kane et de s'en aller.

Lou regarda Kane d'un air fanfaron et provocateur. Petit con arrogant.

Ne tombe pas dans le panneau, Kane.

Benny se pencha très en avant par-dessus le comptoir pour obtenir l'attention de la barmaid, et Kane resta à côté de Lou sans dire un mot, s'efforçant d'ignorer son rictus suffisant. Mais sa patience avait ses limites.

— C'est quoi ton délire, ce soir ? lui siffla-t-il dans l'oreille, en levant le menton vers l'endroit où Jess avait rejoint des amis. Pourquoi tu fais ça ?

Il jeta un coup d'œil en arrière pour s'assurer que Benny ne pouvait pas l'entendre.

Lou ne répondit rien, se contentant d'écarter ses longs cheveux gris-vert de son visage. Ils se tenaient si près l'un de l'autre que Kane sentit leur odeur : un léger parfum sucré et musqué, encore imprégné de fumée de cigarette.

— C'est juste pour me foutre en boule, c'est ça ? C'est pour ça que tu picoles autant, pour te faire mousser devant elle ?

Sans le regarder, Lou se pencha vers Kane et lui tamponna l'épaule.

— Donc toi t'as le droit de sortir avec elle, mais pas moi ?

— C'était il y a longtemps.

Pourquoi faisait-il son petit con, ce soir ?

— Je veux me fermer aucune porte, déclara Lou, avant de jeter un coup d'œil à son frère, toujours occupé à commander.

— Ouais, c'est ça. Tu sais quoi ? Fais comme tu veux. Mais sois pas salaud avec elle. C'est une fille bien.

Lou tituba contre lui. Combien de pintes avait-il bues, au juste ? Il n'était même pas si tard que ça. Il prit Kane par l'épaule et, les lèvres contre son oreille, chuchota :

— Ce n'est pas ce qu'on m'a dit.

Il rit.

Kane le repoussa. Pourquoi rentrait-il dans son jeu ?

— Tu ferais bien d'aller te coucher, avant que…

— Avant que quoi ? Qu'est-ce que ça peut te foutre ?

Benny reparut soudain près d'eux, flanqué de Wilko, chacun tenant deux pintes et deux shots en équilibre précaire dans leurs mains.

— Benny ! cria Kane, tandis qu'on leur distribuait les verres. Tu devrais mettre ton petit frère dans un taxi. Il est schlass.

— Fais pas ton rabat-joie, lança Wilko, en levant sa pinte au-dessus de sa tête. La soirée ne fait que commencer, messieurs. Shots !

Tous vidèrent leur petit verre, et la brûlure de la tequila dans sa gorge arracha une grimace à Kane.

Lou pivota, heurtant sa pinte contre celle de Kane assez fort pour lui renverser de la bière sur la chemise.

— À la tienne, mec, dit-il, en insistant comme un âne sur le dernier mot. On se tire la bourre ?

Il se tourna vers Benny, et Kane eut l'impression, comme de nombreuses fois auparavant, que Lou n'avait qu'une obsession : impressionner son frère.

Il secoua la tête.

— Sans moi, Lou.

Il prit une goulée et la laissa sur sa langue quelques instants avant d'avaler : la bière était fraîche, amère, les bulles lui chatouillèrent la gorge et le palais. « Concentre-toi sur tes sensations », lui répétait toujours sa mère. « Concentre-toi sur tes sensations quand tu as besoin de te calmer. »

— Allez, quoi, insista Lou. Toi et moi : le premier qui fait cul sec a gagné. Celui qui perd rentre chez lui.

Sur quoi il fixa Kane d'un regard chargé de mépris. Comme s'il aurait préféré ne jamais avoir eu à le fréquenter.

ALICE
9 septembre

Alice prit le bus 65 en direction du centre. C'était l'heure de pointe du lundi matin et elle sentait les corps des autres voyageurs pressés contre elle, décelait leurs parfums de pacotille, entendait la musique affreuse qui s'échappait de leurs casques et subissait leurs conversations téléphoniques sans intérêt. Dans Gloucester Road, elle suivit du regard la bibliothèque à travers la pluie qui ruisselait sur les vitres ; étrange impression que de ne faire que passer, sans y entrer. Elle n'en avait toutefois que pour une semaine de congé. Elle pouvait quand même survivre quelques jours sans travailler.

Un crime passionnel.

Des souvenirs de son service de samedi l'assaillirent. La dernière fois qu'elle avait vu le bâtiment de la bibliothèque, c'était au moment de le fermer à la mi-journée, les membres endoloris jusqu'au bout des ongles, l'esprit bouillonnant d'informations et d'interrogations. Le simple fait de donner un tour de clé à la salle des employés l'avait épuisée, et la pente de la rue qu'elle empruntait pour rentrer chez elle lui avait paru plus raide que d'habitude.

J'ai trouvé un petit mot, envoyé par ce garçon, Lou.

Un début d'explication se profilait, mais il restait tellement de points à éclaircir. En quelque sorte, Alice se posait encore plus de questions depuis qu'Indigo lui avait révélé l'homosexualité de Lou. Était-ce ce que Benny tenait tant à lui cacher ? Était-il au courant ?

À son retour, Étienne était à la maison, en train de jouer de la guitare dans la cuisine. Elle avait été incapable de le regarder dans les yeux. Elle aurait dû le lui dire, mais elle n'avait pas pu – c'était trop tôt.

— Tu n'as personne à aller voir ? avait-elle demandé, tandis qu'il grattait un riff de blues qu'elle ne reconnaissait pas. Pourquoi tu ne rends pas visite à Joe et Lianne ? Ou à Jackson ?

Alice ne fréquentait plus leurs anciens amis, mais elle savait que certains habitaient encore Bristol.

— J'ai l'impression que tu ne sors pas beaucoup.

Sans interrompre son morceau, il avait répondu :

— Comment tu sais ce que je fais quand tu es au travail ?

— J'ai installé des caméras cachées.

Il avait laissé reposer sa main sur les cordes.

— Tu veux un peu d'air, c'est ça ?

Elle avait détourné la tête, puis balayé le plan de travail du plat de la main pour ramasser des miettes.

— Combien de temps tu vas rester, Étienne ? Ça fait déjà une semaine que tu es là.

Elle avait entendu la vibration étouffée des cordes lorsqu'il avait posé soigneusement son instrument sur la table. Il avait fait le tour du comptoir jusqu'à elle, mais elle ne s'était pas tournée vers lui.

— Alice.

Elle s'était crispée, s'attendant à sentir sa main sur son épaule. Il lui avait alors saisi délicatement le menton et fait pivoter son visage vers lui, un doigt contre ses lèvres. Elle l'avait regardé dans les yeux pour la première fois depuis qu'elle était rentrée, et les moindres de ses sensations lui étaient parvenues amplifiées, le soulèvement de sa poitrine à chaque inspiration, chacun de ses battements de paupières, le soyeux de sa langue contre son palais.

— Arrête, protesta-t-elle en dégageant son menton, sans toutefois s'écarter.

— Tu dis ça pour la forme.

Jamais elle n'avait été aussi soulagée qu'on frappe à la porte.

— J'ai de la visite. (Elle s'était éloignée de lui pour aller ouvrir.) Réfléchis à un autre endroit où loger, d'accord?

— *Bien sûr**, avait répondu Étienne, juste derrière elle.

Tandis qu'elle faisait entrer Priya et Margaret, il les avait saluées toutes les deux.

— Mesdames.

Puis il avait lancé un regard à Alice.

— *À plus**.

Il avait pris son blouson en cuir suspendu à la patère et s'était faufilé dehors avant qu'Alice ait refermé, lui frôlant la main avec la sienne au passage.

Alice s'était installée à la table de la cuisine avec Priya et Margaret, où elle s'était frotté le menton et la main droite, qu'Étienne avait touchés. Que cherchait-elle à faire? À le chasser de sa vie par ces frictions? Elle s'était efforcée de se concentrer sur la nouvelle qu'elles lui annonçaient; Kane avait accepté de la rencontrer, elle allait se rendre à la prison et s'entretenir avec lui en tête-à-tête.

Lorsqu'elles avaient évoqué les règles à respecter, elle n'avait pensé qu'à celles, innombrables, qu'Étienne avait enfreintes. À toutes celles qu'il continuait à enfreindre. On ne quitte pas la mère de ses enfants quand l'un d'eux n'est âgé que de quelques semaines. On ne débarque pas dix-huit ans plus tard dans la maison familiale comme si de rien n'était.

On ne touche pas quelqu'un comme il l'avait touchée quelques minutes plus tôt – pas en sachant que la personne ne veut pas.

À la descente du bus, Alice ouvrit son parapluie et observa la rue à sa gauche. L'arrêt ne se trouvait qu'à cinq minutes de marche de l'immeuble qu'elle souhaitait visiter, mais elle devait prendre le chemin le plus long pour éviter le parking à étages. Elle tourna à droite et s'engagea sur les pavés de King Street, passa devant le théâtre et continua jusqu'au croisement avec Queen Charlotte Street. Regardant au loin, de l'autre côté de la chaussée, elle grinça des dents en se rendant compte de son erreur. Quelle imbécile ! Il n'existait aucun moyen de se rendre à Frasier House sans faire une rétrospective macabre des ultimes déplacements de Lou.

Quelques coups au Old Duke, puis au Llandoger.

La voix de Benny résonna dans sa tête, et soudain elle eut un étourdissement. Elle s'appuya contre un râtelier à vélos et chassa des gouttes d'eau du métal froid avec le doigt.

La voix de Benny lui revint encore : une réminiscence de la veille, cette fois.

Elles aussi tu vas les jeter, c'est ça ?

C'était la hargne qu'elle avait alors lue sur son visage qui la fit frémir à ce souvenir. Celle-ci la contrariait plus que tout ce qu'il avait pu lui dire au cours des quinze derniers jours.

Tu vas retaper la Tiger?

Elle ferma les yeux pour écarter ces propos et ces images, mais ils ne s'effacèrent pas. Elle traversa et passa lentement devant les bancs installés entre les deux pubs que les garçons avaient fréquentés ce soir-là, et elle éprouva de nouveau une profonde lassitude, au point qu'elle pourrait s'asseoir ici même et y dormir pendant des jours. La veille, elle n'avait pas réussi à s'extirper du lit. Et ce lundi non plus, d'ailleurs – pas assez tôt pour sa promenade matinale. Peut-être couvait-elle quelque chose. La veille, elle ne s'était levée qu'au moment où les détenus sortaient à l'heure du déjeuner pour jouer au football sur leur terrain de sport. Malgré ses fenêtres fermées, elle les avait entendus crier et s'encourager. Kane était-il parmi eux? Elle ne pouvait plus dormir dans cette chambre. Elle avait besoin de s'éloigner de lui.

Elle avait pris son oreiller à mémoire de forme, sa radio, son réveil, et récupéré sur sa table de nuit une bouteille de Black Cow déjà bien entamée. Elle avait décroché deux posters encadrés, sorti des draps propres de son dressing, et emporté le tout dans la chambre de Lou. Là, elle était restée devant le lit, une main sur la couette, pendant plusieurs minutes. Puis, dans un tourbillon de mouvements et d'énergie, elle l'avait défait, avant de changer les draps et d'installer sa radio et son réveil. Elle avait posé ses cadres – une partition de piano de *La Campanella* de Liszt, et une illustration scientifique des fleurs et des aigrettes du *Tragopogon pratensis* aux diverses étapes de son cycle de vie – sur le bureau de Lou, puis s'était assise au bord du matelas pour observer la pièce. Ses souvenirs de lui étaient si profondément enfouis en elle que la situation ne pouvait pas empirer si elle dormait là, entourée de ses affaires. Elle se plia en deux, bras tendu vers le sol, pour cacher sa bouteille sous le lit.

Le verre avait cliqueté contre un obstacle. Elle s'était accroupie pour tirer à elle le sac de sport rempli d'outils, qu'Étienne avait dû pousser là. Une par une, elle en avait sorti un assortiment de clés plates. Elle les disposait sur la couette de Lou lorsque Benny était apparu.

— Elles aussi tu vas les jeter, c'est ça ?

Les bras croisés, il la regardait depuis l'encadrement de la porte.

— Non.

— Tu vas retaper la Tiger, alors ? avait-il raillé.

Elle aurait pu lui dire qu'elle n'avait donné aucune affaire de Lou, et qu'elle n'en avait aucune intention dans l'immédiat.

Elle aurait pu lui dire qu'elle avait pris un congé pour raisons familiales, comme il le lui avait suggéré.

Devait-elle le mettre au courant pour Lou et Kane ? L'était-il déjà ? En tout cas, ça ne serait sans doute pas un choc pour lui. Ça n'en avait pas été un pour elle. À vrai dire, elle avait été surprise d'avoir digéré si vite cette nouvelle. Jamais elle n'avait envisagé que Lou ait pu être homo. Certes, il n'avait jamais ramené de fille à la maison, mais dans son esprit, c'était juste par volonté de rester secret sur ses conquêtes.

Benny devait déjà savoir, lui. Cela expliquait tout ce mystère autour de la soirée avant la mort de Lou. Mais tout comme Lou n'avait pas réussi à se confier à elle,

Alice n'avait pas trouvé les mots pour en discuter avec son aîné.

Elle avait sorti un marteau du sac.

— Tu as changé ses draps ? avait commenté Benny en montrant les oreillers.

— Oui.

— Pourquoi ?

— On ne va pas transformer cette chambre en sanctuaire, Benny. On ne va pas la laisser dans son jus.

Il avait juré dans sa barbe.

— Je vais faire un tour.

— À tout à l'heure.

Il n'avait pas bougé.

— Quoi, c'est tout ? « À tout à l'heure » ?

— Oui, avait-elle répondu, incapable de dissimuler son agacement. Je suppose que je te reverrai tout à l'heure. Non ?

Benny avait ri.

— C'est la première fois en quinze jours que tu ne me cuisines pas. Tu ne veux pas savoir où je vais ? Avec qui je serai ?

En guise de point final à la conversation, il avait descendu l'escalier d'un pas lourd, puis claqué la porte en sortant. Pouvait-il lui reprocher d'avoir des soupçons ? De s'inquiéter pour lui ?

Alice observa les alentours, les jardinières suspendues aux fenêtres de l'Old Duke, fleuries de pétunias rose vif. Les banderoles colorées visibles derrière des voilages brodés à l'étage du pub. L'un ou l'autre de ses fils avait-il prêté attention à ces détails, lors de leur sortie ?

Elle s'éloigna des pubs et traversa pour remonter Queen Charlotte Street en direction de Frasier House. Elle avait l'impression de sauter d'une falaise. Le cœur battant, elle eut soudain très chaud et se mit à transpirer, mais une fois lancée, elle fut irrémédiablement attirée vers l'avant.

Tournant résolument la tête vers la gauche pour ne pas voir le parking, elle se concentra sur les tags couvrant les façades, les mégots de cigarette détrempés dans le caniveau, l'arbre qui surgissait d'une fissure dans le trottoir. Lorsqu'elle aperçut, dans une vitre crasseuse de son côté de la rue, le reflet d'un panneau jaune vif signalant le parking, elle baissa aussitôt le regard vers ses pieds, mais pas assez vite pour éviter de distinguer une tache de couleur vive au bas de l'édifice : les fleurs déposées en hommage à Lou par ses camarades. Elle se massa les tempes et garda les yeux braqués vers le sol, comptant les bouteilles (deux), les lacets (un seul, marron), les flaques (quatre) et les chewing-gums piétinés (neuf).

Lorsqu'elle atteignit une rue perpendiculaire, elle regarda des deux côtés et repéra un perron de calcaire sur le trottoir d'en face, menant à une double porte vitrée surmontée d'une enseigne : Frasier House.

La lieutenante Garcia lui avait demandé si elle voulait se rendre sur place pour voir où Lou avait trouvé la mort, mais Alice n'en avait aucune envie et ne comprenait pas que ça puisse être le cas. Indigo serait sans doute ce genre de femme, à procéder à un pèlerinage macabre afin de laisser des ours en peluche et coller des photos au mur du parking. À quoi bon ?

Elle gravit les marches, d'où elle apercevait déjà la réceptionniste. Tâchant de ne pas penser à la nervosité qui l'accablait chaque fois qu'elle devait engager la conversation avec des inconnus, elle poussa un battant. Elle faisait ça pour Lou.

La réceptionniste leva la tête.

— Puis-je vous renseigner ?

Alice replia son parapluie.

— Oui. J'aimerais savoir quelles sociétés occupent les quatrième et cinquième étages.

— Il y en a plusieurs. Cherchez-vous une entreprise en particulier ?

— Pouvez-vous me fournir une liste ?

— Puis-je vous demander dans quel but ?

— C'est personnel.

Réclamait-elle la lune ? Elle sentait l'agacement lui chauffer les joues.

— Vous allez devoir vous adresser au gestionnaire de l'immeuble. Je vous donne ses coordonnées.

La femme se pencha pour ouvrir un tiroir.

— Il pourra vous remettre une liste, mais vous devrez lui expliquer pourquoi vous en avez besoin.

— Je cherche le nom de la société qui utilise les locaux la nuit. Et le week-end, aussi. Il ne doit pas y en avoir cinquante.

Un papier dans la main, la réceptionniste se redressa tout en fixant Alice d'un regard froid.

— Nos locaux sont fermés la nuit.

Elle fit glisser le papier vers l'avant.

Alice avait touché une corde sensible, elle le décelait sur le visage de la femme.

— J'enquête sur un crime qui a eu lieu juste en face il y a deux semaines, annonça-t-elle en pointant le doigt vers la rue. Un jeune homme est mort.

— Vous êtes de la police ? demanda la femme en plissant les paupières.

— Je suis la mère du garçon.

Bouche bée, l'autre balbutia :

— Oh, je suis vraiment désolée, j'ai cru que...

— Vous savez de quelle entreprise je parle, ça saute aux yeux. Quelqu'un dans leurs bureaux a vu ce qui est arrivé à mon fils. Je souhaite lui parler.

— J'aimerais beaucoup pouvoir vous aider. C'est la vérité.

— Très bien.

Alice abattit vivement la main sur le papier où figurait le numéro du gestionnaire.

— Je dois appeler cet homme, donc ?

— En fait, vu ce que vous venez de me dire, il ne sera pas en mesure de vous renseigner. Je suis navrée. J'aimerais pouvoir vous expliquer. Ce n'est pas de la mauvaise volonté de ma part. Si la police contactait le gestionnaire, je suis sûre que nous pourrions vous…

Quelle était cette entreprise ? Pourquoi cette femme se montrait-elle si évasive à son sujet ?

— La police s'en fiche. Pas moi.

Elle n'allait pas lui confier pourquoi elle ne pouvait pas parler de la vidéo de Wilko aux enquêteurs.

— Vous pourriez peut-être transmettre un message à un responsable, si par hasard vous vous rappeliez quelle société du quatrième ou du cinquième a du personnel sur place le samedi soir.

La réceptionniste ne répondit pas.

— Expliquez à cette personne que j'essaie de comprendre comment mon fils est mort, pourquoi on l'a poussé. Je vous donne mes coordonnées.

Elle retourna le papier sur le comptoir et sortit un stylo de son sac à dos pour noter son numéro. Elle le fit glisser vers la réceptionniste, qui ne le prit pas.

— Sinon, je serai à mon bureau, à la bibliothèque de Bishopston, samedi qui vient et toute la semaine prochaine.

Elle ajouta ces informations sur le papier.

— Je ne peux rien vous promettre, déclara la réceptionniste en tirant le papier vers elle, avant de le plier.

— Vous avez des enfants ? l'interrogea Alice.

La femme hocha la tête.

— Alors s'il vous plaît, transmettez mon message.

Dès qu'Alice eut atteint les marches du perron, elle s'adossa contre la façade de Frasier House, sans se soucier que les briques fussent mouillées, et sans prendre la peine d'ouvrir son parapluie.

Elle garda la tête tournée de côté, les yeux braqués sur le trottoir, se refusant toujours à regarder le parking. Mais soudain, elle crut déceler quelque chose à la périphérie de sa vision. Une présence. Quelqu'un, sur le trottoir d'en face. Alice eut la désagréable sensation qu'on l'observait.

Elle s'écarta du mur et ouvrit son parapluie. La personne était encore là ; sa silhouette jaune vif se découpait sur le mur foncé du parking.

Elle ferait mieux de partir. C'était un tour de son imagination.

Tandis qu'elle reprenait la direction de King Street, elle baissa son parapluie pour dissimuler son visage, et depuis cette position s'autorisa un coup d'œil de l'autre côté de la rue. Se donnant beaucoup de mal pour ne pas prêter attention à la rangée de bouquets en train de faner dans leur film Cellophane, elle se concentra sur l'autre personne. Le parapluie lui cachait son buste, mais elle voyait ses jambes. Deux bandes réfléchissantes lui entouraient les mollets, juste au-dessus des chevilles.

Elle releva son parapluie de quelques centimètres, juste assez pour découvrir le visage d'Indigo.

INDIGO
9 septembre

Oui, c'est bien elle.
Je lui fais signe, maintenant qu'elle m'a vue, et elle me répond en levant la main sans enthousiasme. J'attends que la voie soit libre et traverse entre deux voitures.
— Qu'est-ce que vous faites ici ?
Je dois presque crier à cause de la pluie, qui a redoublé de vigueur.
— J'ai pris ma journée.
Alice s'éloigne de la chaussée pour laisser passer un autre piéton devant son immense parapluie-canne, et je la suis.
— Tout va bien ? Vous aviez l'air un peu contrariée en sortant de là.
Alice jette un coup d'œil vers le bâtiment qu'elle vient de quitter.
— J'avais un rendez-vous.
Je rehausse légèrement la capuche de mon imperméable, mouvement qui en fait tomber des gouttes sur mon visage, puis je serre mon casque contre la poitrine.
— Un rendez-vous médical ? Non, pardon, c'est indiscret.
Elle ne dit rien. Peut-être est-ce parce qu'elle n'est pas au travail, mais je la trouve différente. Elle me semble moins

grande, bizarrement. Une partie de moi veut poursuivre ce que je suis venue faire, mais j'ai des scrupules à la laisser seule.

Je désigne son parapluie.

— Vous pouvez me faire une petite place ? Juste le temps que ça se calme un peu ?

Alice hoche la tête, je me faufile dessous, et nous restons là épaule contre épaule, à contempler les voitures qui roulent dans le torrent qu'est devenue la chaussée.

— Désolée pour l'autre jour, au fait. Je n'aurais pas dû décharger mes angoisses sur vous. Je ne sais pas ce qui m'a pris.

— Vous étiez très mal.

Elle a prononcé ces mots de façon si machinale que j'en suis désarçonnée. Jamais je n'avais fréquenté quelqu'un d'aussi robotique. C'est fascinant et assez déroutant à la fois. Je crois qu'elle ne m'a même pas regardée dans les yeux depuis tout à l'heure. D'accord, ce n'est pas évident en étant collée à moi comme ça. Il n'empêche que j'ai envie de la serrer par les bras, de la secouer, de provoquer chez elle un électrochoc pour qu'elle montre un peu d'humanité.

— Oui, c'est vrai. Je suis confuse quand même. Vous étiez occupée, et je vous ai dérangée à votre travail. C'était déplacé.

— Inutile de vous excuser.

Ça fait maintenant deux fois que je le fais. Ça ne l'effleurerait pas de m'expliquer pourquoi elle a disparu si brusquement dans son bureau ?

En face de nous, plusieurs personnes s'abritent de la pluie au rez-de-chaussée du parking.

— C'est la première fois que je viens dans ce quartier, déclare-t-elle. J'étais juste en train de regarder les fleurs…

vous les voyez, là-bas ? Ce sont des amis du jeune homme décédé qui les ont déposées. Il y a des messages très touchants...
Je lui jette un rapide coup d'œil. Elle n'observe pas le parking, mais fixe de nouveau la rue. De sa main libre, elle tapote nerveusement sa cuisse. Son rendez-vous l'a secouée, visiblement.
Quand je suis dans cet état, j'ai besoin de penser à autre chose pour me remettre.
— Et maintenant, vous avez des impératifs ? Je ne dirais pas non à un peu de soutien si vous avez quelques minutes.
— Il faut que je rentre.
Puis elle tourne la tête vers moi, et à ma grande surprise, je décèle un soupçon d'excuse chez elle.
— Qu'est-ce que vous devez faire ? me demande-t-elle.
— Je souhaitais visionner les vidéos de surveillance, j'indique, en inclinant la tête vers le parking.
— La police ne s'en est pas déjà occupée ?
— Si, mais ça n'aide pas Kane, pas vrai ? Ça m'étonnerait qu'ils révèlent des éléments à sa décharge.
— Mais son avocat y a accès, lui, non ?
Je commence à regretter d'avoir traversé pour lui parler.
— Je tiens à les voir moi-même.
Alice consulte sa montre et braque de nouveau le regard vers la rue.
— Je ne suis pas à dix minutes près, répond-elle.
Je frappe dans mes mains.
— Formidable !
Nous retraversons, toujours à l'abri de son parapluie, et je me dirige vers la cabine où j'ai vu un agent de sécurité avant de reconnaître Alice.

— Attendez, m'arrête-t-elle en m'attrapant le bras. Qu'est-ce que vous allez leur dire ?
— Je vais leur expliquer qui je suis. Et demander à voir toutes les vidéos qui pourraient aider Kane. Il aura pitié de moi.
— Ça ne fonctionnera pas.
— Je n'ai pas d'autres solutions.
— Dites-lui que vous êtes journaliste, que vous écrivez une enquête sur les évènements de cette nuit-là. C'est comme ça qu'ils appellent les articles approfondis.
— Je suis impressionnée, là.
Je suis sincère. Je ne l'imaginais pas capable d'un tel stratagème.
Alice hausse les épaules, mais je détecte un petit sourire au coin de ses lèvres.
— D'accord. Je suis journaliste pour... (Je m'interromps.) Je dois dire que je travaille pour qui ?
— Le journal régional.
— D'accord. Compris.
Je sens l'adrénaline qui commence à fuser dans mes veines.
Alors que je jette un coup d'œil par la vitre de la porte, le vigile l'ouvre et sort.
— Oui ?
— Je suis journaliste, pour le journal régional, le *Bristol Post*, où j'écris des articles. Pour le journal.
Je grimace. C'est peut-être une mauvaise idée, tout compte fait.
Apparemment, ma maladresse ne lui met pas la puce à l'oreille. Il montre Alice du doigt.
— Et votre amie ?
— Photographe, ment Alice sans ciller.

— C'est à quel sujet ?
— Alors en fait, comment dire, nous voulons... euh, nous aimerions, si c'est possible, voir des vidéos de surveillance d'il y a deux semaines. De la nuit où le jeune homme est tombé, vous savez ?
— Quelqu'un l'a poussé.
— Euh, oui. Voilà. Enfin... C'est une possibilité. J'écris une... enquête. Sur l'incident. Puis-je visionner les vidéos de surveillance ?
— Ce n'est pas pour être de mauvaise volonté ou quoi, mais non. Vous ne pouvez pas.

Il fait un pas en arrière et s'apprête à refermer la porte.
— S'il vous plaît ?
— Ah, dommage, si vous aviez dit « s'il vous plaît » avant... (Il sourit brièvement, puis reprend sa mine renfrognée.) Non. Pas possible. Il n'y a des caméras qu'au niveau zéro. Je l'ai déjà expliqué à la police.

Je suis incapable de cacher ma déception. Je ne sais pas quoi lui dire.
— C'est un article très important, on nous met une grosse pression, intervient Alice en me décochant un regard. Notre rédac chef est sur notre dos. Alors si vous pouviez nous aider un peu...

Il la considère un instant, reporte son attention sur moi, puis verrouille la porte.
— Le maximum que je puisse faire, c'est vous montrer la zone que la police a mise sous scellés.

Il nous emmène vers les étages. La cage d'escalier empeste l'urine et le tabac froid, les murs sont dégoûtants. Le vigile sifflote le thème de *Star Wars* tout du long. Pendant la montée, l'éclairage tremblote et s'éteint par intermittence, et l'homme râle.

Lorsque nous atteignons le troisième, il nous tient la porte pour nous laisser entrer dans le parking.

— Par là, près de la Honda Civic rouge. On l'a poussé par-dessus la barre bleue, au niveau du petit décrochage dans le parapet, et il est tombé dans la rue, le pauvre gars.

Il pointe le doigt au-delà d'une rangée de voitures, vers une portion du muret de brique plus basse que le reste.

— Bon, si vous permettez, mesdames, il faut que j'appelle quelqu'un pour qu'il vienne me réparer ces lampes. C'est à cause de la pluie, ça.

Les lumières continuent de clignoter.

Il disparaît dans l'escalier. À côté de moi, Alice contemple fixement le coin du parking qu'il nous a désigné. Elle est très pâle, mais je suis frappée – et ce n'est pas la première fois – par sa beauté, dans le genre sévère. Elle a un visage intéressant ; franc tout en étant délicat, anguleux mais doux. De ceux que j'aimais dessiner, avant.

— Vous êtes sûre que ça va ? je m'enquiers en posant la main sur son épaule. Vous avez besoin de vous asseoir ?

Si seulement je savais d'où elle sortait tout à l'heure. Souffre-t-elle d'un grave problème médical ? Va-t-elle me faire un malaise ?

— Ça va, marmonne-t-elle. On peut se dépêcher, maintenant ?

Qu'est-ce qui presse, d'un seul coup ? Je la laisse près de la porte et vais examiner les lieux du crime prétendument commis par mon fils. Alors que je fais glisser ma main sur la peinture écaillée de la rambarde bleue, à hauteur de poitrine, elle s'approche lentement.

— Kane n'a pas pu le faire basculer par-dessus ce parapet.

Je recule d'un pas pour considérer le mur.

— Comment aurait-il pu le pousser assez fort pour qu'il passe par-dessus le bord? Il n'est pas assez grand.

Alice s'appuie au mur avec précaution, le bras tendu. Elle a peut-être le vertige.

— Je vais vous dire qui est grand, moi, je reprends. C'est ce Wilko. Il a toujours dépassé Kane d'une tête.

Mon téléphone sonne dans la poche de ma veste. Je me précipite tellement que je m'emmêle avec la fermeture Éclair.

Je décroche juste à temps.

— Allô?

— Indigo Owen? demande une femme. J'appelle du centre pénitentiaire de Bristol.

— Merci de me rappeler, j'espérais pouvoir organiser une autre visite. J'ai raté…

— Attendez, madame Owen. Ce n'est pas la raison de mon appel.

Une vive douleur me transperce la poitrine. Je m'agrippe au premier rétroviseur venu.

— Est-ce qu'il y a un problème?

ALICE
10 septembre

C'est Alice ?

Le premier texto lui était parvenu à deux heures du matin, pendant qu'elle dormait. En provenance d'un numéro inconnu. Elle avait répondu dès son réveil, encore ensommeillée.

Qui est-ce ?

La réponse n'arriva que plusieurs heures plus tard.

Wilko. C'est Alice ?

Elle lui avait laissé son numéro, l'autre jour. « Si jamais vous repensez à quelque chose », avait-elle dit.

Elle avait renvoyé un SMS immédiatement. *Avez-vous des informations sur Lou ?*

Rendez-vous sur la passerelle de la M32, au bout de Gatton Road. 21 heures.

Elle avait tenté de le joindre, mais il n'avait pas décroché.

Ainsi attendait-elle là dans sa voiture, avec une demi-heure d'avance pour un rendez-vous clandestin avec un dealer. Elle observa la passerelle piétonne peu fréquentée qui descendait vers une rangée de grands pins de l'autre côté de l'autoroute. Elle n'avait encore vu personne la traverser ; sans doute ce qui avait motivé le choix de Harry.

La rue où elle s'était garée paraissait relativement sûre, malgré la présence de quelques caravanes noires de saleté mais habitées, qui semblaient installées là depuis des années. Elle n'était jamais venue dans cette partie de la ville, elle qui vivait pourtant à Bristol depuis toujours. Ce n'était pas le genre d'Alice Hyde d'aller dans pareils endroits, ni d'accepter ce type de rendez-vous.

De toute évidence, c'était une semaine d'inédits : ce n'était pas non plus dans ses habitudes de faire le chauffeur, toutefois c'était ce qui l'attendait le surlendemain. Quand Indigo avait répondu au coup de téléphone en provenance de la prison, dans le parking, on lui avait annoncé que Kane avait été transféré à Long Lartin. Sûrement à cause de la plainte d'Alice. Dans un premier temps, la réaction catastrophée d'Indigo lui avait paru disproportionnée. Certes, Long Lartin n'était pas la porte à côté, mais par l'autoroute, on pouvait y être en une grosse heure. Puis, au prix d'un grand effort, elle avait fini par comprendre les élucubrations furieuses d'Indigo. Elle n'avait pas le permis.

Comment allait-elle pouvoir rendre visite à son fils ?

Alice lui avait proposé de l'y conduire, avant de se demander ce qui lui avait pris. C'était une très mauvaise idée. Mais elle avait été émue par cette femme, courbée de dépit, effondrée. Brièvement, Alice avait vu en elle une mère qui avait aussi perdu son fils. Elle s'était un peu reconnue en elle. À présent, elle se rendait compte de sa stupidité. Le calvaire d'Indigo n'était rien comparé au sien. Tout ce qu'ils enduraient, c'était à cause de son fils. Lou et Alice n'y étaient pour rien.

Dans ce moment de folie, elle avait toutefois dit : « Je peux vous emmener, moi. » Et Alice ne revenait jamais sur une promesse. Le sens du devoir était inscrit dans ses gènes.

C'était pour cela qu'elle devait revoir Harry Wilkinson, en dépit des risques. Elle le devait à ses fils.

Tandis que vingt et une heures approchaient et que le bleu foncé du crépuscule s'assombrissait encore, elle hésita de nouveau à prévenir quelqu'un qu'elle était là. Le choix le plus évident était Étienne ; il savait qu'elle avait déjà rencontré Harry Wilkinson. Elle en avait eu l'occasion, un peu plus tôt, quand, alors qu'elle partait, il lui avait tendu une enveloppe contenant cinquante livres en espèces. Lorsqu'elle l'avait repoussée, il la lui avait fourrée de force dans les mains. « Considère ça comme un loyer ou sers-t'en pour l'enterrement. » Trop peu, trop tard, avait-elle eu envie de rétorquer. Quand il lui avait demandé où elle allait, elle aurait pu en profiter pour le mettre au courant de ses projets, mais il aurait insisté pour l'accompagner, et elle tenait à agir seule.

En ouvrant sa portière, elle se sentit soudain extrêmement sensible au moindre bruit. Pas seulement le grondement de l'autoroute juste à côté, mais aussi le bruissement des feuilles dans les arbres, le brusque aboiement d'un chien dans un jardin des environs. Elle sortit de voiture et, s'engageant dans la rue déserte, déglutit et enfonça les mains dans les poches.

Dans celle de droite se trouvait toujours la lime de Lou. Elle l'entoura de sa main. Dans la gauche, elle tritura ses clés de maison. Il n'y avait encore personne sur la passerelle, mais elle était certaine que Harry l'observait, tapi dans les parages. Elle passa devant un mur couvert de tags banals et illisibles, puis gravit l'escalier dans l'obscurité. Un réverbère se dressait à chaque extrémité du pont piétonnier, mais celui de son côté ne fonctionnait pas.

Elle avait essayé d'en apprendre un peu plus sur lui avant de venir, mais ses recherches n'avaient pas été fructueuses. Elle n'avait trouvé à son sujet qu'une brève relatant qu'on l'avait arrêté en possession de quelques sachets de cannabis, mais qu'il avait échappé à une peine de prison.

Au milieu de la passerelle, tournée vers le nord de la ville, Alice regardait s'éloigner les phares flous des véhicules qui filaient à toute allure sous ses pieds. Elle mourait d'envie de s'agripper à la rambarde, mais elle ne voulait pas sortir les mains de ses poches. La soirée était fraîche, et un vent vif agitait les pins.

Une brise marine qui s'engouffre par la porte ouverte.

Encore cette réminiscence. Depuis presque dix-huit ans, elle était incapable de sentir une bourrasque lui fouetter le visage sans se rappeler cette journée à Clevedon.

Emmitouflée dans son gilet pour garder le bébé bien au chaud. L'odeur de l'iode.

Elle secoua la tête pour chasser les cheveux qui lui volaient dans les yeux.

Puis elle le vit. Il se dirigeait vers elle depuis l'autre bout, en jean et sweat à capuche, une casquette vissée bas sur le front, les épaules voûtées. Quand il atteignit le milieu, il ne la salua pas. Il s'arrêta à un mètre d'elle et appuya les coudes sur le garde-corps. Malgré la faible lumière s'élevant de l'autoroute, elle distinguait assez ses traits pour constater qu'il semblait différent, moins sûr de lui.

— Ne me regardez pas.

Il devait crier légèrement pour se faire entendre par-dessus le grondement de l'autoroute.

— Si quelqu'un passe, je repars.

Elle braqua de nouveau les yeux droit devant elle, sur le séparateur médian et les trois voies de circulation de part et d'autre.

— Et parlez pas tant que je vous ai pas posé de question.

Alice serra la lime plus fort.

— Benny dit que vous fouinez partout. Que vous allez rencontrer Kane.

Alice tressaillit. Pourquoi Benny lui racontait-il tout ça ?

— Je vous le déconseille, reprit Harry, en triturant un collier de serrage en plastique accroché à la barre.

— De fouiner ou de rencontrer Kane ?

— Les deux, répondit-il, en vérifiant par-dessus son épaule si quelqu'un approchait. La mère de Simon, vous la connaissez bien ?

Ce changement de direction la désarçonna.

— Yvonne ?

— Vous avez dit que vous la connaissiez. Vous êtes encore amies ?

— Non.

Qu'est-ce qui lui prenait de la questionner au sujet d'Yvonne ?

— C'est sûrement une femme charmante, très sympa, tout ça. Mais Simon… il faut pas se frotter à lui, d'accord ?

— D'accord.

Était-ce une menace ? Elle songea aux propos de Simon, chez Harry : *Ça vaut mieux pas pour Benny.*

— Si je vous dis ça, c'est pour que vous ne risquiez rien. Je vous rends service. C'est pas un tendre, ce mec. J'ai vu de quoi il est capable. Ce qu'il fait à ceux qui le paient pas, par exemple.

Il jeta de nouveau un coup d'œil de côté.

— Benny, lui, c'est un pote.

— Vous voulez dire qu'il est en danger?

Harry parut sur le point de lui répondre, mais il s'écarta soudain de la rambarde et repartit par où il était arrivé, donnant au passage un coup de pied dans des tessons de bouteille.

Alice lui cria alors :

— Vous menacez ma famille, c'est ça?

INDIGO
12 septembre

Je dois avouer que je me suis trompée sur son compte. Les gens qui vous proposeraient de vous conduire à plus de cent cinquante kilomètres pour que vous puissiez rendre visite à votre fils en prison, ça ne court pas les rues. Elle a même pris sa journée exprès. Si j'y réfléchis trop, j'en pleurerais. Dans un monde qui a été si cruel envers moi ces dernières semaines, Alice m'a redonné foi en l'humanité.

— Je suis sur la bonne piste avec ce Wilko.

J'appuie le coude sur la portière et examine mon reflet dans le rétroviseur latéral. Je n'ai pas l'air trop fatiguée, aujourd'hui. Je décèle un changement dans mon regard : une lueur d'énergie.

Alice ne dit rien. J'ai cru que son offre de m'emmener constituait une sorte de bascule. Qu'elle se révélerait soudain une personne différente, chaleureuse. Je me suis trompée.

Je me passe la main dans les cheveux.

— Il n'arrêtait pas de tyranniser Kane quand ils étaient petits. Vous avez des enfants, hein ?

Toujours rien, même si un léger tressaillement crispe son visage. C'est comme si elle m'avait oubliée.

— Allô, il y a quelqu'un ?
— Je vous ai entendue. J'en ai deux, oui.
— Des garçons ?
— Des filles.
— Ça ne doit pas être pareil pour les filles.
— Quoi donc ?
— Le harcèlement.
— Oui, je suppose.
— Vous vous êtes déjà demandé, par contre... Vous préféreriez que votre enfant soit harcelé ou harceleur ?
— Je n'y peux pas grand-chose, en fait.
Quel numéro, celle-là.
— D'accord, mais si vous aviez le choix. Harcelé ou harceleur ?
— Ni l'un ni l'autre.
Je soupire.
Je suis sûre qu'elle est de ceux qui aiment voyager en silence. D'ordinaire, dans une situation telle que celle-ci, j'essaierais de m'y résigner. C'est sa voiture, après tout. Mais si je ne parle pas ou ne m'occupe pas, je vais devoir méditer le fait que je vais dans cet établissement pénitentiaire pour rendre visite à Kane, et ça ne m'enchante pas. Je n'arrive pas à me réjouir de voir mon fils, c'est le comble. Je m'inquiète de ce qui a pu lui arriver. On n'a rien voulu me dire au téléphone, lundi, et il ne m'a pas appelée depuis son transfert. Pourquoi est-il dans cette prison ?
— Ce que je me demande, c'est si je dois prévenir la police, je reprends en me rongeant les ongles.
— À quel sujet ?
— Wilko. Toutes les preuves que j'ai contre lui.
— Lesquelles ?

— Il était avec eux. C'est un dealer. Il harcelait Kane à l'école. Il est assez grand pour avoir poussé ce pauvre garçon par-dessus le mur.
— Pour moi, ce ne sont pas des preuves.
— Si. Je...
Elle a raison. Je passe aux ongles de mon autre main.
— Je suis sûre qu'il va bien, me rassure Alice.
Un nouvel aperçu surprenant de sa facette plus chaleureuse.
Je prends deux profondes inspirations.
— Vous voulez que je vous indique la route ?
J'ai besoin de me changer les idées. Je pivote dans mon siège pour fouiller dans les vide-poches de derrière.
— Vous auriez une carte ?
— Non.
Alice tapote doucement des doigts contre le volant.
— Je mémorise très bien les itinéraires.
Je consulte ma montre. Nous ne roulons que depuis trente minutes ; encore une heure de route.
— Vous avez des filles, donc ?
— Oui.
— Quel âge ?
— Pas loin de la vingtaine. Attendez, il faut que... je me concentre. Il y a cette voiture qui...
Alice ne termine pas sa phrase. J'observe les véhicules autour de nous, cherchant à comprendre pourquoi elle doit soudain redoubler de vigilance.
— J'ai toujours imaginé que c'était plus dur d'élever des filles, je poursuis.
— Qu'est-ce qu'il fait, cet abruti ? s'agace Alice en regardant dans son rétro.
— Vous vous entendez bien avec elles ?

Alors que je m'apprête à enchaîner avec une autre question, elle répond :
— Avec une, surtout.
— C'est ce que je me suis toujours demandé, tiens.
— Quoi?
— Si j'aurais pu aimer un deuxième enfant autant que Kane.
— Hmm.
Jamais elle ne rebondit, jamais elle ne se livre, jamais...
— Ce n'est pas que je l'aimais moins. Que je l'aime moins.
Elle a parlé tout bas.
— Ah oui?
— Même quand elle était bébé... (Elle secoue la tête.) Non, rien.
— Si, continuez.
Alice remue encore la tête.
— Il vaut mieux que je me concentre sur la route.
Ni elle ni moi ne prononçons un mot pendant quelques minutes. J'essaie de l'imaginer plus jeune, maman de deux petites filles. Je n'y arrive pas.
À mon grand étonnement, c'est elle qui relance la conversation, en s'exprimant d'un ton très lent et maîtrisé :
— Je ne me sentais pas à l'aise avec elle. Et j'ai l'impression qu'elle le savait. (Alice s'interrompt.) Je n'avais pas le sentiment que c'était mon enfant, pas comme l'autre. Je ne comprenais jamais pourquoi elle pleurait, si c'était la faim, la fatigue ou l'ennui, alors qu'avec ma première, si.
Lorsqu'elle se tait, elle semble moins crispée.
— Le plus dur métier du monde, je commente.
— Je suppose.
— Leur père était encore là, à cette époque?

— Pas pour longtemps.
— Ça ressemble à une...
À une dépression postnatale. Mais j'hésite à lui en faire part.
— Vous avez déjà vu un psy ?
— Non ! s'esclaffe-t-elle, sans quitter la route des yeux.
— Pourquoi ?
— Ce n'est pas mon genre.
— Quel genre ?
Je n'ai pas pu m'empêcher d'avoir un ton un peu vif. Elle ne répond pas.
Je préfère détourner la conversation avant de dire une bêtise.
— Moi je me suis retrouvée seule beaucoup plus tard. Kane avait neuf ans. Les toutes premières années, ça doit être particulièrement dur. Avec deux, en plus...
Je siffle.
— Pour moi ça n'a rien changé. Vous, pendant neuf ans, vous vous étiez habituée à partager la charge avec quelqu'un. Je suppose que ça a été difficile de devoir vous débrouiller toute seule d'un seul coup.
— C'est le concours de celle qui en a le plus bavé ou quoi ? (Je ris.) Qu'est-ce qu'on gagne ?
Un sourire effleure les lèvres d'Alice tandis qu'elle contrôle son rétroviseur central.
— C'était toujours les soirées qui me pesaient le plus, je reprends. On est crevées de s'être fadé tout le boulot, la popote, la vaisselle et le coucher. Quand enfin on se pose, on n'a personne à qui parler.
— Ça ne me déplaisait pas, le silence. Je comprends que ça vous ait posé problème, à vous. De ne pas parler.

Elle tousse, et j'ai la certitude qu'il s'agit d'une ruse pour dissimuler un rire.

— Attendez, ce n'est pas un défaut d'aimer papoter, je rétorque. Bon, alors…

Je regarde par la vitre en quête d'inspiration. Il existe forcément des aspects de la parentalité sur lesquels nous sommes d'accord.

— Par exemple… vous ne vous sentez pas une plus grande obligation de rester en vie ? Parce qu'elles ont plus besoin de vous que si elles avaient leurs deux parents ?

— Bien sûr. Mais on prend ses dispositions, non ? Personnellement je leur ai mis de l'argent sur des comptes. Si je disparais, elles iront vivre avec mon père.

Je frémis. S'il m'arrivait quelque chose avant la majorité de Kane, il se retrouverait chez Dawn. On voit bien qu'Alice n'a pas la menace d'une sœur imbuvable pour être aussi déterminée que moi à être là pour Kane.

— Mais vous avez raison, reconnaît-elle. Je me souviens d'avoir tout à coup fait beaucoup plus attention en traversant, quand Ét… quand le père des filles m'a quittée. Et j'ai longtemps évité de prendre l'autoroute.

Contente que nous soyons d'accord sur un point, je me renfonce dans mon siège, tentant de me taire quelque temps, histoire de lui montrer que j'en suis capable. Mais très vite, ça me démange trop – il faut que je parle. Que je dise quelque chose.

— C'est fou ce qu'elle est propre, votre voiture. On se croirait dans un véhicule de location.

— Je viens de la nettoyer.

Elle me lance un coup d'œil. L'ai-je offensée ?

— Si j'en avais une, je suis sûre que ce serait une vraie décharge. Quand c'est rangé… c'est bien.

Elle hausse les sourcils.

— Je pense que je m'achèterais un de ces chiens qui secouent la tête, je poursuis en riant. Et je mettrais une photo de Kane ici.

Je tapote le tableau de bord.

— Il y a quand même de petites touches personnelles, se défend-elle en montrant le porte-clés qui pend au contact juste au-dessus de son genou, orné d'une feuille de fougère découpée dans du cuir vert.

— Je connais quelqu'un qui a le même.

Je m'interromps pour chercher de qui il s'agit.

— Ah mince, ça va m'agacer. Qui c'est, déjà ?

C'est Alice qui brise le silence qui suit.

— Puis-je vous demander, dit-elle, si solennellement que j'ai l'impression de passer un entretien d'embauche, pour quelle raison Kane se battait avec le garçon qui est mort ? Vous ne me l'avez jamais dit.

Je tortille mon bracelet en me remémorant ce que Kane m'a raconté lors de ma première visite. Comment Lou Durand et lui avaient-ils pu se balancer de telles méchancetés, ce soir-là ? *T'es un déchet. Ton père s'en foutait tellement de toi qu'il s'est pas accroché longtemps.* Ça contraste tant avec la carte adorable que Lou avait écrite à mon fils, avec celles que j'ai vues sur la table quand j'étais avec Benny.

À cet instant, je me souviens d'où j'ai déjà vu ce porte-clés, celui qui ne se trouve qu'à une cinquantaine de centimètres de moi.

C'était chez Benny.

ALICE
12 septembre

Alice contrôla le rétroviseur du côté passager et en profita pour jeter un coup d'œil fugace à Indigo. Elle qui d'ordinaire avait déjà du mal à déchiffrer les expressions des autres, un examen aussi bref ne lui révéla pas grand-chose sur ses dispositions. Elle pressentait néanmoins, à cause du silence subit de sa passagère, que sa question l'avait heurtée, réduisant à néant ses chances de découvrir pourquoi les garçons s'étaient battus.

Mais Alice voulait savoir. Ça ne pouvait pas être qu'une histoire de fille. Margaret l'avait appelée la veille pour lui annoncer qu'on avait transféré Kane, et que leur rencontre se déroulerait donc à Long Lartin. Puis, alors qu'Alice croyait leur conversation sur le point de se terminer, Margaret lui avait demandé si, à sa connaissance, Kane avait tenu des propos désobligeants à son égard la nuit du meurtre.

— À mon égard ? s'était étonnée Alice.

— Il souhaiterait s'excuser auprès de vous. Il nous a laissé entendre qu'il avait dit des méchancetés sur vous.

— Qu'est-ce qu'il vous a raconté d'autre ?

Margaret s'était tue, puis avait repris d'une voix posée :

— Apparemment, sa dispute avec Lou vous concernait.

Depuis, Alice se remémorait sans cesse cette conversation. *Sa dispute avec Lou vous concernait.* Si Indigo refusait de la renseigner, elle allait devoir attendre de s'entretenir avec Kane, mais elle préférait détenir cette information au préalable. Elle n'avait rien obtenu de Benny. Il n'avait toujours pas digéré qu'elle lui ait recommandé, la veille, d'éviter Harry Wilkinson. Elle n'avait pas voulu l'effrayer avec les menaces du dealer, ni lui avouer qu'elle l'avait rencontré, mais il fallait que son fils garde ses distances. Elle avait donc menti, prétendant que Lou lui avait raconté qu'ils le fréquentaient. « Ça vaudrait mieux que tu l'évites. Je sais qu'il a eu des ennuis avec la police », avait-elle dit. « Laisse tomber, maman, avait-il rétorqué. Ce n'est pas toi qui vas me dicter avec qui je peux être copain. » Lorsqu'elle l'avait questionné au sujet de la bagarre, après sa conversation téléphonique avec Margaret, il n'avait pas été d'humeur à l'aider. « Ça m'étonne quand même qu'ils se soient battus juste pour une fille », avait-elle repris, en pensant : *D'autant plus qu'ils étaient homos.* « Il y a forcément autre chose. » *Tu savais qu'ils sortaient ensemble, hein ?* À force d'insister, il avait fini par répondre. « Ça me gêne un peu, tu vois. Toi et moi, on ne discute jamais de… nos copines et tout ça. Mais en gros, Lou bavait sur une fille, soi-disant que c'était une chaude. Qu'elle n'avait pas froid aux yeux, quoi. Kane s'est vexé parce qu'il est pote avec elle, alors… » Alice peinait encore à croire qu'un accroc aussi insignifiant ait pu conduire à la mort de son fils. Cela étant, elle n'avait rencontré Kane qu'une fois, et ils n'avaient échangé que quelques mots. Était-il plus plausible que les garçons se soient battus à cause d'elle ?

Alice n'avait aspiré qu'au silence depuis qu'elle était passée chercher Indigo, mais maintenant qu'elle l'obtenait, il lui tardait qu'Indigo recommence à parler. Peut-être n'avait-elle pas entendu sa question ?

Elle n'avait rien à perdre.

— Ils se sont bagarrés, c'est bien ça ?

— Oui.

Pas de doute, quelque chose clochait. Indigo ne répondait jamais par monosyllabes.

Alice ne quittait pas des yeux la route de campagne tranquille, mais elle remarqua quand même qu'Indigo pivotait tout le buste pour la regarder fixement, avant de lui demander, d'une voix étrangement légère :

— Je n'en ai jamais parlé ?

Non. Elle s'en serait souvenue.

— Ça a commencé par une plaisanterie de mauvais goût de la part de Kane, à ce qu'il m'a expliqué. Entre nous, je ne suis franchement pas fière de son comportement. J'essaie de ne pas trop y penser, je vous avoue.

Dans sa voix perçait une tension qu'Alice n'avait encore jamais remarquée.

— Comment ça, de mauvais goût ?

— Une méchanceté comme quoi la mère de Lou n'avait pas voulu de lui.

Alice agrippa le volant plus fort.

Roulant au hasard. Emmitouflée dans son gilet pour le tenir au chaud.

— ... ce n'est pas le garçon que j'ai élevé, poursuivait Indigo. C'est affreux, ce qu'il a dit. Mais ça ne fait pas de lui un meurtrier.

Alice secoua la tête, incapable de parler.

Vers la mer, le bébé la poussant à continuer jusqu'à la côte. La *Fantaisie* de Mozart et une brise marine qui s'engouffre par la porte ouverte. L'odeur de l'iode.

— Apparemment, on a raconté à Lou, quelques semaines avant tout ça, que sa mère avait failli avorter. Qu'elle avait changé d'avis au dernier moment, à la clinique. Ils ont dû en discuter, ce soir-là, alors quand Lou l'a cherché, Kane s'est énervé et lui a renvoyé ça à la figure.

Alice prit de courtes respirations saccadées, inspirant par le nez et soufflant par la bouche.

Son ventre pressé contre le bord du piano. Les petits pieds de Lou qui s'agitent, au moment des plaintes de l'adagio. Son poignet s'abaissant sur le *la* avant de passer d'un petit bond au *sol* dièse.

Comment Lou l'avait-il appris ? Qui lui avait parlé de ce choix qu'elle avait failli faire, de cet épisode qui, elle avait presque réussi à s'en convaincre, n'avait jamais existé ?

Comment avait-il réagi ? Pourquoi n'était-il pas venu la voir ? Elle supposait qu'il lui aurait demandé des comptes, qu'il aurait été en colère. Elle aurait pu tout lui expliquer.

Le regard rivé sur le dos d'Étienne, avant de se détourner. Roulant au hasard.

Elle descendit sa vitre, et le vent rafraîchit ses joues en feu.

— Je me demande si sa mère sait qu'il l'a découvert.

Indigo pivota pour faire face à la route. Elle ignorait que ses considérations et ses commentaires lui étaient terriblement douloureux. Alice s'était infligé l'idée que Lou avait toujours su, et ce, curieusement, dès la sortie de la clinique. Qu'il ne lui avait pas pardonné, qu'il lui en voulait de ne pas l'avoir désiré autant que Benny. Que ce savoir avec lequel il était né avait infecté leurs rapports, dès le jour où elle avait décidé de le garder, après qu'elle avait quitté la clinique, roulé jusqu'à Clevedon et senti ses premiers coups de pied dans son ventre.

Les petits pieds de Lou qui s'agitent.

Ces pensées l'avaient toujours empoisonnée, mais elles étaient absurdes.

Que pouvait-elle dire pour paraître normale et détachée ? Son cerveau se grippa.

— Ça n'a pas dû être facile pour lui.

— Attention, ralentissez ! s'écria Indigo en pointant l'index vers un panneau d'indication pour la prison. Vous avez failli rater la sortie.

Roulant au hasard.

Alice freina, enclencha son clignotant et s'engagea sur la petite route menant à l'entrée du centre pénitentiaire.

INDIGO
12 septembre

Nous nous garons sous le drapeau national effiloché qui claque au vent, et je constate d'emblée qu'on est ici dans un autre univers.

J'observe les lieux en détail, tout en me creusant la cervelle pour rassembler ce que je sais au sujet d'Alice. Ici, pas de bénévoles pour nous accueillir. Personne n'est aimable. *Comment l'ai-je rencontrée, exactement ?* Parmi les autres visiteurs, personne ne m'adresse un regard, et encore moins la parole. Les barres de béton sinistres n'ont rien de commun avec la prison de Bristol et sa brique rouge de l'époque victorienne, presque coquette en comparaison. *Suis-je allée la solliciter, ou est-ce elle qui m'a abordée ?* Malgré la chaleur de l'arrière-saison, il fait très frais à l'intérieur. Les lieux ont beau sentir le désinfectant à plein nez, ils paraissent sales. J'éprouve une tout autre peur pour Kane, ici. Moi qui trouvais déjà l'autre centre affreux, ici c'est l'horreur.

— As-tu déjà rencontré la mère de Lou et Benny ? je l'interroge, avant même de m'être assise en face de lui.

— J'ai la pêche, maman, merci de me demander.

Il me regarde comme si j'avais déraillé.

— Alors ?

— Oui, une fois. Pourquoi ?
— Elle a un rapport avec ce qui s'est passé ?
Il hoche la tête.
— Ouais, je t'ai raconté ce que j'ai dit sur elle, non ?
— Mais elle n'est pas impliquée plus directement ? Elle n'était pas là ce soir-là ?
— Leur *mère*, tu rigoles ?
Je patauge pour trouver des explications, j'en ai conscience. Tout ça est incompréhensible. Alice, qui attend dans sa voiture pour me ramener, est-elle la mère de Lou et Benny ? Si c'est le cas, pourquoi me joue-t-elle ce numéro, à se faire passer pour quelqu'un d'autre, à me mentir en permanence ? Pourquoi aurait-elle envie de me côtoyer, si ce n'est parce qu'elle a une idée derrière la tête ?
Je me trompe peut-être sur son identité. Peut-on expliquer autrement la présence du porte-clés ? Est-ce un modèle plus répandu que je le crois ? Tout le monde peut en avoir un. Ça s'achète sans doute dans les bazars de Gloucester Road. J'essaie de me rappeler tout ce que je sais à son sujet. Est-ce que je connais son nom de famille ? Il doit figurer sur le badge qu'elle porte autour du cou, à la bibliothèque. Si c'était Durand, je l'aurais remarqué, quand même.
— Elle est comment, physiquement ? je demande.
— C'est quoi cette fixation sur leur mère ?
— Réponds-moi.
— Grande, longs cheveux bruns. L'air distant, comme si elle te prenait de haut.
Ça lui correspond à merveille.
— Tu sais autre chose sur elle ? Ce qu'elle a comme voiture ? Quel métier elle fait ?

— Bon sang, maman, arrête un peu avec tes questions.
Voyant que je ne rebondis pas, il soupire.
— Je crois qu'elle travaille dans une bibliothèque.
C'est donc bien elle.
— Le prends pas mal, poursuit Kane, mais on ne passe pas notre temps à parler de nos parents, en fait.
Il jette un coup d'œil aux personnes de la table voisine, avant de reporter le regard sur moi.
— C'est quoi le problème ? Tu l'as vue ?
— Possible. Je... Je ne sais pas.
Soudain, je me fige, comme autrefois en me rendant compte que j'étais partie dans la mauvaise direction pour un tableau, que je devais tout reprendre, et j'en mordais le manche de mon pinceau d'énervement. Qu'est-ce qui me prend de lui parler d'elle ? Je ne peux pas lui confier ce qui me tracasse. Et si j'avais nui à sa défense ? Ai-je commis un impair ?
— Je me demandais si je l'avais déjà croisée, c'est tout. Simple curiosité.
— Ah, ben je ne crois pas, non.
— Laisse tomber. C'est que... je suis stressée.
Je le regarde de près pour la première fois depuis mon arrivée. À mon grand soulagement, il n'a pas d'autre hématome.
— Pourquoi on t'a transféré ?
— Aucune idée.
Il hausse les épaules.
— Ça n'a pas de rapport avec Wilko ? Tu n'as pas reçu de menaces ?
Ses yeux s'assombrissent.
— Sérieux, maman, lâche-moi avec ça.
— Avec quoi ?

J'ai parlé un peu trop fort, et une femme de la table d'à côté tourne la tête vers nous. Je baisse la voix.

— Ça suffit, j'en ai marre. Tu vas me dire qui a poussé Lou. D'accord?

Il me jette un regard noir.

— Je croyais qu'on n'obtenait rien en tannant les gens. Ce n'est pas toi qui me répétais ça tout le temps? Tu me prends la tête avec toutes tes questions! Chaque fois que tu viens me voir, chaque fois qu'on se parle.

— C'est Wilko, c'est ça?

— Mais c'est de l'obsession! Tu crois que ça m'aide quand je retourne à ma cellule? Tu crois que ça me donne le moral pour le reste de la journée?

— J'y suis allée, à ce parking. Je sais que tu n'as pas pu le pousser par-dessus le mur. Tu n'es pas assez grand. Tu n'aurais pas pu le faire basculer par-dessus...

— Qu'est-ce que tu racontes?

Il me fixe d'un air interloqué, les mains tournées vers le ciel devant lui.

— Comment ça, « le faire basculer par-dessus »?

— Lou et toi, quand vous vous êtes battus. Tu n'as pas pu le pousser assez fort pour le soulever et le faire tomber. Quelqu'un de plus grand, oui, mais pas toi.

— Mais il n'était pas à *l'intérieur* du parking, rétorque Kane, avant de secouer la tête et de soupirer. Je pensais que tu le savais.

— Je sais que dalle, Kane, parce que tu ne m'as presque rien dit.

Ma voix tremble, et je dois me souvenir de ne pas crier.

— Je ne vois pas comment il pouvait ne pas être à l'intérieur.

— C'est parce qu'il était perché *sur* le mur.

Je ferme les yeux et me tapote l'arête du nez, m'efforçant de visualiser la scène. Si Lou s'était hissé sur le parapet, je comprends que la police puisse croire que Kane l'a poussé. Mais ils ne le connaissent pas aussi bien que moi.
— Ce n'est quand même pas toi.
Sentant sa main sur la mienne, je rouvre les paupières.
— Benny était parti chercher de la glace pour mon visage, dit-il. Tu te souviens comme j'étais amoché ? Lou m'avait collé un pain. Et Wilko, il s'est barré pendant qu'on était encore en train de se battre, genre... vingt minutes avant, facile. Il n'était pas là, maman. Benny non plus. Il y avait que Lou et moi. Il faut accepter la réalité. Je ne sortirai jamais d'ici.

WILKO
17 août

Il les vit dès qu'il sortit de la voiture.
Kane et Lou, en train de fumer à l'angle du pub, le second adossé au mur. Tous les deux regardaient dans sa direction; ils l'avaient forcément capté. Merde.
Il claqua la portière, et la voiture quitta son emplacement dans la rue enténébrée du quartier de Welsh Back. Alors qu'elle accélérait en direction du port, le cœur de Wilko s'emballa.
Il n'avait pas le choix. Il ne pouvait pas faire comme s'ils ne l'avaient pas repéré, aussi alla-t-il vers eux. Kane avait l'air fumasse contre Lou. D'ordinaire, les prises de tête entre potes n'intéressaient pas Wilko, mais il se demandait bien ce qui se passait entre ces deux-là. Comme Wilko s'approchait, Kane jeta sa cigarette et l'éteignit sous son pied, tendit à Lou un gobelet d'eau, avant de partir d'un pas vif dans King Street pour retourner au Llandoger.
— Kane, attends! lui cria Wilko.
Mais l'autre ne l'entendit pas ou l'ignora. Bordel de merde. Il faudrait qu'il aille lui parler après. Que pensaient-ils avoir vu? Peut-être qu'il s'affolait pour rien, qu'ils avaient trop bu pour remarquer quoi que ce soit, ou qu'ils étaient trop à la masse pour comprendre ce qu'il faisait là.

Il se tourna vers Lou, qui venait de sortir son portable et tapait un message en s'écartant du mur d'un pas légèrement titubant. Wilko eut un nouveau coup au cœur.

Il le rejoignit vite et arracha le mobile des mains de son copain.

— À qui t'écris ?

Lou but une gorgée d'eau et haussa les épaules.

Wilko examina l'écran. Il n'y vit ni numéro ni nom, mais un brouillon. La tension dans ses épaules se relâcha lorsqu'il le lut : *Je suis un gland, j'ai trop picolé. Désolé. T'es canon, ce soir.*

Il l'effaça et plaqua l'appareil contre le torse de Lou.

— Hé ho…, marmonna Lou en le glissant dans sa poche

Cette partie humide et enténébrée de la rue puait le vomi, et Wilko regarda par terre autour de lui pour s'assurer qu'il ne marchait pas dedans. C'est Lou qui avait gerbé ? Il avait quinze ans ou quoi ?

— Putain, t'es vraiment un puceau, s'esclaffa-t-il. Tu risques pas de te faire sucer si tu lui envoies des SMS comme ça.

Lou haussa encore les épaules, tira une bouffée de sa cigarette et leva son gobelet vers l'endroit d'où Wilko était arrivé.

— Belle bagnole.

Comme Wilko pivotait vers lui, Lou le fixa résolument dans les yeux.

— Depuis quand tu fais du business avec des mecs en Audi ?

Soudain, il ne paraissait plus si ivre. Il semblait avoir compris exactement ce que Wilko était venu faire là.

Wilko détourna le regard le premier et décolla de sa poitrine son tee-shirt trempé de sueur.

— Depuis toujours, mec. Y a des étudiants qui sont blindés de thune. Celui-là, il voulait savoir s'il pouvait payer avec la carte bleue de papa.

Il rit, pourtant conscient que cela lui donnait l'air nerveux.

Lou ne souriait pas. La musique du Llandoger avait changé, ou on avait monté le volume, et les basses du morceau comblèrent le silence qui s'était installé entre eux.

— C'est pas ce que t'imagines.

Il devait agir. Il devait empêcher Lou d'aller jacasser devant les mauvaises personnes.

— Ah, d'accord, fit Lou, d'une voix chargée de sarcasme. Ce n'est pas une voiture de flics banalisée, alors. Au temps pour moi.

Lou était plus grand que lui, mais Wilko pouvait avoir le dessus s'il le voulait. Justement, il tenait à faire passer son message. Il l'empoigna par le col de son tee-shirt et le plaqua violemment contre le mur. Lou en laissa tomber sa cigarette et son gobelet, dont l'eau fraîche éclaboussa les chevilles de Wilko. Lou tourna la tête tandis que Wilko le clouait sur place, d'un avant-bras pressé contre sa poitrine, mais contrairement à ce qu'il espérait, il n'avait pas l'air apeuré.

— T'en parles à n'importe qui, je dis bien à n'importe qui, et t'es mort.

Lou essuya les postillons qu'il avait reçus au visage. Wilko le lâcha et recula. Il se sentait mieux, son cœur se calmait, il respirait plus facilement.

— J'ai pas le choix, mec. C'est ça ou la taule.

Lou ne s'était pas écarté du mur, mais il décolla la tête juste assez pour la secouer légèrement, en lui lançant un regard mauvais.

— Tu sais que j'ai récolté une peine avec sursis, la dernière fois ? reprit Wilko, avant d'aplatir le gobelet de Lou sous son pied. T'es au courant, pas vrai ?

— Eh ben va en taule, crétin.

Lou repartit vers le pub. À l'angle de King Street, il se retourna.

— À quoi tu joues, putain ? Simon va l'apprendre, c'est obligé.

Wilko savait qu'il avait raison. Simon allait le tuer. Le couler au fond des quais, ou le jeter du pont suspendu. Ils lui avaient dit qu'il n'y en aurait que pour quelques mois, mais ça durait déjà depuis cinq. Il était coincé, dans la merde jusqu'au cou.

— Pas si tu lui dis rien ! cria-t-il à Lou.

ALICE
12 septembre

Alice devait parler à Benny.
Le trajet du retour de Long Lartin à Bristol avait été tendu. Il lui tardait alors de rentrer chez elle et de se dépêtrer d'Indigo. Pour la deuxième fois en huit jours, cette femme avait lâché une révélation explosive sur son fils. Un détail sur lui qu'elle, sa mère, aurait dû connaître.
Que lui aurait-elle dit, si elle en avait eu l'occasion ?
Qu'elle avait éprouvé des difficultés à s'attacher à lui après avoir découvert qu'elle était enceinte ? Qu'il était le fruit d'une erreur ? Alors qu'il se développait dans son ventre depuis neuf semaines – lorsqu'elle avait compris qu'elle n'était pas seulement fatiguée parce que Benny la réveillait la nuit, que ses nausées n'étaient pas dues à un virus tenace, Étienne avait déjà menacé de la quitter par deux fois. Comment aimer un enfant né dans ces conditions ? Elle avait eu raison, non ? Même quand on le lui avait mis dans les bras, elle avait eu plus de mal à trouver une place dans son cœur pour lui que pour Benny.
Mais quand, en arrivant à la clinique, elle avait vu Étienne en train de l'attendre, dos à elle, un changement s'était produit. Elle ne s'était même pas présentée à l'accueil. Elle avait juste fait demi-tour précipitamment, regagné sa

voiture et pris la route. Elle avait roulé au hasard, sans savoir où elle allait, mais son instinct lui avait soufflé de se diriger vers la mer. Comme si Lou, le tout petit Lou âgé de dix-neuf semaines, la poussait sans cesse vers la côte. Elle avait roulé jusqu'à Clevedon et s'était promenée en bord de mer, emmitouflée dans son gilet pour garder le bébé au chaud. Malgré le soleil printanier, il faisait frisquet sous la brise marine à l'odeur iodée.

Puis elle avait vu la boutique. Le magasin de pianos. La porte était ouverte, et ça avait été plus fort qu'elle. Elle n'en avait pas touché un depuis bien longtemps avant qu'Étienne entre dans sa vie, et quand elle avait vu le magnifique piano droit placé contre le mur à côté de la vitrine, elle s'était adressée au propriétaire : « Vous permettez que je...? »

Il avait dû se douter qu'elle ne comptait rien acheter. Elle n'avait pas de sac à main, même pas de portefeuille dépassant d'une poche. Mais elle n'avait jamais oublié son visage, ses yeux doux sous ses fins sourcils gris. Il avait compris qu'elle avait besoin de jouer, et il l'y avait autorisée.

Elle avait rehaussé le tabouret, son ventre rond pressé contre le clavier, et commencé à jouer de mémoire. La *Fantaisie en ré mineur* de Mozart. Elle avait démarré doucement, n'étant pas sûre de s'en souvenir, mais ses doigts n'avaient pas oublié. Quand elle avait atteint les plaintes de l'adagio, elle s'était rappelée les doigtés qu'on lui avait enseignés – son poignet s'abaissant sur le *la* avant de passer d'un petit bond au *sol* dièse. Mais dès qu'elle avait entamé ces mesures, les petits pieds de Lou s'étaient agités, comme du pop-corn éclatant dans son ventre. C'était la première fois qu'elle percevait ses coups de pied. Elle avait retiré les doigts des touches et senti le regard du vendeur sur elle, ainsi que le souffle sur son visage de la brise marine s'engouffrant par la porte. Elle avait posé les mains sur son ventre.

C'était ce moment qu'elle considérait comme les premiers instants de Lou. Celui où elle avait su qu'il vivait, qu'il continuerait à vivre, et qu'elle ferait de son mieux pour l'aimer – coûte que coûte.

Encore loin de se douter que ce serait si dur.

Lorsqu'elle arriva chez elle après avoir déposé Indigo, Benny n'était pas à la maison. Était-il déjà sorti pour la soirée, alors qu'il n'était que dix-huit heures ? Ça ne pourrait pas durer éternellement. Étienne n'était pas là non plus – heureusement pour lui.

N'ayant pas d'appétit, elle se mit en pyjama et alla se coucher dans la chambre de Lou, sa lime dans une main et un grand gobelet dans l'autre, avant de boire une petite gorgée de son contenu frais et limpide. Elle alluma la radio et attendit. Benny ne rentrerait peut-être que dans plusieurs heures, mais elle serait alors prête à l'interroger.

Peu avant vingt-deux heures, elle entendit tousser dans le jardinet de devant et un bruit de clés tombant dans l'allée. Elle alla jeter un coup d'œil par la fenêtre. Étienne. Elle ferma les yeux. Elle ne pouvait encore rien lui dire, pas avant qu'elle ait pu parler à Benny. Elle retourna dans le lit, l'écouta allumer la télé dans la pièce d'en dessous. Il allait ensuite se glisser dans le vieux sac de couchage de Lou et passer la nuit sur le canapé. Pourquoi avait-elle accepté qu'il reste ?

Après avoir monté le son de la radio pour couvrir tout signe de la présence d'Étienne, elle se concentra, comme souvent lorsqu'elle souhaitait se détendre, sur ses encadrements adorés, posés en équilibre sur le bureau de Lou. La beauté visuelle des vingt premières mesures de *La Campanella* ne manquait jamais de la faire sourire, un peu comme une plaisanterie musicale avec elle-même. Elle avait une prédilection pour les compositions diablement complexes (pas pour les mélodies romantiques plan-plan qui avaient tant de succès) et cette partition comptait parmi les pièces pour piano les plus difficiles. La première section, sur son affiche, paraissait relativement simple, mais il suffisait de tourner la page pour que ça se corse. Elle n'avait jamais réussi à en maîtriser que de courts passages, au prix d'innombrables heures penchée sur son clavier. À côté des portées du Liszt, les illustrations de *Tragopogon pratensis* rayonnaient telles de petites explosions de feu d'artifice. Ces plantes poussaient dans le jardin de ses parents, et Alice s'émerveillait de leurs fleurs qui s'ouvraient à l'aube et se refermaient dès midi, jusqu'à ce que sa mère les arrache. « Saletés de salsifis des prés, maugréait-elle. Fléau de mon jardin. » Ayant été une enfant timide, Alice aurait aimé pouvoir se refermer et se couper du monde, sans qu'on la dérange, à l'heure du déjeuner, comme ces fleurs jaunes. Elles n'avaient jamais poussé d'elles-mêmes chez elle, et elle n'avait pu se résoudre à en semer. Elle y aurait vu une trahison ; rien qu'en y pensant, elle entendait encore pester sa mère.

 Elle ferma les yeux, se remémorant le reste du jardin de son enfance. Le rosier grimpant entretenu avec tant de soin sur son arche, les minuscules étoiles violettes des *Crocus tommasinianus* qui s'étaient acclimatés dans le gazon. Les fleurs dorées du *Forsythia × intermedia* qui apparaissaient longtemps avant que l'hiver ait même songé à s'effacer devant le printemps.

Elle fut tirée du sommeil, la lime toujours serrée dans sa main, par du tapage devant la maison, mais elle ne fut pas assez rapide pour devancer Étienne. Elle consulta l'horloge de la salle de bains puis descendit après avoir enfilé une robe de chambre et glissé la lime dans sa poche. Il était minuit et demi.

Étienne avait déjà ouvert la porte avant qu'elle ait atteint le bas de l'escalier, mais elle ne voyait pas qui était là. Il s'adressait à voix basse à un autre homme. Était-ce le père d'Alice ?

Étienne s'écarta, et en effet, le vieil homme entra en soutenant Benny, tous deux se tenant par l'épaule, Benny murmurant des excuses. Il empestait l'alcool et serrait son skateboard contre la poitrine.

— Qu'est-ce qui se passe ?

Alice regarda son père et son fils tour à tour.

— D'où vous sortez, tous les deux ?

Étienne parla le premier :

— David rentrait en voiture par le centre...

— Ce n'est pas à toi que je demande, le coupa-t-elle sèchement. *David* est tout à fait capable de me répondre lui-même, n'est-ce pas, papa ?

Son père les observa l'un après l'autre.

— Comme disait Étienne, je rentrais par le centre et j'ai vu Benny assis devant le parking, à moitié dans les vapes.

Il tapota le côté de la tête que son petit-fils posait sur son épaule.

— Dans Queen Charlotte Street.
— *C'est inacceptable**, asséna Étienne en agitant l'index sous le nez de Benny. Tu choisis mal ton moment pour sortir jusqu'à pas d'heure et picoler tous les soirs.
Alice le foudroya du regard.
— Je t'interdis de faire la leçon à mon fils ! Ne te mêle pas de ça.
Elle prit son skateboard à Benny et lui caressa la joue. Celle-ci était rugueuse ; il ne s'était pas rasé depuis plusieurs jours.
— Ton *fils** ?
— Mon fils, oui.
Son père installa Benny sur la première marche, et le jeune homme s'avachit en avant, la tête entre les mains.
— C'est *notre* fils.
— Laisse-moi m'en occuper, Étienne.
Avec un rire plein de colère, il regagna le salon et claqua la porte.
— Qu'est-ce qu'il fiche ici ? chuchota son père, cherchant son regard dans la pénombre du vestibule. Je ne savais pas qu'il logeait chez toi. Est-ce que tu…
— Merci, papa. C'est bon, je m'en charge.
Elle pivota vers Benny, qui vacillait en grognant.
— Merci de l'avoir ramené.
— Pourquoi tu n'acceptes pas mon aide ? s'enquit-il en lui posant la main sur le bras.
— C'est bon, je m'en charge, insista-t-elle, avant de se tourner pour lui donner un baiser sur la joue. Rentre, va. Il est tard.
Il secoua la tête et s'en alla.

— Tiens, bois ça.
Alice tendit à Benny un café noir corsé. Elle avait réussi à le mettre debout et à le guider jusqu'à la salle de derrière, avant de le faire rasseoir sur une chaise en rotin à la table de la cuisine.
Benny fit la grimace, mais il but.
Lentement, gorgée par gorgée, il finit la tasse, son regard se faisant petit à petit moins trouble. Ils restèrent sans rien dire au moins dix minutes avant qu'Alice lui parle de nouveau.
— C'est là-bas que tu vas tous les soirs.
Il acquiesça d'un signe de tête.
— Comment tu t'y rends?
Il haussa les épaules.
— En skate. En bus.
Elle resserra sa robe de chambre autour d'elle.
— Désolé, maman.
C'était l'occasion de se lancer, avant qu'elle se dégonfle. Tant qu'il avait de l'alcool dans le sang, la vérité était à portée de main. Elle tripota la ceinture de son peignoir.
— Lou avait découvert quelque chose à mon sujet.
Il leva la tête.
— Quand j'étais enceinte de lui, j'ai failli...
Elle plaqua les bras contre son ventre. *Ses petits pieds qui s'agitent.*
— Je suis passée à ça d'avorter.
Elle examina la couture autour de la poche de son peignoir, sous ses bras croisés. Un fil en dépassait.
— C'était un moment difficile, avec ton père. Je n'étais pas sûre que ce soit très juste d'accueillir un deuxième enfant dans la famille.

Ce n'était qu'en partie la raison, mais elle ne se sentait pas prête à tout lui révéler.

Elle décroisa les bras.

— C'est à cause de ça qu'il s'est battu avec Kane.

— Oui.

Benny posa sa tasse devant lui.

— Alors toi aussi, tu savais ?

Aucun de ses fils ne lui en avait parlé. Ils savaient tous les deux, mais ils n'avaient rien dit.

— Comment tu l'as appris ? s'enquit Benny, avec quelques restes d'ivresse dans la voix.

— Ça n'a pas d'importance.

— Kane a raconté tout ça à la police ?

— Je n'en sais rien.

Elle n'avait même pas envisagé que d'autres puissent être au courant du secret dont elle avait si honte.

— Et toi, qui te l'a dit ? l'interrogea-t-elle.

Ça ne pouvait venir que d'une personne, en fait. Mais elle se raccrochait au maigre espoir qu'il ne l'ait pas trahie de façon si abjecte.

Pour la première fois depuis le début de leur conversation, elle fixa Benny droit dans les yeux.

Il tordit les mains sur ses cuisses et soutint son regard.

— Papa.

Elle pinça les lèvres.

— Pourquoi ?

Elle aurait aimé crier : « De quel droit ? » Et : « Comment a-t-il pu me faire ce coup-là ? » Elle avait envie de hurler. Leur avait-il avoué qu'il ne voulait pas garder le bébé, lui non plus ?

— On est allés le voir, en juillet. Tu travaillais. Il était de passage à Bristol pour donner quelques concerts, alors il nous a proposé qu'on se retrouve.

Elle hocha la tête. Enfin, il lui racontait leur petite réunion secrète.
— Lou a réglé ses comptes avec lui.
Elle recourba les pieds sur le lino froid.
— À cause de ce qu'il vous a appris ?
— Non, déjà avant. C'est pour ça qu'il tenait à le voir. Il l'a pourri parce qu'il ne s'est pas occupé de nous.
— Ah…
Elle ne s'attendait pas à ça. Les garçons avaient toujours idolâtré Étienne. Surtout Lou.
— Il lui a balancé des tas de reproches, à propos de tout ce qu'il n'a jamais fait. Les cartes d'anniversaire qu'il n'envoyait pas, toutes les fois où il n'est pas venu alors qu'il avait promis de nous emmener en sortie. D'un coup, papa s'est super énervé et il lui a renvoyé : « Parce que tu crois qu'elle est parfaite, ta mère ? » Et c'est là qu'il a lâché : « La vérité, c'est que ta mère ne voulait pas de toi. »
— C'est ce que je croyais. Je m'étais trompée.
Alice se leva, repoussa sa chaise sous la table, prit la tasse de Benny pour la déposer dans l'évier.
— C'est ce que j'ai répondu à Lou. Je lui ai expliqué que tu ne l'aurais pas gardé si tu n'avais pas voulu. Que tu avais forcément une bonne raison de l'avoir envisagé au départ.
— C'est vrai ?
Son cœur lui sembla un peu plus léger en apprenant qu'il l'avait défendue.
— Et comment il l'a pris ?
— Il était… il était en colère.
La diction de Benny redevenait plus nette à mesure que la caféine agissait.
— Au début, en tout cas. Il a dit… Tu tiens vraiment à savoir ?

— Oui.
Elle restait dos à lui, à rincer la tasse. L'eau chaude sur sa peau l'apaisait, aussi la laissa-t-elle couler plus longtemps que nécessaire.
— Il a dit que ça expliquait tout. Qu'il avait toujours su que quelque chose clochait entre vous, qu'il sentait bien que tu ne cherchais pas sa compagnie. Papa a expliqué... il a raconté à Lou...
Elle attendit, mais il ne poursuivit pas.
— Quoi ? Qu'est-ce qu'il a raconté d'autre, ton père ?
— Que tu ne t'étais jamais attachée à lui quand il était bébé. Que ça avait même commencé avant sa naissance, avant que tu changes d'avis pour l'avortement. Apparemment, tu disais que Lou était un... un parasite.
Alice ferma les yeux. Pourquoi Étienne lui avait-il révélé ça ? Ça ne pouvait rien apporter de bon. Elle avait en effet eu le sentiment que Lou était un parasite ; elle avait eu l'impression que son corps ne lui appartenait plus, s'était sentie plus lourde qu'avec Benny, plus lasse, plus éreintée. Mais après cette journée à Clevedon, ça s'était arrangé. Juste un peu, et pas très longtemps, mais quand même.
— Ah, d'accord.
— Quoi, tu ne réagis pas ?
Elle se retourna vers lui.
— Comment ça ?
— Je viens de te dire un truc qui... Je ne sais pas, la plupart des gens seraient hypercontrariés d'apprendre ça. Mais toi, regarde...
Il leva la main vers elle.
Comment voulait-il qu'elle réagisse ?
— Tu n'es pas possible, maman. Avant, je croyais que tous les parents étaient comme ça. Mais en fait il y a que

toi. Tu ne nous demandes jamais comment on se sent, tu ne nous serres jamais contre toi.
— Tu n'aimes pas qu'on te prenne dans les bras.
— Tu ne te plains jamais d'être triste, tu ne ris jamais, tu ne dis jamais que tu es heureuse, tu ne te mets jamais vraiment en colère. Parfois, j'ai envie de te secouer.
Benny se leva et, du plat de la main, donna un grand coup contre le chambranle de la porte en passant dans le vestibule.
— Et maintenant, la façon dont tu te comportes depuis que Lou est mort...
Alice laissa la tasse dans l'évier et le suivit.
— Papi dit que tu n'étais pas comme ça, avant. (Il s'engagea dans l'escalier.) J'aurais bien aimé te connaître à cette époque-là.
— Benny, attends, chuchota-t-elle en lançant un coup d'œil vers la porte du salon.
Elle ne voulait surtout pas qu'Étienne se mêle de la conversation. Benny se retourna en haut des marches et la fixa.
— Je ne suis pas insensible, se défendit-elle. C'est ça que tu me reproches ? Je suis comme toi, moi aussi j'ai des sentiments !
— Alors montre-les.
— Ce n'est pas ma façon de fonctionner. Mais ça ne signifie pas que je n'éprouve rien.
— Je ne t'ai même pas vue pleurer une seule fois pour Lou. Tu n'es même pas affectée par...
Elle gravit quelques degrés.
— Regarde la tête que j'ai, Benny.
Était-ce ce qu'il voulait ? Elle désigna son haut de pyjama en le saisissant entre le pouce et l'index, souleva des paquets de ses cheveux ébouriffés.

— Je pense à lui tout le temps. À toi aussi. Je veux savoir ce qui s'est passé dans ce parking, parce que tu refuses de me le dire, et je veux être sûre que tu ne t'es pas attiré d'ennuis.
— Non, t'inquiète.
Il poussa la porte de sa chambre, avant de marquer une pause, la tête basse.
— Oublie ce que j'ai dit, en fait. Tu es comme tu es, tu ne changeras pas.
— Exactement. Je…
Elle monta les dernières marches. À l'intérieur de la chambre, elle distingua quelques sacs de voyage et une petite valise remplis de vêtements et de livres. Les étagères paraissaient plus vides que jamais. Sa poitrine se comprima.
— Tu es fin prêt à partir, alors ?
Elle n'avait pas oublié qu'il devait quitter la maison pour l'université, mais ce moment l'avait prise au dépourvu.
— Papi va m'emmener lundi après-midi.
— Tu ne préfères pas que ce soit moi ?
— C'est bon, merci. Ça lui faisait plaisir.
Il évitait son regard. Il avait beau lui avoir enjoint d'oublier ce qu'il lui avait dit, lui-même ne l'oubliait pas.
Toute sa vie, elle l'avait consacrée à ses fils. Il le savait bien, quand même ! À la fin de sa première journée en tant que mère célibataire, elle s'était penchée au-dessus de leurs petits lits, de part et d'autre de la chambre qu'ils partageaient, pour les regarder dormir. Benny, qui suçait son pouce jusqu'à ce qu'il glisse de sa bouche. Lou, tout petit, allongé sur le dos, bras relevés de chaque côté de la tête comme en signe de reddition. Elle leur avait alors promis de se démener pour qu'ils deviennent des hommes meilleurs que leur père. Par la suite, chaque fois que, de loin en

loin, elle recroisait Étienne, toujours plus négligé à force d'être sur la route toute l'année, plus marqué par les soirées alcoolisées quotidiennes, elle renouvelait son serment. Chaque fois qu'il lui avait quémandé de l'argent parce qu'il « galérait ». Chaque fois qu'il l'avait informée d'un changement d'adresse après qu'on l'avait mis à la porte de chez lui pour retard de loyer. Chaque fois (plus récemment, après qu'il avait enfin décidé de se prendre en main) qu'il se désistait à la dernière minute alors qu'il aurait dû passer le week-end avec eux. Elle avait réitéré intérieurement sa promesse, sans relâche : *Vous serez des hommes meilleurs.* Ils ne deviendraient pas des tire-au-flanc, des parasites ou des loques. Si d'aventure ils avaient la malchance de récolter la nature d'Étienne, ils avaient la chance d'être élevés par elle.

— Je vais me coucher, annonça Benny, le dos tourné, en tirant ses rideaux. Bonne nuit, maman.

Elle recula dans le couloir, et faillit trébucher sur le sac d'Étienne, qu'il laissait devant la salle de bains. Quelle enflure ! Comment avait-il pu lui faire ça, ainsi qu'à Lou ?

Benny ferma sa porte, et elle se retrouva seule.

Elle s'accroupit, et, les mains tremblantes, vida les affaires d'Étienne. *Connard, connard, connard.* Elle sortit une de ses chemises et, à coups de lime, en lacéra les deux pans. Le déchirement doux du tissu l'apaisa, aussi répéta-t-elle l'opération dans le dos. Cherchant autre chose à détruire, elle trouva son passeport, rangé dans une pochette en cuir pleine de papiers et de reçus. Elle les feuilleta. Additions de restaurant, notes de bar, factures d'hôtel des quatre coins de l'Europe. Puis, le planning de sa tournée estivale. Elle le parcourut en faisant glisser son doigt de haut en bas devant une série de dates dans toute la France. Puis Saint-Sébastien le cinq août. Barcelone deux jours après. Avilés, Maliano,

Madrid, puis quelques dates aux Pays-Bas, toute la semaine suivante. Enfin, tout en bas, sous la dernière ligne marquée du quinze août : FIN TOURNÉE. Elle retourna la feuille. Il y avait forcément une erreur. Il était encore en tournée quand Lou était mort, non ? C'est ce qui l'avait empêché de venir tout de suite à Bristol. Il était à l'étranger.

Par gestes frénétiques, elle fouilla le reste des reçus, cherchant une indication que la tournée se poursuivait ou qu'une nouvelle commençait.

Elle ne trouva qu'une confirmation de réservation Airbnb, à quelques kilomètres de là. Il avait demandé à prendre possession des lieux le seize août, la veille de la mort de Lou.

INDIGO
13 septembre

Je commence à avoir froid aux pieds sur l'herbe humide, le bas de mon dos s'est engourdi. Plus je m'attarde sur la chaise pliante bancale que j'ai trouvée un peu plus loin dans la rue, plus l'odeur musquée du répulsif à renards semble s'intensifier au lieu de s'atténuer.
Mais je ne bougerai pas d'ici, pas tant que cette chienne ne sera pas sortie de chez elle. Je resterai plantée là toute la nuit s'il le faut, jusqu'à ce qu'elle aille acheter le lait pour le petit déjeuner. Elle ne me verra pas, dans la petite allée d'en face, d'où je la guette. Personne n'a encore remarqué ma présence.
Quand elle m'a déposée chez moi, j'ai tourné en rond pendant une heure, Lucian me suivant à la trace, en essayant d'y voir plus clair. J'ai noté tout ce que je me rappelais de nos rencontres.
Toutes les fois à la bibliothèque.
Quand je l'avais croisée près du parking, dans le centre.
Que faisait-elle vraiment dans cet immeuble ? Je m'explique son drôle de comportement, maintenant : elle me cachait quelque chose, mais pas un rendez-vous médical embarrassant. Ce devait être en lien avec l'affaire de Kane.

Mais comment ? Et pourquoi se donnait-elle cette peine ? Kane avait été inculpé, il était passé aux aveux. Que voulait-elle de plus ?

Et pourquoi m'avoir proposé de m'emmener, moi, la mère du garçon qu'elle pensait être l'assassin de Lou ? Pourquoi m'avoir parlé à la bibliothèque, si elle savait à qui elle s'adressait ? Elle aurait pu charger une collègue de s'occuper de moi.

À vingt-trois heures, il a fallu se rendre à l'évidence : je ne trouverais pas le sommeil. Je dois confirmer que je ne deviens pas folle, que c'est vraiment *elle*. J'ai donc pris mon vélo pour venir ici. Au départ, je me demandais ce que j'allais faire en arrivant. Graver des insultes sur sa porte ? Lui hurler dessus depuis la rue ? Non. Pour l'instant, je ne tiens pas à lui dévoiler que je suis sur sa piste. J'ai fait quelques tours du pâté de maisons jusqu'à Kellaway, avant de revenir par Bishop Road, en ralentissant quand je passais devant celle où j'avais parlé à Benny. Sa voiture est garée quelques mètres plus loin, mais pas devant cette maison, même s'il y a des places de stationnement. Ce n'est donc pas une preuve suffisante ; je dois la voir à l'intérieur.

Puis j'ai repéré cette allée menant aux box situés derrière les habitations qui font face à la sienne. J'ai attaché mon vélo contre la clôture à quelques mètres de là et suis retournée dans la rue pour récupérer la chaise, qu'un voisin a laissée devant chez lui, parée d'une affichette aux lettres noires qui à présent bleuissent à cause de l'humidité et indiquent : *À donner. Cherche un bon foyer !*

Depuis une heure, je suis tapie là, dans l'obscurité. J'attends. Mon petit doigt me dit que c'est une couche-tard, un oiseau nocturne qui aime à rôder, et qu'elle ouvrira cette porte bleue avant le lever du jour. Si je me fie aux cernes foncés sous ses yeux, elle ne dort pas beaucoup, comme moi. Tant mieux.

Une voiture se gare dans un des emplacements devant la maison. Un homme aux cheveux gris descend du côté conducteur, fait le tour jusqu'à la portière passager et aide un homme plus jeune à sortir. Je me redresse sur ma chaise et retiens mon souffle. C'est Benny.

— Que se passe-t-il?

Benny s'appuie mollement contre l'autre, qui doit presque le traîner jusqu'à la porte d'entrée.

— Je n'ai pas les clés. Faut l'appeler pour qu'elle vienne ouvrir, grommelle Benny, qui perd l'équilibre et percute un pot de fleurs.

Le vieil homme le rattrape en déclarant :

— Doucement, ça va aller, ça va aller.

S'affalant encore contre lui, Benny se met à chanter, un chant d'ivrogne incompréhensible et très bruyant.

La porte s'ouvre et un autre homme apparaît. Plus vieux que Benny, mais plus jeune que le conducteur de la voiture. Dans ma tranche d'âge. Et dans celle d'Alice. Il fait signe à Benny et à l'homme de rentrer. Ce doit être le père de Benny et Lou. Je ne vois pas d'autre explication. Le frère d'Alice? J'ai l'intuition qu'il n'en est rien. Elle a aussi menti en se présentant comme une mère célibataire. Lorsque le battant se referme doucement, je me retrouve de nouveau seule.

Quelques minutes plus tard, l'homme âgé ressort, ferme derrière lui et s'attarde sur le pas de la porte quelques instants, comme s'il hésitait à y retourner. Qui est-ce? Le père d'Alice? Que se passe-t-il, là-dedans? Benny avait l'air bourré. Rentraient-ils d'une soirée de beuverie, tous les deux? Non. Cet homme semblait sobre, et il conduisait.

Il remonte dans sa voiture, y reste plusieurs minutes sans allumer le moteur. Je distingue juste sa silhouette tout en ombres, sa tête tournée vers la maison. Il n'est pas à l'aise, il veut rejoindre les autres. Pourtant, il finit par partir, et la rue redevient silencieuse, jusqu'à ce qu'il commence à pleuvoir.

Je suis venue en veste de vélo jaune fluo, mais ne pouvant évidemment pas la garder pour épier devant chez elle, je ne porte qu'un tee-shirt, une polaire et un jean. Il ne faut pas longtemps pour qu'ils soient trempés. Je me mets à frissonner. Me voilà bien. Qu'est-ce que je fabrique ici ? Ce n'est pas cette nuit qu'elle sortira. Je suis sûre qu'il s'agit bien d'elle, de toute façon. Inutile de la voir ici pour ça.

Mais maintenant que je suis là, je ne peux me résoudre à rentrer. J'ai froid, je suis épuisée, mais je pense à mon Kane chéri. La raison de ma présence dans cette allée. Je songe aux croquis que j'ai réalisés de lui avant de venir. J'ai ressorti mon chevalet du cabanon et l'ai ramené dans l'atelier. J'ai pincé plusieurs feuilles d'un épais papier A2 sur un carton, et ouvert un nouveau paquet de fusains. J'ai crayonné avec une ferveur, une vitesse et une chaleur qui me gagnent toujours quand j'ai conscience de faire du bon travail. J'ai saisi la beauté de ses yeux, mais aussi la peur lisible sur ses traits, la manière dont la prison l'a vidé de son air juvénile. Puis j'ai décroché son portrait, et je me suis trouvée devant une page blanche.

Là, je me suis mise à la dessiner, elle, de mémoire. Ses cheveux bruns toujours rassemblés en queue-de-cheval ou en natte. Ses yeux espacés, en amande, ses pommettes hautes. Son nez droit. Ses lèvres qui ne sourient jamais. J'ai essayé une, deux, trois fois, roulant chaque esquisse en boule avant de la jeter par terre. Impossible de la représenter convenablement ; je ne pouvais pas dessiner quelqu'un que je ne comprenais pas. Je ne parvenais à capturer ni sa duplicité ni sa froideur.

Laissant ma quatrième tentative pincée au carton, j'ai pris ma veste et sorti mon vélo. J'avais besoin de revoir son visage, pour identifier ce qui m'échappait.

Je consulte ma montre. Près d'une heure s'est écoulée depuis que le vieil homme est parti. La pluie est plus fine, mais je ne sens plus ni mon nez ni le bout de mes doigts. Ça suffit, les bêtises. Je me lève, récupère mon coupe-vent sur ma selle et en secoue l'eau. Derrière moi, j'entends un léger cliquetis. Je me détourne, en cachant le tissu jaune fluo dans mon dos.

C'est elle.

À la lumière orangée du lampadaire, je vois son visage. Elle est en pyjama et en robe de chambre, pieds nus. Elle porte un gros sac de voyage, qu'elle expédie dans son allée, avant de faire subir le même sort à un étui de guitare. Elle s'accroupit pour ouvrir leurs fermetures Éclair. Je me colle à la clôture, mais je n'ai pas à m'inquiéter ; elle ne jette pas de coup d'œil aux alentours. Elle se moque qu'on puisse la voir.

Elle repart dans la maison, puis en ressort, munie cette fois d'une sorte de bidon d'arrosage. Ça en a la taille et la forme, mais ce n'est pas équipé d'un bec. Que fabrique-t-elle ?

Elle en dévisse le bouchon et l'incline pour déverser le liquide qu'il contient dans le sac et l'étui. Elle tousse et plaque l'avant-bras devant sa bouche.

Tandis qu'elle referme le bidon et rentre chez elle, l'odeur dérive jusqu'à moi.

L'odeur prenante, étourdissante et immédiatement reconnaissable de l'essence.

ALICE
13 septembre

Alice poussa la porte du salon sans un bruit et traversa le tapis sur la pointe des pieds jusqu'à l'autre bout. Elle écarta légèrement le rideau, le lampadaire de devant projetant un biseau de lueur orangée dans la pièce, puis ouvrit la fenêtre.
　La pièce sentait l'odeur d'Étienne. Sa peau, sa sueur et son eau de toilette. Autrefois, ce mélange l'aurait mise dans tous ses états.
　Elle resta un instant à le regarder dormir dans le canapé. Elle crispa fort les mâchoires au point d'avoir mal, puis elle souleva le sac de couchage dont il était couvert et se faufila dessous. Il y avait juste assez de place pour eux deux – leurs corps serrés, leurs visages si proches que leurs nez se touchaient presque. Il remua et ouvrit les yeux.
　— C'est toi ? fit-il d'une voix ensommeillée.
　— Tu attendais quelqu'un d'autre ?
　Elle posa la main sur sa joue rugueuse, son début de barbe. Elle avait envie d'appuyer plus fort, d'y imprimer la marque de ses doigts.
　— Je croyais que ça ne te disait rien.
　— Avant, non.
　Elle percevait son souffle chaud contre ses lèvres, sa main qui glissait dans son dos.

— C'est agréable de t'avoir ici, poursuivit-elle, en passant les doigts sur son cou, comme il en avait toujours été friand.

Il eut un gémissement d'aise.

— C'est vraiment gentil d'avoir annulé ta tournée.

Il avança le menton, cherchant ses lèvres des siennes, mais elle pressa un doigt dessus. Plus que quelques secondes. Elle sentait déjà l'odeur d'essence ; il n'allait pas tarder lui non plus.

Elle le fixa dans les yeux cependant qu'il descendait la main jusqu'à sa cuisse, afin de lui relever la jambe par-dessus la sienne.

C'était imminent.

Elle lui effleura le mollet avec son pied nu, et il gémit de nouveau.

Puis il renifla. Dans l'obscurité, elle sourit.

La main qu'il promenait sur elle s'interrompit sur son genou.

— C'est quoi cette odeur ?

— Continue.

— C'est de l'essence ?

— Il y a eu un petit accident. Ça n'a pas d'importance. Ne t'arrête pas.

Il rit et se remit à lui caresser la cuisse.

— Je savais que tu changerais d'avis. *Comme au bon vieux temps**.

Cette expression la crispa. Elle ne considérait pas leurs années de vie commune comme le bon vieux temps.

— J'ai renversé un peu d'essence de Lou sur tes bagages, c'est tout.

Étienne s'immobilisa de nouveau.

— Comment ça sur mes bagages ?

Même dans la pénombre, elle vit ses yeux s'écarquiller.
— Sur mon sac ?
Il lui agrippa la cuisse trop fort.
— Sur mon sac ou sur mon étui de guitare, Alice ?
— Surtout ton étui. Et un peu sur ton sac. Ce n'est rien. J'ai tout mis à aérer dehors, devant la porte, pour que ça ne sente pas dans la maison.
Elle le sentait se raidir de plus en plus.
— De l'essence ? Sur mon étui ?
— Allez, il ne faut pas que ça nous gâche... ça.
Alice descendit les doigts sur la poitrine d'Étienne.
— Je suis sûre qu'il n'y aura pas de dégâts.
— Tu en as renversé beaucoup ?
Il s'assit et, les paupières plissées, la regarda.
— Tu sais combien elle m'a coûté, cette guitare ?
— Allez, reviens. Ça ne va pas l'abîmer, va. Elle gardera juste une odeur d'essence quelque temps.
Elle ne put s'empêcher de sourire encore.
Elle devinait sur le visage d'Étienne le dilemme qui l'animait ; il n'était pas du genre à faire l'impasse sur ce qu'il pensait pouvoir obtenir d'elle.
— *Je vais jeter un coup d'œil**.
Il laissa retomber le sac de couchage sur elle et quitta la pièce, seulement vêtu de son caleçon. Elle resta allongée là un instant, à écouter.
La porte du vestibule s'ouvrit, suivie par celle de la maison. Alice alla refermer la fenêtre au son d'Étienne qui maugréait des jurons.
Lorsqu'elle alla dans l'entrée, il était accroupi dehors dans l'air humide, soulevant sa guitare dégoulinante.
— C'est carrément trempé, Alice ! Comment c'est arrivé ?

Il leva la tête, juste à temps pour voir la porte lui claquer au nez.
Il la martela du poing.
— Alice !
Elle regagna son point d'observation à la fenêtre du salon et le regarda se détourner pour fouiller dans son sac.
Elle tapota la vitre et agita ses clés.
— C'est ça que tu cherches ?
Même s'il jura dans sa barbe, Alice reconnut l'insulte « connasse » en français. Il la lui avait suffisamment jetée au visage par le passé.
— Laisse-moi rentrer. Qu'est-ce que tu fous ? Regarde comment je suis !
Il désigna son corps dénudé.
— Il fait froid.
— Ne remets jamais les pieds ici.
— Alice, tu ne peux pas me faire ce coup-là.
— Tu étais où quand Lou est mort ?
Il considéra sa guitare.
— Pourquoi tu m'as fait croire que tu étais encore en tournée ?
Dans la maison voisine, les rideaux de la chambre de Steve remuèrent. Qu'il regarde, qu'il sache quel enfoiré était Étienne. Toute la rue pouvait se réveiller, elle s'en moquait.
— Tu avais l'intention de voir les garçons, au moins, pendant ton séjour ?
— J'ai rendu visite à Joe et Lianne. Et je prévoyais d'appeler les garçons, oui, c'est pour ça que je suis resté à Bristol, mais je pensais que Lou me rembarrerait, répondit-il, presque trop bas pour qu'elle l'entende. La dernière fois,

ça s'est mal passé. Lou m'avait sorti mes quatre vérités. Du coup j'ai tardé à leur téléphoner, et c'est là que...
Il rangea sa guitare dans son étui.
— Alice, *s'il te plaît**. Ouvre-moi. *On ne peut pas parler comme ça**.
— Deux semaines, Étienne. Ça t'a pris deux semaines pour venir après la mort de ton fils.
— *J'ai merdé**, d'accord? *J'ai encore merdé**. Comme d'habitude.
Merdé? C'était peu de le dire. Attendait-il qu'elle le plaigne? Alors qu'elle s'apprêtait à refermer le rideau, il plaqua la paume contre le carreau. En s'aplatissant, la peau rose forma des taches d'une blancheur jaunâtre.
— J'ai pensé que je ne te servirais à rien, expliqua-t-il.
— Alors pourquoi tu es revenu, en fait?
— Ouvre la fenêtre, au moins, ça sera plus facile de discuter. (La tête de côté, il lui coula un regard implorant. Elle tourna les yeux.) C'est Joe qui m'a convaincu. Il m'a dit que je pourrais t'aider. Même un raté comme moi.
Il tapota de nouveau le verre, et lorsqu'elle le regarda, il sourit.
— Je ne vois pas ce qu'il y a de drôle, asséna-t-elle.
Le sourire s'effaça.
— Je vais juste prendre un tee-shirt, d'accord? Ne bouge pas.
Il pivota et s'accroupit pour chercher dans ses affaires.
— Tu n'aurais pas dû lui dire, Étienne.
Le regard rivé sur son dos, avant de se détourner et de s'éloigner. Roulant au hasard, sans savoir où elle allait.
Après avoir enfilé un tee-shirt de couleur claire, il se tourna lentement vers elle. L'expression qu'elle lut sur son visage ne trompait pas : il comprenait parfaitement de quoi

elle parlait. Il hocha la tête, incapable de la regarder dans les yeux.

— Ça m'a échappé. J'étais énervé contre lui. Il me disait qu'il me détestait, que j'avais été un père merdique...

Elle cria à travers la vitre en frappant le cadre de la fenêtre du plat de la main :

— Tous les jeunes balancent ce genre de trucs ! Si t'étais resté pour les voir grandir, tu le saurais.

— Je suis désolé. Bon, je vais y aller. On parlera demain.

— Je ne veux plus jamais te revoir. Tu n'es pas le bienvenu à l'enterrement de Lou.

— *Arrête, Alice. Tu ne peux pas me faire ça**. Tu n'as pas le droit d'empêcher un père de...

— Tu n'aurais pas dû lui dire, répéta-t-elle.

Elle tira le rideau, s'assit au bout du canapé, évitant le résidu de chaleur laissé à l'autre extrémité par leurs corps, ignorant Étienne qui l'appelait en tambourinant aux carreaux. Elle sortit son mobile de la poche de sa robe de chambre et écrivit un message à son père.

Étienne a dégagé.

INDIGO
13 septembre

Les mains serrées autour d'une tasse de thé à la menthe, j'inhale la vapeur en me disant que ça me réveillera autant qu'un café. Je me sentais en forme le temps de mon trajet à vélo jusqu'au centre ; le ciel s'est dégagé, l'air frais est plus pur, l'odeur d'après la pluie s'élève de la chaussée et les arbres semblent plus verts qu'hier. Mais dès que je me suis installée dans ce café et que j'ai commencé à compulser mes notes au sujet d'Alice, la fatigue m'a rattrapée. Je cligne sans arrêt les yeux. Je suis encore restée un peu devant chez elle, la nuit dernière, après qu'elle a versé de l'essence sur le sac et l'étui, assez longtemps pour voir l'homme que je suppose être le père des garçons sortir en caleçon et cogner à la porte, qu'elle lui avait fermée au nez. J'ai eu envie de l'aider, mais je ne pouvais pas me montrer. J'ai profité qu'il avait le dos tourné et martelait la porte des poings pour abandonner ma chaise et pousser mon vélo jusqu'à la rue le plus silencieusement possible, puis je suis rentrée chez moi. Venait-elle de le chasser ? Pourquoi ? Je sors l'article consacré à Lou de ma liasse de documents et le relis pour vérifier si quelque chose m'a échappé. Du moins, j'essaie de m'en convaincre. Non, je ne suis pas en train de temporiser. Non, je ne retarde pas le moment d'aller dans

Queen Charlotte Street et d'entrer dans le bâtiment d'où j'ai vu sortir Alice lundi.

Après avoir récupéré mon casque sur la chaise voisine, je termine ma tasse et sors sous le soleil éclatant. Alors que je passe devant le parking, je me réjouis d'avoir mes papiers à agripper de toutes mes forces. En apercevant l'endroit d'où je lui ai fait signe de la main, je me remémore ses mensonges, et j'ai envie de cogner dans quelque chose. Et moi qui m'étais imaginé que malgré son caractère très particulier nous aurions pu, qui sait, devenir amies.

Absorbée par ma colère, j'ai déjà gravi la moitié du perron de l'immeuble sans m'en rendre compte, le regard levé vers l'enseigne qui surmonte la porte en verre : Frasier House.

Tout en répétant mon texte dans ma tête, j'entre.

— Puis-je vous renseigner, madame ? s'enquiert la réceptionniste.

— Oh oui, j'espère. J'ai un rendez-vous à midi, mais impossible de me rappeler le nom de la société. Je suis sûre que c'est bien à cette adresse. Quelles entreprises ont leurs locaux ici ? Ça devrait me revenir si vous me les énumérez.

Je ris nerveusement.

La femme de l'accueil fronce les sourcils.

— Il y en a plusieurs. Samson Recruitment, Cable Education, Aspect... Ils sont dans quel domaine, exactement ?

Le ventilateur électrique sur son bureau pivote lentement vers elle et fait voleter la frange sur son front.

— Oh, euh, un truc compliqué... (J'aurais dû mieux me préparer.) Attendez que je regarde dans mon agenda, des fois que j'aurais noté le nom.

Je pose documents et casque sur le comptoir devant moi et prends mon sac à dos pour faire semblant de chercher mon agenda, qui en fait se trouve sur la table du salon. On ne peut pas dire que j'aie un emploi du temps très chargé, en ce moment.

— Ce que je peux être bête d'avoir oublié. C'était un rendez-vous médical, une séance de psy, vous voyez ?

Ce n'est pas de cette façon que j'obtiendrai les renseignements qui m'intéressent, mais je n'ai pas envie que cette femme s'aperçoive de mon subterfuge.

Elle pianote sur son bureau.

— Nous n'avons rien dans ce secteur... pas à ma connaissance.

On entend un bruissement de papier qui tombe, et elle s'exclame :

— Oh mince ! Attendez, je vais...

Je lève les yeux de mon sac. La réceptionniste a disparu derrière le comptoir et, accroupie à côté de son bureau, elle s'active pour rassembler des papiers. *Les miens*.

— Je ne pourrais pas me passer de ce ventilateur, mais ça, c'est son seul inconvénient.

— Laissez, je vais m'en occuper.

C'est peine perdue, car je ne peux pas me glisser derrière son bureau.

Elle se rassoit lentement et considère ma pile de documents. En me les remettant, elle me regarde d'un air très différent.

— Dites-m'en plus sur votre rendez-vous.

Je baisse la tête vers les papiers. L'article consacré à Lou est sur le dessus.

— Eh bien, je... j'ai dû me tromper d'adresse, si vous n'avez pas de cabinet de psychothérapeutes, ici.

Je reprends mon casque et fourre les notes dans mon sac.

— Pardon de vous avoir dérangée.

— Vous êtes une amie de la mère de ce garçon, c'est ça ? (Elle se lève et me pointe du doigt d'un air agacé.) Elle est venue ici il y a quelques jours. Je lui ai dit de…

Je me dirige à reculons vers la porte.

— Non, je ne suis pas son amie. Je suis… je m'intéresse à cette affaire, c'est tout. Vous dites ça à cause de l'article ? Je vous assure, c'est juste parce que ça m'intéresse.

— Fichez la paix à Cassie, elle et vous ! Arrêtez de la harceler. Oui, voilà. C'est du harcèlement !

— Cassie ?

— J'appelle la police.

— Non, je vous en prie.

Il ne manquerait plus que je me fasse embarquer ; Kane n'a franchement pas besoin de ça.

— Je m'en vais, je m'en vais. Je ne voulais pas faire d'histoires. Je suis désolée.

Je sors et descends le perron précipitamment, avant de partir en alternant marche rapide et petites foulées, tout en jetant de fréquents coups d'œil en arrière.

Je suis encore plus déroutée qu'avant d'entrer dans l'immeuble. Qui Alice harcèle-t-elle, et quel est le lien avec nos fils ?

Me dépêchant toujours comme si j'avais la mort aux trousses, j'enfonce en vitesse le casque sur ma tête et me débats avec l'antivol. Alors que je le glisse dans mon sac, mon téléphone sonne. Le nom de Clive Parsons s'affiche à l'écran. Cela fait plus d'une semaine qu'il ne m'a pas donné de nouvelles concernant le dossier de Kane. Dans ma hâte à décrocher, j'ai du mal à actionner le bouton pour accepter l'appel.

— Allô ? Clive ? Qu'est-ce qui se passe ?

Il s'exprime d'une voix calme et distante.

— Madame Owen. Comment ça va ?

— Ça va. Très bien.

Je balance le sac sur mon dos, me rendant compte trop tard que je ne l'ai pas fermé. Mes notes, mon porte-monnaie et ma gourde se répandent près du râtelier à vélos, et je me précipite à genoux pour tout ramasser.

— Vous êtes sûre ? Vous m'avez l'air nerveuse.

— Qu'est-ce qui est arrivé à Kane ? Vous avez du nouveau ? Pourquoi vous m'appelez ?

— Tout va bien, madame Owen. C'était juste pour vous prévenir que le rendu du verdict va être avancé d'une semaine.

— Ah bon ?

Je fourre tout dans mon sac, mais reste agenouillée, la tête entre les mains.

— Oui. Ce sera mardi prochain.

Je retire mon casque et le jette par terre.

— Le temps presse, c'est ce que vous voulez dire ?

— Comment ça ?

— Pour prouver son innocence.

Il soupire.

— Madame Owen...

— J'ai un renseignement à vous fournir. J'ai découvert l'identité d'un des autres. D'un de ceux qui étaient avec lui dans le parking. Ça peut vous être utile pour défendre Kane ?

— Il a déjà plaidé coupable, madame Owen.

— Il s'appelle Wilko. Je ne connais pas son vrai nom. Mais ça ne doit pas être très difficile à retrouver.

— Madame Owen, votre fils a avoué le crime. Un nouveau témoin n'arrangera rien, c'est trop tard. Je suis navré, mais...

— Je vais lui parler, la prochaine fois que je le verrai. Je vais lui mettre du plomb dans la cervelle.

— À ce propos.

Son ton a changé brusquement. Il se veut moins apaisant, moins condescendant. Je le sens mal à l'aise, comme s'il gigotait dans son siège.

— Quoi ?

— Kane m'a chargé de vous transmettre un message.

— Je vous écoute.

— Il trouve votre état d'esprit un peu... (Il marque une pause.) Un peu trop stressant. C'est pour cette raison que...

— Il n'aurait pas pu me le dire lui-même ?

Je me passe une main dans les cheveux, me masse le crâne du bout des doigts, appuyant juste assez fort pour plisser les yeux de douleur.

— Il vous a retiré de sa liste de visiteurs.

ALICE
14 septembre

Voilà pourquoi Alice détestait se mettre en congé. Au bout d'une semaine, sa boîte de réception débordait d'e-mails. Quand elle avait choisi de s'absenter pour raisons familiales, elle avait annoncé à Julie qu'elle reprendrait le travail le samedi, jour où ils étaient particulièrement en sous-effectif, pourtant elle s'était retrouvée coincée dans son bureau toute la matinée. Il aurait pourtant fallu qu'elle aille prêter main-forte à ses collègues, mais cela lui était impossible sans qu'elle ait d'abord traité tout ce courrier en retard.

Le fait que son esprit vagabonde sans cesse n'arrangeait en rien son manque d'efficacité. Benny lui avait à peine adressé la parole depuis la veille, après leur discussion dans la cuisine. Il avait dû sombrer dans un sommeil profond, car il n'avait pas réagi lorsque Étienne avait martelé la porte. Elle lui avait laissé un petit mot sur le comptoir stipulant que son père était allé loger chez des amis, mais il n'était pas venu lui demander pourquoi.

Son portable bourdonna sur son bureau. C'était un texto lui indiquant qu'elle avait reçu un message vocal. Pourquoi son téléphone avait-il basculé directement sur répondeur ? Elle avait une excellente réception, et n'avait manqué aucun appel. Elle détestait décrocher, mais ce qui la rebutait encore plus, c'était la messagerie vocale. On ne savait jamais à quoi s'attendre, et les gens partaient du principe qu'on allait les rappeler. C'était sûrement Étienne, pour lui dire qu'elle ne pouvait pas l'empêcher d'assister aux obsèques. Ça ne ferait que la cinquième fois depuis qu'elle l'avait chassé.

Elle pouvait ignorer le message. Mais si ce n'était pas Étienne ? Plissant fort les paupières, elle porta le téléphone à son oreille. « Bonjour Alice, c'est Margaret. Je voulais juste vous prévenir que tout est fin prêt pour que votre entretien avec Kane ait lieu jeudi prochain, si ça vous convient toujours. Appelez-moi ou envoyez-moi un SMS si vous avez des questions. »

Alice se renversa dans son siège. Depuis le début, elle misait tant sur cette rencontre. Mais plus elle côtoyait Indigo, plus cette perspective la mettait mal à l'aise. Devait-elle lui avouer la vérité et tout annuler ? Elle était passée à deux doigts de se trahir à de trop nombreuses reprises. Et cette personne n'était pas elle. Alice Hyde ne mentait pas. Alice Hyde était une citoyenne honnête, fiable et respectueuse des lois. Pas une impostrice. Cela étant, devait-elle absolument révéler son identité à Indigo pour se tirer de ce mauvais pas ? Il lui suffisait d'arrêter de la voir, de se consacrer à ses autres bibliothèques pendant quelque temps, et de ne pas répondre si Indigo l'appelait pour lui demander de la conduire à Long Lartin.

Mais il restait Harry Wilkinson. Pourquoi s'opposait-il tant à ce qu'elle rencontre Kane ? Devait-elle prendre ses menaces au sérieux ? Pour préserver Benny, elle devait au moins envisager de se désister.

Carolyn passa la tête dans l'embrasure.

— Une dame demande à te voir.

Alice pensa aussitôt à Indigo.

— Je ne suis pas là, d'accord ?

— J'ai déjà dit que tu étais dans ton bureau, grimaça Carolyn. Je pourrais dire que tu n'es pas disponible, mais…

— Mais quoi ?

— Elle m'a affirmé que tu l'attendais. Elle a un papier avec ton nom dessus, l'adresse de la bibliothèque et la date d'aujourd'hui.

— Je n'attends la visite de personne. Elle me demande personnellement, tu es sûre ?

Alice ouvrit son agenda en ligne. Quelqu'un lui avait-il calé un rendez-vous sans la prévenir ?

— Non, je ne vois rien.

— Je lui dis de repasser une autre fois ?

Alice soupira et se leva.

— Non, je finirai de m'occuper de mes e-mails plus tard.

Elles descendirent au rez-de-chaussée.

Carolyn désigna une femme qui se tenait dos à elles, au bout de la section romans policiers. Elle était grande et très mince. Alors qu'Alice s'approchait, elle fit volte-face. À sa peau lisse et ferme, Alice estima qu'elle était jeune, vraisemblablement la petite trentaine, mais son air affligé la vieillissait.

Alice était certaine de ne l'avoir jamais rencontrée.

— Puis-je vous renseigner ?

La femme se frotta le bras en lançant des regards nerveux alentour.

— Pourrait-on aller ailleurs pour parler ?

Elle avait un léger accent d'Irlande du Nord qui accrut le trouble d'Alice cependant qu'elle tentait de la remettre. Connaissait-elle quelqu'un avec cet accent ?

— Puis-je vous demander de quoi il s'agit ?
— Est-ce qu'on pourrait se mettre...

Alice soupira.

— Oui, d'accord. Par ici.

Elle désigna d'un geste les fauteuils confortables près de la baie vitrée, et elles s'y assirent. La femme jetait encore de fréquents coups d'œil aux environs et semblait prête à s'enfuir à tout moment. Elle joignit les mains fermement et se tourna vers Alice.

— Toutes mes condoléances pour votre fils.

Alice la dévisagea.

— Pardon, je n'ai pas retenu votre nom.
— Je ne peux pas vous le dire.
— Qu'est-ce que vous me voulez ?

La femme se leva.

— Je n'aurais pas dû venir.

Alice vit alors le petit papier, sur lequel elle lut son nom et celui de la bibliothèque. Écrits de sa main.

— Attendez. Est-ce que c'est... (Elle le pointa de l'index.) Elle vous a transmis mon message ?
— Oui.
— Je vous en prie, rasseyez-vous. (Alice se sentit blêmir.) Merci infiniment d'être venue. Je suis désolée d'avoir été grossière, je n'avais pas compris, je ne savais pas que...

La femme s'installa dans le fauteuil.

— Vous travaillez à Frasier House ? s'enquit Alice.
— Si je suis là, c'est seulement pour que les gens arrêtent de défiler à la réception, d'accord ? Vous me promettez qu'il n'y aura personne d'autre ?
— Je ne reviendrai pas, vous avez ma parole.

— Très bien. (Elle lissa sa jupe et croisa les jambes.) J'étais de permanence tard, ce soir-là... c'était quel jour du mois d'août... le...?
— Le dix-sept.
Alice éprouva de la jalousie en complétant la phrase de la femme. Jamais elle n'aurait le luxe d'oublier cette date, qui ne pourrait plus jamais être heureuse pour elle. Chaque fois qu'elle prononçait ces mots ou y pensait – *le dix-sept août* –, les circuits dans sa tête formaient d'étranges connexions. Chaque fois, son esprit tentait à nouveau de se désengager des réminiscences auparavant associées à cette journée – son enthousiasme exalté au réveil quand elle était fillette, et le strudel aux pommes, sa pâtisserie préférée, qu'elle s'offrait comme gâterie d'anniversaire en rentrant du travail – pour basculer sur son fils, tétanisé de peur pendant sa chute, sur son corps gisant dans la rue, sur ces coups à la porte en pleine nuit. Elle accueillerait avec plaisir la déception qu'elle avait ressentie à cause de lui le mois dernier, l'encaisserait volontiers chaque année de sa vie, si en contrepartie le dix-sept août pouvait reprendre la place qui lui revenait, celle du jour où elle était venue au monde, plutôt que celui où Lou l'avait quittée. Si cela signifiait qu'il était encore là, la cause de sa déception, mais vivant.
— C'était le dix-sept août, indiqua-t-elle.
— C'est ça. Je regardais dehors. Et j'ai vu ces jeunes. Enfin, je les ai d'abord entendus. Notre fenêtre était ouverte, et ils hurlaient. En face, dans le parking.
— Et l'un d'entre eux était... Attendez...
Alice sortit son téléphone et afficha une photo de Kane, celle qu'elle avait prise de sa page Facebook.
— C'était l'un d'entre eux, lui, c'est ça?

— Je crois. On n'y voyait pas très clair.
— Et il a poussé mon fils dans le vide ?
La femme se mit à se ronger les ongles.
— Ce n'est pas ce que j'ai vu.
Les murs de la bibliothèque semblèrent se refermer sur elles.
— Je voulais vous le dire, pour que vous sachiez la vérité. Votre fils, personne ne l'a poussé.
— Quoi ? souffla Alice, en se massant la nuque. Il a sauté, alors ?
— Non. Enfin peut-être. Je ne sais pas.
Alice se leva, pianotant des triolets frénétiques contre les jointures de sa main gauche.
— Vous êtes ébranlée, à cause de moi, commenta la femme en reprenant son sac. Je n'aurais pas dû venir.
Alice avança le bras.
— Je ne suis pas ébranlée, ce n'est pas grave. Restez, je vous en prie. C'est que je ne suis pas sûre de comprendre, c'est tout. Que s'est-il passé, d'après vous ?
— J'en ai déjà assez dit. Je me trouvais à plusieurs mètres, pas assez près pour voir correctement.
Elle se leva, son sac pressé contre la poitrine.
— Mais vous êtes certaine que cet homme... (Ce mot lui parut soudain inadapté.) Ce *garçon*, plutôt... Il n'a pas poussé mon fils ?
Alice lui montra de nouveau la photo.
— C'est ça. Personne ne l'a poussé.
— Vous devez prévenir la police. C'est un renseignement de la plus haute importance.
— Non.
La femme s'éloigna à reculons.

— Il le faut. Un garçon va être condamné à la prison pour ça.

Les collègues d'Alice et des usagers de la bibliothèque les observaient, à présent ; elles parlaient assez fort pour qu'on les entende dans tout le rez-de-chaussée. Elle s'en moquait.

— Je ne fais pas confiance aux policiers, d'accord ? Ils n'ont pas été capables de me protéger déjà une fois, et c'est sûr qu'ils merderont encore. Je refuse qu'on publie mon nom dans la presse.

Elle continuait à reculer, vers les portes principales.

— Votre nom n'apparaîtra pas dans les journaux, ne vous inquiétez pas, je suis sûre qu'ils n'auront pas besoin de…

— Qu'est-ce que vous en savez ?

Elle avait raison, Alice ignorait ce qui adviendrait.

— Je ne veux rien avoir à faire avec la police.

Après quoi, elle s'en alla.

Alice resta immobile, figée sur place, à scruter le dos de la femme mystérieuse qui s'éloignait. Elle regarda son téléphone, et la photo de Kane toujours à l'écran : le bleu perçant de ses yeux, l'aspect juvénile des boucles qui encadraient son visage. Ce n'était qu'un gamin.

Un gamin qui allait finir en prison pour un crime qu'il n'avait pas commis.

Elle sortit de la bibliothèque en courant pour rattraper la femme.

INDIGO
15 septembre

Je suis pitoyable. Cela fait trois fois que je retourne dans la rue de cette menteuse depuis vendredi, et je suis restée plantée devant la bibliothèque pendant une demi-heure hier matin, à chercher le courage d'entrer.
Je me suis dégonflée à chaque fois.
J'ai tenté de me convaincre que c'est parce que je suis trop en colère, et que j'ai peur de l'agresser, de l'insulter. En réalité, je redoute surtout ce qu'elle me dira.
En rentrant chez moi hier, je me suis mise dans le salon pour regarder mes albums photo de Kane, la Cellophane jaunie couvrant chaque page crépitant sous mes doigts. Puis je me suis installée à la table pour lui écrire une lettre, dans laquelle je l'implore de m'appeler ou d'accepter de nouveau mes visites. Je l'ai rédigée en buvant une bouteille de vin, rayant des lignes ou froissant en boule des dizaines d'essais avant de les jeter par terre. Je me suis réveillée à deux heures du matin, la tête sur la table, la version définitive de ma lettre collée à la joue.
Cet après-midi, je m'efforce de faire un peu de ménage, le temps de me remettre les idées en place. Alors que j'empile des assiettes sales dans la cuisine, Lucian me tourne autour pour réclamer à manger, mais il cesse soudain de

se frotter à me jambes et se fige, le regard braqué vers le vestibule.

— Qu'est-ce qui se passe ? je demande. Tu as entendu quelque chose ?

Il cavale jusqu'à la porte. En le suivant, je discerne un bruissement de papiers dehors. N'attendant pas de visite, j'ouvre, prête à rembarrer je ne sais quel bénévole d'association caritative ou démarcheur électoral.

Mais je me trouve nez à nez avec Alice, qui me tend mon journal du dimanche.

Je le lui prends et le jette derrière moi dans l'entrée, où s'entassent déjà prospectus et courriers encore cachetés.

— C'était sur la marche, annonce-t-elle. Ça fait plusieurs jours que je ne vous vois pas, alors je venais vérifier si ça allait.

Je ris.

— Comme c'est étonnant.

Un air perplexe passe sur son visage, mais elle poursuit :

— Je peux entrer ?

— Non.

C'est sorti plus fort que j'en avais l'intention. M. Daniels, qui est en train de laver sa voiture un peu plus loin dans la rue, tourne la tête vers nous. Je m'en moque. Je ne me soucie plus du jugement des autres. Qu'ils regardent. Qu'ils pensent ce qu'ils veulent.

Cette fois, elle blêmit.

— Alors vous savez.

Elle fait un pas en arrière.

— Je vous faisais confiance. Je nous croyais amies.

M'exprimant plus vite et plus durement, je retrouve une vivacité qui me faisait défaut depuis des semaines.

— Moi aussi j'ai perdu mon fils. Quoi que vous lui reprochiez, je n'y suis pour rien. Je ne méritais pas que vous me traitiez comme ça.

Elle se tient immobile, les yeux baissés sur les dalles de l'allée.

— Je venais justement vous en parler.

— Vous ne devez pas avoir beaucoup d'amis, vous, j'enchaîne d'un ton mauvais. Comment on peut vous supporter ? Je vais vous dire quelques vérités. Vous connaissez ce mot-là ? La vérité ?

Elle hoche la tête.

— Vous avez l'empathie d'une mouche. Vous êtes grossière et froide. En fait, vous êtes imbuvable. Bien le bonjour à votre fils. Vous avoir comme mère, ça doit être l'horreur.

Cette dernière pique la fait tressaillir, mais au lieu d'éprouver de la satisfaction, je me sens aussi mal que si on m'avait lancé ce reproche. Ce n'est pas la personne que je veux être. Je tremble, j'ai très chaud. Alice lève les yeux vers moi, mais je suis incapable de soutenir son regard.

— Je suis venue vous demander pardon. (Je ne lui ai jamais entendu une voix si douce.) Je n'ai aucune excuse.

Je hoche la tête. Je n'ai plus de hargne à lui jeter à la face.

— Mais surtout, j'ai des informations beaucoup plus importantes, ajoute-t-elle.

— Encore des mensonges ?

— Kane est innocent.

Le reste de la rue, mon jardin, M. Daniels, tout se brouille derrière elle. Je ne vois plus que son visage. Ses grands yeux foncés qui me fixent. Ses lèvres qui remuent, et desquelles s'échappe une drôle de voix, comme au ralenti.

— Indigo, vous m'écoutez ? C'est sûr qu'il n'y est pour rien.

Lorsque je bascule vers l'avant, c'est Alice qui me rattrape. C'est elle qui me retient dans ses bras, alors que je suis misérablement vautrée sur les dalles encrassées. C'est elle qui me relève et m'emmène dans la maison, pousse les albums photo du canapé et m'aide à m'asseoir. C'est elle qui ouvre les rideaux, débarrasse deux bols sales de la table basse, les apporte à la cuisine et revient avec une tasse de thé pour moi, que je serre entre mes mains.

C'est seulement à cet instant que je lui demande :

— Comment pouvez-vous en être si sûre ?

Je ne m'étais pas rendu compte de l'énorme tension qui s'était accumulée en moi. Le soulagement que m'a valu son annonce m'a liquéfié les muscles.

— J'ai beaucoup de choses à vous dire.

Elle retire une pile de livres du fauteuil à l'autre bout du salon et les pose par terre avant de s'asseoir.

— Je ne sais pas ce qui m'a pris. Au départ, je n'ai pas eu l'impression de mentir.

Je veux trouver en moi la capacité de lui pardonner. Sincèrement. J'ai assez répété à mes patients au fil des ans qu'accorder son pardon est le plus grand service qu'on puisse se rendre.

— Vous le saviez depuis le début ?

— Non, je ne l'ai appris qu'hier. Je vous le jure.

Elle plaque la main sur sa poitrine.

Puis-je la croire ?

— J'essayais de découvrir la vérité sur les circonstances de sa mort. C'était une stratégie d'évitement.

Je vois bien à quel point il lui coûte de se livrer ainsi. On lit la souffrance sur son visage, et elle s'exprime d'un débit haché.

— Quand nous nous sommes croisées devant le parking, l'autre jour, je ne sortais pas d'un rendez-vous.
— Je sais. J'y suis allée vendredi.
— C'est là que vous avez compris ?
— Non. C'était dans la voiture, pendant le trajet pour Long Lartin. Votre porte-clés... je l'ai vu chez vous.

Je m'interromps. Nous avons toutes les deux dépassé les bornes.

Elle hausse un sourcil, mais ne rebondit pas sur mes propos. Lucian entre dans la pièce en trottinant et se dirige droit vers elle, se faufile entre ses jambes, presse la tête contre ses mollets en ronronnant. D'ordinaire, il n'aime pas les inconnus. Alice lève les mains, jusqu'alors posées sur ses genoux, et les fige en suspens devant elle tout en le fixant.

— Lucian, je l'appelle en claquant des doigts, mais il m'ignore. Lucian ! Je ne crois pas qu'Alice...
— Ne vous en faites pas.

Elle ramène lentement les mains sur ses cuisses, mais elle semble raide et ne le quitte pas des yeux.

Nous l'observons en silence un certain temps, puis je reprends :
— Je suis venue chez vous parce que j'ai... j'ai croisé Benny.

Je ne veux pas lui avouer que je l'ai suivi.

— Je lui ai parlé de Lou. Je ne savais pas à quel saint me vouer.

Alice hoche doucement la tête, les yeux toujours rivés sur Lucian, qui se roule sur le dos à ses pieds.

— Qu'avez-vous appris en allant à Frasier House ? Vous savez que quelqu'un dans cet immeuble a tout vu ?
Elle reporte son attention sur moi.
Je me raidis.
— Vous êtes sûre ?
Nouveau hochement de tête.
Mes mains tremblent tant que je dois poser mon thé par terre.
— Qui l'a poussé ?
— La femme qui a tout vu est venue à la bibliothèque hier.
Alice baisse un bras d'un mouvement hésitant et gratte le ventre de Lucian. Le chat s'étire pour exprimer sa satisfaction.
— Et… ?
— Personne n'a poussé Lou. (Alice retire sa main et lève les yeux au plafond, en clignant des paupières.) Elle en est sûre. Mais je ne sais pas si… je ne sais pas s'il a sauté.
Dans la pièce silencieuse, on n'entend que nos souffles et Lucian qui griffe le bas du fauteuil d'Alice. Mon cœur bat furieusement d'exaltation pour mon fils, mais Alice s'affale contre son dossier, un coin du plaid jaune qui le recouvre tombant sur son épaule. Elle enserre son poignet de la main droite et en frotte la peau d'une torsion cadencée, si fort que j'en grimace. Ça doit être très douloureux. De temps à autre, elle lève les yeux, cligne des paupières à plusieurs reprises, puis me lance de nouveau un coup d'œil.
Je décèle alors ce que je n'avais encore jamais perçu en elle. L'amour, la peur, et le doute – autant que moi j'en éprouve. Mais elle est sacrément douée pour tout cacher.
— Alice…

— Il est mort en me détestant.

Elle prononce ces mots avec un haussement d'épaules, à mi-voix, d'un ton machinal.

— Il est mort en croyant que je ne l'avais pas désiré. Mais c'est plus compliqué que ça.

Elle lâche son poignet, dont la peau rougie semble à vif.

À cet instant, je songe à un moyen de lui rendre la situation un peu plus supportable. Je peux l'aider.

— Je suis désolée de vous l'avoir appris de cette façon-là. Pour leur bagarre, l'avortement... J'étais, comment dire... excédée. Je voulais provoquer une réaction.

Alice tire sur un fil qui dépasse du plaid. Je ne pense pas qu'elle m'écoute ; ce qui est certain, c'est qu'elle ne me regarde pas.

— Vous savez qui le lui a dit ? Son père.

Je secoue la tête.

— Je croyais que vous étiez mère célibataire. Ça aussi c'était faux ?

— Non. Il m'a quittée peu après la naissance de Lou.

Dans ce cas, qui ai-je vu chez elle, la nuit de jeudi à vendredi ?

— Vous avez eu des nouvelles de lui, récemment ?

— Il a rappliqué après la mort de Lou. Je l'ai hébergé, jusqu'à ce que je découvre la vérité.

Elle lève de nouveau la tête vers le plafond.

Je comprends soudain beaucoup mieux la scène qui s'est déroulée devant chez elle.

— Comment a-t-il pu le leur dire ? Il n'a même pas conscience des dégâts que ça a provoqués. Dire que j'ai... Je ne sais pas comment j'ai pu...

— Alice ?

Elle continue comme si elle ne m'entendait pas :

— Comment j'ai pu être amoureuse de cet homme. De ce connard.

— Alice, écoutez-moi. Alice ?

Elle lève les yeux vers moi, et je traverse le salon, m'accroupis devant elle et repousse doucement Lucian, qui se redresse et se lèche la patte en me coulant un regard dédaigneux.

J'attrape la main d'Alice et la lui étreins.

— Je ne vous ai pas tout raconté sur leur bagarre. Kane m'a dit que quand ils se battaient, Lou prenait votre défense. Visiblement, il estimait que le plus important pour lui au bout du compte, c'est que vous ayez renoncé à avorter. Que vous l'ayez gardé.

Alice porte vivement sa main libre à la bouche.

— Quelle que soit la façon dont il est mort…

Je serre plus fort, cherchant à la réconforter autant qu'à me donner du courage, et tente de ravaler la boule qui s'est formée dans ma gorge.

— … il n'est pas mort en vous détestant, il est mort en vous défendant.

ALICE
15 septembre

Alice réentendit la voix de Lou pour la première fois depuis qu'il était mort. Dans son esprit, il prononçait ces mots avec passion et conviction. Elle se figurait son visage, son air renfrogné.
Ce qui compte, c'est qu'elle m'ait gardé.
Indigo la regarda d'un air perplexe en la voyant sourire au lieu de pleurer.
— C'était tout Lou, commenta Alice.
Indigo sourit à son tour.
— Il doit terriblement vous manquer.
— Nous allons trouver un moyen d'innocenter Kane.
— Combien de temps ça va prendre, à votre avis? Une fois que la police aura enregistré la déposition du témoin et l'aura transmise au tribunal? Vous croyez qu'il va rentrer à la maison cette semaine?
Les yeux d'Indigo brillaient d'un profond optimisme. Elle bascula sur ses talons et s'assit sur le tapis multicolore du salon.
Alice soupira. Elle avait voulu le lui expliquer plus tôt, mais la conversation avait pris un tour inattendu, et elle avait perdu le cap.
— Elle refuse d'aller à la police.

— Mais il le faut !
— J'ai déjà essayé de la persuader.
Indigo se releva et fit les cent pas dans la petite pièce, entre le canapé et la cheminée.
— Elle est salariée d'une ligne d'assistance aux victimes de violences conjugales. C'est là qu'elle travaillait quand elle les a vus. Ce sont d'anciennes victimes qui s'occupent de répondre au téléphone. Elle est catégorique : elle ne veut plus jamais avoir affaire à la police ou aux tribunaux après ce qu'elle a traversé avec son ex.
— Lui avez-vous dit combien d'années de prison il encourt ?
— Oui. J'ai beaucoup insisté, je vous assure. Elle a filé après être venue me voir, je l'ai rattrapée et je me suis retrouvée à essayer de la convaincre en pleine rue.
— Qu'est-ce que je vais dire à Kane ?
— Elle n'a même pas voulu me donner son nom.
D'un mouvement rageur, Indigo fit tomber par terre tout ce qui décorait sa cheminée.
Alice se leva d'un bond et lui pressa une main dans le dos, en contemplant le fatras. Une photo encadrée d'Indigo et Kane gisait sur le tapis, son verre brisé en morceaux. À côté, une drôle de lampe ressemblant à une grosse pierre était couchée de côté, toujours branchée et diffusant une lueur orangée.
— Mais alors pourquoi a-t-il dit aux enquêteurs qu'il était coupable ? demanda Indigo.
Alice se posait la même question.
— Nous allons tirer tout ça au clair.
Indigo renifla, puis s'agenouilla pour ramasser le cadre d'une main et les éclats de verre de l'autre. Alice se baissa à son tour pour remettre la lampe sur la cheminée. L'objet,

chaud au toucher, lui laissa un résidu légèrement gras sur la peau.

— C'est original, cet objet.

Elle examina ses paumes.

— Ah oui, ma lampe en sel de l'Himalaya, déclara Indigo, comme si Alice pouvait savoir de quoi il s'agissait. C'est Kane qui me l'a... (Sa voix dérailla.) C'est un cadeau de Kane.

Alice s'essuya les mains sur son pantalon.

— Ça libère des ions négatifs et neutralise les ondes environnantes. Ça réduit le stress, aussi, poursuivit Indigo. Et de ce côté-là, tout est bon à prendre, en ce moment.

Elle tendit le bras devant Alice pour récupérer un autre éclat.

— Vous croyez que c'est de ma faute si elle refuse d'aller voir la police ?

— Qu'est-ce qui vous fait penser ça ?

— Quand je suis allée à Frasier House, on m'a reproché de la harceler. Je n'aurais pas dû m'y rendre. Je...

Elle posa le cadre et se tourna vers Alice.

— Elle n'a pas voulu vous dire son nom, c'est ça ?

Ses yeux se firent soudain plus brillants.

— Non.

— Je crois le connaître, moi. La réceptionniste m'a dit qu'il fallait arrêter de harceler « Cassie ».

— Si elle refuse de parler aux policiers, ça ne nous avancera pas à grand-chose.

— On ne sait jamais. Je vais y réfléchir. (Indigo se releva et jeta un coup d'œil au verre dans sa main.) Je vais jeter ça. Je reviens...

Elle quitta la pièce, et Alice resta devant la cheminée, repoussant du pied quelques débris. Elle n'avait pas encore eu l'occasion d'examiner les lieux sans qu'Indigo soit à côté d'elle. Son intérieur n'était pas désagréable. Un peu trop coloré et encombré de bibelots au goût d'Alice, mais ça paraissait propre. Ça ne sentait pas mauvais, juste l'odeur de « quelqu'un d'autre », inévitable quand on n'est pas chez soi. Cette odeur, Alice ne l'avait pas sentie depuis un bout de temps.

Elle s'adressa de loin à Indigo :

— Vous avez découvert autre chose qui pourrait aider Kane ?

— Pas vraiment, lui parvint la réponse, en même temps qu'un bruit de verre se déversant dans une poubelle.

Alice suivit la voix jusqu'au couloir. Elle s'arrêta à hauteur de la première porte ouverte, visiblement celle d'un atelier d'artiste. Peintures et croquis étaient punaisés aux murs, et une table était encombrée de flacons, de pots à pinceaux et de bocaux pleins d'un liquide trouble. Quand Indigo lui avait indiqué qu'elle était art-thérapeute, Alice n'avait pas envisagé qu'elle pût aussi créer ses propres œuvres. Certaines n'étaient pas mal. Elle regarda dans le couloir pour vérifier où était Indigo, mais ne la voyant pas, elle s'avança dans la pièce. Des esquisses étaient éparpillées au sol, par dizaines. Alice reconnut le visage de Kane sur quelques-unes du dessus, et un autre homme, plus âgé et aux cheveux plus clairsemés, sur d'autres. Elle ressortit doucement et appela de nouveau :

— Rien du tout ? Même pas une broutille ?

— Seulement qu'on ne peut pas faire confiance à la police ! cria Indigo en retour, depuis la cuisine au bout du couloir. Ni aux bibliothécaires.

Alice traversa la salle à manger et remarqua, comme un peu plus tôt quand elle y était passée pour aller faire un thé à Indigo, que la table était couverte de feuilles roulées en boules. Elle voulait savoir de quoi il s'agissait. Encore des esquisses ? Elle ressentit par ailleurs une forte envie de les jeter à la corbeille.

— Et si nous essayions de retrouver ce Wilko ? suggéra Indigo en ressortant de la cuisine, munie d'une petite pelle et d'une balayette. Vous vous rappelez que je vous ai parlé de lui ?

— Il allait à l'école avec Kane, c'est ça ?

— Oui.

— Benny le connaissait, lui aussi. Mais du lycée. Kane n'était pas dans le même que Benny, il me semble, si ? Il n'était pas à Fairfield ?

— Non.

Alice repensa à son étrange échange avec lui sur la passerelle, quelques jours plus tôt. Wilko n'avait peut-être pas poussé Lou du haut du parking, mais ça n'en était pas moins un voyou. Elle n'avait pas eu de nouvelles de lui depuis, et elle avait réussi à se retenir de lui envoyer un SMS pour lui interdire de s'approcher de son fils. Ça ne ferait qu'empirer les choses, estimait-elle.

— Je lui ai déjà parlé, annonça-t-elle. C'est ce qui m'a mise sur la piste de Cassie. Il a filmé une vidéo de Lou et Kane en train de se battre, et je l'ai vue qui les observait depuis une fenêtre dans l'immeuble d'en face.

— Vous l'avez, la vidéo ?

— Ne vous faites pas d'illusions. On ne voit pas Lou tomber, et Wilko n'était pas là quand c'est arrivé. Ça pourrait très légèrement jouer en faveur de Kane, mais seulement parce que ça montre que Lou rendait coup pour coup. Ça ne prouvera pas que Kane ne l'a pas poussé par-dessus le parapet.

— Du haut du parapet, plutôt.

Indigo s'exprima calmement, tout en débarrassant du bout des doigts les poils de sa balayette de bouloches grises.

— Pardon ?

— Ça ne prouvera pas que Kane ne l'a pas poussé *du haut* du muret, répéta-t-elle en levant les yeux vers Alice. Avant de tomber, Lou avait grimpé dessus.

La lieutenante Garcia lui avait-elle donné cette précision ? Elle ne se rappelait pas les mots exacts de la policière. Celle-ci n'avait-elle pas indiqué qu'on l'avait poussé « par-dessus le garde-corps » ? Avait-elle mal compris ? Elle plissa fort les paupières et vit Lou debout près du rebord, puis se jetant dans le vide. Elle rouvrit brusquement les yeux et tourna la tête vers la fresque colorée à côté d'elle, méli-mélo de feuilles vertes peintes à la main pour constituer une jungle qui occupait tout un mur de la salle à manger. En arrivant, elle l'avait trouvée trop chargée, trop criarde, mais elle était bien contente de l'avoir sous les yeux pour chasser ces images envahissantes. Lou n'avait pas pu sauter, elle refusait d'y croire.

— C'est vous qui avez peint ça ?

— Oui, répondit Indigo en caressant le mur. Glyn l'aimait beaucoup.

Glyn ? Alice tenta de se remémorer si Indigo avait déjà prononcé ce nom. Avait-elle eu un autre enfant ? Ou bien était-ce le père de Kane ?

Indigo posa la pelle et la balayette sur une chaise, puis débarrassa la table des boules de papier, qu'elle lança une par une dans une corbeille en osier près de la porte, avant de demander :

— Savez-vous si Wilko a parlé à la police ?

Alice prit à son tour quelques feuilles froissées et alla à la corbeille. Avant de les jeter, elle s'aperçut qu'Indigo n'avait pas dessiné dessus, mais écrit.

— Non, et ça m'étonnerait qu'il le fasse, lui aussi. Je pense que c'est une impasse.

— Comment peut-on rester en retrait comme ça et laisser un garçon innocent aller en prison ?

Alice regarda dehors et contempla la terrasse qui bordait un pan de la maison. Juste devant la fenêtre, le soleil de l'après-midi baignait une platebande surélevée où des fleurs des champs foisonnaient de façon anarchique. Elles avaient trop poussé et retombaient par-dessus le cadre en bois qui contenait leurs racines.

— Notre meilleur argument, à mon avis, dit-elle en dressant mentalement la liste des espèces du parterre (*Vicia cracca*, *Lychnis flos-cuculi*), c'est que le seul élément concret en possession de la police, ce sont les aveux de Kane.

— Mais s'il ne revient pas dessus, que pouvons-nous faire ?

Indigo continuait à lancer les boules froissées dans la corbeille aux pieds d'Alice. Un léger bruissement s'en élevait quand elles atteignaient leur cible.

Alice haussa les épaules. Les paupières plissées, elle essayait d'identifier ce qu'Indigo cultivait d'autre.

— Nous sommes deux à y réfléchir, maintenant, vous n'êtes plus toute seule. Il y a forcément quelque chose qui nous a échappé.

— Ça part un peu dans tous les sens, je sais.

Alice jeta un coup d'œil par-dessus son épaule ; Indigo tendait le doigt en direction du jardin.

— Si vous voyiez ma pelouse, commenta Alice.

Elle pointa le menton vers le parterre de fleurs sauvages.

— Est-ce que c'est...

Elle aurait voulu dire *Tragopogon pratensis*, mais supposait qu'Indigo n'était pas aussi axée qu'elle sur les noms latins.

— Vous avez des salsifis des prés ?

— Celles qui se ferment à midi ? Oui, je crois qu'il y en avait dans l'assortiment. Ce sont des fleurs jaunes magnifiques, c'est ça ? Il y a tout un tas d'espèces, dans ce parterre. Je les ai eues dans un sachet de graines.

On vendait des *tragopogon pratensis* en sachet ? Alice songea à sa mère.

Fléau de mon jardin.

Indigo porta la main à sa bouche et se mordilla le pouce. Alice se crispa en voyant ses ongles, sur lesquels ne restaient plus que de petits éclats de vernis violet.

— Bon. La seule autre piste...

— Je vous écoute.

Que penserait sa mère d'Indigo ? Et de son jardin mal entretenu ? Il existait un adage que sa mère avait adapté à sa sauce et se plaisait à répéter chaque fois qu'elle rentrait après un long après-midi passé sur son agenouilloir, rinçant la terre fichée sous ses ongles et s'hydratant les mains avec une noisette méticuleusement dosée de crème parfum magnolia : « Jardin soigné, tête bien ordonnée. »

Indigo triturait nerveusement sa robe.

— Ce n'est pas une question facile à poser.

Alice cligna des yeux, tâchant d'écarter ses pensées de sa mère et d'accorder son attention à la femme qui se trouvait face à elle et avait besoin de son aide.

— Je ferai de mon mieux.

— Vous disiez que vous ne saviez pas si Lou... S'il a, euh... S'il est tombé ou...

— Ou s'il a sauté. Non. Cassie n'était pas sûre.

— Donc, nous ne sommes pas beaucoup plus avancées, en gros.

Indigo s'affala sur une chaise et grommela.

— Ce n'était déjà pas facile de le savoir en prison en *pensant* qu'il était innocent. Mais maintenant que j'en ai la certitude, c'est impossible.

Dans sa poche, Alice fit glisser son pouce sur la tranche de la lime de Lou.

— Benny, dit-elle alors.

— Quoi, Benny?

— Il faut que vous lui reparliez.

— J'ai déjà essayé, je vous ai expliqué. Il n'a rien voulu me dire.

— Mais maintenant, avec ce que nous avons appris grâce à Cassie…

— Vous croyez qu'il sait comment Lou est tombé?

— Ce qui est certain, c'est qu'il cache quelque chose.

INDIGO
16 septembre

La dernière fois que je me suis trouvée devant cette porte d'entrée bleue, quand je parlais à Benny, je n'avais pas remarqué à quel point le jardinet est impeccable. Pas de mauvaises herbes entre les dalles. Pas de plantes mortes dans les platebandes attendant qu'on les arrache. Les bacs à ordures sont pourvus d'autocollants parfaitement alignés indiquant le numéro de la rue. Pas la moindre trace de boue ni de cloportes tapis sous le paillasson, dont la propreté laisse deviner qu'on le bat régulièrement. Je n'avais pas remarqué non plus que la boîte aux lettres en cuivre brille comme un sou neuf. Je n'ai prêté attention à tout cela que cet après-midi, pour ma deuxième venue, sachant à présent que c'est chez Alice.
 Ces détails me frappent comme une évidence. Tout est tiré au cordeau, ici ; le seul accroc à cette perfection est la légère odeur d'essence qui s'attarde sur le perron.
 J'enfonce le bouton de la sonnette et roule les épaules. Benny acceptera-t-il de parler ?
 C'est Alice qui répond.
 — Entrez, me dit-elle, en ouvrant en grand.
 Elle parle plus bas lorsque je me glisse devant elle :
 — Il est dans la cuisine, allez-y directement. Je ne lui ai encore rien dit.

Je me faufile dans l'entrée encombrée par des cartons et des sacs entassés. Alice m'a indiqué hier, quand nous échafaudions notre plan chez moi, que Benny devait partir ce soir pour Exeter. Je pense à Kane : lui aussi aurait dû participer à sa semaine d'intégration de première année, pour faire connaissance avec les autres étudiants de sa résidence universitaire, et pas dans une cellule partagée avec un criminel.

J'entends Benny avant de le voir : la porte du réfrigérateur qui s'ouvre, le robinet qui coule. Quand il se détourne pour sortir de la cuisine, une assiette à la main, Alice se tient à côté de moi dans l'embrasure. Il nous regarde l'une après l'autre.

— Tu as déjà rencontré Mme Owen, je crois, dit-elle.

Il ouvre des yeux ronds et ses joues s'empourprent d'un rouge vif.

— Bonjour, Benny.

— Vous vous connaissez, toutes les deux ? (Il pose son assiette sur le comptoir, soudain désintéressé de son encas.) Maman ?

— Si nous allions à côté ? suggère Alice en s'engageant dans le couloir. Apporte ta tartine.

Je la suis et marque un temps d'arrêt avant d'entrer dans le salon. Je souris à Benny, pour lui indiquer que tout va bien, qu'il n'a pas de souci à se faire, que nous voulons juste discuter. C'est difficile de faire passer autant d'informations dans un regard.

Ça marche quand même : il reprend son assiette et nous rejoint. Je m'assieds sur le canapé en cuir gris à côté d'Alice, et Benny s'installe par terre près de la télé. Il mord dans son toast en nous fixant de ses yeux plissés.

— Pourquoi tu n'es pas au travail, maman ?
Elle m'avait prévenue qu'ils ne s'étaient pas beaucoup parlé, mais même sans ça j'aurais compris que quelque chose clochait. L'animosité de Benny est si palpable que je remue nerveusement, mal à l'aise.
— Je ne fais que des demi-journées, cette semaine, répond Alice, d'un ton brusque qui me désarçonne. Raisons familiales.
Percevant que cette tension s'inscrit dans un différend plus profond qui m'échappe, je détourne le regard. J'aimerais pouvoir partir.
Je balaie la pièce d'un coup d'œil circulaire. Murs crème, canapé gris foncé, tapis gris clair. La seule touche de couleur est le coussin à broderies dorées sur le fauteuil, gris lui aussi.
— Je voulais être là pour te dire au revoir, reprend Alice d'une voix un peu plus douce, après plusieurs secondes passées sans que nous ayons échangé un mot.
— Tu n'étais pas obligée.
C'est vrai qu'il a demandé au père d'Alice de l'emmener, je m'en souviens. Je me tortille sur place à côté d'elle et observe la reproduction au mur, un des tableaux que Monet a peints de son jardin à Giverny. Ses couleurs gaies et la souplesse des coups de pinceau détonnent avec le reste de la pièce, et, d'ailleurs, avec ce que j'ai vu de cette maison. Des saules pleureurs s'avachissent au-dessus d'un massif d'iris au violet éclatant, baignés de soleil, alors que nous sommes entourés d'un ameublement blafard, dans la lumière morne et déprimante de cette journée de septembre.
— Pardon, mais c'est quoi le délire ? Tu m'expliques ce qu'elle…

Il s'interrompt et me foudroie d'un regard chargé d'une colère farouche.

— Qu'est-ce qu'elle fout chez nous ?

— Il y aurait une tonne de choses à expliquer, reconnaît Alice. Mais pour l'instant, tu dois seulement savoir que Mme Owen et moi avons mené notre propre enquête sur la mort de ton frère. Nous avons découvert que Kane ne l'a pas poussé.

Je tourne légèrement la tête vers elle, considère ses longs doigts qui reposent sur ses cuisses. Comment peut-elle lui annoncer ça comme ça, si froidement ?

Benny pose son assiette à côté de lui.

— Quoi ?

Il me lance un bref regard avant d'interroger sa mère :

— C'est *elle* qui t'a dit ça ?

— Un témoin s'est manifesté... une femme. (Alice soupire, puis sa voix s'adoucit davantage.) Ton frère n'a pas été assassiné.

— Mais putain ! Quelqu'un a vu la scène ?

Benny s'adosse au meuble télé, les traits déformés par une grimace de stupéfaction.

— Qu'est-ce qui s'est passé, alors ?

— Nous n'en sommes pas sûres.

Alice calque le mouvement de son fils et se penche en avant, les coudes sur les genoux.

— Kane va être libéré, du coup ?

Il me lance un nouveau regard.

— Ça ne va pas être aussi simple, j'interviens. La femme refuse de livrer son témoignage à la police.

— Mais elle est obligée, non ?

— Pas forcément, répond Alice en appuyant le menton sur ses mains jointes. C'est pour ça que nous devons te parler.

— Je n'ai rien vu, je te l'ai déjà dit. J'aurais bien voulu…
— Je sais. Je te crois.
Il s'est mis à secouer la tête.
— Benny, je te crois, insiste Alice fermement, et il la fixe dans les yeux. Mais est-ce que tu sais autre chose ? Même un détail qui pourrait sembler anodin ? Nous devons en découvrir le maximum pour présenter du concret à l'avocat de Kane.
Benny laisse tomber lourdement la tête dans ses mains.
— Il va falloir que je te le répète combien de…
— Je sais que tu me caches quelque chose. Je ne me mettrai pas en colère, si c'est ce qui t'inquiète. Tu cherches à protéger Lou ?
Alice se tourne vers moi. Nous avons abordé le sujet hier. Benny pourrait-il essayer de garder le secret de son frère ?
— Le protéger de qui ? s'enquiert-il en relevant les yeux.
J'adresse un bref regard à Alice pour obtenir son assentiment, qu'elle m'accorde d'un signe de tête.
— Étais-tu au courant pour ton frère et mon fils ? je lui demande.
Comme je l'escomptais, ma question l'intrigue. Il se penche en avant.
— Comment ça ?
— Lou et Kane étaient ensemble, enchaîne Alice. Tu ne savais pas ?
Cette fois, Benny se lève.
— Attends… doucement. Kane et Lou ?
— Nous avons pensé qu'ils avaient peut-être eu une engueulade d'amoureux, et que tu n'avais pas voulu en parler à ta mère pour ne pas trahir la confiance de Lou.

Il me scrute avec incrédulité tout le temps que je m'adresse à lui. Puis il rit.

— Kane et *Lou*?

— Ça fait beaucoup à encaisser, intervient Alice. Mais si on y réfléchit, ça explique pourquoi Lou se comportait...

— Arrête, arrête. C'est Kane qui vous a dit ça? demande-t-il en pointant le doigt vers moi.

— Oui. Mais je l'avais compris avant. Tu te rappelles le jour où je suis venue ici, et que tu faisais du tri dans les affaires de Lou? J'ai vu des fiches bristol sur la table, et je les ai reconnues. Kane en a une à la maison, avec un... Eh bien, en fait, c'est une lettre d'amour.

— Ce n'était pas... Ils n'étaient pas...

Benny secoue la tête, se retourne face à la cheminée et enfonce les mains dans ses poches.

— S'il ne s'agit pas de ça, alors qu'est-ce que tu me caches sur cette nuit-là?

Alice ne compte pas le lâcher si facilement.

— Ce n'est pas...

— Finis tes phrases, Benny! s'agace-t-elle en se donnant une claque sur la cuisse. Ce n'est pas quoi?

Il lève la tête vers le plafond et expire bruyamment.

— C'est un peu ce que je ne voulais pas te dire, en fait.

— Tu savais, finalement?

— Non. Si... Mais... laisse-moi t'expliquer. Ce n'est pas comme ça que j'avais prévu de m'y prendre.

Il continue à nous tourner le dos et à fixer le plafond, et tandis que je regarde ses doigts tripoter nerveusement un fil qui dépasse d'une poche de son short en jean, je me rends compte de mon erreur. Le visage d'Alice est toujours froissé par l'impatience et la méprise. Comment ai-je pu me tromper à ce point?

— Alors voilà, maman, dit-il avec un rire gêné, tu as un fils homo, mais ce n'était pas Lou.
Durant le silence qui suit, Benny regarde tout sauf sa mère. La fenêtre, le mur au-dessus de la cheminée, ses mains.
Je me glisse vers le bord du canapé.
— C'est mieux que je vous laisse tous les deux.
Alice pose la main sur ma jambe.
— Restez.
Sa voix n'est presque qu'un murmure.
Benny se tourne vers moi.
— Les fiches que vous avez vues, ce sont les miennes. C'est dans mes affaires que je faisais du tri, avant de partir pour la fac.
— Pourquoi Kane m'a-t-il dit qu'il sortait avec Lou, alors ?
— Vous êtes sûre de ça ? Il vous l'a dit texto ?
— C'est ce que je croyais, mais...
J'essaie de me souvenir de notre conversation exacte, mais je ne me rappelle pas qui a dit quoi. Pas avec certitude.
— C'est ça que tu me caches depuis le début ? s'enquiert Alice, le regard baissé sur le tapis.
Benny met les mains dans ses poches arrière et hausse les épaules, mal à l'aise, frottant le bout de sa chaussure sur le carrelage qui entoure le foyer.
— J'aurais dû te le dire avant, mais bon... Tous les deux, on n'est pas... On ne parle jamais trop de...
Réponds-lui que ça ne change rien, que tu le soutiendras quoi qu'il fasse, quel que soit le chemin qu'il prendra.
Ce spectacle m'est trop pénible : Benny qui fait face à Alice, chacun les yeux braqués vers le sol pour ne pas croiser le regard de l'autre.

Dis-lui que tu l'aimes, et que ton amour pour lui est inconditionnel.

Au lieu de cela, elle demande :

— Lou n'était pas gay ?

Benny s'agenouille à côté d'elle.

— Non. Mais t'en fais pas, hein. Maman ?

Il regarde sa mère pour la première fois depuis sa révélation.

— Je suis toujours le même, ça ne change rien.

Elle le prend par les épaules et lève les yeux vers les siens.

— Comment j'ai pu passer à côté de ça ?

— Ne te fais pas de souci pour moi, s'il te plaît. Tu as l'air accablée.

— Ce n'est pas à cause de toi que je suis contrariée. Je croyais que si Lou n'assumait pas sa sexualité, ça pouvait expliquer pourquoi c'était si compliqué avec lui. D'après ce que tu me dis, ce n'était pas pour cette raison... alors de quoi ça venait ?

— C'était juste la personnalité de Lou, répond Benny avec un sourire triste. Tout le monde ne peut pas être un fils aussi parfait que moi.

Alice rit, presque silencieusement, en secouant la tête.

— Je vais réfléchir à tous les souvenirs que j'ai, d'accord ? Ça m'étonnerait que ce soit utile, mais je vais essayer, promet Benny, avant de se tourner vers moi. Comment il va ?

— Il tient le coup. Long Lartin, ce n'est pas folichon...

Alice tousse et déclare :

— J'ai tenté de te le dire, mais avec tout ce qui s'est passé ces derniers jours...

— Il n'est pas là, à côté ?

Il pointe du doigt le mur derrière le fauteuil, vers le fond de la maison et la prison.

— Il a été transféré.

Benny frotte plusieurs fois ses cheveux ras d'avant en arrière.

— Ça n'a jamais été plausible. J'aurais dû savoir que c'était faux. Je suis vraiment nul, comme copain. Je vous en prie, madame Owen, vous devez le prévenir que je suis désolé. Je peux aller le voir ?

— Ça m'étonnerait qu'on t'y autorise, mon grand, je rétorque avec un haussement d'épaules. Mais tu n'as pas besoin de t'excuser auprès de lui. Je suis sûre que vous réglerez tout ça quand on l'aura fait libérer.

— Qu'est-ce qu'il a raconté à la police ? Pourquoi il s'est accusé ?

— C'est pour le comprendre que nous devons savoir tout ce que tu sais, répond Alice. C'est là-dessus que nous butons.

— D'accord. Ce soir-là, au pub, Kane me tannait pour que je fasse mon coming out. Il insistait pour qu'on parle à Lou, mais moi je n'étais pas prêt. Lou nous charriait tellement on passait de temps ensemble. Je crois qu'il n'aimait pas trop Kane. On s'est pris le chou, et j'ai fini par le dire à Lou.

J'ai soudain très chaud. Tout ça est-il arrivé à cause de moi ? Parce que je voulais que Kane invite son petit ami à dîner chez nous ?

— Lou a commencé à nous sortir des vacheries. Il ne les pensait pas, je crois qu'en fait il s'en foutait, mais nous n'avons jamais eu l'occasion de…

La voix de Benny se casse, et il déglutit.
— Je n'ai jamais eu l'occasion d'en discuter comme il faut avec lui.
À ce souvenir, il avale de nouveau sa salive.
— Après, il a balancé une saloperie sur le père de Kane. Kane l'a mal pris, mais Lou ne savait pas de quoi il parlait. (Benny me regarde.) Il ne connaissait pas toute l'histoire : il croyait qu'il vous avait abandonnés tous les deux, comme notre père. C'est là que Kane a lâché : « Au moins ma mère voulait de moi. » Ça m'a trop énervé, parce que lui il savait *très bien* ce qu'il disait, et que je lui avais demandé de garder ça pour lui. Ce n'était pas du tout le genre de Kane d'être salaud comme ça, mais j'imagine que Lou l'avait trop soûlé. C'est là que Lou lui a foutu un coup de poing.
— Alors ils ne se battaient pas à cause d'une fille ? questionne Alice. Ce n'est pas ce que tu…
— Si, si. Ce n'était pas le problème principal, mais c'est en partie à cause de ça que ça a commencé. Kane croyait que Lou s'amusait à allumer une ex à lui. (Il m'interroge du regard.) Jess ?
Je hoche la tête. Je me souviens d'elle ; elle venait beaucoup à la maison. Mais ça remonte à des années. Kane devait avoir quatorze, quinze ans maximum.
— Qu'est-ce que tu as fait, après la bagarre ? Tu es allé chercher de la glace ?
— Ouais, c'est ça. J'ai réussi à les séparer, mais ils étaient tous les deux dans un sale état. Je les ai laissés là-haut, et je suis descendu demander un gobelet de glaçons au pub un peu plus loin. En revenant, j'ai…
Benny se traîne vers le bow-window et s'adosse contre la table basse.

— Je ne t'ai jamais raconté ça, maman. Tu es sûre que tu veux ?

Alice acquiesce d'un signe de tête.

— En revenant, j'ai entendu un hurlement. Ça ne ressemblait pas à la voix de Lou. Et il y a eu un bruit horrible, un gros *boum* très fort. Je suis juste parti en courant. Je savais que c'était un des deux.

Aucune de nous ne prononce un mot pendant plusieurs minutes.

C'est Benny qui, en se penchant vers l'avant, reprend la parole :

— Si Kane ne l'a pas poussé, qu'est-ce qui s'est passé dans le parking ? Est-ce qu'il a...

— Je ne sais pas.

Je les regarde tous les deux, et il m'apparaît que par rapport à eux je suis chanceuse, même si souvent ce n'est pas le sentiment qui domine. Mon fils est encore en vie. Lou est mort, et ils ignorent pourquoi.

— Je ne pige pas. Il dit qu'il s'est passé quoi, Kane ? m'interroge Benny.

— Il affirme qu'il l'a poussé.

Tandis que je prononce ces mots, l'atrocité de la situation me frappe de plus belle.

— ... et ce témoin qui a tout vu ? poursuit Benny.

— C'est une employée d'un des bureaux, dans l'immeuble d'en face, indique Alice. Il y a une vidéo, ton ami Harry Wilkinson me l'a montrée. Et j'ai rencontré cette femme...

— Tu es allée voir Wilko ? Putain, maman...

— C'est un jeune homme charmant.

J'ai du mal à suivre leur conversation. À qui revient la faute de ce drame ? À moi, à en croire le récit de Benny.

Kane ne l'aurait jamais obligé à annoncer à Lou qu'il était homosexuel ce soir-là si je ne l'avais pas bassiné. Ils n'en seraient pas venus aux mains.

— ... qu'on devrait voir s'il l'a toujours, poursuit Benny. À mon avis, il l'a sûrement effacée. Il ne veut surtout pas qu'on puisse prouver qu'il était dans le parking avec nous. Il s'est passé autre chose, ce soir-là, mais je ne sais pas quoi. Ça n'a aucun rapport avec ce qui est arrivé à Lou. Je pense que Lou a vu Wilko en train de faire un truc louche. Ce n'était pas clair, mais il m'a confié que Wilko était dans la merde.

— Ah bon ? s'étonne Alice.

— Après, Wilko m'a soûlé pour savoir tout ce que Lou m'avait dit. Je crois l'avoir convaincu que je ne sais rien, mais il a peur que Kane soit au courant.

— Il faudrait que je retourne le voir, annonce Alice. Pour essayer de récupérer la vidéo.

— OK, mais tu n'y vas pas toute seule, ce coup-ci.

La façon dont Benny s'adresse à elle n'a plus rien à voir avec son ton grincheux d'un peu plus tôt.

— Ça ira, répond Alice.

— Non, écoute-moi. Je viens avec toi. Je ne suis pas obligé de partir ce soir.

— Mais tu as déjà raté la rentrée.

— La fac sera encore là dans quelques jours. Ça peut attendre. Tu veux bien m'y emmener ? Ce week-end, ce serait bon ?

Un sourire s'étend sur les lèvres d'Alice, qui hoche la tête. Devant son soulagement, le désespoir dont m'accable le caractère infaisable de notre tâche s'accroît. Nous n'y arriverons pas.

Je suis désolée, Kane. Je ne sais pas si je peux t'aider.

— … décidé, alors, dit Alice en frappant dans ses mains. Allons rendre visite à Harry.

— Ça ne sert à rien. (Je me rencogne dans le canapé.) Nous ne réussirons jamais à faire libérer Kane.

Pourquoi se bercer d'illusions ? À moins que Kane revienne sur ses aveux, rien ne changera. C'est sans espoir. Depuis neuf ans, je m'inquiète des répercussions que pourrait avoir sur lui l'acte de Glyn. Voilà, nous y sommes. Pour une raison qui m'échappe, il a enclenché un mécanisme pour détruire sa vie et refuse de le stopper.

LOU
17 août

Lou leva les bras et se hissa par-dessus le parapet du troisième étage. Derrière lui, il entendait encore Kane pousser des grognements d'effort. C'était une victoire haut la main. Il épongea la sueur sur son front avec le bas de son tee-shirt.

Benny et Wilko les attendaient déjà en haut. Wilko parlait au téléphone, quelques mètres plus loin. Benny se penchait par-dessus le garde-corps et observait Kane. Avait-il vu avec quelle vitesse et quelle aisance Lou avait escaladé ?

— Je n'ai jamais gagné un kébab si facilement, fanfaronna Lou.

Mais Benny ne releva pas, aussi inclina-t-il lui aussi le buste au-dessus du vide et cria :

— T'es trop lent, Kane ! Faudrait bosser un peu plus les épaules à la salle de muscu !

Lou se détourna pour appuyer les coudes sur la brique et contempla le parking quasi désert. La tête lui tournait légèrement, et il cligna énergiquement des paupières.

— Hé, Ben. T'as vu comment j'ai assuré ? Hein, tu m'as vu ?

Mais Benny ne répondit pas ; il était trop occupé à aider Kane à terminer son ascension.

— C'est ça, frérot. Vole au secours de Kane la petite princesse.

Lou s'essuya de nouveau le front.

— J'ai remarqué que tu ne m'as pas filé de coup de main, à moi.

— T'es lourd, Lou, rétorqua Benny sans le regarder.

Bordel. Pourquoi son frère l'avait-il mauvaise à ce point ?

— Qu'est-ce qui t'arrive ? Fous un peu la paix à Kane.

Fous la paix à Kane ou à toi ? eut envie de répliquer Lou. Il avait remarqué comment Benny couvait Kane des yeux en lui rendant son téléphone et son portefeuille. Ça ne trompait pas.

— Je ne vois pas pourquoi faudrait que je sois cool avec lui, répondit-il en les observant tandis qu'ils se faufilaient entre les voitures, en direction de l'escalier.

Quand allaient-ils le mettre au courant de leur petit secret ?

Benny s'arrêta et pivota de trois quarts.

— Parce que c'est mon mec, d'accord ?

— Eh bah putain... alléluia !

Lou joignit les mains devant lui et rejeta la tête en arrière. Il aurait dû s'abstenir, car le plafond se mit à tourner de plus belle, et il trébucha contre une Mini rouge.

— Il vous en a fallu du temps ! Ça fait un bail que ça dure, pas vrai ?

Benny vint l'aider à se relever, mais Lou n'était pas tout à fait prêt à se remettre debout. Il s'appuya sur le capot, dont il percevait la chaleur contre ses jambes. Rien n'était frais ce soir-là. Kane ruminait près de la porte de l'escalier, mais Benny eut au moins la décence de regarder Lou en face et d'avoir l'air un peu contrit.

— Ça fait un moment que je suis au courant, déclara Lou. Vous êtes tout le temps fourrés ensemble. Et j'ai vu comment t'as touché le bras de Kane quand t'as cru que je ne faisais pas gaffe. (Il se tapota le côté de l'œil du bout du doigt.) Je fais toujours gaffe.

Il rota et sentit le goût de sa dernière pinte au fond de la gorge. Il garda pour lui que c'était ce geste de tendresse entre eux qui l'avait décidé à ne pas se contenter d'un ou deux demis comme d'habitude. Comment Benny avait-il pu le lui cacher si longtemps ?

Kane les rejoignit.

— Pourquoi on a mis autant de temps ? intervint-il. À ton avis ? Parce que tu ne peux pas me blairer. Parce que t'es un gros homophobe.

Il foudroyait Lou du regard, les narines évasées. Trouvant que cela créait un effet comique avec son piercing au nez, Lou dut se mordre la lèvre pour ne pas rire bêtement.

— Ho, les gars ! leur cria Wilko. Arrêtez de gueuler, OK ? Je suis au téléphone, là.

Il désigna son portable.

Lou leva les mains en signe d'excuse ironique et s'écarta de la Mini. Il ne sut pas ce qui lui prit alors. Était-ce le contrecoup de sa montée d'adrénaline due à l'escalade ? Ce fut plus fort que lui. Et lorsqu'il eut commencé, il ne put refermer les vannes.

Il donna un petit coup dans le bras de Kane. Juste du bout du doigt. Une légère poussée, en fait.

— Et alors, vous êtes allés au Old Market et compagnie ? Dans tous les bars à *pédés* ?

Il vit la poitrine de Kane se hausser et s'abaisser, ses mains tressaillir le long de son corps, mais il poursuivit.

— Comment ça marche ? C'est lequel qui fait l'homme dans le couple ?

Tout du long, il fut incapable de regarder Benny en face. Il songeait : *Arrête, Lou. Arrête de faire le connard.*

Il ferma énergiquement les yeux pour empêcher le sol de tournoyer sous ses pieds, et entendit Kane murmurer à Benny : « Fais-lui fermer sa gueule. Je m'en fous que ce soit ton frère… »

— Qu'est-ce que ça peut te faire que je m'intéresse à Jess, alors ? s'enquit Lou en le dévisageant. Si vous baisez tous les deux ?

Kane examina Lou de la tête aux pieds.

— Parce que t'es pas capable d'avoir une relation sérieuse. T'es trop gamin. Regarde dans quel état t'es !

— Qui te… qui te parle d'une relation sérieuse ? bredouilla-t-il en lançant les bras en l'air. Y a que les nazes qui veulent se caser avant leurs vingt piges. Je ne cherche pas une copine fixe avant d'avoir au moins trente-cinq ans.

— Tu couches avec elle ? demanda Kane.

Lou rit.

— En quoi ça te regarde ?

— C'est vrai, Kane, abonda Benny, qui s'écarta d'eux et s'appuya contre le coffre d'un monospace foncé. Alors, en quoi ça te regarde ?

— Ça me regarde parce que je tiens à elle. C'est une chouette fille, d'accord ?

— Ouh là là ! railla Lou, avant de crier à Wilko : Les deux tourtereaux se disputent. Pas sûr que ça se finisse en *happy end*, leur histoire, finalement.

— Casse-toi, Lou. Sérieux, rentre chez toi.

Kane pointa l'index vers la porte.

— Moi qui avais toutes ces images joyeuses dans la tête, commenta Lou en se massant les tempes. Vous qui vieillissez ensemble, deux petits vieux main dans la main, chacun en costard rose.

Benny ne lui prêtait toutefois pas attention. Il avait le regard rivé sur Kane.

— Tu tiens à Jess *comment*, en fait ? Je peux sa...

— D'un autre côté, le coupa Lou, haussant le ton pour écraser la voix de son frère. Lui et toi vous n'avez pas vraiment grandi avec les meilleurs exemples de couples heureux. *Ton père s'en foutait tellement de toi qu'il s'est pas accroché longtemps*, pas vrai, Kane ?

— Tu ne sais rien du tout sur mon père.

Kane fit un pas vers lui.

— Lâche-le, Lou, intervint Benny. Kane, je ne lui ai rien dit... Il n'est pas au courant...

— C'est bon, je déconne, s'esclaffa Lou.

Il éprouvait des difficultés à se concentrer sur le visage de Kane, mais il le voyait assez bien pour savoir qu'il était temps de calmer le jeu.

— Non, tu ne déconnes pas, répliqua Kane, qui continuait d'approcher. Tu veux qu'on parle de la famille, c'est ça ? Dans la mienne, on ne me prend pas pour un raté, moi. Tu sais ce que Benny dit de toi ? Que tu ne feras rien de ta vie. Que t'es un déchet.

Il sourit à Lou pour la première fois de la soirée.

— Un parasite.

Benny s'écarta du monospace. Lou ne trouva pas le courage de le regarder.

— Oh, doucement, Kane..., protesta son frère.

Mais Kane était déchaîné. Il poursuivit sur sa lancée venimeuse.

— Moi, ma mère voulait de moi, au moins.

Ils se dévisagèrent un certain temps. Mettant l'autre au défi de porter l'attaque suivante. Sans prêter attention à Benny qui approchait, à Wilko qui mettait fin à sa conversation. À une alarme de voiture qui se déclenchait au loin.

Puis Lou arma le bras, et sentit son poing s'écraser contre le visage de Kane.

ALICE
17 septembre

Alice avait voulu se rendre chez Harry Wilkinson dans la foulée, la veille au soir, mais Benny n'avait pas démordu qu'il valait mieux ne pas arriver à l'improviste. « Pas une deuxième fois », avait-il insisté, en la regardant par-dessus son skateboard, qu'il nettoyait dans le salon pendant qu'ils échafaudaient leur plan. Indigo ne lui avait été d'aucun soutien pour l'aider à le convaincre. Elle s'était murée dans le silence et l'abattement ; elle s'avouait vaincue, de l'avis d'Alice, qui ne s'était pas gênée pour lui dire le fond de sa pensée : « Nous n'avons pas fait tout ça pour laisser Kane croupir en prison presque toute sa vie. » Peut-être aurait-elle dû prendre plus de gants, mais Indigo avait besoin qu'on l'aide à se ressaisir, pas qu'on lui donne une tape dans le dos et lui fasse croire que tout irait bien.

Elles avaient donc passé le reste de l'après-midi à boire du thé et du café en attendant que Benny élabore le texto parfait pour Harry, qu'il avait prétendu préparer dans sa tête tout en frottant avec une sorte de savon l'espèce de papier de verre qui recouvrait le dessus de sa planche. Quand il s'était enfin mis à pianoter sur son mobile, Alice avait failli le lui arracher des mains, mais au bout d'une heure à effacer et reformuler, à soupirer entre les versions qu'il leur lisait, il avait été satisfait de son message et l'avait envoyé. Il proposait : *PS4 tt à l'h ou 2m1 ? Chez toi ?*

Harry n'avait pas répondu quand Alice avait raccompagné Indigo en voiture à six heures. Toujours pas à huit heures, quand Benny était allé leur chercher du *fish & chips*. Pas de nouvelles non plus à dix heures, lorsque Alice s'était couchée, sans toutefois parvenir à fermer l'œil. Mais à minuit, Benny avait passé la tête par la porte. « C'est bon », avait-il chuchoté, la lumière crue de son téléphone éclairant cette petite partie de la chambre. « Demain à l'heure du déj. »

Benny était venu prendre Alice au travail à midi, puis ils avaient fait un crochet par chez Indigo. Pendant le trajet, celle-ci était restée renfermée sur la banquette arrière, silencieuse, le regard morne, répondant à peine aux questions d'Alice. Quelle sensation inhabituelle pour elle de se soucier de quelqu'un d'autre que ses fils. Mais c'était indiscutablement ce qui se produisait. Elle, Alice Hyde, voulait sincèrement remonter le moral d'Indigo Owen. Elle voulait l'aider.

Elle se retrouva de nouveau devant chez Harry Wilkinson. Benny et elle avaient débattu, la nuit passée, de la meilleure façon de procéder, et elle avait réussi à imposer son plan d'action. Ils étaient tombés d'accord (au début) sur la nécessité de transmettre la vidéo à la police, mais s'étaient opposés sur la manière de s'y prendre. Benny jugeait plus simple de demander à Harry de la lui envoyer par WhatsApp, puis de la présenter aux policiers en prétendant qu'il l'avait reçue d'un expéditeur anonyme.

— L'anonymat n'existe plus, à notre époque, avait rétorqué Alice.

— Mais j'effacerai son message, avait insisté Benny, dont la naïveté avait arraché une grimace à Alice.

— Ce ne sera pas possible de le tenir en dehors de ça, si nous voulons que la police voie les images.

Benny se montrait récalcitrant, très clairement parce qu'il rechignait à impliquer son copain. Maintenant qu'ils étaient en bas de chez Harry, ils s'opposaient sur la façon d'entrer dans la maison. Benny aurait préféré sonner, mais Alice tablait sur l'élément de surprise.

— En plus, commenta-t-elle, c'est grand ouvert.

Le regard dans le vague, Indigo n'exprima aucun avis.

Alice trancha la question en franchissant le seuil et en s'engageant dans l'escalier, suivie par Benny, qui chuchota d'un ton véhément :

— Maman, arrête !

Mais quand elle eut atteint l'appartement de Harry Wilkinson, elle se posta d'un côté et désigna la porte d'un signe de tête, lui laissant lire sur ses lèvres l'injonction *Vas-y*. Il avait le front perlé de sueur. Pourquoi ses fils s'étaient-ils acoquinés avec ce dépravé, nom d'un chien ? Benny s'épongea les mains sur son tee-shirt avant de frapper.

— Wilko ? appela-t-il quand celui-ci ne vint pas ouvrir tout de suite.

Une réponse étouffée leur parvint :

— Tranquille, mec. Attends deux secondes.

Sa voix était presque noyée par les basses d'une horrible musique techno – un morceau qu'Alice se souvint d'avoir entendu dans la chambre de Benny.

Plus d'une minute s'écoula, pendant laquelle ils patientèrent tous les trois sur le palier. Indigo donnait de petits coups de pied contre des chewing-gums incrustés dans la moquette. Benny restait devant la porte, très raide, en clignant à peine des paupières. Alice consultait sa montre toutes les cinq secondes en se mordant la joue. Pourquoi devraient-ils se caler sur le rythme de Harry Wilkinson ?

Alors qu'elle s'apprêtait à passer devant Benny pour toquer de nouveau, la porte s'ouvrit. Harry ne s'attarda pas pour accueillir son copain ; il s'éloigna en laissant le battant pivoter en grand. Benny jeta un coup d'œil à Alice. Celle-ci hocha la tête, saisit Indigo par le bras et suivit Benny dans l'appartement nauséabond sans refermer derrière elle.

— Tu veux jouer à quoi ? demanda Harry en soulevant le bas de ses rideaux tirés pour prendre une manette sur le rebord de la fenêtre. J'ai le dernier...

Après s'être retourné, il les vit tous les trois, et regarda Benny d'un air renfrogné.

— Qu'est-ce que tu me fous, là ?

— Bonjour, Harry, dit Alice en entraînant Indigo vers l'avant. Je te présente Mme Owen, la mère de Kane.

Harry porta un doigt à sa bouche pour se curer les dents.

— Je croyais qu'on avait conclu un marché, vous et moi ?

— Il y a eu du changement.

Alice refusait de se laisser intimider. Pas par un petit dealer.

— Nous avons découvert que Kane a été arrêté et inculpé à tort. Tu vas devoir montrer ta vidéo à la police.

Il rit.

— Qu'est-ce qui s'est passé d'autre, Harry ? Le soir où mon fils est mort ?

Alice ne voulait pas attirer d'ennuis à Benny en demandant à Wilko ce que Kane savait sur lui et qui l'effrayait tant. Mais il fallait bien poser des questions.

— Rien.

Benny lui décocha un regard, qui selon elle signifiait : *Ne l'interroge plus là-dessus.*
— T'as toujours la vidéo ? questionna-t-il son copain.
— Ouais, mais je te la passerai pas.
— Tu ne l'as pas effacée, donc ?
— Je pensais la vendre à des journaux, palper un peu de... (Harry frotta le pouce contre le majeur et l'index.) Mais ils la voulaient gratos, alors je les ai envoyés chier. (Il fit un pas vers elle.) Benny, désolé, mon pote, j'ai oublié que j'avais un autre truc prévu. Va falloir qu'on remette à plus tard.
Il s'exprimait sans quitter Alice des yeux.
Elle songea encore à ce qu'il avait dit sur la passerelle. *J'ai vu de quoi il est capable.* Devait-elle annuler sa rencontre avec Kane ? Elle regarda Benny, puis Indigo, qui, à côté d'elle, se tenait pareille à une poupée molle. Son entretien avec Kane constituait peut-être le seul moyen pour eux de découvrir la vérité.
— Sur ta vidéo, on voit une femme qui observe la bagarre, reprit Alice, en allant à la cuisine pour ouvrir le réfrigérateur.
Pas question de lui laisser penser qu'elle avait peur, ou qu'elle allait accepter qu'il les menace, son fils et elle.
— Elle a aussi vu Lou tomber. C'est un témoin, et ta vidéo en est une preuve.
— Quelle vidéo ?
— Maman, je t'avais dit que c'était une mauvaise idée, proteste Benny en se dirigeant vers la porte. Viens, on s'en va.
Alice sortit un paquet de pain de mie tranché du frigo, lequel ne contenait à part ça que quelques cannettes de bière.

— C'est mieux de le conserver à température ambiante, Harry, conseilla-t-elle en le jetant négligemment sur le plan de travail. Donc, première possibilité : tu vas voir la police toi-même.

De la cuisine, elle passa derrière Harry pour aller ouvrir les rideaux. Le tissu lui semblant poisseux, elle s'essuya les doigts sur son pantalon en inspectant la rue d'un bref coup d'œil.

— La deuxième possibilité, c'est qu'on informe la police, pas que tu étais présent au moment des faits, mais que tu vendais de la drogue à mes fils.

— Maman !

Alice n'avait pas mis Benny au courant de cette partie de son plan. Elle ignorait si Harry Wilkinson avait déjà fourgué quoi que ce soit à l'un ou l'autre de ses fils, mais ça ne l'aurait pas étonnée, si elle se fiait aux petits sachets en plastique qu'elle avait trouvés dans la penderie de Lou.

— Une peine avec sursis... c'est ce que tu as récolté, la dernière fois, n'est-ce pas ? poursuivit Alice, la tête de côté. Qu'est-ce qui se passera quand le juge apprendra ça ?

Harry jeta la manette de jeu sur le canapé, où elle atterrit au milieu d'un tas de paquets de chips.

— Je touche combien si je fournis la vidéo ?

— On ne te paiera pas pour ça.

Alice lui décocha son regard le plus implacable.

— Même pas un billet de cinquante ? railla-t-il, avec un petit rictus narquois. J'ai eu l'impression que vous étiez blindée, l'autre jour.

Benny la prit par le bras et la força à le fixer.

— Tu lui as filé du fric ?

— C'était différent.

— Combien vous voulez ? demanda Indigo.

C'était la première fois qu'elle s'exprimait depuis leur arrivée. Tous se tournèrent vers elle, qui s'était assise dans un fauteuil en cuir beige.

Harry coula à Alice un sourire obséquieux qui la fit frissonner.

— Mille balles, ça devrait le faire.

— Jamais de la vie, trancha Alice, qui lança un regard à Indigo. Tu n'auras pas un penny.

Mais Indigo braquait les yeux sur le jeune homme.

— Il va sans doute me falloir quelques jours pour rassembler autant d'argent.

— Vous avez vingt-quatre heures.

— Non, s'interposa Alice, en se postant face à Indigo. Si vous le payez, ça ne sera pas recevable au...

— Il faut que je le fasse sortir de là.

Un briquet cliqueta derrière Alice, et un effluve de marijuana dériva jusqu'à elle. Elle fit volte-face.

— Une taffe ? proposa Harry en lui tendant son joint, sans se départir de son air goguenard.

— On s'en va. Tu as jusqu'à demain, même heure, pour te présenter au commissariat avec la vidéo, sinon nous irons voir la police nous-mêmes.

— C'est ça, ouais.

Harry lui souffla la fumée au visage.

— Ah oui, j'ai failli oublier... nous leur parlerons de ce que Lou t'a vu faire, ce soir-là.

— Aux flics ? (Il aspira une autre bouffée.) Je suis mort de trouille.

Il avait un air content de lui déconcertant.

— Vous savez que dalle sur ce que Lou a vu.

Il frappa lentement dans ses mains.

— Allez, partons.

Alice saisit Indigo par le coude pour qu'elle se lève, et fit signe à Benny de la suivre.

Mais Harry continua sur sa lancée :

— Si Kane a tellement envie de porter le chapeau, laissez-le faire. Il est grand, maintenant. Faut croire qu'il a ses raisons. Comment vous pouvez être sûres qu'elle ment pas, votre témoin ? Pourquoi il aurait avoué s'il y est pour rien ?

Ils avaient atteint la porte, mais Indigo se tourna vers lui.

— C'est lui qui vous a demandé de venir et tout ? s'enquit Harry, en crachant un autre nuage de fumée.

Aucun d'entre eux ne répondit.

— C'est bien ce que je pensais.

Il sortit son portable de sa poche et procéda à quelques manipulations.

— C'est bon, ça me soûle. Allez voir la police si ça vous amuse, je dirai rien.

Il brandit son téléphone devant eux.

— C'est celle-là, votre petite vidéo, hein ?

Les images de la bagarre s'animaient à l'écran, sous une rangée d'icônes. Avant qu'Alice ait pu deviner ses intentions, il avait appuyé sur « Supprimer ».

INDIGO
17 septembre

Tout ce qui m'entoure me semble terne et sans substance. Les sons m'arrivent étouffés. Je ne parviens pas à regarder Alice et Benny dans les yeux. Une douleur sourde m'étreint le ventre en permanence. Je reconnais ces sensations ; je suis déjà passée par là, mais cette fois personne n'est mort. Pourtant, c'est bien le chagrin qui enserre mon cœur dans un étau. Je ne le connais que trop bien.

Je ne vois pas comment nous pourrions faire libérer Kane. Sa vie est fichue. Combien d'années serons-nous séparés, et que trouvera-t-il à son retour ? Tout aura tellement changé. Il n'aura ni diplôme ni emploi. Je me sens incapable de tout assimiler. J'avais déjà le plus grand mal à garder la tête hors de l'eau, avant, quand je nourrissais l'espoir idiot et naïf que je pourrais tout arranger.

Après notre visite désastreuse chez Wilko, Alice a déposé Benny chez eux et m'a raccompagnée. « Tu as besoin de compagnie », m'a-t-elle dit. Pour la première fois, elle a été beaucoup plus bavarde que moi. On aurait dit un robot qu'on aurait basculé sur un nouveau programme.

Nous sommes chez moi, à la table de la salle à manger. Elle a servi deux verres du pinot gris qu'elle a trouvé au réfrigérateur, même si je n'ai rien répondu quand elle m'en a proposé. J'ai envie de parler, mais qu'est-ce que je peux dire ? Tout me paraît vain.

— Normalement, je ne bois que des alcools forts, déclare Alice, qui s'est déjà resservie. Mais ce n'est pas mauvais, ça.

Je n'en suis encore qu'à mon premier verre et je sens déjà que mes joues chauffent. Je sais que si je me regarde dans le miroir j'y verrai une plaque rouge au bas de mon cou ; elle s'y forme toujours quand je bois. Alice, elle, semble en pleine possession de ses moyens, comme d'habitude. Il faudrait que je mange un peu.

— Si nous n'avons pas la vidéo, nous devons passer à l'étape suivante, reprend-elle en posant son vin sur un sous-verre, qu'elle a dégoté dans un tiroir de la cuisine. Je ne me souvenais même pas que j'en avais.

— Je suggère qu'on appelle Cassie tout de suite. Si elle n'est pas là, on essaie de découvrir quand elle sera de permanence.

Elle me fixe, dans l'attente d'une réaction de ma part. N'en obtenant pas, elle déclare :

— Bon, parfait. Contente que tu sois d'accord.

Je porte le verre à mes lèvres. Il y a encore quelques jours, j'aurais trouvé ça drôle, mais maintenant je me demande si je serai de nouveau capable de rire un jour.

— J'ai cherché son numéro tout à l'heure. Cassie m'a indiqué le nom de son association, explique Alice en sortant son téléphone de son sac à dos. Tiens.

Elle le pose sur la table entre nous, le numéro déjà affiché à l'écran.

— Tu t'en occupes ou c'est moi ?

Je saisis le pied de mon verre. Si quelqu'un l'appelle, ça devrait être moi. Il faudrait que je me secoue. Pourtant, je ne me sens pas la force de bouger le petit doigt.

J'ouvre la bouche, d'où ne sort qu'un léger bruit rauque. Je tousse.

— Réessaie, me dit doucement Alice.

Je lève alors le regard vers elle et fixe la profondeur de ses yeux foncés. Je m'y accroche et réitère ma tentative :

— Comment tu fais… ? je murmure, la voix rocailleuse et la gorge sèche. Comment tu fais pour ne pas t'effondrer ?

— Pour Lou ?

Alice joint les mains sur la table.

Je hoche la tête.

— Comment tu fais pour tenir le coup ?

Elle se redresse et glisse les mains dans ses poches.

— Ça ne va pas te plaire.

Je hausse les épaules.

— Pour moi, montrer ses émotions, c'est montrer sa faiblesse. Je sais que tout le monde ne fonctionne pas comme ça, et je ne l'attends pas des autres. Mais j'en ai toujours été convaincue.

Que pense-t-elle de moi, alors ?

— Benny croit que je ne ressens rien parce que je ne montre rien, poursuit-elle, en tendant le bras pour caresser Lucian lorsqu'il entre tranquillement dans la pièce et se tortille contre le pied de sa chaise. Pourtant j'éprouve des émotions. Je ne sais pas les exprimer, c'est tout.

Elle porte la main à sa poitrine.

Je baisse les yeux et constate que, sans m'en rendre compte, j'ai joint les mains sur la table, exactement comme

elle. Et quand je parle de nouveau, c'est du même ton prudent et mesuré qu'elle :
— J'étais une loque quand Glyn est mort. J'aurais été incapable de me bouger comme toi. Je n'aurais pas pu retourner travailler. Ça me dépassait qu'il ait pu vouloir nous laisser. Ça m'empêchait de dormir la nuit et ça me minait la journée.
Alice appuie le menton dans sa main, le coude sur la table.
— Il s'est...
Elle a compris.
— Oui. Kane n'avait que neuf ans.
— Je l'ignorais.
— Après, bien plus tard, je me suis rendu compte qu'il y avait eu des signes. Il s'est désintéressé de ce qui lui plaisait avant. Il était beaucoup plus silencieux. Je voyais bien qu'il était malheureux, mais je ne m'en suis pas occupée. Ça a duré des mois... J'aurais dû lui demander ce qui n'allait pas.
— Ça explique tout.
Alice m'adresse un sourire triste.
— Pardon ?
— Depuis, tu essaies de régler les problèmes de tout le monde.
— Non, pas du tout.
Mais au fond de moi, je sais que c'est vrai.
— Cette amie dont tu m'as parlé, sur la route de Long Lartin.
— Kim.
— Tu lui envoies des offres d'emploi pour son mari, tu lui apportes des petits plats. Tu travaillais déjà comme thérapeute avant que ton mari se...

Elle ne prononce pas le mot, ne précise pas ce qu'il a fait, et je lui suis reconnaissante de cette discrète attention.

— Même si ce n'était pas le cas, quel serait le rapport avec Glyn ?

Alice vide son verre d'un trait.

— Tu penses que tu n'as pas fait assez pour l'aider.

Je secoue la tête.

— Non, je ne crois pas que ce soit ça.

Pourtant elle a raison, bien sûr. Alice le robot, que je n'aurais jamais imaginée capable de lire si clairement en moi.

— C'est une question de logique, en fait, poursuit-elle, en se servant un troisième verre et en remettant le mien à niveau.

J'en prends une gorgée, que je fais rouler sous ma langue avant d'avaler. C'est un vin frais et aérien, aux notes d'agrumes ; je gardais cette bouteille pour une des dernières soirées que Kane et moi devions passer ensemble avant son départ, pour la déguster sur la terrasse, sous les rayons du couchant.

Pendant un moment, on n'entend que Lucian, qui fait ses griffes sur son arbre à chat, et nous l'observons toutes les deux.

C'est Alice qui brise le silence :

— Alors, qui l'appelle ?

Elle désigne le téléphone, toujours posé entre nous deux.

— Vas-y, toi, je réponds.

Je le fais glisser vers elle.

Elle presse le bouton d'appel. Je mets les mains à plat sur la table et croise les doigts.

— Allô ? Oui, je l'espère, dit Alice. Vous avez une collaboratrice qui s'appelle Cassie... Nous avons discuté toutes les deux, il y a quelques jours. Pourriez-vous me la passer ? (Elle marque une pause.) Formidable, merci.

Elle couvre le micro et me chuchote :

— Elle est là.

Je lève les pouces, puis porte les doigts à ma bouche et commence à me ronger les ongles.

— Bonjour, Cassie.

Alice se penche en avant, les coudes appuyés sur la table.

— Nous nous sommes parlé l'autre jour. Vous êtes venue me voir à mon travail, à la bibliothèque.

Elle hoche la tête tout en écoutant Cassie.

Si celle-ci refuse de nous aider, comment ferons-nous ? Je me lève, sans cesser de me mordiller les ongles, et, en deux pas, vais à l'étagère que Glyn a fabriquée il y a des années de cela. Sur la planche du haut se trouve un cadre, ma photo préférée de Kane, qui date seulement de l'année dernière. Je fais alors courir mes doigts autour de son visage, pose le pouce sur ses lèvres souriantes, et ferme les yeux.

Par pitié, aidez-nous.

— C'est pour ça que j'appelle, reprend Alice. Nous nous sommes entretenues avec l'avocat de Kane, et si vous acceptiez de parler à la police, l'affaire n'irait sans doute même pas au tribunal.

Je me retourne vers la table, prends mon verre et l'avale presque cul sec, sans m'interrompre pour le savourer.

— Non, c'est sa mère qui lui a parlé. Mais il nous certifie que...

Alice tambourine du bout des doigts sur le bois.

— Oui, je sais que vous ne voulez pas non plus avoir affaire à eux... mais un jeune homme innocent va aller en prison. Vous êtes sûre que vous ne pouvez pas... ?

Je capte son regard un instant avant qu'elle le détourne.

— Non. Le tribunal, c'est peu probable. Pas de procès, pas de contre-interrogatoire... Voilà, la mère de Kane... Elle est à côté de moi.

Elle s'interrompt, me regarde, et pointe l'index vers son téléphone. Je donne mon assentiment d'un signe de tête.

— Oui, dit-elle. Je vous la passe.

Elle me tend l'appareil, que je colle à mon oreille d'une main tremblante.

— Allô ?

— N'allez pas imaginer que je me moque de ce qui arrive à votre fils, déclare Cassie.

Elle m'a l'air plus jeune que j'imaginais, et s'exprime avec un léger accent d'Irlande du Nord, auquel je ne m'attendais pas non plus.

— Oh, je sais bien, voyons.

Évidemment que je l'ai pensé. Mais maintenant que je lui parle, je perçois la peur dans sa voix. Je caresse la fresque de forêt tropicale en faisant les cent pas.

— Mais c'est mon petit garçon. Vous avez des enfants ?

Elle répond avec un temps de décalage.

— Un fils. Il a huit ans.

— Ils sont mignons à cet âge-là. Kane était obnubilé par son vélo. Dès qu'il rentrait de l'école, il voulait aller en faire.

Je sors la photo de la bibliothèque et contemple de nouveau le visage de Kane, me remémorant l'après-midi d'été où il avait pédalé jusqu'à la supérette afin d'acheter des glaces à distribuer en récompense aux copains qu'il avait embauchés pour tourner des sketches dans le jardin, qu'il avait filmés avec le Caméscope de Glyn.

— Avec Daniel, il n'y en a que pour sa trottinette, rebondit doucement Cassie.

— Je parie qu'il passe son temps à essayer d'apprendre de nouvelles figures, pas vrai ?

Cassie rit.

— Et à m'expliquer dans les moindres détails comment les réaliser.

— Kane s'est entraîné aux roues arrière pendant des semaines. Je l'ai toujours encouragé, mais je me cachais les yeux et je le regardais entre mes doigts. J'avais une peur bleue qu'il tombe et se casse le bras.

Je marque une pause afin de remettre le cadre à sa place.

— Il continue à ne se déplacer qu'à vélo. Et chaque fois qu'il le prend, j'ai encore la frousse qu'il ait un accident. On n'arrête jamais de se faire du souci pour eux.

À l'autre bout du fil, c'est le silence.

— Cassie ?

— Si j'accepte, comment je dois procéder ? Je me présente au commissariat ?

Je me tourne vers Alice en ouvrant de grands yeux et en m'éventant avec la main. Je m'efforce de contenir mon excitation et de garder une voix égale.

— Le mieux serait que vous voyiez ça avec l'avocat de Kane d'abord, et ensuite il se peut que vous deviez parler à la police. C'est ce qu'il m'a expliqué.

— D'accord, je vais le faire.

— Vous êtes sûre ? je demande en plissant fort les paupières.

— Je vais vous donner mon numéro, avant que je change d'avis. Votre avocat peut m'appeler.

— Merci, merci infiniment.

J'aurais voulu être à côté d'elle en cet instant, la serrer dans mes bras.

Je note son numéro sur un bout de papier.

— Il faut que je vous laisse, annonce-t-elle. Je dois retourner à ma permanence.

— Merci encore, vous n'imaginez pas comme je vous suis reconnaissante.

— Bonne chance.

— Au revoir, je réponds, mais elle a raccroché.

Je rends son téléphone à Alice et expire à fond.

— Tu crois qu'elle va tenir parole ?

— Personnellement, je ne comprends pas les gens qui ne respectent pas leurs engagements, mais bref.

Elle quitte sa chaise et me donne une légère tape sur l'épaule.

— Oui, à mon avis elle ira au bout.

— Alors il y a vraiment une possibilité que ça marche. Ça se peut qu'ils le libèrent.

Je lève mon verre presque vide et le maintiens en l'air.

— Je n'y serais jamais arrivée sans toi.

Alice sourit et entrechoque son verre avec le mien, mais son expression ne s'étend pas à ses yeux. Je me sens aussitôt coupable. Comment puis-je attendre d'elle qu'elle fête notre réussite ?

— Je pense que nous pourrions tenter quelque chose d'autre, me confie-t-elle, histoire de mettre toutes les chances de notre côté.

D'un vif mouvement de bascule, je termine mon fond de vin.

— Vas-y, dis.

— Il faudrait convaincre Kane de revenir sur ses aveux.

Je m'avachis sur ma chaise, la tête en arrière.
— Il refuse de me parler. Et pourquoi il m'écouterait ? C'est ma faute s'il a fini en prison.
— Je t'ai entendu en dire, des âneries, mais celle-là, c'est la plus énorme.
Je ne peux m'empêcher de sourire.
— Je voulais qu'il me présente son petit copain. C'est pour ça qu'il a poussé Benny à révéler son homosexualité à Lou, ce soir-là.
— Et moi je suis passée à ça d'avorter. Ça ne me rend pas plus responsable de la mort de Lou que toi.
Alice s'interrompt le temps de contempler le massif de fleurs des champs, dehors.
— Nous n'y sommes pour rien, Indigo.
Je fais courir mon doigt sur le bord de mon verre. Je ne suis pas sûre de partager son avis.
— Ça n'empêche pas qu'il m'a interdit de l'appeler et de lui rendre visite.
Alice tire sa chaise et s'y rassoit, sans détacher le regard du jardin. Elle est tout à fait immobile, et ses yeux sont fixés au-delà des fleurs, comme s'ils pouvaient distinguer quelque chose au loin, à travers le crépi blanc du mur.
— Peut-être, dit-elle. Mais moi je le vois jeudi.

ALICE
19 septembre

Alice retroussa ses manches avec soin, jetant un coup d'œil vers la porte après chaque pli parfaitement régulier qu'elle exécutait. D'un côté de la pièce, Margaret et Priya disposaient des biscuits sur une assiette en bavardant d'une voix feutrée. Alice avait pris place sur la chaise rivetée au sol dès qu'on l'avait fait entrer, et elle ne la quitterait pas avant d'être allée au bout. Du bruit lui parvenait du couloir : bribes de conversation, cliquetis de clés. Chaque fois que des pas approchaient, Alice se redressait dans son siège. Depuis dix minutes qu'elle était là, son dos n'avait pas reposé un instant sur le dossier. Elle avait entendu dire que les femmes de grande taille se voûtaient parfois pour paraître moins imposantes, mais sa mère lui avait toujours appris à se tenir la tête haute et la colonne vertébrale bien droite, et de toute façon, pourquoi devrait-elle avoir honte d'une caractéristique physique qu'elle ne maîtrisait pas ?

Alice songea à Indigo, à ce qu'elle ferait si elle était là. Elle ne tiendrait pas en place, c'était certain. Elle virevolterait en tous sens tel un papillon pris au piège, dans le refus ou l'incapacité d'accepter une main amicale cherchant à la guider vers la liberté. Elle n'aurait pas pu garder patience, comme Alice, depuis dix minutes. Elle aurait fini par la stresser, d'ailleurs ; le simple fait de penser à elle poussa Alice à retoucher ses manches, à les dérouler pour les reboutonner. Mieux valait qu'Indigo ne soit pas là. Elle qui aurait attendu d'Alice une approche tout en douceur, elle serait tombée des nues.

D'autres pas retentirent dans le couloir, mais au lieu de poursuivre leur chemin, ils ralentirent et s'arrêtèrent. Alice tripota son bouton de manchette, l'entortillant tellement sur lui-même qu'elle craignit de faire craquer le coton.

La porte s'ouvrit, et trois hommes entrèrent. Elle avait déjà rencontré deux d'entre eux : le conseiller d'insertion et de probation, petit homme râblé prénommé Brian, et Pete, un surveillant pénitentiaire qui se prenait pour un apollon et portait une eau de toilette affreusement forte. Entre eux se tenait un jeune homme fluet et très pâle, à l'air apeuré, vêtu d'un tee-shirt bleu et d'un jean dans lesquels il nageait. Il ne ressemblait en rien aux photos qu'elle avait vues de lui sur Facebook et chez Indigo, ni au garçon qu'elle avait croisé devant chez elle. Elle se souvenait d'avoir été rebutée par son piercing de narine, et constata avec surprise que cet anneau ne suscitait plus en elle un rejet aussi épidermique, bien qu'il lui parût encore plus saugrenu sur ses traits émaciés.

Sans un regard pour elle, il prit place sur la chaise d'en face.

Margaret prit les devants :

— Bonjour, Kane.

Il hocha la tête, sans la regarder elle non plus. Il serrait énergiquement son avant-bras et contemplait une tache sur la table.

— Voici Mme Hyde.

Cette fois, il leva la tête vers Alice, lentement, comme si cela exigeait de lui un effort très douloureux. Jamais elle n'avait vu d'yeux si tristes, si éteints.

— Je t'en prie, tu peux m'appeler Alice, dit-elle, tordant toujours son bouton entre ses doigts.

Il cligna des paupières et baissa de nouveau les yeux. Alice fut déroutée d'éprouver une envie impérieuse d'aller le prendre dans ses bras.

— Et je vous présente Kane Owen.

Ayant saisi les côtés de sa chaise pour se forcer à demeurer immobile, Alice sentit un chewing-gum séché collé sous un bord et retira sa main.

— Avant de commencer, je vais énoncer les règles élémentaires pour cette rencontre, déclara Margaret. Je vous prierai de ne pas vous couper la parole, et de rester assis.

Comptant chaque règle sur les doigts de sa main gauche, elle poursuivit :

— Soyez respectueux de ce que dit l'autre. Donc, on ne lève pas les yeux au ciel et on ne fait pas de moue, on ne se traite pas de menteur. D'accord ?

Alice acquiesça d'un signe de tête et Kane toussa, le regard toujours baissé. Ça allait être compliqué d'avoir une conversation, si, comme elle le supposait, il n'était pas capable de lui adresser plus de deux mots.

— À présent, je vais récapituler comment ça va se dérouler, reprit Margaret en mettant les mains à plat sur la table. Vous allez tous les deux pouvoir vous exprimer et poser des questions. Je vais vous guider tout du long, alors vous n'avez pas à vous rappeler à qui c'est le tour, *et cetera*. Si vous êtes prêts tous les deux…

— Oui, répondit Alice, d'une voix forte, trop empressée.

Kane regarda Margaret et tenta de dire quelque chose, mais ne parvint à émettre qu'un bruit rauque. Il se racla la gorge.

— Prêt.

De profil, il ressemblait beaucoup à Indigo. Ils avaient le même nez et les mêmes pommettes.

— Kane, es-tu d'accord pour commencer ? s'enquit Margaret. Tu pourrais nous parler de la nuit du dix-sept août ? Pas de questions pour l'instant, s'il vous plaît, Alice.

Priya, assise côté mur, enclencha la mine de son stylo et se prépara à prendre des notes sur un bloc de papier. Margaret se renfonça dans sa chaise. Alice croisa et décroisa les jambes. Tous fixaient Kane.

Il toussa encore.

— On était sortis boire des verres. Lou, moi et Benny.

Quand il prononça le prénom de Lou, il frotta sa main contre sa poitrine, comme pour en chasser quelque chose.

— Et d'autres personnes, aussi.

Il tourna les yeux vers Margaret, qui hocha la tête.

— Depuis quelque temps, je regardais des vidéos de *parkour*, de gens qui escaladent des bâtiments, sautent entre des immeubles, des trucs comme ça. J'avais envie d'en filmer, moi aussi, en y apportant ma touche personnelle. (Il s'interrompit.) C'est moi qui ai eu l'idée d'escalader la façade du parking. Je suis désolé.

Comment la police avait-elle pu croire ce garçon capable de commettre un meurtre ?

— Continue, murmura Margaret.

— Il y a que Lou et moi qui avons grimpé. Il n'arrêtait pas de me provoquer depuis le début de la soirée. Il a dit que le dernier arrivé devait payer un kébab au vainqueur.

Il gardait la tête relevée, à présent, regardait tour à tour Alice, Margaret et le stylo de Priya, laquelle griffonnait à toute vitesse.

— Nous sommes montés jusqu'au troisième. Ce n'était pas très dur, en fait. Lou est allé hyper vite, ça avait l'air vraiment facile pour lui.

Il toussa de nouveau.

— Tu veux de l'eau ? demanda Margaret.

Kane acquiesça, et Priya alla remplir un gobelet en plastique. Après en avoir bu une gorgée, il le posa sur la table et fit glisser le doigt de bas en haut sur ses rainures.

— Quand on a atteint le troisième, Benny était déjà là, avec… un autre copain.

Il ignorait qu'elle était au courant pour Wilko, et continuait à le couvrir.

— Mais on avait tous pas mal bu, en fait… Après, on s'est engueulés, Lou et moi. Il m'a donné un coup de poing, et moi aussi je lui en ai collé un. Benny ne participait pas, lui. Il essayait de nous séparer.

Il dirigea vers Alice un regard chargé d'inquiétude.

— Il n'a rien fait de mal. Il n'y est pour rien.

— Je sais.

Alice contempla à son tour la tache entre eux et la gratta avec le pouce. Aucun doute, il tenait à Benny ; elle le voyait sur son visage dès qu'il parlait de lui, à la façon dont ses traits se relâchaient en partie.

— Et il m'a mise au courant, au fait. Pour vous deux.

— Ah bon ?

Elle perçut sa perplexité et lui sourit.

— Oui.

— Mais pourquoi il vous aurait…

Il laissa sa phrase en suspens et secoua la tête.

— Je croyais que c'était terminé, entre nous. J'ai déconné, en me battant avec Lou. Benny était super énervé contre moi.

— Je pense que vous devriez discuter, tous les deux.

Il se renversa dans sa chaise et se mordit la joue.

Margaret intervint :

— Pouvons-nous revenir aux évènements de cette nuit-là ? Kane, tu racontais que Lou et toi vous étiez porté des coups.

Kane cligna des paupières.

— C'est Benny qui a réussi à calmer le jeu. Il sait s'y prendre, vous voyez ?

Alice hocha la tête, dessinant sur la table un petit *B* du bout du doigt.

— Il est descendu chercher de quoi nous nettoyer un peu. Mais Lou et moi, on... on a remis ça.

Alice releva les yeux. La voix de Kane avait changé ; il s'exprimait d'une façon soudain moins naturelle.

Elle le fixa.

— Et c'est là que je l'ai poussé.

Il pinça les lèvres, comme pour retenir son souffle.

— Non, c'est faux.

Alice sentit tous les regards se braquer sur elle.

Margaret s'inclina vers l'avant et tendit la main à l'horizontale, comme si elle pouvait rabattre et chasser les paroles d'Alice.

— Respectez les règles, s'il vous plaît. Laissez Kane terminer.

Alice ne dévia pas les yeux de Kane, qui s'était brusquement empourpré.

— Kane ? Souhaites-tu poursuivre ? l'encouragea Margaret en reculant le buste.

— Après, je me suis penché par-dessus le parapet, reprit Kane en fixant Alice avec méfiance. Je l'ai vu en bas, qui gisait sur le trottoir, et j'ai paniqué. Je me suis enfui. Je suis désolé. J'aurais dû rester pour aider Benny.

— Mais tu ne l'as pas poussé, par contre. Je le sais, et toi aussi, insista Alice d'une voix égale.

Margaret allongea vivement le bras de nouveau. Alice ne les avait pas informées, Priya et elle, de ses intentions, et elle percevait qu'elles s'affolaient de ce que la situation leur échappait.

— Alice, je vous en prie, je dois vous…

— Alors je veux savoir pourquoi tu t'es dénoncé, la coupa Alice. Tu me dois la vérité.

Kane serra encore puissamment son avant-bras.

— Si, je l'ai poussé, dit-il à mi-voix.

Margaret et Priya échangèrent un regard.

Alice cligna lentement des paupières, ferma les poings et les appuya sur la table.

— Depuis un mois, je crois que mon fils a été assassiné, alors que c'est faux.

Elle s'exprimait plus posément, mais avec plus de force.

— Je l'ai poussé, répéta Kane dans un chuchotis, les yeux écarquillés.

De l'autre côté de la pièce, Brian et Pete remuèrent sur leurs chaises.

Alice revint à la charge, laissant la colère imprégner sa voix, en abattant les poings sur la table.

— L'enterrement a été retardé à cause de l'enquête de police. Tout ça pour rien.

— Alice, vraiment, ce n'est pas du tout ce dont nous avions convenu. Je pense que nous devrions faire une courte…

Alice la foudroya du regard. Ne voyait-elle pas où elle voulait en venir ? Elle la dévisageait toujours quand Kane reprit la parole, et elle lut alors la stupéfaction dans ses yeux.

— C'est pareil que si je l'avais poussé, dit-il, avec une légèreté dans la voix qui ne s'y trouvait pas avant.

Le silence s'empara de l'assemblée. Alice ferma les yeux, un goût amer dans la bouche à cause des mots acerbes qu'elle s'était forcée à prononcer. Ça en avait valu la peine. Ça avait fonctionné.

— Écoute-moi, poursuivit-elle. J'ai parlé à quelqu'un qui a tout vu. Quelqu'un que je crois, qui n'a aucune idée derrière la tête, qui ne cherche pas seulement à cocher une case et classer une affaire. Et cette personne affirme que tu n'as pas poussé mon fils.

Margaret se pencha de nouveau vers l'avant.

— Alice, il faut vraiment que je vous interrompe, là.

Elle se pinça l'arête du nez et appuya un coude sur la table.

— Je suis obligée de vous rappeler à l'un comme à l'autre que si vous tenez des propos qui diffèrent du dossier d'instruction, je vais devoir faire part de votre échange à la police. Vous comprenez tous les deux ?

— Oui.

Alice s'impatientait. Toute interruption pouvait l'empêcher d'obtenir ce qu'elle voulait de Kane, qui, l'air terrifié, était encore plus blême qu'à son arrivée.

— Kane, regarde-moi.

Elle baissa la tête afin d'être dans son champ de vision.

— Ça fait trop longtemps que ça dure. Tu dois dire la vérité. Pourquoi as-tu avoué aux policiers, si tu n'es pas coupable ?

Kane croisa les bras.

— C'était de ma faute. Ils m'ont demandé si j'étais responsable de la mort de Lou. Et je le suis. Ils m'ont demandé s'il était tombé à cause de moi. Et c'est ce qui s'est produit. Ils m'ont posé la question des centaines de fois, de façon différente. Ils m'ont dit : « Tu l'as frappé et il est tombé. »

— Et toi, tu n'as pas démenti ? Tu risques de passer le restant de tes jours dans des cloaques comme celui-ci. Je ne comprends pas pourquoi tu ne leur as pas dit la vérité.

— J'ai essayé. Quand... quand je me suis présenté au commissariat, ils étaient déjà au courant de la bagarre, ils savaient que Lou avait reçu un coup de poing avant de tomber. Je n'avais pas prévu ça, et ils m'ont pris au dépourvu. Je l'avais frappé, c'est vrai... mais c'était plus tôt, avant que...

Alice lui accorda un moment de répit, en espérant qu'il allait continuer sur sa lancée.

— Je ne m'en souviens même plus clairement, maintenant. J'étais très près de lui quand il a basculé. J'étais vraiment ivre. Genre, complètement murgé. Si ça se trouve, je l'ai vraiment bousculé. C'est ce qu'il a dit, l'inspecteur. « T'étais bourré, hein ? T'es sûr que tu te rappelles correctement ? »

— Mais ce n'est pas à cause de toi, tu le sais bien, non ? Tu me crois pour la femme qui a vu Lou tomber ?

Il haussa les épaules.

— Kane, intervint Margaret, avant de se tourner vers Alice. Je peux poser une question ?

Alice hocha la tête.

— Où était ton avocat à ce moment-là ?

— Je n'en avais pas. Ils m'ont dit qu'on pouvait m'en attribuer un, mais que ça prendrait super longtemps. J'ai pensé que ça se passerait mieux pour moi si je ne les faisais pas trop poireauter.

Margaret inspira brusquement entre ses dents et se renversa de nouveau dans sa chaise.

— Tout ça doit figurer sur l'enregistrement de l'interrogatoire, normalement, poursuivit Kane. Quand ils l'ont relancé, ils ont mentionné que j'avais le droit à un avocat, mais que j'y renonçais, un truc dans le genre.

Il marqua une pause.

— À un moment donné, ils ont sorti un dossier et l'ont posé devant moi.

Il regarda un peu plus loin sur la table, comme si le dossier en question s'y trouvait.

— Ils m'ont questionné sur mon père et m'ont indiqué que c'était le dossier qu'ils avaient sur lui. Je leur ai expliqué qu'il s'était pendu quand j'avais neuf ans. Ils ont répondu que ça avait dû être dur pour moi. Ils m'ont demandé si ça m'avait mis en colère.

À côté d'elle, Alice voyait Margaret secouer la tête.

— Moi j'ai dit, bien sûr que ça m'a mis en colère. Je lui en ai voulu de nous avoir abandonnés. D'avoir renoncé à ses responsabilités. C'est là qu'ils m'ont demandé : « Et toi ? Tu es quelqu'un qui assume ses responsabilités ? »

Il s'exprimait plus vite, à présent, ses mots se déversaient à flots, son visage s'animait.

— Je n'ai pas su quoi leur répondre. Ils ne m'en ont pas laissé l'occasion, en fait. Ils m'ont juste sorti : « C'est de ta faute si Lou Durand est mort, pas vrai ? »

— Et qu'as-tu répondu ? s'enquit doucement Alice.

— Oui. J'ai répondu oui.
Kane tripota son piercing.
— Et tu y as cru, ajouta Alice. Tout le temps que tu es resté en détention préventive ?
— Parfois. Pas toujours. Je n'arrivais pas à avoir les idées claires, dans tous les endroits où on m'a collé en cellule. À d'autres moments, je pensais en effet que j'étais responsable, même si concrètement je ne l'ai pas poussé.
— Comment ça ? voulut savoir Alice.
— Je vous l'ai dit, c'est moi qui ai proposé d'escalader le parking.
— Ce n'est pas une raison pour que tu sois condamné pour meurtre.
— Quand Benny est parti chercher de la glace, Lou a grimpé sur le parapet. Mais d'un seul coup, il a eu l'air super schlass. Sûrement parce qu'il n'avait pas l'habitude de picoler.
— Il ne buvait pas ?
— Pas beaucoup, non.
Kane avait l'air mal à l'aise.
Alice se souvint d'un commentaire de Harry Wilkinson. *Il prenait toujours qu'un demi.* Elle avait imaginé Lou du genre à avoir une bonne descente. D'un autre côté, elle avait trouvé les bouteilles de vodka encore pleines dans sa penderie. Elle se gratta la tête, déroutée par la révélation de Kane.
— C'est peut-être le coup de poing que je lui ai donné qui l'avait sonné.
— Mais je ne comprends pas. Pourquoi il ne buvait pas ? Vous aimez tous ça, non ?
Kane remua de nouveau nerveusement dans son siège.

— Un jour, il... il m'a confié qu'il avait vu les conséquences... les conséquences que l'alcool pouvait avoir sur certaines personnes.

Il jeta un coup d'œil vers l'autre côté de la pièce, au stylo de Priya qui continuait à filer sur le papier.

— Il m'a confié qu'il ne voulait pas finir déprimé, sans amis.

Une chaleur cuisante envahit la poitrine d'Alice et s'étendit à sa gorge.

— Continue, Kane, l'encouragea Margaret.

— Il a annoncé qu'il allait escalader encore un étage. Je lui ai demandé ce qu'il foutait. Je lui ai dit...

Kane frappa la table avec le tranchant de la main.

— Je lui ai dit d'arrêter de déconner, et il a lancé : « Bah quoi, c'est toi qu'as eu l'idée. »

Ces mots, Alice entendit Lou les prononcer. Elle imaginait parfaitement l'expression de son visage, sa tête penchée de côté.

— Je lui ai dit que c'était trop haut, qu'il allait se blesser, mais il a juste rigolé. Le dernier truc que je lui ai dit...

La voix cassée, il dut s'interrompre.

— Vas-y, lui enjoignit Alice.

— Je lui ai dit de descendre. Mais lui, il m'a répondu : « T'as rien compris. Ce n'est jamais trop haut... C'est le frisson qui compte dans la vie. » Et là, il... il a bougé et il a glissé, et il est tombé. Ça s'est passé super vite.

— Il a glissé ?

— Oui. C'est comme ça que je le revois. Il a... en fait, il a perdu l'équilibre.

Il n'avait pas sauté. Lou ne s'était pas suicidé. Saisie d'un vertige, Alice pressa les mains entre ses cuisses pour se stabiliser.

Je savais que tu n'aurais pas fait ça.

Pendant un certain temps, on n'entendit dans la pièce que la course du stylo de Priya sur le papier.

Parfait, songea Alice. *Note bien tout.*

— Encore une question, reprit-elle. Je sais que Harry Wilkinson était avec vous. Qu'est-ce ce qui s'est passé entre Lou et lui ?

— Wilko ? fit Kane en levant les yeux vers elle. Je ne sais pas trop. Il y a eu un truc, mais je ne sais pas quoi exactement. Je vous promets. On l'a vu sortir d'une voiture, et après il m'a pris à part pour m'ordonner de la fermer. Moi je lui ai répondu que je voyais même pas de quoi il parlait.

Alice le regarda dans les yeux. Elle le croyait.

— Mais ça n'a aucun rapport avec la chute de Lou. Tout est à cause de moi. Sans moi, il n'aurait même pas escaladé, et il n'aurait pas été dans la provoc comme ça. Il aurait pas grimpé sur le muret.

— Ce n'était pas de ta faute.

Alice allongea la main en travers de la table et tenta de lui attraper le bras, mais il demeura distant.

— Vous ne devriez pas essayer de m'aider, après ce que j'ai dit sur vous.

Elle se leva.

— Restez assise, s'il vous plaît, intervint Margaret. Le règlement.

Alice soupira. À quoi pouvaient bien servir ces règles, à présent ? Après tout ce qui s'était dit dans cette salle ? Elle se rassit quand même.

Kane se tenait la tête entre les mains, ses ongles creusant des marques dans son front.

— Kane, écoute-moi. (Elle tendit encore le bras et tapota la table devant lui.) Je te pardonne. (Un autre tapotement.) Lou te pardonne. (Nouveau tapotement.) Maintenant, il faut que toi tu te pardonnes.

Tout en prononçant ces mots, elle comprit soudain qu'elle adressait cette injonction autant à elle qu'à lui.

— Kane, il faudrait vraiment que tu répètes à ton avocat tout ce que tu viens de nous raconter, lui conseilla Margaret. Je pense que nous devrions terminer l'entretien ici, si ça vous convient à tous les deux. Priya et moi allons rédiger un bilan de rencontre stipulant que tu expliqueras la vérité à ton avocat, puis nous vous le ferons signer à tous les deux. D'accord ?

Alice hocha la tête sans détacher le regard de Kane, qui n'avait pas changé de position.

— Kane ? fit Margaret.

— Oui, d'accord, répondit-il, la voix étouffée sous ses paumes.

— Vous pouvez vous lever, maintenant, si vous voulez. Prenez des biscuits.

Margaret et Priya allèrent s'installer à une autre table un peu à l'écart, où elles échangèrent à voix basse en sortant des formulaires d'une chemise cartonnée.

Alice alla vers Kane, qui, pendant qu'elle faisait le tour, laissa retomber ses mains et se leva à son tour, lentement. Se tenant à un mètre d'écart, ils se regardèrent, puis Alice s'avança vers lui en ouvrant les bras.

Il s'avachit contre elle et elle le serra fort, sentant ses larmes silencieuses imbiber son chemisier et lui mouiller l'épaule.

Elle le tint ainsi plusieurs minutes, lui donnant l'étreinte qu'elle aurait aimé pouvoir donner à Lou.

INDIGO
8 octobre

J'ai apporté un bloc-notes et un stylo, cette fois, pour noter tout ce qui va se dire. Au cas où ça ne serait que le début, et non la fin, du calvaire de Kane. L'avoir à la maison depuis quinze jours m'a tellement inondé le cœur de bonheur que j'en avais du mal à en respirer. Mais maintenant, de retour au tribunal, je suis confrontée à la terrifiante réalité : on pourrait encore m'arracher mon fils.

Il est dans le box, l'air immensément plus élégant et confiant qu'à sa dernière comparution, il y a deux semaines. Ce jour-là, il aurait dû être condamné, mais au lieu de cela, nous nous sommes rendus à la cour de la Couronne pour faire rouvrir son dossier. Il paraissait alors éreinté, brisé. Aujourd'hui, il se tient plus droit. Il s'est rasé, et j'ai réussi à le remplumer un peu. Si j'étais en train d'exécuter son portrait, j'utiliserais un fond dans les rouges pour son visage, et des violets, mais si je l'avais peint l'autre fois, il m'aurait fallu des gris et des bleus. Quand nous sommes rentrés à la maison après que le juge l'eut mis en liberté provisoire, j'ai cru qu'il aurait lui aussi du mal à trouver le sommeil, mais il a dormi comme une souche toutes les nuits, épuisé, m'a-t-il confié, après ces semaines passées sur des couchettes inconfortables et dans le vacarme des quartiers de détention. Je me suis glissée discrètement dans sa chambre tous les soirs, comme lorsqu'il était petit. Cette fois, par contre, je n'ai pas le prétexte d'aller vérifier qu'il est bien bordé, ou que Blue, son chien en peluche adoré mais plus de la première propreté, est à sa portée. Pendant quatorze nuits, j'ai ouvert sa porte doucement, je suis entrée sur la pointe des pieds et je me suis postée à côté de son lit, à regarder sa poitrine se soulever et s'abaisser, quelquefois pendant une heure. Je me demande comment j'ai réussi à repartir chaque fois, alors que j'ignore si j'en aurai de nouveau l'occasion.

Je ne peux m'empêcher d'agiter la jambe derrière le panneau en bois qui délimite les rangées de sièges accessibles au public. Un peu plus loin devant moi, ce faux jeton de lieutenant Brailsford est assis avec un collègue, derrière le procureur. La colère que je ressens rien qu'en voyant l'arrière de sa tête, ses cheveux blond-roux en bataille, affole ma respiration.

Concentre-toi sur tes sensations, je m'intime. *Calme-toi.*

Je me munis de mon stylo, et, sentant son poids et sa fraîcheur sur ma peau, j'écris : *exclure interrogatoire du dossier*. Écoutant le bruissement et les cliquetis de la bille sur le papier, je gribouille autour de ces mots, reproduisant les lignes du bois sur lequel je m'appuie, esquissant ses veines et un nœud formé de cercles s'élargissant graduellement. Mon souffle s'apaise, et je regarde autour de moi en quête d'autre chose à dessiner, levant les yeux vers le haut plafond et les grandes fenêtres en verre dépoli. Grâce à elles, cette salle semble beaucoup moins étouffante que la sinistre cour des Magistrats. À moins que ce soit moi qui suis plus légère, plus optimiste ?

Ce matin, avant le début de l'audience, Clive nous a emmenés dans une salle d'entretien, Kane et moi. Il n'est plus le même depuis qu'Alice s'est rendue à Long Lartin. Envolé son détachement nonchalant : il est tout gêné, il est nerveux, et, ce qui m'arrange, il se démène. Il ne l'avouera pas, mais il sait qu'il a nui à Kane, et visiblement c'est quelqu'un d'assez droit pour s'efforcer d'y remédier. À la table où nous étions installés, il nous a expliqué que deux options se présentaient à Kane.

— J'espère qu'ils accepteront d'exclure l'interrogatoire, a annoncé Clive. Mais s'ils refusent, il y aura un procès.

Kane a hoché la tête. Quand les employées de l'association de justice restaurative avaient transmis leur compte rendu à la police, Clive avait recruté un jeune confrère nommé Ed Cohen, lequel avait filé au parquet de Londres pour demander à faire annuler le plaider-coupable de Kane. C'était ainsi que le dossier avait été rouvert, mais nous savions que notre victoire de la fin du mois dernier n'était qu'anecdotique : Kane avait été placé en liberté provisoire en attendant que le procureur prenne une décision quant à la suite de la procédure.

Nous nous sommes tus quelques instants.

— Mais je te rappelle, a poursuivi Clive, que nous avons beaucoup d'éléments de notre côté. À leur place, je n'irais pas jusqu'au procès. Nous avons Cassie Simpson, la déposition d'origine de Benoît Durand indiquant qu'il a vu son frère te frapper le premier, la mère de Louis qui nous soutient, et enfin, ce qui comptera sans doute le plus, n'oublions pas que les enquêteurs n'auraient pas dû te soutirer des aveux en l'absence d'un avocat.

Il a remué sur sa chaise et sorti un mouchoir de sa poche pour s'éponger le front.

— Il va sans dire que je regrette de ne pas avoir creusé davantage à ce moment-là. Avec le recul, je m'y serais pris de façon très différente, mais tu ne démordais tellement pas de ta culpabilité...

Kane m'a jeté un coup d'œil rapide avant de répondre. J'en connais la signification : ne t'énerve pas, maman. Il sait très bien ce que je pense de la façon dont il s'est occupé du dossier. J'ai crispé la mâchoire et fixé mon bracelet jaune.

— Ce n'est pas de votre faute, a dit Kane. Je ne vous ai pas facilité la tâche.

— En tout cas, croisons les doigts. Ed est dans les bureaux du ministère public, en ce moment même, pour les convaincre d'abandonner les poursuites. Nous le retrouverons à l'audience.

Quand nous sommes sortis de la salle d'entretien, Alice et Benny nous attendaient dans le couloir animé devant la salle d'audience dix, et à présent ils sont à côté de moi. J'avais rencontré le père d'Alice, David, à la dernière comparution de Kane, et sa présence dans le rang derrière moi me rassure ; il me gratifie de temps en temps d'un tapotement sur l'épaule, me chuchote : « Tout va bien se passer. » Lily ne m'en manque que plus. Elle est au courant de tout, maintenant, et elle voulait venir, mais Dawn s'y est opposée. « Elle est trop faible », a-t-elle invoqué. Pour une fois, j'ai dû reconnaître qu'elle avait raison. Si Lily n'est pas assez en forme ces temps-ci, se remettra-t-elle jamais assez pour pouvoir voyager de nouveau ? Ni Lily ni moi n'avons été capables d'exprimer nos craintes quand nous nous sommes téléphoné il y a quelques jours. Qu'adviendrait-il si nous n'obtenions pas gain de cause ? Kane reverrait-il sa grand-mère un jour ?

Je ne dois pas réfléchir de cette façon.
Il *va* rentrer à la maison aujourd'hui. Une gerbe de jonquilles a surgi par-dessus les lignes ondoyantes que j'ai dessinées, et une pie se perche à l'autre bout, tirant du bec sur les brindilles d'un nid. Touchons du bois, mon nid à moi sera vide dans quelques semaines. Je donne une légère tape sur la rambarde devant moi. Comment ai-je pu tant redouter son départ pour la fac ? J'étais loin de savoir ce que ça ferait de le perdre pour de bon. Si seulement il pouvait se sortir de ce mauvais pas, je ne demande qu'à le voir s'émanciper. Je le jure. Je me débrouillerai très bien toute seule. Tout ce qui m'importe, c'est qu'il soit libre.

Benny se penche par-dessus mon bras et observe mes dessins. Je viens de réaliser une deuxième pie, laquelle prend sa volée.

— Ce ne sont que des gribouillis comme ça, dis-je.

Il s'incline un peu plus.

— Pas mal, pour des gribouillis. Surtout celui-ci, commente-t-il en tapotant l'oiseau qui s'élance.

— Merci, c'est vraiment tout bête.

— Veuillez vous lever.

L'annonce puissante du greffier me fait sursauter, et en me levant je fais tomber mon stylo.

Benny me le ramasse après que le juge Lafferty a pris place. *Merci*, j'articule en silence tandis que nous nous rasseyons. Le magistrat dispose ses documents devant lui et remonte ses lunettes sur son nez. Malgré sa gravité – je ne l'ai pas vu esquisser le moindre sourire lors de la dernière audience –, il a l'air d'un homme sympathique et, surtout, juste. Il fait glisser une main par-dessus les bandes verticales rouges et violettes qui parent sa robe noire, et je tourne une page de mon carnet, prête à prendre des notes.

Tout va bien. Tout va bien. Tout va bien.

Un homme assis face au juge, lui aussi en habit d'aspect officiel, lève la tête vers le box des accusés.

— Êtes-vous Kane Owen ?

Je regarde Kane, qui répond :

— Oui.

— Merci, vous pouvez vous asseoir.

— Bien, maître Cohen, dit le juge.

Il pose les mains à plat sur sa table et fixe Ed de son regard perçant.

— Vous avez donc une requête concernant l'interrogatoire de l'accusé conduit par la police ?

Ed se lève cependant que le président de la cour s'adresse à lui.

— Monsieur le juge, je crois que mon estimée consœur a une déclaration à faire à ce sujet.

Il fait un geste vers la procureure, qui, à son tour, se dresse lentement.

— Nous avons pu nous entretenir de l'affaire avant l'audience, poursuit-il.

Même à cette distance, à l'autre bout de la salle, je vois le juge hausser les sourcils.

— Très bien. Mademoiselle Madekwe ? Auriez-vous l'obligeance d'éclairer nos lanternes ?

Elle se racle la gorge.

— Monsieur le président, dit-elle, la tête basse, le parquet ne s'oppose pas à la demande de la défense. En outre, nous n'avons aucune preuve à charge à présenter.

— Je vois.

Benny se penche vers moi.

— Qu'est-ce que ça veut dire ? chuchote-t-il.

— Ils abandonnent les poursuites.

Je lui prends la main.

Kane est libre. Nous avons réussi. Je lève les yeux vers le box et cherche son regard, mais il esquive le mien. Il a l'air paniqué, comme s'il ne respirait pas. Les mains agrippées à la barrière de verre devant lui, il scrute le juge.

Le magistrat s'adresse à la procureure :

— Mademoiselle Madekwe, si vous le permettez, j'aimerais vous suggérer de transmettre... comment formuler cela ? Une recommandation, dirons-nous. Auriez-vous l'amabilité, donc, de transmettre une *recommandation* à vos collègues des services de police de l'Avon et du Somerset ?

Il dévie le regard vers le lieutenant Brailsford et son acolyte.

— Monsieur le président.

Mlle Madekwe rabat le menton contre la poitrine, l'air déconfit.

— Peut-être serait-il prudent, à l'avenir, qu'ils fassent en sorte qu'un avocat soit présent avant d'encourager un suspect à avouer un meurtre. Êtes-vous de mon avis ?

Mlle Madekwe hoche la tête.

— Je transmettrai votre recommandation.

Brailsford remue nerveusement dans son siège.

— Parfait. Monsieur Owen, vous êtes libre. (Le juge Lafferty frappe dans ses mains.) Avons-nous terminé ? demande-t-il à son greffier. Puis-je aller déjeuner ?

C'est tout ?

Je vrille un regard rageur dans les épaules larges du lieutenant Brailsford. Ne mérite-t-il pas une sanction, un blâme ? Ses collègues et lui ont failli détruire la vie de mon fils.

Tandis que le juge Lafferty quitte la salle, je reporte mon attention sur Kane, toujours dans le box, le cœur palpitant à l'idée de le ramener à la maison, pour de bon cette fois. C'est pourquoi je ne remarque pas le père d'Alice qui fait le tour de la première rangée de sièges et s'élance vers les deux policiers. Pendant un court instant, à la fois ravie et horrifiée, je pense qu'il va frapper l'un d'eux. Lorsqu'ils se tournent vers lui, je constate qu'ils ont eu la même pensée.

— C'est lequel de vous deux qui commandait ? crache-t-il, les mains tremblant le long de son corps.

— Papa ! Arrête ! s'écrie Alice.

Le lieutenant Brailsford lève les yeux vers elle tandis qu'elle nous pousse, Benny et moi, pour passer.

— Alors, c'est qui ? insiste David.

— C'est moi qui étais chargé de l'enquête, reconnaît Brailsford.

Malgré sa grande taille, il a l'air penaud et ne soutient son regard qu'un bref instant.

Le silence s'est emparé de la salle d'audience, et tout le monde observe la scène. Personne n'intervient pour enjoindre au père d'Alice de reculer. Je me plais à penser que c'est parce que la plupart estiment que ces sales incompétents ne l'ont pas volé.

— Vous avez manipulé ce garçon.

— Monsieur, j'étais...

— Vous l'avez manipulé pour qu'il avoue un crime qu'il n'a pas commis.

Alice rejoint son père et le prend par le coude, tente de l'éloigner.

— Ça ne va rien arranger, dit-elle.

— À cause de vous, j'ai cru que mon petit-fils avait été assassiné. Et elle...

Il dégage son bras et presse l'index contre l'épaule de sa fille.

— Elle a cru que son fils avait été assassiné.
— Je comprends que ça puisse...
— Et cette pauvre femme, là, poursuit David, en me pointant du doigt, on lui a dit que son fils était un meurtrier.

Je tourne de nouveau la tête vers Kane. L'huissière se tient près de la porte du box, les clés à la main, prête à ouvrir, mais elle fixe David. Je croise le regard de Kane, et je secoue la tête.

Je ne l'ai jamais cru.

Benny s'est faufilé devant moi, et dans ma vision périphérique je le vois qui aide Alice à écarter David des policiers. Mes yeux restent rivés sur ceux de mon fils. *J'ai toujours su.*

— ... ça me dépasse que vous ne soyez même pas inquiétés..., continue David, tandis qu'ils le ramènent vers les sièges du public. Mon petit-fils et ce petit gars, ce pauvre gamin là-bas, vous ne leur arriverez jamais aux chevilles...

Alice lui intime de se taire, il finit par se calmer, Mlle Madekwe reconduit les inspecteurs, et le brouhaha de chuchotis reprend dans la salle. Je suis toujours incapable de détacher le regard de Kane. Il rentre à la maison. Nous dînerons ensemble le dimanche, nous visionnerons des films et nous pourrons discuter sans être surveillés par des gardiens de prison. L'huissière se remet subitement en mouvement comme si on l'avait mise sur pause au cours des deux dernières minutes, et déverrouille la porte du banc des accusés.

Kane en sort et vient vers nous.

Tandis que je le serre dans mes bras, Alice passe furtivement à côté de nous, tête basse, en direction de la sortie, en tenant la main de son père.

Pour elle, il n'y aura pas de repas du dimanche soir. Pas de films. Plus de discussions.

Aucune décision de justice ne lui rendra Lou.

ALICE
22 octobre

Alice se tenait en sous-vêtements dans la chambre qui avait été celle de Lou. Elle contemplait la robe droite noire suspendue à la poignée de la penderie, et les escarpins assortis disposés juste au-dessous. La dernière fois qu'elle l'avait portée, pour l'enterrement de son oncle George, Lou lui avait dit qu'elle devrait se mettre en robe plus souvent. Elle avait dû rougir, car il avait aussitôt clarifié sa remarque : « Histoire de changer un peu de l'uniforme pantalon-chemise. »

Elle consulta sa montre. Dix heures. Le cintre qui soutenait la robe cliqueta contre la porte lorsqu'elle ouvrit la penderie. Elle en sortit les deux bouteilles de Żubrówka que Lou y avait cachées et un bleu de travail taché de cambouis. Après l'avoir enfilé, elle prit du papier de verre à grain fin dans le sac d'outils de Lou. Elle fourra la feuille dans sa poche, avec sa lime, qu'elle gardait sur sa table de chevet la nuit.

Alice avait déjà pris sa décision : quitte à arrêter, autant le faire aujourd'hui. Elle s'accroupit et se pencha près du sol, allongea le bras aussi loin que possible sous le lit et en extirpa la Black Cow. Il ne restait pas grand-chose, à peine un quart. Elle la plaqua contre sa poitrine avec les deux

Żubrówka et alla dans son ancienne chambre. Elle tira un tabouret jusqu'à sa penderie, se hissa dessus, ouvrit le compartiment du haut, et en sortit une bouteille encore intacte cachée au fond, derrière des cartons de vieux vêtements. Et de quatre ; plus qu'une.

Mais d'abord, il lui fallait quelque chose dans le grenier. Elle prit un sac sur le fauteuil et y mit les bouteilles, puis le passa à l'épaule avant d'abaisser la trappe d'accès. Alors qu'elle montait à l'échelle, la tête lui tourna soudain, et elle appuya brièvement le front contre un barreau avant de se forcer à continuer.

Elle sortit deux pinceaux rigides d'une boîte en plastique proprement étiquetée : « Matériel peinture ». Après les avoir placés en sécurité dans sa poche, elle ouvrit la lucarne et fut fouettée par une bourrasque de bon air frais. Elle inspira lentement, là, penchée par-dessus l'encadrement. Au départ, elle avait eu l'intention de vider les bouteilles dans l'évier, mais le toit ferait aussi bien l'affaire. Une par une, elle les sortit du sac et les renversa, le liquide limpide ruisselant sur les tuiles jusqu'à la gouttière.

Tout en écoutant la vodka qui s'écoulait dans la descente de pluie, elle regarda dans le jardin. La Tiger n'avait pas bougé.

Lou ne quittait jamais les pensées d'Alice, même au bureau. Il était l'étudiant installé à l'étage de la bibliothèque, courbé sur son ordinateur portable et ses manuels. Le garçon qui courait partout dans la section enfants sur ses petites jambes potelées. L'adhérent pénible qui la traitait avec dédain. La forme floue d'un badaud qui passait devant les immenses baies vitrées, sous le soleil ambré d'octobre.

Chez elle, elle n'avait même pas son travail pour lui offrir un court répit. Pas un instant de tranquillité le temps de se plonger dans une réunion de direction ou une facture particulièrement compliquée. Là, elle apercevait la moto chaque fois qu'elle regardait par la fenêtre, et croyait voir Lou qui traînait aux quatre coins de la maison. Celle-ci était tellement vide et silencieuse, à présent. Benny était parti pour l'université peu après la libération de Kane. Mais un soir, une quinzaine de jours plus tôt, il lui avait réservé une surprise. Quand elle était rentrée, la maison était rangée. Alors qu'elle se déchaussait dans le vestibule, une odeur d'ail frais et d'oignons lui avait chatouillé les narines. Quand elle était entrée dans la cuisine, elle avait été assaillie par une bouffée de chorizo poêlé.

— C'est quoi, tout ça ?

Benny était alors en train de touiller une casserole sur la gazinière, le visage rouge et perlé de sueur.

— Du poulet à l'espagnole. Ce sera prêt dans vingt minutes, avait-il annoncé, avant de frapper dans ses mains. Pendant que ça cuit, je te sers un verre.

— Attends une minute. Qu'est-ce que tu as derrière la tête ? (Alice avait ri). Tu veux de l'argent ? Une nouvelle voiture ?

Benny avait sorti une bouteille de blanc du réfrigérateur et servi trois verres. Pour qui était le troisième ?

— Non, avait répondu Benny, qui but une gorgée et lui passa son vin. C'est ton cerveau qui m'intéresse. Et ton temps libre.

Alice avait froncé les sourcils.

— Tu verras bien, avait-il lâché en allant vers la baie vitrée grande ouverte, avant de tourner la tête pour l'appeler : Suis-moi.

— Attends, je vais mettre mes chaussures.

— Pas besoin. Allez, viens dehors.

Il avait levé son verre vers elle, son corps parfaitement encadré par l'embrasure.

Alice n'avait jamais été du genre à bourrer des albums de photos des garçons, mais si elle avait pu en prendre une de lui en cet instant, elle l'aurait fait. Perchée sur l'échelle, elle ferma les yeux et se remémora cette image : le soleil qui déposait une petite tache de clarté sur son tee-shirt à travers la vitre, le frottement doux de ses cils lorsqu'il avait cligné des paupières, le sourire qu'il lui avait adressé laissant penser qu'il se plaisait en sa compagnie.

Ce souvenir se dissipa et elle saisit la poignée de la lucarne pour la rabattre. Elle cacha les bouteilles derrière deux pots de peinture blanche entamés. Elle les mettrait au tri plus tard, quand Benny serait reparti.

Alors qu'elle regagnait le vestibule, son père sortit du salon, en costume-cravate noir. Il regarda ce qu'elle portait, mais s'abstint de faire un commentaire, puis se détourna et ferma doucement derrière lui. Elle entendit Benny dire quelque chose de l'autre côté.

Depuis la mort de Lou, tous les deux étaient devenus très proches. Elle savait par son père que Benny l'avait appelé souvent d'Exeter, « pour bavarder ».

C'était à lui que le troisième verre avait été destiné, quinze jours plus tôt.

Après avoir suivi Benny sur la terrasse, elle avait marqué un temps d'arrêt. C'était la première fois qu'elle y retournait depuis longtemps. Elle s'était forcée à lever la tête vers le mur de la prison, prête à subir encore une profonde tristesse, mais au bout de plusieurs secondes à le contempler, la mélancolie n'était pas venue. Elle avait été frappée, en revanche, par la beauté de son rouge terreux, et par les scintillements du soleil dans les barbelés. Lou avait-il déjà admiré ce mur et ressenti la même impression ?

Puis elle avait vu son père dans le jardin, près de la Tiger.

Elle avait lancé un coup d'œil à Benny, mais il ne regardait pas dans sa direction ; il tendait son vin à son grand-père. La moto était découverte, la bâche soigneusement pliée sur la pelouse. À côté se trouvait le sac d'outils de Lou, ainsi qu'un petit tabouret du salon sur lequel était ouverte une revue technique.

Alice n'avait pas pu s'expliquer la bouffée de panique qu'elle avait éprouvée en s'approchant d'eux.

— Vous croyez qu'il faut s'en débarrasser ?

— Hein ? Non, avait répondu Benny, en l'entourant de son bras.

Son père avait pointé l'index sur elle.

— Vous allez la réparer, tous les deux, Ali.

Alice avait pivoté pour regarder Benny, sans se dégager.

— Tu n'y connais rien en moto.

Elle avait appuyé la tête sur son épaule et examiné la Tiger.

— Mais toi si, avait-il rétorqué en lui déposant un baiser sur les cheveux.

Elle s'était raidie.

— Pas du tout !

— Ce n'est pas ce que m'a dit papi. Il m'a raconté que tu étais tout le temps en train de l'observer, à l'atelier. Que tu lui filais un coup de main, même.

Elle avait regardé son père, qui lui adressait un grand sourire, puis penché la tête en arrière pour contempler le ciel. Elle aurait dû lui en vouloir d'avoir révélé à Benny des détails sur elle qu'elle avait préféré taire. Mais au lieu d'être fâchée, elle avait éprouvé des regrets. Se sentant rougir, elle avait pressé son verre froid contre ses joues. Elle avait toujours été sa petite assistante, c'était vrai. Et pas toujours si petite que ça : elle n'avait arrêté qu'au moment de quitter le toit parental pour s'installer avec Étienne, acheter cette maison avec lui. Elle n'était jamais retournée dans son atelier, et n'avait jamais retouché à la mécanique.

Son père avait posé son verre sur la revue technique et s'était penché pour saisir autre chose par terre. Lorsqu'il lui avait tendu un petit tas de toile bleue pliée, elle s'était écartée de Benny pour le lui prendre, puis le secouer de sa main libre.

— Un bleu de travail, avait-elle commenté, tenant la combinaison devant elle en considérant son père d'un œil amusé. Je croyais que vous étiez contre, Lou et toi ?

Sur une chaise de la cuisine, les chaussures noires habillées de Benny étaient disposées sur un journal à côté de celles du père d'Alice, et luisaient à la clarté de la fenêtre. Lou leur aurait dit de ne pas se donner ce mal, leur aurait arraché le pot de cirage des mains et caché la brosse. Il leur aurait sûrement dit de tous venir en baskets, s'il avait pu.

D'ailleurs, songea Alice en allant dans le cellier, n'avait-il pas porté ses vieilles Converse râpées à l'enterrement d'oncle George ? Pourquoi parvenait-elle à s'en amuser maintenant, alors qu'à l'époque elle considérait l'attitude rebelle de Lou comme une attaque personnelle ?

La Żubrówka dissimulée derrière les cocottes était vide depuis longtemps, mais il en restait une dernière dans le placard de produits d'entretien. Celle-là était encore pleine aux deux tiers. Alice la sortit, en dévissa le bouchon et la porta à sa bouche, avant de marquer une pause, le goulot contre ses lèvres. Elle lécha les reliefs du filetage, ferma les yeux, puis reboucha la bouteille et gagna le jardin par la porte de derrière.

C'était une belle matinée, quoique fraîche, ce qui lui convenait parfaitement : elle aurait trouvé pénible qu'il fasse trop chaud pour les obsèques. Tout ce temps passé debout, à serrer des mains, à devoir parler aux uns et aux autres, en sueur et incommodée. C'était là le seul avantage à ce que l'enterrement ait été reporté si tard à cause de l'enquête de police. Au moins, ils échappaient aux derniers soubresauts de l'été. Elle s'arrêta sur le seuil, enfila ses baskets de jardinage et alla à la Tiger.

Elle posa la bouteille sur la pelouse, défit l'attache au bout de la bâche, qu'elle retira doucement. Lou aurait été content de l'avancée des travaux ; la moto disposait de nouveaux pneus noirs brillants, et les freins n'étaient plus rouillés. Accroupie à côté du moteur, elle se pencha pour reprendre la bouteille et dévissa de nouveau le bouchon. Elle versa un peu de vodka sur les ailettes, puis s'attela à en frotter une avec un de ses pinceaux, pour dissoudre toute trace d'huile et de crasse.

Quand ils avaient bu leur verre de vin ici même, tous les trois les yeux braqués sur la Tiger, elle avait demandé à son père :

— Est-ce que Lou savait… que je t'aidais à l'atelier ?

Il avait hoché la tête et bu une gorgée.

— Ça fait un bail que je leur ai dit, à tous les deux.

— Avant qu'il récupère cette moto ?

— Eh oui.

Lou ne lui en avait jamais parlé.

— Je ne sais pas trop, Benny, avait-elle répondu. À mon avis, ton frère ne serait pas très content que je bricole son bébé. Elle s'était assise dans l'herbe, portant pour la première fois son verre à sa bouche. Mais lorsqu'elle avait senti le vin sur ses lèvres, elle avait entendu la voix de Kane. *Il m'a confié un jour qu'il avait vu les conséquences que l'alcool pouvait avoir sur certaines personnes.* Kane savait, et elle aussi, que Lou faisait référence à elle. Ses joues s'empourprèrent de nouveau. Elle aurait souhaité que Lou la questionne sur les bouteilles qu'il avait trouvées, afin qu'elle puisse lui expliquer qu'elle se contrôlait. Elle n'était pas comme les pochetrons qui fracassaient leurs bouteilles devant la bibliothèque plusieurs nuits par semaine. Un peu de vodka de qualité tous les soirs, pour l'aider à se couper de sa journée, ne signifiait pas qu'elle avait un problème. Pourtant, tout en méditant ces réflexions, elle avait laissé retomber son verre sans même goûter le vin.

— Il t'aimait, maman. Il voulait que tu sois fière de lui. Je sais bien que ce n'était pas toujours…

Alice avait aplani un carré de pelouse pour y poser son verre, avant de s'épousseter les genoux et de se lever.

— Ce n'est pas la peine de me dire ça.

Mais elle savait que c'était vrai ; elle le ressentait tandis qu'elle bricolait la Tiger pièce par pièce. Elle avait été étonnée de découvrir ce savoir dans son cœur, et cette surprise perdurait. Depuis quand en avait-elle conscience ?

Alice s'essuya les mains sur le bleu de travail. Tout en continuant à frotter avec le pinceau, elle marmonnait. Elle avait glissé ses notes dans son sac, à l'étage, prêtes à l'emploi si elle en avait besoin tout à l'heure. Mais elle connaissait son texte par cœur.

Elle était satisfaite de la façon dont elle allait entamer l'éloge de Lou : en mettant mal à l'aise les personnes présentes, comme il y aurait pris un malin plaisir. Elle s'imagina devant l'assemblée. « Lou n'aurait pas voulu de tous ces chichis, récita-t-elle, son coude endolori à force de brosser le métal encrassé. Je le sais, parce que en plus d'être mon fils, c'était aussi une version de moi-même. » Elle versa de nouveau un peu d'alcool sur les ailettes pour les rincer, puis tira de sa poche une feuille d'essuie-tout pour les éponger. Elles avaient déjà meilleure allure ; l'aluminium étincelait. « J'aurais aimé m'en rendre compte quand il était encore avec nous. » Elle bascula un peu en arrière et, en appui sur les talons, se frotta le bras. « Lou était le plus… »

— Tu peux le laisser là, ça ne craint rien.

L'irruption tonitruante de la voix de Benny l'interrompit, et elle tourna la tête pour le regarder. Il sortait un vélo par la porte du cellier et le posait en équilibre contre le mur, Indigo sur les talons.

Tous les deux la virent au même moment. Indigo leva la main pour la saluer, mais Benny resta bouche bée.

— Putain, maman. Pourquoi t'es pas encore habillée ?

Il était très élégant dans son costume, même si sa cravate n'était pas droite.

— La voiture sera là… (Il consulta sa montre.) Dans cinq minutes.

— Je suis prête, il faut juste que je mette ma robe et que je me lave les mains. J'arrive tout de suite.

— Une minute maximum.

— Promis.

Benny secoua la tête et rentra dans la maison, où Alice l'entendit parler à Kane.

Elle tourna de nouveau la tête vers la moto, en souriant à Indigo par la même occasion. Elle sortit la lime de sa poche, l'enveloppa de papier de verre et la glissa entre deux ailettes pour poncer doucement une petite surface d'aluminium oxydé. Elle n'était pas sûre que ça fonctionnerait, mais si c'était probant, elle pourrait tout nettoyer à fond le lendemain, quand elle aurait plus de temps.

Indigo s'assit sur le gazon, disposant autour d'elle le tissu fluide de sa longue robe bleue, et regarda Alice travailler sur le moteur. Plus d'une minute s'écoula sans que l'une ou l'autre ne dise un mot. Alice avait craint qu'Indigo essaie de la presser aussi, mais elle n'en fit rien. Elle s'inclina sur ses coudes et étendit ses jambes comme si elles avaient tout leur temps.

— Nous ne partirons pas sans toi, annonça-t-elle enfin. Mais il va falloir que tu termines ce que tu es en train de faire, à un moment donné.

— Je ne suis pas stressée, si c'est ce que tu insinues, répondit Alice, qui s'en voulut aussitôt d'avoir parlé si vite. La voiture va être en retard, à tous les coups. J'irai me changer dans deux minutes.

— Pourquoi tu n'y vas pas comme ça ?

Alice rit en contemplant sa combinaison.

— Tu me connais mal, visiblement.

— Pas si sûr, rétorqua Indigo en arrachant quelques brins d'herbe. J'ai une idée assez précise de ta façon de fonctionner, je crois.

Peu de gens seraient à même de dire ça d'elle, songea Alice. Son père, peut-être ? Et Lou, avait-elle fini par penser, la connaissait mieux qu'elle ne l'avait supposé.

Les intentions d'Indigo étaient louables, mais jamais elle n'aurait pu saisir l'essence de son caractère en seulement quelques mois.

— Dis-moi quelque chose sur moi que je ne t'ai pas confié, alors.

Indigo se redressa et tapota ses genoux du bout des doigts.

— Tu... (Elle sourit tandis qu'une idée lui venait à l'esprit.) Tu ne m'aurais pas pardonnée si je t'avais menti comme toi tu l'as fait.

Alice ressortit la lime et passa l'index sur la tranche de l'ailette pour en inspecter la régularité. C'était beaucoup mieux.

— Non, reconnut-elle, en levant les yeux vers Indigo. Toi, par contre, tu es là : la seule qui ait proposé de monter dans la voiture avec nous.

— Oui, je suis là.

Indigo se releva et tendit une main à Alice.

— Allez, rentre te préparer, maintenant.

Alice remit dans sa poche lime et pinceau, prit la main d'Indigo et s'en aida pour se redresser. Au lieu de lui lâcher les doigts, elle les serra plus fort, et la pression que lui rendit Indigo fut légèrement douloureuse. Elles restèrent ainsi un certain temps, sans prononcer un seul mot, se contentant de se tenir côte à côte, à respirer, écouter, observer.

Elle allait laisser la moto découverte. Un après-midi à l'air libre n'allait pas lui faire de mal. Après avoir dégagé sa main, elle la posa sur la selle en cuir de la Tiger. Sa prochaine tâche était toute trouvée : elle allait arracher le chatterton noir qui ne faisait que colmater la couture, avant de la repiquer afin qu'elle soit plus ferme et plus solide que jamais.

REMERCIEMENTS

Merci.

Pour le précieux temps d'écriture que vous m'avez offert (ainsi que l'amour, les rires et le soutien, tous aussi indispensables) : Matt Hawthorne, mes parents, Sascha Bishop. Pour m'avoir motivée à travailler d'arrache-pied sur ce temps et faire en sorte que chaque minute passée isolée de toi soit fructueuse : Gwen, ma petite tornade. Pour m'avoir tenu compagnie pendant que j'écrivais : Bobby – tu te préparais lentement à venir au monde en même temps que ce livre.

Pour vos conseils avisés, vos encouragements et votre foi en moi : Liz Foley, Peter Straus, Jane Chandler. Merci aussi aux formidables équipes de Harvill Secker & Rogers, Coleridge & White, qui se sont tant démenées pour moi.

Pour vos lectures de mon manuscrit : Alison Powell, Jen Faulkner, Jen Leggo, Rachel Buckler, Claire Liggins, Beth Jones, Rhianna Cranstone, Vicki Mathias, Lucy King, Paddy Edwards. Bon nombre d'entre vous ont pris un temps qu'ils n'avaient pas vraiment pour cadrer avec mes échéances, et je vous en suis infiniment reconnaissante.

Pour avoir partagé avec moi vos savoirs et vos contacts : Liz Cass, Alexa Stephenson, Jenny Tallentire, Tony Heydon, Dan Evans, John Long, Andy Jack, Kate Hook, Tony Walker, Tracey Wintle, Steve Ledsham, Geoff Bennett, Sam Clark, Ana McLaughlin. De vifs remerciements s'imposent aussi aux auteurs qui m'ont tant aidée en m'éclairant sur leur ancien métier ou leur travail en dehors de l'écriture : Anne Corlett, Ruth Mancini, Tony Kent, Polly Ho-Yen,

Noelle Holten. Je vous recommande chaudement leurs livres. Pour avoir répondu au débotté à des questions très précises par texto : mes amis géniaux. C'est à vous que je pense, Tom Aspinwall, Chris Allen, Luke Hanna, Sophie Riddell, Rachel Profit, pour n'en nommer que quelques-uns. Toute inexactitude ou incohérence est de mon seul fait.

Pour avoir partagé si ouvertement avec moi leurs souvenirs douloureux, merci à toutes les mères qui m'ont aidée à comprendre Alice et Indigo : Vi Donovan et le Chris Donovan Trust, ainsi que les femmes avec qui j'ai pu échanger grâce à Affect, une association de soutien aux proches et aux amis de détenus.

Enfin, merci à vous, pour avoir lu ce livre et peut-être aussi mon premier roman. Merci aux blogueurs, critiques, avec une mention spéciale pour @LiteraryElf sur Twitter. Voir vos tweets de recommandation pour mon premier roman pendant que je m'attelais à l'écriture du deuxième m'a grandement aidée à garder la cadence. À tous ceux qui ont rédigé un avis ou m'ont envoyé un message pour me dire qu'ils attendaient le prochain avec impatience : vous m'avez permis de tenir quand j'en bavais ! Merci, merci, merci encore. Ces pages noircies de mots sont les vôtres, pas les miennes.

Photocomposition Belle Page

Achevé d'imprimer en mai 2022
par CPI BRODARD & TAUPIN (72200 La Flèche)
pour le compte des Éditions Calmann-Lévy
21, rue du Montparnasse, 75006 Paris

Pour l'éditeur, le principe est d'utiliser des papiers
composés de fibres naturelles, renouvelables, recyclables
et fabriquées à partir de bois issus de forêts
qui adoptent un système d'aménagement durable.
En outre, l'éditeur attend de ses fournisseurs de papier
qu'ils s'inscrivent dans une démarche
de certification environnementale reconnue.

CALMANN
LEVY s'engage
pour l'environnement en réduisant
l'empreinte carbone de ses livres.
Celle de cet exemplaire est de :
650 g éq. CO$_2$
Rendez-vous sur
www.calmann-levy-durable.fr

PAPIER À BASE DE
FIBRES CERTIFIÉES

N° d'éditeur : 7651830/01
N° d'imprimeur : 3047660
Dépôt légal : mai 2022
Imprimé en France.